LA VIDRIERA CARMESÍ

*El lado oscuro
del ser humano*

MIGUEL ÁNGEL MORENO

GRUPO NELSON
Una división de Thomas Nelson Publishers
Desde 1798

NASHVILLE   DALLAS   MÉXICO DF.   RÍO DE JANEIRO   BEIJING

Diseño: *www.Blomerus.org*

ISBN: 978-1-60255-264-7

Nota del editor: Esta novela es una obra de ficción. Los nombres,
personajes, lugares o episodios son producto de la imaginación
del autor y se usan ficticiamente. Todos los personajes son fic-
ticios, cualquier parecido con personas vivas o muertas es pura
coincidencia.

Impreso en Estados Unidos de América

09 10 11 12 13 QWF 9 8 7 6 5 4 3 2 1

A mi familia,
por todo su apoyo.

AGRADECIMIENTOS

Quiero incluir en este espacio a las personas que leyeron todo o parte de la novela y me ofrecieron sus consejos. En primer lugar a Toni, y por extensión al departamento de Policía Local de Martos (Jaén, España) por la ayuda técnica facilitada.

Gracias también a Ezequiel Ramos, Dámaris Pérez y al pastor, escritor y amigo José Luis Navajo. Los apuntes y críticas de todos ellos me ayudaron a mejorar la novela y verla desde puntos de vista distintos. A Karol (sí, con K) por sumergirse en la historia y vivirla con intensidad; y a Javier Santamaría, por aportar una sincera crítica que me ayudará incluso en trabajos posteriores.

PRÓLOGO

Del cuaderno de anotaciones de Emanuel Torres. Hoja suelta sin entrada de fecha, cedida por donante anónimo:

A menudo me pregunto si olvidar es un defecto o una virtud. El hombre olvida aquellos sucesos triviales que desfilaron por su memoria, pero también hechos importantes que en el pasado lo entristecieron, le causaron dolor, o lo mantuvieron despierto durante las noches.

Hasta ahora, y tras ocho años procurando mantener frescos los recuerdos que me mueven a este peregrinaje constante, he llegado a concluir que olvidar es virtud y maldición al mismo tiempo, y doy gracias a Dios por ello, pese a que en ocasiones pudieran desaparecer de mi recuerdo datos importantes.

Cada mañana, al despertar, repaso todas las imágenes y acontecimientos que sacudieron a la iglesia a la que asistía y a mi propia familia. Procuro recitar mentalmente aquello que me contaron y vivir de nuevo las sobrecogedoras escenas que presencié pero, por desgracia, no puedo evitar que con el tiempo las palabras se difuminen y los hechos pierdan color.

En un principio, cada vez que olvidaba algo me recriminaba, especialmente cuando descubrí que casi no recordaba el rostro de mi hijo mayor, Josué.

Aunque él nunca pudo despedirse de mí, yo me despedí de él una mañana de febrero en que caía una espesa nevada. Entonces, cuando quise recordarle en un momento feliz, vino a mi mente el día de la fiesta de Navidad en la iglesia, un 23 de diciembre. Fue cuando lo sorprendí observando a Rebeca de reojo. Había un brillo especial en su mirada, una mezcla de anhelo y deleite que solo posee quien ama en secreto. Decidí conservar aquella imagen, pero con los años comenzó a oscurecerse, hasta que una mañana, al iniciar mi rutinario repaso mental, me desesperé intentando encontrarla. Se había perdido entre toda la multitud de rostros sin identidad que acudieron a la fiesta. No he vuelto a dar con ella.

Sufrí por eso durante largo tiempo, ya que era uno de los pocos recuerdos hermosos que me quedaban, pero luego descubrí que también me causaba gran dolor, y que quizás Dios me lo arrebatara para mi bien, porque sé que debo seguir adelante con mi misión, y que el dolor me frena en ocasiones, restándome valor para continuar.

Lo que no puedo comprender es que el Señor haya permitido que otros hechos, los más estremecedores, los que precisamente son la quintaesencia de mi búsqueda actual, comenzaran a perder fuerza. Ahora dudo de si fueron o no ciertos, de si los viví o solo presencié un efectivo embeleco. A veces ya no sé qué pensar, y cuando intento reforzarme en mis convicciones acude a mi corazón el anhelo por regresar con mi familia y seres queridos, volver a una existencia tranquila, preocupada nada más que de asuntos triviales. No sé por qué Dios consiente que se produzca en mí esta lucha interior, pero cada día me siento más derrotado. Solo el amor por mi hijo menor, Jonatán, me mueve todavía a continuar viajando, porque Jonatán está perdido sin mí. Lo sé.

Hoy precisamente escribo porque me he levantado con esa sensación. He despertado sobresaltado cuando todavía faltaban unas horas para el amanecer. Me he levantado de la cama con el clásico dolor de espalda que me acompaña desde que llegué a este país. Notar el cuerpo pegajoso por el sudor es ya algo normal, pero las náuseas me han obligado a visitar el baño. Entonces, al verme reflejado en el espejo que hay sobre el lavabo, me he sentido vencido. No he reconocido al hombre que fui, sino a un espantapájaros demacrado, consumido por el sufrimiento, prematuramente envejecido. Y al darme cuenta de mi deformación he deseado más que nunca abandonarlo todo y volver a casa. Pero al poco rato, como si ya no fuera más que un pobre autómata, he comenzado a vestirme, he desayunado el pan que ayer compré en la recepción del hostal y he salido a la calle a continuar mi trabajo. Y así he seguido durante todo el día, un día que nunca ha terminado de amanecer, nublado y lluvioso. Helado.

He visitado iglesias, he advertido a los hermanos con la misma cantinela de siempre, recitándoles la historia que yo mismo me recuerdo cada mañana, aun sabiendo que pocos me tomarán por cuerdo. He salido por las calles sin destino ni rumbo fijo, buscando entre un millar de rostros alguno que me resultara familiar; o al menos un rasgo: el pelo encrespado de Roberto, la marca cerca de la sien de Ismael, o la sonrisa tímida de Jonatán. La sonrisa de mi hijo pequeño.

No he hallado nada. Como me ocurrió ayer, y como me seguirá ocurriendo.

Porque sé que mañana volverá a ocurrirme lo mismo. Despertaré pegajoso por el sudor de las pesadillas y observaré en el espejo un rostro que no es el mío. Querré desistir y alejarme de este país que me resulta tan extremadamente extranjero, pero al poco rato volveré a deambular por las calles, buscando sin encontrar a nadie. Y entraré en las iglesias que vea, para solicitar la atención de quienes allí estuvieren aunque, de nuevo, nadie me escuchará.

¡Señor, cómo quisiera que los demás pudieran leer mi mente! Si fuera capaz de mostrar todo lo que mis ojos contemplaron en el pasado, cuando Josué, Daniel, Ismael y los demás chicos disfrutaban de su adolescencia, cuando no existían pesadillas que perturbaran nuestro sueño. Una época en la que todavía había fiestas de Navidad, y el frío invernal solo se sentía en la carne. ¡Si fuera posible, Padre, que las gentes de todo el mundo vivieran mi historia, que se enteraran al detalle de todo lo que ocurrió! Si eso pudiera hacerse... pero no se puede.

No se puede. Y así cada mañana me despierto en un país distinto, dispuesto a vagar un día más por el mundo, contando a quien quiera escucharme lo que quizás no sea más que una absurda quimera, pero que logra consumirme desde dentro como una infección.

Señor, ojalá alguien pudiera entender lo que nos sucedió...

PRIMERA PARTE

I

1

La obra de teatro estaba resultando de lo más aburrida. Aprovechando que las luces de la iglesia se habían apagado y solo las del escenario permanecían encendidas, alguno que otro asistente aprovechó para echar una cabezada. Emanuel, apoyado junto a la puerta de entrada a la recepción del edificio, saludaba y les buscaba asiento a todos los espectadores que llegaban tarde. Era una tarea complicada, no por la oscuridad, pues una vez que la vista se acostumbraba era fácil reconocerlo todo. El problema era que los miembros de la iglesia aprovechaban la fiesta de Navidad y la obra de teatro para invitar a familiares y amigos. Todos querían ver actuar a su hijo, su sobrino o su nieto, y por esta razón se levantaban constantemente para sacarle una foto durante los segundos que durara su actuación, sorteando la multitud de cabezas que tuvieran delante. El efecto de levantarse para ver mejor se iba contagiando poco a poco entre los asistentes y al final, exceptuando las primeras filas, todo el mundo terminaba viendo la obra de pie. De este modo, encontrar un asiento o, mejor dicho, un hueco vacío se hacía realmente complicado.

Era 23 de diciembre, sábado. La nochebuena estaba a la vuelta de la esquina, y la iglesia, como siempre hacía en aquellas fechas, preparaba una fiesta en la que se representaban obras de teatro que evocaran la Navidad. Sin embargo, desde hacía unos años daba la impresión de que todas las representaciones eran prácticamente iguales. Los niños de la escuela dominical evocaban un momento en el nacimiento de Cristo, daban un mensaje navideño mediante una parrafada meticulosamente aprendida, y se acabó. En el fondo, lo único que cambiaba cada año era el decorado, algunas palabras en los diálogos y el hecho de que aquellos niños se fueran haciendo cada vez más mayores. Emanuel se fijó en ellos.

Algunos no llegaban a los 10 años, pero otros alcanzaban los 17, como su hijo menor, Jonatán.

Jonatán se había negado a participar en la obra. Era lógico, porque no quería que la gente siguiera tratándolo como a un niño, y tenía razón pero, finalmente, por culpa de la falta de actores, casi se lo terminaron exigiendo. Así pues, allí estaba, resignado a hacer el papel de José, contribuyendo al sopor de los presentes.

Lo mejor, sin duda, vendría luego. Las luces volverían a encenderse, se retirarían los bancos dispuestos para el público y se prepararía todo para el refrigerio. La música comenzaría a sonar, las mesas estarían dispuestas con un montón de comida, y él podría hablar con Dámaris.

Hacía mucho que no se veían. Al parecer, ella llevaba una temporada algo deprimida por una discusión que tuvo con Simeón. Desde siempre, Emanuel había hecho las funciones de confesor para Dámaris. La iglesia protestante no tiene sacerdotes ante quienes desahogarse, pero por lo general siempre hay gente dispuesta a escuchar, consolar y aconsejar. Casi siempre es el pastor quien atiende los problemas de los miembros de la iglesia, pero en este caso, la confianza que existía entre Dámaris y Emanuel no tenía rival.

Aunque Emanuel había escuchado a Dámaris desde la adolescencia, los problemas verdaderamente graves comenzaron a surgir poco después de su matrimonio con Simeón, hacía ya 24 años. Las discusiones y peleas no encontraban tregua, pero aun así el matrimonio seguía en pie, siempre con su relación al borde del colapso, pero sostenida por la obediencia de Dámaris a la Biblia. Emanuel quería hablar con ella, sabía que lo necesitaba. Anhelaba ser, como siempre había sido, su confesor.

Recorrió con la mirada el local que hacía las funciones de iglesia. Era decente en cuanto a comodidades y tamaño, lo suficientemente grande como para albergar a unas ciento ochenta personas. Podía considerarse de dimensiones aceptables. Tenía una buena iluminación desde el exterior, con amplios ventanales cubiertos de hermosas y coloridas vidrieras, a imitación de las iglesias góticas, pero compuestas en un estilo moderno. El estrado –ahora escenario– era bastante amplio. En él entraban el coro de la iglesia y los instrumentos musicales que intervenían cada domingo. El segundo piso estaba destinado a las clases de escuela dominical y a las guarderías (que en días como aquél funcionaban a pleno rendimiento).

También se habían acondicionado algunas habitaciones a modo de dormitorios para albergar a algún seminarista, misionero, o cualquier cristiano que necesitara de un techo por algunos días. Hasta el pastor disponía allí de un despacho personal, amplio, decorado con gusto y con una buena biblioteca.

Con sus ojos acostumbrados a la oscuridad, Emanuel distinguía sin problemas a los asistentes. Al otro lado de la iglesia, pegado al escenario, permanecía su hijo mayor, Josué, ejerciendo como apuntador para los niños de la escuela. Su hijo le recordaba mucho a él. Al verlo allí, se sentía feliz aunque a la vez preocupado.

Mientras pensaba en esto, vio cómo el muchacho, en un momento apenas perceptible, dejaba su trabajo de apuntador para buscar con la mirada a Rebeca, quien permanecía sentada junto a su padre en la primera fila. La observó por unos segundos, parpadeó casi contento con verla de reojo, y volvió a sus labores. Sintió un leve remordimiento por no haber podido evitar el deseo de mirarla. Sí, su hijo se parecía demasiado a él.

El sonido de los aplausos sacó a Emanuel de su ensimismamiento. La obra había terminado. Las luces volvieron a encenderse y la gente se dispuso a tomar sus abrigos. Como movido por un resorte, se apresuró a descorrer el cerrojo de las puertas para que todos salieran a la calle. Aarón, el pastor de la iglesia, subió de un salto al escenario. Allí arriba, el porte de su figura resultaba más imponente, si es que aquello era posible. Era alto como un árbol y de complexión fuerte. Tenía el rostro alargado, coronado por un pelo negro azabache que ya comenzaba a blanquear en las sienes. Sus ojos, oscuros y carentes de brillo, lucían unas ojeras permanentes. Le pidió al público que desalojara el local y que esperara en el recibidor; en la primera planta, resguardados del frío o en la calle, mientras se disponían las mesas para la merienda. Su voz, fuerte y grave, hacía innecesario el uso de micrófonos. Emanuel sonrió. Quizás ahora tendría la oportunidad de hablar con Dámaris.

2

–¿Cuánto les queda?

Rebeca no podía dejar de frotarse las manos. A pesar de llevar puestos los guantes de lana, ya no sentía la punta de los dedos. Ismael le había propuesto esperar en la calle en lugar de hacerlo en la recepción, así lograrían algo de intimidad. A Rebeca le pareció buena la idea hasta que, justo al salir, el invierno la saludó con una ráfaga de aire gélido.

–Poco –dijo Ismael–. Ya casi está todo. Aguanta unos minutos más.

Se acercó para abrazarla. Buscando algo de calor, Rebeca se acurrucó bajo su brazo derecho y se pegó a él. Ismael quiso apartarse más de las pocas personas que se habían atrevido a esperar en las puertas de la iglesia. Llevó a Rebeca en dirección a la esquina del final de la calle y la giró para que nadie los viera hablar. Allí le frotó los brazos hasta que dejó de tiritar. Él no tenía frío; estaba demasiado nervioso por lo que iba a decir. Se separó de ella e instintivamente metió su mano izquierda dentro del bolsillo de su chaqueta de cuero. Allí había un botón, de aquellos que vienen de repuesto para remediar posibles pérdidas. Comenzó a darle vueltas entre los dedos. Aquello lo relajaba. Respiró hondo, y habló:

–Se lo he dicho a mi padre.

Rebeca, que se había entretenido dando puntapiés a una piedrecilla que había en el suelo, alzó la vista, fijando los ojos en él.

–¿Y qué te ha dicho?

–Al principio me ha dicho que estoy loco, por aquello de que no tengo trabajo, pero luego, cuando se lo he explicado mejor, me ha dicho que siga adelante.

–¿Y qué le has tenido que explicar?

Ismael vaciló por un momento.

—¿Qué le voy a decir? Que te quiero.

Una enorme sonrisa se dibujó en el rostro de Rebeca. Se abrazó a Ismael, apretando el rostro contra su pecho. Pronto, muy pronto, estarían casados. Su sueño al fin tomaba forma y comenzaba a hacerse realidad.

—¿Tú se lo has dicho a tu padre? —le preguntó Ismael, después de un breve silencio.

—Todavía no.

Ismael la separó de sí.

—¿Por qué no? Quedamos en que se lo diríamos a nuestros padres antes de la nochebuena.

—Se lo diré, solo que...

—¿No será que tienes dudas?

—¡Claro que no! ¡No digas eso! Estoy deseando casarme contigo.

—Pues no lo comprendo, Rebeca. No sé a qué viene tanta demora.

Rebeca volvió a acercarse a Ismael. Le tomó las manos y las cubrió con las suyas. Volvió a hablar, esta vez procurando relajar el tono de su voz. No quería discutir.

—Ismael, no es fácil ser la hija del pastor. Menos aún cuando una hermana se ha marchado de casa y solo aparece de año en año. A veces tengo la sensación de que mis padres me sobreprotegen. Vigilan con quién estoy y, aunque no quieran, no pueden evitar decidir quién me conviene. Yo tampoco quiero hacerles daño. Con Sara sufrieron mucho.

—No creen que yo sea el esposo ideal para ti. ¿Es eso?

Ismael intentó volver a separarse, pero solo logró retirar su mano izquierda de las de Rebeca. La volvió a meter en el bolsillo buscando el botón como un remedio milagroso contra la indignación.

—Rebeca, no quiero alardear pero, ¿quién más ideal que yo? Soy el líder de los jóvenes, he terminado mis estudios de teología, he viajado a Marruecos en tres ocasiones como misionero, y todos en la iglesia me ven como el próximo pastor. No entiendo qué podría objetar tu padre.

Nada, pensó Rebeca, y a Ismael no le faltaba razón. Era uno de los muchachos más prometedores de la congregación. Sus méritos, en realidad, lo señalaban como el sucesor del pastor, pero había más. Ismael se destacaba por un *algo* que siempre lo hacía sobresalir como líder. Tenía, según creía Rebeca, un carisma innato, una habilidad para ganarse el respeto, la admiración y la fidelidad de quienes le rodeaban. Además, su aspecto físico ayudaba. Medía más de un metro ochenta, lo que obligaba a Rebeca a levantar la cabeza cuando quería mirarlo directamente a los ojos. Caminaba erguido y siempre con paso marcial. Sus ojos eran rasgados y de color azul oscuro. Los tenía algo hundidos en las cuencas, pero lejos de restarle atractivo, aquello daba a su mirada cierto misterio atrayente. Su nariz era recta, de proporciones exactas. La sombra permanente de la barba y la mandíbula marcada acentuaban aún más su atractivo juvenil. Acababa de cumplir veinticuatro años.

—No han visto nada malo en ti. Lo siento, son cosas mías. Esta noche se los diré. Lo prometo.

Ismael quedó conforme con las palabras de su prometida. Sacó la mano del bolsillo y la abrazó. Luego decidió cambiar de tema:

—A propósito. Me ha parecido ver a Sara en la iglesia.

—Sí, ha venido a visitarnos, pero se marchará a primeros de enero.

—¡Está cambiadísima!

—Ha madurado mucho. Ya tiene los 21.

—Se nota. ¿Te fijaste en cómo la miraba ese chico? Creo que se llama Roberto.

—Sí, el compañero de trabajo de Josué.

—¿Lo conoces?

—Josué me lo presentó antes de que comenzara la obra. Es la primera vez que pisa una iglesia protestante.

—A mí también me lo ha presentado. Muy simpático. Creo que también vendrá a la fiesta de fin de año.

Frente a las puertas de la iglesia ya no quedaba nadie. La merienda había comenzado.

—Vamos —dijo Ismael—. Ya ha entrado todo el mundo.

3

Sara se paseaba de un lado a otro saludando a todo el que pasara por su lado. Daba abrazos, besos, y recibía un montón de halagos sobre lo mucho que había madurado. Desde su última visita mostraba cambios palpables en su apariencia; ahora tenía el pelo corto y teñido de rojo. Había engordado, lo cual, lejos de afearla, acentuaba aún más su belleza. Desde una esquina del salón el pastor no le quitaba los ojos de encima. Su hija mayor seguía separada totalmente de todo lo relacionado con el cristianismo protestante. Nada quería saber de Dios, ni de la iglesia. Cuando cumplió la mayoría de edad se marchó de casa comenzando a vivir una vida completamente nueva. Todavía estaba en contacto con la familia, a la que visitaba al menos una vez al año, pero todos los intentos por reconducirla a la fe habían fracasado. Sara estaba muy a gusto con su vida y no pensaba cambiar.

—Olvídala —le dijo Josué a Roberto mientras le pasaba un vaso de gaseosa—. Sara es como un fantasma. Aparece una vez cada año por la iglesia para demostrarnos que sigue viva y que la vida la trata bien, y luego desaparece. No tienes ninguna posibilidad.

Roberto se mordió el labio. Resignado, apartó su mirada de Sara y la paseó por los que allí estaban. Era mucha gente. Entonces se detuvo en un punto. Se fijó en un grupito de chicas, a unos ocho metros de distancia. Hablaban entre ellas y soltaban alguna risita que sin éxito intentaban contener. Todas lo estaban mirando en aquel momento, pero cuando se fijó en el grupo, bajaron la mirada, avergonzadas; sin embargo, solo una de ellas la volvió a levantar. Era una chica rubia, de piel clara y ojos azules, muy hermosa. Mantuvo la mirada de Roberto durante unos segundos y sonrió. Luego, lentamente, se dio media vuelta para alejarse en dirección a la mesa de los refrescos, pero cuando llevaba un par de pasos andados, volvió a girarse para sonreírle de nuevo.

—¿Quién... quién es ella? —preguntó Roberto, totalmente anonadado.

—Es Leonor —respondió Josué, mirando hacia donde Roberto señalaba—. Trabaja como traductora. En la iglesia se encarga de dar clases a los niños de la escuela dominical, aunque últimamente viene poco los domingos.

—Me ha sonreído.

Josué meneó la cabeza con un gesto negativo. Roberto no era creyente y todo aquel pequeño mundo le era desconocido. Había logrado convencerlo para que acudiera a la fiesta de Navidad, pero ahora se veía obligado a explicarle cada mínimo detalle.

—Roberto, no te hagas ilusiones. Una chica protestante suele ser amable, cariñosa y cordial, especialmente con la gente que nos visita, pero no creo que esté pretendiendo insinuarse. Además, ella no te conoce todavía y, para colmo, no eres creyente...

—¿Y eso qué tiene que ver? No soy creyente pero soy tolerante.

—No importa, Roberto. No te lo tomes a mal, pero no creo que a Leonor le interese alguien que no mantenga sus mismas ideas. La mayoría de las chicas protestantes piensan así.

—¡Tú lo has dicho, «la mayoría», lo cual no quiere decir «todas»! Josué, te aseguro que me ha sonreído de una forma muy... ya sabes, especial.

Cuando Josué estaba a punto de responder para refutar nuevamente a Roberto, Ismael y Rebeca se colaron en la conversación. Venían directamente de la calle, aún con los abrigos puestos.

—¡Josué!

Ismael llamó a su primo al tiempo que le daba una palmada en la espalda.

—Habrás invitado a tu compañero a la fiesta del 31, ¿no?

Antes de que Josué pudiera responder, Ismael le habló a Roberto.

—Josué se ha comprado una casa cerca de la estación de trenes, al lado de las canchas de baloncesto. Vamos a celebrar allí la nochevieja. Espero verte.

—Allí estaré —confirmó Roberto.

Ajeno a la conversación, Josué centraba todo su interés en Rebeca, que se frotaba ambos brazos, todavía con el frío pegado a sus huesos. Ismael parecía ignorarla, y conversaba medio metro por delante de ella.

—Será un placer tenerte por allí, Rober. ¿Puedo llamarte así?

—¡Claro! Todos me llaman así.

Ismael y Roberto se fueron metiendo paulatinamente en una conversación que solo parecía interesarles a ellos. Casi pareció que se separaban de Josué y Rebeca. Josué apenas escuchaba ya las risas y las palabras de su primo y de su compañero de trabajo. Había quedado frente a Rebeca, quien seguía tiritando.

—¿Tienes frío?

—Un poco.

A pesar de llevar el abrigo puesto, tenía la impresión de que el frío del exterior se le hubiera quedado adherido.

—Ven acá.

Como accionados por un resorte, en una forma que parecía completamente espontánea, sus brazos se abrieron, ofreciéndolos a la novia de su primo. Un calor repentino le subió desde el estómago y se apoderó de todos sus miembros. La vista se le nubló por unos instantes y sintió que le ardían las orejas. Cuando ya esperaba una negativa y empezaba a pensar que su acción resultaba ridícula, casi escandalosa, Rebeca se acercó.

Josué no podía creerlo.

A ella parecía no importarle ni veía nada malo en aquella acción de Josué. Total, era primo de Ismael. No sería más que un abrazo inocente.

Pero Rebeca no estaba al tanto de lo que Josué sentía por ella.

De pronto, cuando ya sus dedos rozaban los cabellos de Rebeca, una mano lo aferró por el hombro desde detrás y lo volvió con brusquedad. Josué, desconcertado, se encontró cara a cara con su padre.

—Josué, necesito que vengas un momento.

El rostro de Emanuel no admitía excusas. Josué lo siguió, sin atreverse a volver la cabeza atrás. Rebeca se quedó en el sitio, a medio camino del abrazo que calmaría su frío. Cuando se hubieron alejado lo suficiente, Emanuel se acercó al oído de su hijo. Sus palabras salieron duras, exhortativas.

—¿Qué crees que estás haciendo?

—¿A qué te refieres?

—¡Tú sabes a qué me refiero!

—No ocurre nada, papá. Rebeca tenía frío...

—No trates de engañarme. Tu amor por ella es tan evidente que no sé cómo tu primo todavía no se ha dado cuenta.

El miedo se apoderó de Josué. Su padre había desvelado un secreto que ni siquiera él se confesaba a sí mismo. Intentó defenderse como pudo, mientras luchaba por detener el temblor que se apoderaba de sus rodillas.

—¡No hay nada de malo en un abrazo!

Josué había alzado la voz, molesto porque su padre intentara dirigirle la vida.

—Para ella no, pero para ti sí, hijo.

Las palabras de Emanuel salieron en un tono totalmente contrario al de su hijo. Calmadas, misericordiosas. Con ellas, Josué se relajó.

—No te tortures con esos pequeños momentos de placer. Ella no te ama. Ayer me enteré de que es la prometida de Ismael. Van a casarse, Josué. Olvídala.

Josué no podía creer lo que estaba escuchando. Le parecía que Rebeca no llevaba el tiempo suficiente con Ismael como para tomar una decisión de tanta importancia. Debía ser un error, uno de aquellos rumores que corrían siempre por la iglesia y que luego terminaban evaporándose con la misma facilidad con la que habían surgido.

—¿Cómo lo sabes?

—Me lo ha dicho Simeón.

La esperanza de que fuera un rumor se deshizo al momento. Simeón era el padre de Ismael. Era una fuente fiable. No había duda.

La pena afloró en la cara de Josué, clara y dolorosa, como si le hubieran desgarrado por dentro. Comenzó a respirar profundamente, intentando evitar que las lágrimas se le escaparan. Hasta entonces había mantenido la esperanza, pequeña e insignificante, de que Rebeca dejara a Ismael y se fijara en él. No sabía por qué sentía aquello, pero el anhelo siempre estuvo presente, desde que la conoció, aunque nunca se había atrevido a analizar el porqué de aquel sentimiento y se conformaba con que éste creciera en su interior. Ahora que su padre lo sacaba a la luz, ahora que le había arrancado el velo de tantos sueños, sus sentimientos se apretaban contra su pecho como si quisieran estallar. Necesitaba aire, respirar hondo y contener las lágrimas hasta que pasara el efecto de aquel jarro de agua fría que acababa de recibir.

Dio media vuelta y echó a andar apresuradamente hacia la salida. Emanuel no lo detuvo. En vez de eso, permaneció allí, sin moverse, viendo cómo su hijo salía de la iglesia lleno de ilusiones rotas. En el fondo era mejor así. No estaba dispuesto a permitir que pasara por lo mismo que él había pasado. Como un macabro reflejo, su vida parecía repetirse en la de Josué. Mientras pensaba, su mirada buscó a Dámaris de forma inconsciente. La ubicó al cabo de unos instantes enfrascada en una alegre conversación con otras mujeres de la iglesia mientras sostenía con delicadeza una rebanada de pan untada en paté. Nunca había estado tan hermosa como ahora, a sus 42 años. Su figura seguía siendo esbelta y atractiva. Las arrugas de su rostro no habían hecho sino embellecer sus facciones. Emanuel llevaba toda la tarde esperando una oportunidad para hablar con ella, pero cuando vio en su hijo mayor la viva imagen de lo que fue su propia adolescencia, decidió que tal vez era mejor dejar pasar la oportunidad y no alimentar más aquel amor inconsciente que sentía hacia la madre de Ismael.

Como si se sintiera observada, Dámaris dejó por instante de prestar atención a las mujeres que la rodeaban y miró directamente hacia donde estaba Emanuel. Le sonrió, saludándole, y volvió a introducirse de lleno en la charla.

–Qué quieres que te diga. Él verá lo que hace –dijo la esposa del pastor en respuesta al comentario vertido por Eva, una de las mujeres que formaba parte del círculo de conversación. Dámaris afirmó sus palabras:

–Creo que Daniel tiene muy claro lo que quiere.

–¿Con 25 años? –replicó, airada, una tercera mujer–. Es un muchacho. Estos chicos de la iglesia no tienen nada claro. Tardan mucho en decidirse por una pareja. Algunos no lo hacen nunca, y terminan creyendo que poseen un don para el celibato.

En la iglesia protestante, el celibato era entendido como un don espiritual. No impuesto, sino poseído por algunos creyentes quienes se sentían a gusto sin necesidad de una pareja.

—Eso es cierto —dijo Dámaris —, pero no creo que sea el caso de Daniel. Aunque es cierto que ha tenido más de una chica interesada en él, chicas con futuro y muy hermosas, y las ha rechazado.

Ahora fue Elisabet, la esposa del pastor, quien corroboró la afirmación de Dámaris:

—¡Es verdad! Como aquella chica de la escuela dominical. ¿No decían que estaba enamorada de él?

—Creo que no —dijo Dámaris—. Nunca he visto que Leonor se haya mostrado interesada en Daniel. Pienso que no es más que una historia inventada. De todas formas, sigo diciendo que lo que siente Daniel es genuino. No le interesan las relaciones ni las chicas.

Por detrás de Elisabet apareció Rebeca. Tironeó a su madre de la blusa para que se volviera y cuando ésta dejó la conversación, le pidió que fueran a hablar aparte. Elisabet asintió y se salió del circulo. A un par de metros de distancia, donde estimaron que nadie les prestaría atención, Rebeca comenzó a hablar:

—Mamá, tengo algo que contarte. Quería decírtelo a ti primero, porque me da un poco de miedo decírselo a papá.

—¿Qué pasa?

Rebeca vaciló. Le dijo a Ismael que hablaría con sus padres aquella noche, pero quería adelantarle el anuncio a su madre.

—Ismael y yo... hemos... Estamos prometidos.

Elisabet se echó una mano a la boca.

—¿Qué dices, hija? ¿Estás segura?

Rebeca comenzó a ponerse más y más nerviosa. Su madre estaba visiblemente asustada y, por un momento, notó que se le contagiaba el pánico, pero pronto volvió a reafirmarse.

—Sí, sí. Del todo.

—¿Tenéis fecha de boda ya?

—El año que viene, seguramente en septiembre. Así Ismael y yo podremos trabajar en el verano e ir ahorrando.

—¿Y qué pasará con tus estudios? Todavía no has terminado la carrera.

—Ya no me queda mucho, mamá. Iré más despacio con las asignaturas.

—No sé, hija. ¿No es un poco pronto?

Las últimas palabras de su madre encolerizaron a Rebeca. Eran, con toda seguridad, las peores palabras que podía haber escogido. Rebeca no se consideraba ninguna criatura. Estudiaba Historia del Arte en la universidad y nunca había suspendido una signatura. Era una mujer con las ideas claras, y competente. Desde siempre. No necesitaba el cuidado constante de sus padres. Ella no era Sara.

Defraudada por su madre, de quien esperaba compresión, Rebeca se alejó con rapidez sin decir palabra y se perdió entre la gente. Elisabet la llamó un par de veces, pero cuando vio que era inútil optó por esperar a encontrarla en casa. Esperaba que allí todos hablaran como familia, y que Aarón sabría reconducir a su hija para que meditara más su idea y que incluso su hermana mayor, que había madurado mucho pudiera aconsejarle paciencia. Esperaba que la rivalidad que siempre existió entre ambas hermanas se hubiera disuelto con los años.

En el fondo, sin embargo, temía que su hija pequeña saliera con el mismo carácter alocado que tuvo Sara en su juventud, y que eso la llevara a cometer un error. Justo lo que le parecía aquel atropellado compromiso. ¿Y los padres de Ismael? ¿Lo sabrían Simeón y Dámaris? Ismael parecía un buen chico, guapo, listo, simpático y comprometido con la iglesia. Lo tenía aparentemente todo, y aquello era precisamente lo que comenzó a asustarla. Los errores, los fallos que todo ser humano posee, debían estar ahí, en alguna parte. ¿Cuál o cuáles eran los defectos de Ismael?

4

JOSUÉ SE FROTABA LAS MANOS E INTENTABA calentárselas con su propio aliento. Había ocultado el cuello todo lo posible bajo la chaqueta. Ésta no era muy adecuada para tan extremas temperaturas, pero era lo más elegante que tenía y la quiso llevar a la fiesta aun a costa del frío.

El tiempo invernal también lograba calmar su enfado. Ya no veía a su padre como un ser cruel e insensible, que sin remordimiento alguno arrancó los sentimientos más íntimos de su alma. En el fondo, se lo había dicho por su bien.

Sí, era eso. Rebeca iba a casarse. Debía apartar cualquier perspectiva. Además, estaba siendo injusto con Ismael. Su primo no merecía un competidor. Era una buena persona.

La puerta de la iglesia se abrió y salió Daniel.

—¡Menudo calor hace ahí dentro! —dijo Daniel.

—Dentro de cinco minutos te arrepentirás de haber salido.

Josué se movía de un lado a otro mientras hablaba, intentando entrar en calor.

Miró a Daniel de arriba abajo. Sin duda lo que más resaltaba eran sus ojos, de un verde intenso y de mirada ligeramente maliciosa. Eso le hacía irresistible para las chicas, pero curiosamente, Daniel era el menos interesado en una relación de todo el grupo de jóvenes de la iglesia. Él mismo admitía que Dios le había reservado para ser misionero, sin responsabilidades que pudieran comprometerle como una pareja. Que Josué supiera, nunca había estado con una chica. Durante un momento sintió envidia. Ojalá él pudiera olvidar a Rebeca, olvidarse de los sentimientos que lo acosaban y vivir tranquilo.

Llevaban un rato callados, intentando soportar el frío a la puerta de la iglesia. La calle, a pesar de ser las ocho de la tarde, se encontraba totalmente desierta. La gente se resguardaba de la helada en sus casas. La ciudad parecía abandonada.

—¡Oye! —dijo Daniel, como acordándose de repente de algo—. He oído que mañana Ismael y tú vais a pintar tu nueva casa.

—Sí. Es lo último que queda por hacer para terminar las reformas.

—Si necesitas ayuda...

—Gracias, Daniel. Estaremos allí a partir de las doce del mediodía. Puedes venir cuando quieras.

—Allí estaré. Aparte de nosotros tres, ¿va alguien más?

—Leonor ha querido echarnos una mano. También mi compañero de trabajo, Roberto.

—¡Roberto! Un chico muy simpático. Antes, en la fiesta, ha venido a presentarse a Sara y a mí.

Josué sonrió a sabiendas de lo que aquello significaba.

—Sí. Ha hecho muy buenas migas con todos.

—Sobre todo con tu primo. Parece que se llevan muy bien.

—Es cierto. Creo que tienen personalidades parecidas.

La puerta volvió a abrirse. Esta vez quien apareció fue Samuel, el encargado del mantenimiento de la iglesia. Abrió las dos hojas de la puerta y las aseguró al suelo para que quedaran abiertas. La fiesta había terminado y todo el mundo estaba despidiéndose en el vestíbulo. Aarón se apresuró para colocarse justo en el quicio de la puerta de salida y así poder despedirse de todos los que salían. Era un buen detalle. La gente agradecía que el pastor no se olvidara de saludar a nadie. Josué vio a Rebeca aproximarse hacia la salida. No pensaba hablar con ella. No quería, hoy no. Tal vez volviera a hacerlo cuando lograra digerir todo lo que le ocurría, cuando sus sentimientos dejaran de estar a flor de piel, pero todavía era demasiado pronto.

II

1

La casa que Josué había comprado estaba en uno de los barrios más pobres de la ciudad. Era un barrio en el que vivía gente de bajo nivel adquisitivo, obreros en su mayor parte, desprovistos de lujos y que hacían malabares con sus sueldos para llegar a fin de mes. No era un barrio con demasiada delincuencia, pero sí con más que otros. A pesar de ello, no solían ocurrir hechos graves, siempre y cuando fuera de día y se caminara por las calles principales.

Por las mañanas bullía de vida. La gente, yendo de un lado a otro, se veía concentrada atendiendo sus asuntos: hombres de camino al trabajo, mujeres llevando a sus niños al colegio, muchachos de instituto riendo. En hora pico, los coches se amontonaban en las calles, formando tapones que parecían imposibles de resolver. Entonces comenzaba un concierto de ruidos de claxon, acompañado con todo tipo de imprecaciones.

Camiones de reparto aparcaban aquí y allá, en los lugares más insólitos, y llenaban el ambiente con el aroma del pan recién horneado. La calle de Josué solía ocuparse con pequeños puestos que formaban un mercadillo en que los vendedores eran siempre los mismos, y cada uno sabía dónde debía poner su puesto y los límites del mismo. Allí se vendía de todo: fruta, ropa, pilas, artículos de decoración, animales, discos... Algunas cosas eran robadas en tanto que otras eran de procedencia respetable.

Al atardecer, los puestos desaparecían como por arte de magia. En verano, los mercaderes aprovechaban más las horas de sol, pero en invierno el frío no les dejaba prolongar sus ventas más allá de las seis de la tarde, cuando comenzaba a oscurecer. Entonces la calle quedaba desierta. Solo el autobús pasaba de vez en cuando por allí.

La casa de Josué tenía dos plantas. Su estructura era muy distinta a los edificios colindantes. Parecía que su constructor la hubiera traído directamente desde otro país y la hubiera encajado entre los edificios que, como el resto de los que recorrían la calle, no bajaba de las cuatro plantas. El anterior inquilino se encargó de pintar la fachada de granate. A Josué no le gustaba, pero no pensaba cambiarlo hasta dentro de uno o dos años. Justo frente a su puerta solía colocarse un puesto de venta de ropa todas las mañanas. Y cruzando la calle, el ayuntamiento había construido unas canchas de baloncesto. Durante muchos años, la hilera de edificios que recorría la calle se cortaba allí en un descampado que aprovechaban todos los vecinos del barrio con perros. Para dar una imagen más higiénica y aprovechar un espacio que solo servía como letrina canina, el ayuntamiento construyó un par de canchas. El lugar también se intentó acondicionar como parque, de tal forma que, tomando el enorme cuadrado que formaba el descampado, el ayuntamiento lo dividió en cuatro partes iguales. Dos de ellas (la superior derecha y la inferior izquierda) quedaron reservadas a las canchas y el resto quedó preparado para hacer jardines. Con el tiempo, la idea de plantar árboles y arbustos fue quedándose en el olvido y en su lugar crecieron todo tipo de plantas silvestres, retorcidas y mezcladas unas con otras. Lo que pretendía ser un lugar alegre se transformó en una especie de bosque salvaje y oscuro. Las canchas eran usadas en verano por mucha gente, pero en invierno nadie jugaba en ellas. Para colmo, hacía mucho que el alumbrado no funcionaba en la zona, así que nadie quería cruzar por allí, porque al caer la noche se juntaba todo tipo de mala gente.

Desde la segunda planta de la casa se veían bandas callejeras pasando allí las noches del fin de semana. Por eso, si no era de día, él prefería no cruzar a través de las canchas aunque le llevara más tiempo rodear los edificios contiguos para llegar a casa.

Cuando Josué la compró, pedía a gritos una reparación. Durante unos meses, y con la ayuda de los amigos de la iglesia, logró reconstruirla del todo. Ahora que la obra estaba casi terminada, el resultado sorprendía. Era tal el cambio que no lograba recordar cómo era antes. Ya solo quedaba darle un par de manos de pintura a las paredes y amueblarla. Con toda seguridad, para el año siguiente quedaría terminada.

Era 24 de diciembre por la mañana. En aquella fecha el mercado trabajaba más que en ninguna otra época del año. La gente buscaba este o aquel ingrediente que habían olvidado para la cena de Navidad. También había quienes recordaban a última hora que les faltaban uno, dos, o incluso todos los regalos, y buscaban desesperadamente algo original.

Josué, vestido con un chándal descolorido, pasaba el rodillo arriba y abajo por la pared de una habitación en el segundo piso, pintándola de un tono aplatanado. Era una habitación amplia, y mientras pintaba barajaba en su cabeza para qué la utilizaría una vez se mudara. La noche le había sentado bien, lo suficiente como para recapacitar en frío sobre todo lo que ocurrió en la fiesta de la iglesia. El trabajo, además, lo mantenía ocupado, y después de una hora pintando ya ni se acordaba de todo lo sucedido. Desde la fiesta no volvió a cruzarse con su padre. Llegó a casa pronto y se encerró en su habitación. Emanuel no lo molestó. Al día siguiente se preocupó en salir apresuradamente. «¡Llévate a tu hermano!», le alcanzó a gritar su padre desde la cocina cuando ya abría la puerta para marcharse.

Desde que Jonatán, su hermano menor, cumplió los 17, su padre insistía para que Josué lo integrara en el grupo de amigos que él tenía en la iglesia. Pero Jonatán parecía no ver la necesidad. Estaba en una edad intermedia entre dos grandes núcleos: el de niños y el de adolescentes. Solo Jairo, un camarero de 20, se acercaba un poco a su edad. De hecho, ambos siempre iban juntos, separados de los dos grandes grupos. La cuestión era que Jonatán se consideraba mayor para irse con los niños e Ismael lo veía pequeño para prestarle su amistad. Eso era, en el fondo, lo más relevante. Ismael, el más carismático del grupo, debía aceptarlo, y entonces el resto lo haría sin problemas. Pero Ismael parecía ignorar la existencia de Jonatán.

El hermano de Josué tenía siempre una expresión triste, deprimida. Por si fuera poco, su físico no ayudaba. Estaba muy delgado, casi escuálido. Era sumamente pálido, como si acarreara una enfermedad crónica. Sin duda, todo lo contrario a Ismael, su antítesis. Tal vez aquella era la causa de que no lo aceptara.

Josué decidió no obedecer la orden de su padre y escapó antes de que se le acoplara su hermano. Era mejor así. Jonatán se quedaría en la casa sin saber qué hacer, callado, esperando a que alguno de los otros chicos que iban a venir le dirigiera la palabra para contestar con monosílabos. Seguro que una vez que entrara a la casa, se pasaría pululando arriba y abajo por las habitaciones como un animalillo enjaulado, esperando la hora de marcharse. No. No estaba dispuesto a soportar a su hermano toda la mañana.

Alguien llamó a la puerta. Josué dejó el rodillo en el cubo de pintura y bajó a abrir. Seguramente sería Ismael. Se retrasaba.

El corazón le dio un vuelco cuando abrió. Era Rebeca.

—¿Dónde está Ismael? —fue lo mejor que acertó a decir.

—Hola a ti también —respondió Rebeca, ladeando la cabeza.

Pasó adentro sin esperar a ser invitada y colgó el abrigo en un perchero cercano (uno de los pocos elementos de mobiliario que Josué sí tenía).

—Está empezando a llover, así que he decidido adelantarme. Ismael viene detrás. Yo he venido por las canchas.

Una señal de alarma saltó dentro de Josué.

—¿Por las canchas? Rebeca, no deberías ir por ahí, es peligroso.

—¡Tranquilo!

Rebeca respondió entre risas, sorprendida con el sentimiento protector que en Josué había aflorado.

—Oye, lo digo muy en serio. En invierno nadie va a jugar y el lugar está abandonado. No me gusta que vayas por allí, podría pasarte algo.

Rebeca hizo una mueca e intentó cambiar de tema.

—Ayer te marchaste de la fiesta sin despedirte.

Josué, pillado por sorpresa, no acertó a encontrar la respuesta adecuada.

—Sí... sí. Tenía prisa. Había algo que debía hacer en casa.

—¿El qué?

Las ideas para hilvanar una historia inventada no surgían con la suficiente velocidad en la mente de Josué. La mirada directa y persistente de Rebeca lo ponía cada vez más nervioso. Sus ojos azules penetraban blandamente en su corazón. Era una mirada amable; tierna a la vez que simpática. En ocasiones, le surgían unas cuantas pecas en los pómulos y en la parte superior de la nariz que le daban una apariencia aún más dulce. Cuando aparecían, Rebeca estaba especialmente hermosa. Hoy era uno de aquellos días.

Josué, buscando todavía una respuesta coherente para su excusa, se percató de que ambos habían estado observándose durante unos segundos. Si por él fuera, se habría quedado así, mirando a Rebeca con detenimiento, deleitándose en su hermosura, pero las palabras que su padre le dirigió la noche anterior regresaron a su recuerdo como un mazazo dado a sus sentimientos.

–Debía... debía pintar. Sí, no quería que hoy trabajáramos hasta tarde. Hace mucho frío cuando oscurece.

Rebeca asintió satisfecha. La coartada de Josué había resultado.

–¿Subimos? –dijo ella.

Josué avanzó primero por las escaleras. Ya en el piso de arriba, Rebeca se puso a pintar el techo del baño y Josué volvió a su rodillo.

Concentrados en el trabajo, ninguno volvió a decir palabra. Poco a poco comenzó a escucharse un repiqueteo sobre las ventanas. Afuera comenzaba a llover. En unos pocos segundos, las primeras gotas se convirtieron en una verdadera tormenta. Josué avanzó hasta la ventana e intentó asomarse al exterior mirando a través de los cristales. Apenas se podía ver nada, porque las gotas de lluvia daban directamente contra el cristal, pero pudo distinguir a las personas como borrosas manchas de colores oscuros, corriendo a refugiarse bajo un balcón o dentro de algún portal. Los tenderetes del mercadillo todavía aguantaban, cubiertos por gruesos plásticos que se agitaban con el viento, pero algunos vendedores comenzaban ya a recoger por miedo a que su mercancía pudiera arruinarse.

–Ismael se va a empapar –dijo Rebeca a su espalda.

Josué se volvió.

–Se habrá resguardado bajo un balcón y esperará a que escampe.

Josué no pudo evitar volver a fijarse en ella. Le causaba placer y dolor al mismo tiempo. Por un lado, la visión de Rebeca le parecía casi angelical; por otro, la advertencia de su padre le dañaba, pero estaba enamorado, demasiado enamorado. Allí estaban los dos solos. Josué sabía que nadie les molestaría durante un tiempo. Ismael estaba atrapado por la lluvia y no llegaría hasta que amainara el temporal, e igualmente ocurriría con los demás. En ese instante apareció en él una fuerza, un deseo que no pudo detener. El corazón comenzó a latirle frenético y le temblaron las piernas cuando, ese deseo, alocado e irracional, se transformó en una decisión firme.

—Oye —dijo ella de pronto-. ¿No tienes nada para almorzar...?

—¡Rebeca! —cortó Josué.

Se había decidido y nada se interpondría en su camino. Debía decírselo, ahora o nunca.

—Tengo que hablar contigo.

Rebeca se sorprendió. Josué avanzó hasta ella y la tomó de una mano para llevarla al centro de la habitación. Respiró hondo, y habló:

—Necesito decirte algo.

Ella comenzó a preocuparse. Josué parecía muy nervioso.

—Josué, ¿te ocurre algo?

—Sí. Bueno, no. No es nada grave, pero es importante.

Rebeca se quedó en silencio, esperando. Como si fuera el inconsciente quien dictara sus movimientos. Josué se dio cuenta de que no la había soltado la mano. Un miedo interior y creciente le instaba a que no hablara, algo le decía que estaba a punto de cometer un error, pero ignoró aquellos pensamientos y se decidió.

—Estoy enamorado de ti.

Silencio. Rebeca se sobresaltó, pero no dijo nada. Quiso retirar la mano que le tenía tomada, pero él la agarraba con fuerza.

Josué, después de aquella pausa, continuó, esta vez con más valor:

—Desde... desde siempre. Desde que te conozco. Rebeca, siempre me has gustado. No sabía si decírtelo, porque todo el mundo... Mi padre me recomendó que no lo hiciera. Pero yo te amo, te amo y debía decírtelo.

—Pues tu padre te aconsejó bien —cortó Rebeca, y al momento se mostró sorprendida de sus palabras, aunque se recompuso al momento—. No tendrías que haberme dicho nada, y menos ahora.

Lo sabía. Josué sabía que Rebeca le negaría. Era aquella sensación que había llamado a su sentido común desde el principio de la conversación, le había intentado detener a cada palabra, a cada alocado impulso le había gritado que se detuviera, pero él decidió seguir aun a sabiendas del resultado. Rebeca amaba a Ismael y se iba a casar con él. Josué reconoció que había cometido una estupidez. ¿Qué esperaba conseguir declarándose ahora? Debió haberlo hecho mucho antes, antes de que su primo se le adelantara. Ahora solo conseguiría perder la amistad de Rebeca.

—Lo siento —dijo, y soltó su mano.

—Josué, ¿por qué me has dicho esto?

Lo cierto era que no lo sabía. Un anhelo, una febril esperanza quizás. No se detuvo a pensar qué esperaba conseguir, aunque fuera evidente que no lograría nada. Si lo hubiera pensado, nunca se lo habría dicho, pero el amor por ella lo cegaba y decidió escuchar a sus sentimientos con la esperanza de obtener el más absurdo de los desenlaces. Rebeca volvió a hablar, esta vez con una voz más amable.

—Josué. Agradezco lo que me has dicho, pero Ismael y yo...

—Vais a casaros. Lo sé.

Rebeca se mostró contrariada.

—No lo puedo creer. ¿Es que ya lo sabe toda la iglesia?

—Ya sabes lo que suele ocurrir con los rumores...

Josué intentó sonreír. Rebeca se resignó ante aquella verdad irrefutable. En la mayoría de las ocasiones, eran verdaderas noticias lo que corría de boca en boca y a través de la cadena telefónica que se establecía entre los miembros de la iglesia. Era bueno que todo el mundo estuviera informado de los acontecimientos concernientes a la congregación. Pero en otras ocasiones lo que saltaba no era más que un chisme o un secreto que alguien decidía contar. Por desgracia, en una semana era muy posible que la inmensa mayoría de los miembros supiera que Ismael y ella estaban pensando en una boda. Debía apresurarse para hablar con su padre o pronto se enteraría por boca de terceras personas.

—Entonces, si sabes que voy a casarme, ya sabrás que no puede haber nada entre nosotros.

—¿Esa es la única razón?

Rebeca se molestó.

—¡Pues claro! ¡Pero qué dices! ¿Crees que me voy a casar con Ismael porque sí?

—Lo siento. No sé... no sé por qué lo he dicho.

Rebeca se apartó visiblemente enfadada. Alzó la voz por encima de lo normal.

—Yo amo a Ismael. Estoy harta de que la gente piense que simplemente he querido salir con el futuro pastor de la iglesia. Ni se te ocurra pensar eso.

—No lo he pensado. Lo siento, de verdad. No me hagas caso. Yo... no me gustaría que esto estropeara nuestra amistad.

—Ahora mismo no es buen momento para hablar de nuestra amistad.

Ambos volvieron a quedarse en silencio, mirándose. La expresión de Rebeca había pasado a una hostilidad anormal. Parecía muy afectada por el hecho de que la gente no la viera realmente enamorada, sino solo antojada por el chico más prometedor del grupo. Josué, por un momento, también esperó eso. Pero era evidente que Rebeca estaba enamorada de Ismael. No le faltaban razones, porque él parecía reunir todo lo que una chica de la iglesia pudiera desear en un hombre. De todas formas, ahora lo que más le preocupaba era que Rebeca se distanciara, que por culpa de su tonta declaración, la amistad que los dos tenían se enfriara hasta desaparecer. Tenía que arreglar eso. No podría soportar que no le dirigiera la palabra.

Quiso acercarse a ella, pero de pronto alguien llamó a la puerta. Hacía rato que la lluvia había amainado.

—Bajaré a abrir —dijo Rebeca en tono frío, y bajó las escaleras.

Josué, que no se movió del sitio, no tardó en reconocer la voz de su primo. Además Ismael no venía solo. Al parecer le acompañaban otras personas. Oyó la voz de Daniel y de Leonor, que saludaban a Rebeca y que comentaban cómo se habían encontrado a Ismael en la calle.

—Estaba refugiado en uno de los tenderetes —comentó Leonor—. Nos lo hemos encontrado por el camino.

—La lluvia me ha pillado cuando rodeaba la manzana —respondió Ismael—. Pero en mi favor diré que el tenderete bajo el que me he refugiado vendía paraguas.

Todos rieron de su broma.

—Tenías que haber cruzado por las canchas, cariño. No te habría pillado la lluvia.

Rebeca hablaba con Ismael como si la conversación con Josué no hubiera tenido lugar. El tono de su voz volvía a ser jovial y cariñoso, sin restos aparentes de estar molesta por nada. Al escuchar aquellas palabras de cariño, Josué se sintió dolido e incómodo sin saber la razón. Pensó en no salir a saludar a nadie, quedarse en la habitación y esperar a que todos subieran, por miedo a que su mirada delatara lo que segundos antes había ocurrido. Sin embargo, decidió no parecer descortés y no dar motivo alguno para que alguien dudara de si se encontraba bien; así que, finalmente, salió de la habitación y les saludó. Samuel también estaba en el grupo. Agitaba un enorme paraguas negro, zarandeándolo en la calle; sin duda, el que debió comprar Ismael para salir airoso del chaparrón.

Cuando todos se hubieron saludado, Josué los distribuyó entre las habitaciones que debían pintarse y les dio brochas y rodillos. Los muchachos pusieron manos a la obra en seguida.

El plan consistía en dejar la casa terminada para la noche de fin de año, porque querían celebrar allí una fiesta. Era posible que la pintura no estuviera totalmente seca para entonces, pero procurarían no acercarse demasiado a las paredes. Como no había ningún mueble, se servirían del suelo para dejar la bebida y para sentarse. La iglesia solía tener vasos, platos y cubiertos de plástico, y el pastor había dado su consentimiento para usarlos, así que un día antes todo el mundo se dedicaría a trasladar lo necesario hasta la casa de Josué y dejarlo listo para la fiesta.

El silencio que hasta ahora reinaba en la casa quedó roto con multitud de comentarios, charlas de todo tipo y chistes. Ismael bromeaba con Rebeca y Leonor. Los tres hablaban en voz alta desde habitaciones distintas; el eco causado por la ausencia de muebles hacía retumbar sus voces por toda la casa. Las conversaciones no trataban nada trascendental. Se hablaba sobre los planes para la fiesta de fin de año y los regalos que recibieron en la Navidad.

—¿Cómo llevas el seminario? —le preguntó Ismael a Daniel. Ambos pintaban juntos una de las habitaciones del segundo piso.

Daniel estudiaba teología, aunque todavía le quedaban tres años para graduarse.

—Tengo dificultad con el griego. Las declinaciones me están volviendo loco.

Ismael no pudo evitar reírse ante tal afirmación. Era cierto. Él mismo tuvo que luchar con el griego *koiné*, el tipo de griego que se estudiaba en el seminario y que servía para traducir el Nuevo Testamento.

—Tranquilo, Dani, lo aprobarás.

Daniel resopló.

—¡Eso espero! Me está costando. Una noche... incluso... incluso se me pasó por la cabeza tomarme... algo. Ya sabes. Cualquier cosa para animarme. ¿Te imaginas?

Daniel sonreía, y sus palabras sonaban a broma, pero viniendo de él adquirían un tinte extraño. Como si se tambalearan entre la borrosa frontera de la burla y la verdadera tentación.

Años atrás, Daniel estuvo inmerso en las drogas, inmerso hasta el fondo. Y de ese fondo fue rescatado milagrosamente por unos misioneros que aparecieron cuando más ayuda necesitaba. Ellos le sacaron de las drogas cuando ya nadie lo creía posible y le reintegraron en la sociedad y en la iglesia. Por ello, la historia de Daniel era conocida como una manifestación verdadera del poder de Dios. Él era el primero que así lo entendía y estaba orgulloso de haber superado aquella terrible etapa de su vida. Desde entonces quiso dedicarse por entero a Dios, completamente, en todos los sentidos. La primera decisión que tomó fue la de no comprometerse con una mujer. No le resultó complicado, porque nunca había encontrado una chica por quien se hubiera sentido interesado. Cuando decidió aquel celibato voluntario y comprobó lo fácil que le resultaba llevarlo, entendió que se trataba de un don.

Ismael lo agarró del hombro, como si quisiera darle fuerzas, pero a la vez, sin dejar aquel tono dicharachero con el que se desarrollaba la conversación.

—Ya verás como lo apruebas todo, Dani.

Daniel afirmó con la cabeza. Ismael volvió a hablar, esta vez bajando el tono de voz.

—Ahora, háblame de «eso otro».

Ismael sonreía con aire malicioso. Cuando sonreía así, se le formaban dos atractivos hoyuelos en la comisura de los labios. Daniel no necesitó más pistas para saber sobre qué trataba el tema.

—No hay nada de qué hablar. Isma.

Ismael disimuló un gesto de incomodidad. No soportaba que le llamaran así. Sonaba demasiado infantil para su gusto, pero esta vez lo consintió, en aras de seguir el curso de la conversación.

—¡Vamos! Algo hay con Leonor.

—Solo por su parte.

—¡No me digas! Pues es una pena. A ella le gustas un montón. Se lo dijo a Rebeca. Está loquita por ti.

—Ya sabes que no me interesa ninguna mujer.

A Ismael le costaba muchísimo entender aquella postura. Al principio llegó a pensar que Daniel bromeaba, pero a medida que, una chica tras otra, todas fueron siendo rechazadas, comenzó a entender que hablaba en serio. Aquel muchacho nervudo, bajito pero atlético, resultaba muy atractivo a las chicas de la iglesia gracias a una chispa maliciosa que brillaba en sus ojos y cada vez que sonreía. Daniel tenía cara de chico malo, de rebelde sin causa. Tenía unos ojos verdes tremendamente profundos, felinos, al igual que el resto de sus facciones. Solo había un defecto en él: sus dientes. El paso por las drogas los había manchado de un feo color amarillento, pero aquel problema no parecía molestar a ninguna de sus pretendientes.

—Lo siento, Dani. No te molestaré más con el tema —respondió Ismael.

—No te preocupes, Isma. Sigamos pintando o no terminaremos nunca.

Ismael sintió una molesta presión en el pecho cuando volvió a escuchar la forma abreviada de su nombre. Aunque se hubiera pasado al otro bando, llevado de la mano por aquellos misioneros a quienes debía la vida, Daniel seguía siendo un rebelde. Ismael era el líder incontestable del grupo, pero Daniel nunca estaba sometido a él como los demás lo estaban. Ismael solo podía permitirse un leve control tras un sutil manejo de aquel carácter indomable, y otorgando ciertas concesiones, como, por ejemplo, que Daniel le llamara de aquella forma que tanto le molestaba.

De pronto, se oyó un portazo en la planta de abajo. Ismael se asomó por el cerco de la puerta para ver qué ocurría. Rebeca subía las escaleras.

—Leonor se ha marchado —dijo.

2

«Soy tonta», pensaba Leonor, mientras caminaba, cada vez más rápido, cruzando las canchas de baloncesto en dirección opuesta a la casa de Josué, deseando con todas sus fuerzas que ninguno de los chicos saliera en su busca, especialmente Daniel. No quería que le preguntaran por qué se había marchado así, sin avisar. Ni siquiera quería volver la vista atrás, por si su mirada se cruzaba con la de Ismael, Josué, o peor aun, por si veía a Daniel observándola alejarse desde la ventana. No podría soportarlo.

Todos sabían que estaba enamorada de Daniel. Y no era la primera vez que le escuchaba decir que no le interesaba ninguna chica, que no quería comenzar una relación con nadie, pero esta vez había sido más duro de soportar que nunca. Esta vez no se hablaba de una chica cualquiera; se hablaba de ella. Y como a todas, Daniel la rechazaba también.

«Soy tonta», seguía diciéndose Leonor. «¿Cómo pude pensar que conmigo sería distinto?»

No sabía en qué momento su corazón la traicionó, haciéndola creer que, en efecto, ella tendría algo distinto a las demás. «La culpa es mía, por pensar esas cosas» dijo para sí, tan convencida de sus ideas que, mientras caminaba apresuradamente, con la mirada clavada en el suelo, llegó a negar con la cabeza. En ese momento, una sombra se dibujó frente a ella, tan rápido que no tuvo tiempo de esquivarla. Cuando levantó la mirada se encontró de frente con una persona que estaba a punto de agarrarla. Instintivamente colocó los brazos por delante y se cubrió con ellos, pero aquel individuo se los sujetó antes de que ambos chocaran. No lo hizo con fuerza, pero sí con firmeza. Leonor, sorprendida por el encontronazo, levantó la mirada.

—¡Hola! ¿Me recuerdas?

Leonor levantó la mirada. El sol le daba de frente, pero el día seguía lo suficientemente nublado para permitirle reconocer a quien la sujetaba. Era Roberto, el amigo de Josué que asistió a la fiesta de Navidad. Los nervios provocados por el sobresalto desaparecieron al momento.

—Sí, sí que me acuerdo de ti. Creo que te llamas Roberto.

—El mismo.

—No nos presentaron en la fiesta.

—Sí, fue una pena.

Roberto dijo aquellas últimas palabras con una sonrisa. Algo en el interior de Leonor se conmovió. ¿Qué había sido eso? ¿Estaba Roberto flirteando con ella? Avergonzada con la idea, no supo qué responder.

—Voy casa de Josué, a echarle una mano —siguió hablando Roberto.

—Vengo de allí. Están pintando.

—¿No vendrás luego?

—No... no. Tengo cosas que hacer.

—Una pena. Bueno, espero volver a verte, Leonor.

Y, de nuevo, otra sonrisa. Leonor comenzó a notar que la sangre le subía a la cabeza. A estas alturas, y con el frío que hacía, pensó que tendría las orejas rojas como tomates. La idea la avergonzó tanto que quiso marcharse de allí cuanto antes.

—Sí... Bueno, tengo prisa. Ya nos veremos.

Dos besos de despedida y Leonor se dio media vuelta sin dar tiempo a que Roberto dijera una palabra más que la hiciera morir de vergüenza. Salió disparada, casi corriendo. «¿Qué es esto, Señor? ¿Por qué justo ahora me pones a Roberto delante?» No comprendía a Dios, y se lo hacía saber mientras se alejaba.

En la iglesia se recomendaba a los jóvenes que no se unieran a personas no creyentes, porque, por muy tolerantes que éstas pudieran ser, los conflictos, ya fueran relacionados con temas morales o más mundanos, acabarían apareciendo tarde o temprano; por ello todos aconsejaban paciencia a los jóvenes, alegando que, pronto, Dios les mostraría a la persona adecuada.

Como ocurría con todo lo que formaba la base protestante, se partía de la Biblia para sostener una afirmación. No era menos en este caso, donde la segunda carta a los Corintios, capítulo 6, versículo 14 aportaba tal fundamento. Leonor había leído el pasaje decenas de veces, buscando quizás alguna manera de entenderlo de forma distinta, alguna posible segunda interpretación.

Dobló la esquina, sumida en sus pensamientos, y dejó que las lágrimas le corrieran por las mejillas. Su pelo, lacio y rubio, le caía tapándole el rostro, de modo que así lograba ocultarse de miradas curiosas. En la próxima primavera cumpliría 28 años y nunca, jamás nadie se había interesado por ella. Eso, claro, dentro de la iglesia. Fuera había tenido varios pretendientes, pero siempre se mantuvo fiel a lo que decía la Biblia, especialmente en aquel versículo de Corintios, y había decidido esperar. Sus esperanzas, sin embargo, se iban agotando a medida que los años la transformaban en una mujer adulta. Ya no era una adolescente con toda la vida por delante. A los 25, su impaciencia comenzó a ser mayor que su fe. Ahora, con 27, se sentía desesperada. «Espera», seguían diciendo pastores y profesores de escuela dominical. Se afirmaba lo mismo en cada campamento para jóvenes y en cada charla sobre educación sexual de la iglesia, pero ella ya no podía esperar más. Estaba harta de esperar.

Daniel no la quería. Nadie la quería. Estaría sola el resto de su vida, condenada a llevar un celibato que no deseaba, un don que se transformaba en tortura. Pero no, no lo permitiría, porque allí estaba Roberto. No era creyente, pero siempre ocurría lo mismo. Alguien ajeno a la iglesia se interesaba por ella, y ya estaba cansada de rechazar el amor por un absurdo versículo.

Sí, estaba harta, le daba igual. Se terminó el esperar. Dios parecía jugar con sus sentimientos, pero ella se había cansado del juego. Era hora de ponerse a hacer trampas.

Sus pensamientos y aquella decisión final la sorprendieron, pero ya estaba tomada. No había vuelta atrás, y aunque la hubiera, no pensaba arrepentirse. Necesitaba comenzar a sentir la vida de una vez. Iba a hacerlo, iba a hacerlo de una vez. Conocería a Roberto, saldría con él, y nunca más permitiría que Dios volviera a interponerse en su vida.

III

1

Rebeca caminaba con velocidad. Se retrasaba, y mucho. Era 1º de enero. El año nuevo tenía apenas tres horas de vida. La calle, sin embargo, estaba inusualmente tranquila. Nada en comparación a dos horas atrás, cuando todo el mundo terminaba de celebrar con sus familiares la entrada del nuevo año y partían raudos al salón de fiestas donde habían reservado pase, o a la casa de un amigo en la que estarían bailando y bebiendo hasta el amanecer. Un plan parecido existía con el grupo de jóvenes de la iglesia: todos quedaron en verse a la una de la madrugada en la casa de Josué, pero Rebeca no pudo salir hasta las tres. Sus padres no se lo permitieron.

Aquel mismo día por la mañana, Elisabet había contado a Sara las intenciones de boda que tenía su hermana pequeña.

Años atrás, antes de que Sara se hubiera marchado de casa, las relaciones entre ella y Rebeca eran realmente malas. Sara sentía constantemente celos de su hermana menor, alegando que sus padres siempre se preocupaban más por la pequeña de la casa. Al principio, durante los primeros años después del nacimiento de Rebeca, Elisabet y Aarón pensaron que era un sentimiento de envidia momentáneo y que a Sara se le terminaría pasando con el tiempo. Sin embargo, los celos recrudecieron en lugar de menguar, y cuanto mayores eran éstos, más problemas causaba Sara en casa. Las dos hermanas se distanciaron cada vez más y sus padres, aunque no lo desearan, no pudieron evitar hacer una diferencia entre la hija buena y a la oveja negra de la familia. Sara lo notó, y se marchó.

Elisabet confiaba en que aquellos celos y aquel sentimiento de «princesa destronada» que padecía Sara hubieran desaparecido en sus años de ausencia, pero la hermana mayor guardaba todavía mucho rencor contra

Rebeca. La noche del 31 de diciembre, cuando la familia se sentaba lista para cenar y esperar unidos las campanadas de medianoche, Sara aprovechó para descargar sobre Aarón los secretos que su madre le había confiado. Aarón, desconcertado, obligó a Rebeca a darle explicaciones sobre aquella decisión, a su juicio poco meditada. Rebeca intentó convencer a su padre de lo firme que era su decisión, pero no pudo evitar que, enfrascados en la discusión, las horas transcurrieran, una tras otras, hasta hacerse demasiado tarde.

Aarón no estaba seguro de la decisión de su hija. Ismael era un buen chico, cierto. Era posiblemente el mejor chico de toda la iglesia, pero la cuestión era que Rebeca, su pequeña Rebeca, contaba solo 19 años. ¿No sería, quizás, que estaba dejándose llevar por sus impulsos de adolescente? ¿Que fuera deseo y no verdadero amor lo que sentía? Rebeca no pudo evitar enfurecerse cuando pusieron en duda su amor verdadero. ¿Qué sabrían sus padres de lo que ella sentía? Pero lo peor de todo era soportar la cara de Sara, sentada frente a ella, al otro lado de la mesa, con una leve sonrisa de satisfacción en el rostro y mostrando esa mirada que decía «eres la niña mimada de la familia».

Solo pensar en aquella escena le puso a Rebeca los nervios de punta. Caminó más aprisa mientras ascendía por la avenida. A cada paso escuchaba el sonido de sus tacones resonar por toda la calle. Hacía tanto frío que se le había enrojecido la punta de la nariz, pero estaba tan enfrascada en sus pensamientos que apenas se dio cuenta de que estaba tiritando.

¿Lo era? ¿Era la niña mimada? Odiaba que su hermana la hiciera dudar. No, no quiso consentir que Sara ganara la partida, y por ello, durante la discusión con sus padres, se dedicó a alzar más y más la voz para alejar cualquier identificación con un carácter mimado. Sus padres no la alzaron, pero la discusión siguió creciendo en tensión. Al final, como era lógico esperar, no se alcanzó acuerdo alguno y todo terminó con un portazo. Rebeca se marchó de casa, a pesar de que su padre le hubiera prohibido terminantemente salir hasta llegar a una solución. No quería escucharles más, y no pensaba seguir soportando la mirada triunfante de Sara.

El portazo retumbó por todo el portal. Seguro que todos los vecinos lo habrían escuchado.

Mejor, pensó mientras bajaba por el ascensor. *Que todos se enteraran, así sabrían que la suya no era una familia de «cristianitos» modelo.*

Es más, lo que pudieran pensar los vecinos al escuchar el portazo estaría revolviéndole las tripas a su padre, siempre empeñado en aparentar que su familia no tenía problemas, ejemplar. Por la misma causa evitaban hablar de Sara, a no ser que fuera necesario. ¿Y ahora qué? ¿Tampoco hablarían del incidente con ella? Seguro que no. Se preocuparían en aparentar que todo seguía de maravilla.

Mientras caminaba por la calle, Rebeca no pudo evitar que le aflorara una sonrisa al imaginar qué ocurriría cuando toda la iglesia supiera que iba a casarse con Ismael. ¿Qué dirían entonces sus padres ante todos? Tendrían que aprobarlo. Sí, tendrían que hacerlo para aparentar que no existía conflicto alguno con su hija, que la boda había sido aprobada bajo una decisión unánime, y bendecida por el pastor.

Entonces, Josué cruzó por su memoria como una exhalación. Rebeca todavía no podía creer que hubiera confesado su amor por ella. El recuerdo la indignaba, pero no lograba adivinar por qué. Si sabía de antemano que ella e Ismael iban a casarse, ¿por qué quiso declararse a pesar de todo? No lo comprendía. Pero había algo más que la hacía enfadar. Veía, sin entender la razón, que Josué no era más que un pobre cobarde. Era un pensamiento difuso, pero que la hacía sentir mal. Intentó alejarlo de su cabeza.

Se detuvo en seco en mitad de la calle. Había andado casi todo el camino dándole vueltas a sus pensamientos, sin darse cuenta de adónde la llevaban sus pasos. Levantó la mirada. Estaba apenas a unos metros de la casa de Josué.

Las ventanas del segundo piso, carentes de cortinas, dejaban salir la luz de las habitaciones. Desde la distancia logró distinguir algunas figuras, incluso creyó escuchar algo de la música que sonaba en el interior. A estas horas la fiesta debía estar en pleno apogeo.

El camino que la separaba de la casa de Josué lo ocupaban las canchas de baloncesto. Oscuras, dormitando en aquella primera noche del año. Las luces de las farolas en el interior nunca se encendían, por lo que apenas podían distinguirse las canastas o las líneas blancas del suelo que demarcaban el campo de baloncesto. En los bordes, los arbustos sumían ciertas zonas en la más absoluta negrura.

Sin que se diera cuenta, sus pasos la habían llevado hasta allí, guiados por un camino que conocía de sobra mientras su cabeza se ocupaba en otros asuntos. Aguzó un poco más la mirada para escrutar las tinieblas, dudando entre si cruzar por aquel tenebroso atajo o desandar sus pasos y rodear los edificios. El rodeo la llevaría unos diez minutos, hacía frío y llegaba muy tarde a la fiesta. En cambio, si cruzaba por las canchas llegaría al mismo sitio en dos minutos como mucho. Miró a su alrededor. Las calles estaban desiertas. Volvió a fijar la vista en el interior de las canchas. Parecían vacías también, pero envueltas en aquella oscuridad no inspiraban ninguna confianza. No, no se arriesgaría. Se dio media vuelta y retrocedió por el mismo camino por el que había venido.

Cuando llevaba desandados unos diez metros, la golpeó una ráfaga de frío invernal que le causó un incómodo escalofrío y la volvió a detener. Afloraron las dudas de nuevo, pero súbitamente le asaltó un sentimiento de valentía ¿Qué hacía? La casa de Josué estaba a treinta metros, tal vez veinte. No iba a ocurrir nada, llegaba muy tarde y hacía demasiado frío. Estaba deseando llegar a la fiesta, donde el calor y las sonrisas, su prometido y todos sus amigos la esperaban.

Decidida, Rebeca dio media vuelta y caminó con resolución hacia las canchas. Cuando éstas se mostraron nuevamente ante sus ojos, el miedo volvió a aflorar, pero lo ignoró y siguió adelante. Se introdujo en la primera cancha a través de una entrada en la valla metálica y apretó el paso, mirando hacia todas partes.

El frío parecía recrudecer en el interior del lugar. Una bruma mortecina se había posado a ras del césped y sobre el ambiente. Esquivó unas cintas al pasar bajo la primera canasta. Al parecer, alguien había estrellado una videocinta contra el suelo y había jugado a encestar las bobinas de su interior; de modo que colgaban desde la canasta a unos pocos centímetros antes de llegar al suelo y se agitaban con la más leve brisa como los brazos de un espectro. Rebeca miró a su izquierda, los muros de aquel lado estaban llenos con multitud de pintadas. Letras de vivos colores superpuestas unas a otras, componiendo palabras de formas grotescas y difícil traducción, y entre ellas, en el mismo centro, alguien había logrado dibujar con suma destreza la cara de Jack Nicholson, en el momento en que se asomaba a través del hueco en la puerta que él mismo había abierto a hachazos, hacia el final de la película *El resplandor*.

El rostro era enorme y terriblemente real. Parecía seguir a Rebeca con aquella mirada enloquecida a medida que ésta avanzaba cruzando la primera de las canchas. Aquella cara le provocó verdadero pánico, así que desvió su atención hacia otro lado, hacia el frente, pero entonces otra imagen la dejó totalmente paralizada.

Allí delante, junto a la salida de la primera cancha, había un grupo de personas. Eran apenas sombras esbozadas en la noche, unas cinco o seis figuras que caminaban sin prisa, como paseando en mitad de aquella soledad. Miró hacia atrás, procurando asegurar una posible huida. Para su horror, otras tres personas caminaban a su espalda, a unos pocos metros. ¿Desde cuando estaban ahí? Ni siquiera las había visto llegar. Habían aparecido de la nada. Cada vez más asustada, decidió seguir caminando como si nada ocurriera. En el fondo, tenía la certeza de que no ocurriría nada. Las personas que la seguían estaban cruzando por el atajo de las canchas, como ella hacía, y las que estaban delante tal vez estuvieran paseando a sus perros.

Cruzó la salida. Una acera de adoquines anaranjados conducía hacia la segunda cancha. A ambos lados todo era tierra embarrada por efecto del intenso frío y, más allá, la zona de los árboles y arbustos. Pasó frente al grupo de personas, de reojo cruzó la mirada con una de aquellas figuras. Distinguió a un chico de unos 25 años, con perilla y una gorra oscura calada hasta las cejas. Él también la miró.

Pasó de largo, apretando el paso, pero no demasiado, para que no pareciera que tenía miedo. No sabía por qué, pero no quería aparentar que se sentía totalmente aterrada. Apenas hubo caminado unos metros cuando le sobresaltó una voz masculina.

—¡Oye! ¿Tienes fuego?

Al mismo tiempo escuchó pasos acercándose a través de la tierra embarrada. Se detuvo, casi instintivamente, y volvió levemente la cabeza para contestar.

—No, lo siento. No fumo.

Se reprochó por haberse parado, por haber contestado. Era un error detenerse. ¿Por qué lo había hecho? Por ser educada, tal vez. Echó andar de nuevo, esta vez lo más rápidamente posible, sin importarle si aparentaba o no estar muerta de miedo, pero acto seguido otra voz volvió a llamarla, también masculina.

–Perdona. ¿Podrías prestarme algo de dinero?

–Lo siento, no llevo nada.

Esta vez contestó sin detenerse, sin volver la vista. Tras su respuesta se produjo un silencio largo, incómodo y frío como la misma noche. Pero Rebeca no quiso girarse para ver qué ocurría, cuál era la reacción de sus interlocutores. La calle de enfrente, tras la segunda cancha, fue lo único en lo que fijó la vista.

Ya pensaba que por fin la iban a dejar en paz, cuando, de pronto, uno de aquellos chicos la sorprendió apareciendo por su lado izquierdo y se colocó frente a ella, impidiéndole el paso.

–Venga, dame algo, anda.

–No llevo nada, de verdad.

Rebeca no se atrevía a levantar la mirada. Escuchó que varios pasos volvían a acercarse a su espalda, pero tuvo miedo de volverse.

–No te voy a robar, guapa –dijo aquel chico que se interponía en su camino–. No tengas miedo. Solo quiero unas monedas para comprar tabaco.

Otra voz sonó tras ella, la de otro chico. Parecía estar a unos metros de distancia.

–Venga, Gago. Déjala ya.

–No le voy a hacer nada –respondió Gago.

Rebeca intentó seguir el camino, pasando a un lado de Gago, pero éste volvió a interceptarla de un salto.

–Oye, no te vayas. ¿He dicho yo que puedas irte?

Rebeca no supo qué responder. El grupo de personas comenzó a rodearla, emergiendo de la noche y formando un círculo a su alrededor. Al lado de Gago se colocó un chico que no tendría más de 17 años. Lo agarró del brazo para llamar su atención.

–Venga, Gago. Está muerta de miedo. Deja que se marche.

En lugar de tranquilizarla, aquel muchacho consiguió el efecto contrario. Gago le soltó el brazo con un zarandeo.

–¡Lárgate, Mario! Yo hago lo que me da la gana.

Mario se separó y Gago volvió a dirigirse a Rebeca, quien escrutaba de reojo el rostro de todos los presentes. Serían unas siete personas y todos la miraban sonrientes. Era una sonrisa maliciosa, llena con una oscura intención, como aquella que, pintada en el muro, la había saludado al entrar.

—Mira, guapa —dijo Gago—. No puedes irte hasta que no me pagues. ¿Está claro?

—No tengo nada, de verdad. He salido de casa sin dinero —dijo Rebeca con voz temblorosa, a punto de que se le saltaran las lágrimas y logrando a duras penas que las piernas la respondieran. Estaba cada vez más segura de que algo horrible estaba a punto de pasar y de que no había forma de librarse de ello.

—Pues te quedas con nosotros —respondió Gago, y al momento se le unieron algunas risas salidas de entre el grupo.

Rebeca no pudo aguantar más las lágrimas. Comenzó a sollozar. Buscó con su mirada a Mario, el único que parecía defenderla de entre todos los desconocidos.

—Por favor —acertó a decir. La voz le salía entrecortada a causa de las lágrimas—. Por favor, dejad que me marche. Dejad que me marche.

Nadie respondió. Mario la miraba con rostro apenado, pero tampoco se atrevió a defenderla. Gago suspiró hondo y respondió:

—Está bien, puedes irte —dijo, y se hizo a un lado—. Anda, vete. Y perdona.

Por primera vez, Rebeca miró a Gago directo a los ojos, era el chico de la perilla con el que había cruzado la mirada hacía un minuto.

—Gracias —dijo, todavía entre lágrimas, y volvió a reanudar el paso.

Gago le sonrió, como si todo no hubiera sido más que una broma pesada. Se despidió realizando un pequeño saludo con la mano. Rebeca quiso correr, pero decidió que era mejor andar, aunque a buen paso. No quería dar un motivo para ofender a Gago ni a ninguno de los chicos del grupo y que volvieran a detenerla.

Pero entonces, cuando apenas se hubo separado unos metros del grupo, la voz de Gago volvió a llamarla.

—¡Oye!

Se le heló la sangre, dudó. No quería parar de nuevo, pero no hacerlo podría molestarles como anteriormente había ocurrido, y podría empeorar las cosas. Se detuvo y dio media vuelta, encarándolos. Gago ya había avanzado hasta ella, con una sonrisa amable en los labios. El resto se quedó atrás.

—Se te olvida esto —dijo al llegar hasta Rebeca y volvió el torso como si intentara buscar algo en el bolsillo trasero de su pantalón, pero de pronto la mano regresó sobre su recorrido y golpeó a Rebeca en la cara con toda la fuerza del impulso. El puñetazo le dio de lleno en el lado izquierdo de la cabeza, a la altura de la sien, y la lanzó contra el suelo de tierra, fuera de la acera adoquinada.

No llegó a perder el sentido del todo, pero las fuerzas la abandonaron casi por completo. Su cuerpo se transformó en un pelele a merced de aquellos chicos, cuyas sombras llenaron en un momento todo su campo visual.

—¡Llévala a los arbustos! —escuchó susurrar a alguien con fuerza.

Varias manos la sujetaron con firmeza de las muñecas y los tobillos, y la levantaron del frío suelo de barro. En un momento, todo a su alrededor se oscureció por completo. Escuchó el chasquido de las ramas y notó que la posaban sobre la hierba húmeda. Entonces comenzaron a tocarla por todo el cuerpo. Subían por sus piernas, presionaban su pecho, y le apretaban el cuello con fuerza.

—¡Viólala, Gago, venga, viólala! —escuchó.

Intentó gritar con todas sus fuerzas, pero solo logró emitir un quejido lastimero.

—Maldita sea —escuchó decir a Gago.

Sonaba muy cerca su cara; tanto, que el aliento a cerveza casi la hizo vomitar.

—Decía la verdad. No lleva nada de dinero.

Y de nuevo «¡Viólala, Gago!» Ahora parecía que la voz sonaba en su cabeza. Escuchó risas y burlas. El rostro de Jack Nicholson se paseaba ante sus ojos, invitándola a un reino de caos y demencia.

Estaba perdiendo el sentido.

Notó un fuerte zarandeo. Los muchachos la estaban girando para colocarla boca arriba. Bruscamente, sintió que la alzaban las piernas. Entonces se percató de que sus atacantes intentaban quitarle los pantalones. Recobró al instante parte de sus fuerzas y comenzó a lanzar patadas al aire, pero la detuvo un fuerte golpe en su costado seguido por un dolor agudo en sus costillas, intenso como la picadura de una serpiente, que la dejó sin aliento. Acto seguido reconoció el rostro de Gago acercándose al suyo y el roce húmedo de su lengua pasando por todo su cuello. Los demás chicos lograron arrancarle los pantalones y abrieron sus piernas sin que Rebeca apenas lograra oponer resistencia, las sostuvieron así, abiertas, hasta que Gago se colocó encima. El peso de su cuerpo contra la costilla golpeada le produjo una nueva punzada de dolor, más fuerte que el primero. Gritó, pero Gago tapó su boca con una mano llena de barro.

–¡Shhhh! No grites, cariño. Ya verás como luego te gusta –dijo con una ternura demencial, y al momento Rebeca sintió un terrible aguijonazo a la altura del vientre que se abría paso rasgando su interior.

Gago la estaba violando.

El momento apenas duró unos segundos, porque Gago parecía sentirse especialmente excitado con la situación. Cuando se levantó, Rebeca no podía moverse. Estaba todavía consciente, pero las fuerzas la habían abandonado del todo. No escuchó nada durante unos segundos, y cerró los ojos, pidiendo a Dios que todo hubiera terminado, pero de pronto sintió otra punzada más, justo en el costado contrario, donde no tenía nada roto. Luego un segundo golpe a la altura del muslo, tan fuerte que la desplazó del sitio. La banda de Gago la rodeaba y se turnaba para patearla. La golpearon una cuarta vez, pero Rebeca ya no lo sintió. Volvió con sus últimas fuerzas el rostro hacia la luz de la calle y vio la casa de Josué. Se fijó en una ventana del segundo piso. Había luz en su interior, y música, y todos bailaban, bailaban sobre su pecho, coceando sus vértebras al son de una música demencial. «Buenas noches, Rebeca», oyó decir a Ismael, y al fin, se durmió.

IV

1

LA FIESTA DE FIN DE AÑO EN CASA DE JOSUÉ estaba en su mejor momento. Pasadas las tres primeras horas del nuevo año, hasta los más tímidos se habían animado a bailar en el salón, transformado en improvisada sala de baile. Arriba, más música, pero amenizada por un *karaoke* que Roberto aportó a la fiesta. Como no había muebles, la gente se sentaba en el suelo, donde también dejaban las botellas de refrescos y los vasos de plástico. Más de una vez, sin embargo, un paso de baile perdido o alguien que caminaba sin fijarse daba un puntapié a uno de los refrescos y el líquido se desparramaba por todo el suelo. Al principio, alguien se preocupó de fregarlo, pero a partir del tercer accidente se dejó de hacer, y las bebidas se quedaron por el suelo, dejándolo pegajoso.

A Josué todo aquello no le importaba. Estaba disfrutando mucho la fiesta, como el resto, y eso era lo más importante. Ya habría tiempo para limpiar. Era una de las ventajas de no tener a nadie adulto que lo vigilara: podía hacer lo que quisiera. La más adulta de los asistentes era Leonor, y con su carácter tímido jamás se atrevería a levantar una voz de reproche. Por otro lado, le estaría eternamente agradecido a su padre por no arruinarle la fiesta, obligándole a hacer de niñera con su hermano menor. Al principio, Emanuel insistió en que lo llevara porque, de otro modo, Jonatán se quedaría en casa aburrido, pero finalmente y tras varios argumentos fallidos, Josué logró convencerlo de que su hermano solo se limitaría a quedarse en un rincón alejado de la fiesta y terminaría aburriéndose más que si se quedaba en casa. De este modo, y tras varios ruegos, Josué logró que su hermano se quedara en casa, lo que significaba su libertad total y el derecho a disfrutar de la fiesta sin tener que andar preocupado por nadie.

Se encontraba en la planta de arriba, intentando abrir la ventana del baño, que daba a un pequeño patio interior. Al comenzar la fiesta, todas las ventanas estaban cerradas, pero a medida que llegaba la gente y todo el mundo comenzaba a bailar, la temperatura ambiente dentro de la casa fue en aumento. Ahora, dejar que entrara el frío del exterior se hacía casi necesario para respirar.

La ventana del baño se le resistía. Era de madera vieja. Con el frío y la humedad de la niebla nocturna se había engrosado y no había manera de abrirla. Escuchó unos golpes. Le llegaron lejanos, atenuados por la música a todo volumen que sonaba en ambas plantas, pero logró distinguir de dónde provenían: alguien llamaba a la puerta. No le prestó mayor atención e intentó, una vez más, reunir todas sus fuerzas para levantar la hoja atrancada de la ventana.

De pronto, un grito de terror lo dejó totalmente paralizado. Fue un grito de mujer, de una de las chicas que bailaban abajo. Le siguió un revuelo, un sobresalto general. La música se detuvo de repente. Alarmado, Josué salió del baño y se asomó desde el segundo piso por el hueco de las escaleras para ver qué estaba ocurriendo.

Allí, en la puerta de entrada, aguardaba un desconocido. Era un chico joven, vestido con unos pantalones vaqueros y una chaquetilla que parecía insuficiente para abrigar en aquellas fechas. Llevaba en brazos a una muchacha con la cara ensangrentada e hinchada. El pelo, grasiento y revuelto, le cubría la parte izquierda del rostro. Tenía los pantalones desabrochados y ligeramente por debajo de la cintura. Parecía que estuviera muerta, porque la cabeza le caía hacia atrás y los brazos le colgaban inertes.

Al principio Josué no reconoció de quién se trataba. La cara estaba muy desfigurada y el cabello la cubría en buena medida, pero entonces observó sus manos. Eran estilizadas y suaves. Ni siquiera las manchas de barro que las cubrían lograban menguar su belleza.

Las piernas le fallaron al reconocer con horror y estupefacción que era Rebeca quien colgaba en brazos de aquel desconocido. Bajó las escaleras de tres en tres, mientras el resto de los jóvenes se acercaba por el pasillo para ver qué ocurría en la entrada. El muchacho que la sostenía en brazos intentó explicarse, pero parecía muy asustado, abrumado quizás al ver que decenas de personas se le echaban encima de golpe, por lo que solo logró articular algunas palabras inconexas y apenas audibles.

Ismael, quien bailaba en la parte de abajo cuando llamaron a la puerta, se abrió paso entre la gente. En primera línea estaba todavía Leonor, la responsable de aquel grito de alarma, pues había sido ella quien acudió a abrir. La terrible visión la había dejado petrificada. Tras el desgarrador chillido cayó de rodillas al suelo, pero nadie se había preocupado aún por atenderla. Ismael le pasó por delante y arrebató con fuerza a Rebeca de los brazos de aquel muchacho, casi con violencia, como si la estuviera liberando de las garras de su agresor. La sostuvo en brazos sin problemas y ascendió por las escaleras en dirección al baño. Josué solo pudo echarse a un lado cuando su primo pasó ante él, sin poder apartar la mirada de aquella chica que no parecía sino una grotesca caricatura de la muchacha hermosa y risueña que él conocía.

Mientras tanto, el muchacho que todavía aguardaba a la entrada fue atendido por Samuel, que le invitó a entrar y a que se calmara, ofreciéndole algo para beber. Alguien dijo que debía llamarse a una ambulancia y Roberto se prestó voluntario.

—Tengo el teléfono móvil en mi cazadora. Voy a buscarlo —dijo, y desapareció por una puerta que conducía a una de las habitaciones que los chicos usaron como ropero para la fiesta. Había en ella algunas cajas de cartón vacías que sirvieron para meter los abrigos.

Josué reaccionó también y buscó el teléfono móvil en el bolsillo de su pantalón.

—Voy a llamar a su padre —dijo.

Mientras esperaba que el pastor contestara el teléfono, escuchó las palabras del desconocido. Tartamudeaba, pero ahora parecía algo más calmado.

—Yo... yo... me llamo Mario —dijo—. Me encontré a esta chica mientras iba a la fiesta de unos amigos. Estaba tirada en las canchas. Bueno, no. No en las canchas. Estaba... estaba en la parte donde solo hay matorrales. Yo... no sé qué la ha pasado. No sé...

Samuel lo interpelaba.

—Muchas gracias, Mario. De verdad, gracias por traerla. No te preocupes. Cálmate. Vamos a llamar a una ambulancia y se la llevarán a un hospital. Se pondrá bien. Los médicos nos dirán qué le ha pasado.

—No sé que ha podido pasar. De verdad —volvió a repetir Mario.

Alguien descolgó el teléfono al otro lado y Josué prestó atención a la llamada.

—¿Sí?

Era Aarón. Josué no sabía cómo explicarle lo que le había ocurrido a su hija.

—Pastor... ha... ha ocurrido algo grave.

—¿Qué pasa, Josué?

—Su hija... Alguien la ha...

—¡Dios mío!

Aarón no parecía preocupado por quebrantar el tercer mandamiento.

—¿Qué le ha pasado a mi hija?

Josué inspiró hondo. Decidió contarlo como si diera un informe técnico y soltarlo todo de una vez.

—Nos la ha traído un muchacho que la ha encontrado en las canchas, cerca de mi casa. Está muy mal. Tiene golpes por todo el cuerpo, y sangre, sobretodo en la cabeza. Ismael está lavándole las heridas. No sabemos lo graves que son. Está inconsciente.

El pastor no respondió inmediatamente. Josué pensó que tal vez había sido demasiado duro en la forma de explicar el estado de Rebeca. Entonces, tras un breve silencio, Aarón le sorprendió con una respuesta totalmente inesperada.

—¿Solo tiene golpes?

—¿Qué?

—¿Solo la han golpeado o también...?

Josué sabía qué tipo de información buscaba el pastor. Quería saber si alguien había abusado de Rebeca.

—No... no lo sabemos. Pero tiene el pantalón desabrochado. Vamos a llamar a una ambulancia para...

—¡No! —cortó Aarón—. No. No llaméis a nadie. Ahora voy para allá.

—Pero, ¿y si está grave?

—He dicho que esperéis. No tardaré.

Aarón colgó el teléfono. Josué, quien se había quedado con la palabra en la boca, no alcanzaba a comprender qué estaba ocurriendo. El padre de Rebeca, por alguna extraña razón, se había negado a que llamaran a una ambulancia. Sin poderlo creer, avanzó hasta la habitación que hacía las veces de ropero, donde Roberto ya marcaba el número de emergencias médicas. Josué colocó una mano sobre su hombro para llamar su atención.

—Espera.

—¿Que espere qué?

—El pastor... su padre dice que esperemos a que él venga.

Roberto también pareció desconcertado con la decisión.

—¿Qué esperemos? ¿Por qué?

—No lo sé.

En su fuero interno, Josué quería creer que Aarón tenía una razón convincente para que no llamaran a la ambulancia. Tal vez deseaba acompañar a su hija cuando se la llevaran. La casa de Aarón y la de Josué estaban a no más de 15 minutos de camino la una de la otra. Si el pastor se daba prisa podía llegar en 6 ó 7 minutos, tal vez menos. Dependiendo de si atajaba por las canchas de baloncesto o daba el rodeo.

Al recordar el atajo, a Josué le dio un vuelco el corazón. Rebeca había desobedecido sus recomendaciones. Cruzó por las canchas, y ahora estaba en el baño, tal vez debatiéndose entre la vida y la muerte.

—¿Qué pasa? —dijo Daniel, quien había subido desde la planta de abajo para ver cómo andaban las cosas.

—No podemos llamar a la ambulancia —respondió Roberto.

—Pero, ¿por qué?

—El padre de Rebeca dice que debemos esperar hasta que él llegue— respondió Josué.

—¡Eso es absurdo!

Daniel caminó hacia Roberto y le arrebató el teléfono móvil. Se dispuso a llamar, pero Josué intentó detenerlo.

—No, Dani. Creo que deberíamos hacer lo que su padre dice. Tendrá sus razones.

Daniel solo respondió con una mirada llena de desaprobación y siguió marcando. Josué no intentó nada más. Daniel tenía 25 años, pero aparentaba rozar los 30. Era esa apariencia de haber vivido demasiadas cosas lo que le otorgaba aquel tinte de madurez. Josué no pensaba oponerse a él porque, simplemente, estaba haciendo lo correcto.

La ambulancia fue avisada. Después, todos se quedaron a esperar. Ismael había lavado la cara de Rebeca, pero limpiársela de sangre y barro no logró hacérsela reconocible. Alguien le había propinado un fuerte golpe a la altura de la sien del lado izquierdo, donde tenía una herida del tamaño de una canica. No era demasiado profunda, pero de ella brotó toda la sangre que, coagulada, le había manchado la cara. Lo más horrendo, sin embargo, era el espantoso moratón que se le había formado alrededor. Tenía una tonalidad rojiza, como si hubiera sangrado por dentro. La herida estaba tan hinchada que le había cerrado un ojo por completo.

Los labios estaban hinchados y morados. Ismael le había quitado el yérsey y las dos camisetas que llevaba puestas para examinarle el torso. Allí descubrió dos enormes hematomas, uno a cada lado de las costillas. A pesar del agua fría, Rebeca seguía sin despertar, pero respiraba, aunque muy levemente. El pulso no parecía acelerado.

Llamaron a la puerta. Todo el mundo se agolpó frente a la entrada, esperando que la ambulancia hubiera llegado al fin, pero se trataba de Aarón.

Entró en la casa como si se encontrara fuera de sí, preguntando por su hija y mirando hacia todas partes. Cuando le indicaron dónde se encontraba, subió las escaleras en un par de zancadas y se asomó a todas las habitaciones, buscando el baño. Verle causaba miedo, con sus corpulentos ciento diez kilos moviéndose sin control de acá para allá. La mayoría de los presentes le siguió con la mirada y nadie se atrevió a dirigirle la palabra o calmarle, pues parecía que de un momento a otro fuera a perder la compostura.

Al fin, Aarón encontró el baño. Allí vio a Rebeca, tendida sobre los brazos de Ismael. Se arrodilló junto a ella y comenzó a llamarla, pero Rebeca no contestó. Se percató entonces de que su hija estaba en ropa interior de cintura para arriba, y de que, tal y como le había explicado Josué, tenía los pantalones desabrochados. Ismael se apresuró a explicarle que le había quitado la ropa para lavarle las heridas, pero no logró tranquilizarle. Aarón se levantó y cerró la puerta del baño. Dentro había quedado Ismael. Volvió a agacharse cerca de su hija y le quitó velozmente los pantalones. Luego comenzó a examinar sus ingles y la ropa interior. Ismael no comprendía qué estaba sucediendo, pero antes de que reuniera el suficiente valor para preguntar, Aarón se le adelantó

—Tráeme ropa limpia —dijo en un tono helado—. Esta está manchada. Unos pantalones y un yérsey bastarán… Tráela, Ismael.

—¿Dónde vamos a encontrar…? —respondió Ismael, pero Aarón, como toda respuesta, propinó un fuerte golpe con la palma abierta contra el suelo del baño. Ismael desapareció.

Por fortuna, más de una chica, a fin de evitar el frío, había acudido a la fiesta con ropa normal para ponerse el vestido de fiesta una vez dentro de la casa de Josué, así que Ismael no tuvo demasiados problemas para encontrar ropa que fuera más o menos de la talla de Rebeca. Regresó al baño, y le tendió la muda limpia al pastor, quien le arrebató los pantalones con fuerza.

—Ayúdame a vestirla —dijo, mientras metía los pies de Rebeca por las perneras.

—Pastor, ¿qué está haciendo?

—¡Que me ayudes te digo! —respondió Aarón apretando los dientes. Ismael se agachó y ambos vistieron a Rebeca con la muda limpia. Apenas hubieron terminado, volvieron a llamar a la puerta.

Era la ambulancia.

Aarón tomó a Rebeca en brazos y descendió las escaleras hasta la puerta, donde todavía esperaban todos los asistentes a la fiesta. Los enfermeros de la ambulancia habían introducido una camilla hasta el pasillo de la entrada. Aarón la dejó suavemente sobre ella.

—¿Qué le ha ocurrido? —dijo uno de los enfermeros con total tranquilidad, al tiempo que examinaba las heridas de Rebeca.

—Se ha caído por las escaleras —respondió Aarón, y, de reojo, se percató de que todos los asistentes a la fiesta estaban a su espalda.

La casa de Josué se llenó al instante con un silencio sepulcral. Allí, ante decenas de miembros de la iglesia, de todo el grupo de jóvenes, el pastor inventaba una historia completamente distinta sobre los hechos.

—¿Ha bebido? —fue lo único que respondió el enfermero.

Silencio total. Nadie respondió; todos habían quedado demasiado perplejos para hacerlo, y demasiado temerosos para enfrentarse a la mentira que contaba el pastor.

—¿Ha bebido o no? —repitió el enfermero.

—No —respondió Aarón en voz baja, consciente de las decenas de miradas clavadas en su espalda.

—Bien. ¿Es usted su padre?

—Sí, soy su padre.

—Puede acompañarnos en la ambulancia si quiere.

Los enfermeros se apresuraron a subir la camilla y Aarón les siguió. En un momento en el que estos se ocupaban de asegurarla al interior de la ambulancia, el pastor, que ya atravesaba la salida, se volvió a todos los jóvenes. Las luces de emergencia arrojaban sobre su cara un tinte rojo oscuro que le confería un matiz siniestro. Paseó su mirada por la de todos los presentes, asegurándose de que no se dejaba a nadie, y luego habló con tono firme y seguro.

—Mi hija se ha caído por las escaleras.

Era una orden. Era lo que había ocurrido, lo que tendrían que contar a cualquiera que les preguntara. Aarón, el pastor que los había guiado a través de las Escrituras prácticamente desde su nacimiento, quien, domingo tras domingo, subía al púlpito para predicar normas de buena conducta y perfecta vida cristiana, quien acudía presuroso en ayuda de los fieles de su iglesia en momentos de aflicción. Aarón, el personaje más relevante de toda la iglesia, mentía, y les ordenaba mentir. La persona bondadosa y sabia que conocían se había transformado en un ser oscuro, movido por retorcidos intereses que solo Dios conocía.

Los jóvenes y adolescentes que le observaban confusos, desorientados, solo alcanzaron a afirmar con la cabeza. Accedieron, mientras una tormenta se desataba en sus conciencias. Obedecieron al pastor.

Aarón también afirmó. Dando por concluida la conversación, dio media vuelta y salió a la calle cerrando la puerta tras de sí. Pronto se escuchó la sirena de la ambulancia, y el sonido fue alejándose paulatinamente hasta desaparecer. La casa quedó entonces en silencio, y permaneció así durante unos momentos, hasta que Ismael se atrevió a romperlo.

—¿Quién me acompaña al hospital?

2

En la entrada al hospital esperaban unas 20 personas. Todos los asistentes a la fiesta a quienes las enfermeras no dejaron subir a la planta donde llevaron a Rebeca. La planta baja del hospital disponía de una amplia sala de espera para los casos de urgencia, pero en fin de año se llenaba tanto que apenas cabía un alma, así que la mayoría de los que aguardaban noticias sobre el estado de Rebeca decidieron esperar en la calle, donde a pesar del intenso frío se estaba más cómodo.

La mayoría se desplazó en taxi, por lo que ahora se veían obligados a quedarse en plena calle, frente a la puerta de urgencias, intentando paliar el frío saltando, paseándose de un lugar a otro o acurrucándose bajo sus abrigos. Los pocos que llegaron en coche esperaban en su interior a que alguien bajara desde la octava planta —donde habían subido a la hija del pastor— a traerles alguna buena noticia; sin embargo, tampoco había noticias para quienes estaban arriba. La octava planta disponía de una pequeña sala de espera donde el personal del hospital permitió que se quedaran unos pocos. Allí permanecía el pastor. Hablaba con su esposa, a quien llamó desde una de las cabinas de la sala, e intentaba tranquilizarla.

—Sí, cariño... Rebeca se ha caído por las escaleras en casa de Josué. Se ha dado un fuerte golpe en la cabeza. Estaba inconsciente cuando llegué, pero ya estamos en el hospital. Se pondrá bien, descuida... No, no. Quédate en casa con Sara. Os llamaré cuando sepa algo. El hospital está a rebosar de gente. Ya sabes, por coma etílico y todos los excesos que hay en fin de año. Es mejor si vienes mañana.

Josué, que esperaba apoyado en una máquina de refrescos, cabizbajo y pensativo, intentaba sin éxito no escuchar a su pastor. Ismael también estaba allí. No dejaba de seguir con la mirada al muchacho que había traído a Rebeca, quien se paseaba nervioso de un lado a otro de la habitación. Hubo un momento en el que las miradas de ambos se cruzaron, entonces, Ismael se levantó y le llamó:

—Te llamas Mario, ¿no es así?

Mario afirmó con la cabeza.

—¿Puedo hablar contigo un momento?

Algo dubitativo, Mario accedió, y ambos dejaron la sala de espera para dar un paseo por el hospital.

Segundos después, un médico entró a la sala.

—¿Familiares de Rebeca Espada?

Al pronunciar el nombre de Rebeca, Aarón y Josué se acercaron al médico de un salto.

—Permanece estable —dijo el doctor, dirigiéndose hacia Aarón—. Tiene dos costillas rotas. Pero el golpe en la cabeza ha sido mucho más grave. Le ha causado una hemorragia interna que le ha paralizado la mitad derecha de su cuerpo.

Aarón se llevó las manos a la cabeza.

—No... mi niña no —musitó.

El médico le acarició el brazo.

—Es muy joven. Hay muchas esperanzas de que pueda recuperar la movilidad. No obstante, la dejaremos ingresada en el hospital. Tenemos que seguir haciéndole pruebas.

Aarón suspiró hondo.

—¿Cuándo podremos verla? ¿Ha despertado? —preguntó al médico.

—Todavía no, y no conviene que la molesten demasiado. Pueden entrar a verla ustedes dos si quieren, pero de uno en uno.

Aarón decidió pasar primero y siguió al médico hasta la habitación donde habían dejado a su hija. Josué se quedó en la sala de espera. Al rato apareció Ismael. Mario no lo acompañaba.

—Josué, vamos abajo. Tengo que hablar con todos vosotros.

—Ya se puede entrar a ver a Rebeca.

Ismael pareció dudar. Josué observó que tenía su mano izquierda metida en el bolsillo. Recordó que Ismael siempre llevaba un botón que toqueteaba cuando se encontraba nervioso. Aquello conseguía calmarle. Sin duda, Mario debía de haberle contado algo importante como para que Ismael no supiera si hablar con los jóvenes o visitar primero a su prometida.

—Bueno... luego subiré a verla. Ahora vamos abajo.

3

Cuando Ismael llamó a Mario y le pidió que salieran a hablar, Mario no supo qué contestar. La mirada inquisitiva de Ismael y su complexión le intimidaban. Era como si supiera que él estuvo presente cuando Gago y los demás chicos decidieron divertirse con Rebeca. Quiso negarse, y no separarse del padre de la chica y de aquel otro chico llamado Josué, quien inspiraba mucha más tranquilidad. Al final accedió, por miedo a que su negativa lo delatara.

Así, Ismael y Mario caminaron a lo largo del pasillo del hospital. Al principio Mario caminaba a paso acelerado, movido por el nerviosismo que hasta ahora lo había dominado, pero pronto se acomodó a la forma de andar pausada y metódica de Ismael, quien no cesaba de estudiarle. Anduvieron unos metros en completo silencio. Las paredes de aquella planta estaban pintadas con suaves tonalidades de rosa y blanco que daban una pretendida sensación de tranquilidad. De vez en cuando, una enfermera pasaba junto a ellos portando el expediente de algún enfermo o de camino a realizar algún tipo de prueba a los pacientes. Frente a ellos, caminando muy despacito, un anciano de apariencia frágil se había atrevido a abandonar su cama y se paseaba, ayudándose en un pasamano de aluminio que recorría la pared. Le acompañaba una muchacha joven que debía ser su nieta. En su mano libre sujetaba una bolsa de orina a punto de llenarse.

Mario observó a Ismael de reojo. Notó que éste cada vez caminaba más despacio, como si tuviera la intención de parar, hasta que, finalmente, se detuvo. Metió su mano izquierda en el bolsillo del pantalón y, sin despegar la vista del suelo, como midiendo cada palabra antes de que la reprodujeran sus labios, dijo:

—¿Qué hacías en el parque, Mario?

Un escalofrío le recorrió la espalda desde la rabadilla hasta la nuca. No pudo evitar estremecerse, pero mantuvo la calma al responder.

—Nada. Ya dije que iba de paso a casa de un amigo. A una fiesta.

—Mario, no me mientas.

Ismael levantó la vista. Sus ojos tenían un tenue tinte rojizo, quizás ocasionado por la falta de sueño. Sacó su mano del bolsillo. Llevaba agarrado un botón, grande y negro, con el que comenzó a juguetear pasándoselo entre los dedos y frotándolo de vez en cuando con cierto aire de impaciencia.

—Te he visto otras veces. Siempre estás allí, en las canchas, día y noche, y no estás solo. Sois unos cuantos. Os he visto algunas mañanas, jugando al baloncesto o simplemente sentados y bebiendo.

Mario no supo qué hacer. Salir corriendo o encarar a aquel muchacho que debía sacarle media docena de años. Ismael, además, no era precisamente delgado. Superaba holgadamente el metro ochenta de altura y pesaba más de ochenta kilos. La quijada marcada, le daba un aspecto aún más corpulento. Unas espaldas anchas y un pecho prominente hicieron desistir a Mario ante la idea loca de enfrentarse a él. Ismael lo aplastaría como a una cucaracha en pocos segundos. Tampoco podía escapar, porque le acabaría alcanzando con toda seguridad. Lo mejor era decir la verdad y mantener la calma.

—Sí. Yo me voy con ellos. Aunque no siempre.

—Pero has estado con ellos esta noche, ¿verdad?

Ismael preguntaba con una resolución increíble. Su tranquilidad también resultaba anormal. Solo el botón, bailoteando entre sus dedos, parecía la puerta de salida a una posible pérdida del control. Mario comenzó a tenerle miedo. En aquel pasillo del hospital, a pesar de sentir a médicos y enfermeras caminar de un lado a otro, pasando a su alrededor, se sintió solo y arrinconado. Ismael lo había reconocido, sin duda. Pero lo que más le inquietaba era que parecía conocer sus inquietudes, adivinar sus pensamientos, sus impulsos y sus miedos.

Mario quiso seguir con la mentira, mantener la fachada un poco más, por si resultaba que Ismael no tenía todo tan controlado como aparentaba, pero no lo logró. Su expresión cambió repentinamente, y se derrumbó.

Como si alguien le hubiera suministrado el suero de la verdad, confesó todo lo ocurrido durante la noche. Le habló de Gago y del grupo de chicos que festejaba la entrada del nuevo año en las canchas. Le contó cómo vieron pasar a Rebeca. Gago pareció volverse loco al verla, afectado por las drogas y la importante cantidad de alcohol que había consumido. Narró el momento en el que golpeó a Rebeca, con toda la fuerza que pudo y cómo, ayudado por algunos amigos, la llevaron hasta una zona oscura llena de matorrales para que nadie que se asomara por alguna ventana pudiera verlos. Aseguró a Ismael que él nunca les ayudó a que la violaran. Al principio parecía que Gago solo tenía la intención de robarle para comprar más droga. Pero cuando vio que no llevaba dinero la golpeó en las costillas, y enloquecido por la decepción la despojó de los pantalones y la violó, ayudado por todos los demás.

Él, en ese momento, no pudo soportarlo más y se marchó. Corrió hasta abandonar las canchas y luego siguió calle abajo; pero pasados unos minutos se acordó de la pobre chica y no logró quitársela de la cabeza. Movido por el remordimiento, volvió por donde había venido y regresó a las canchas. Gago y su grupo ya se habían marchado, pero Rebeca seguía allí, tirada entre el césped y el barro, completamente inconsciente, semidesnuda y desfigurada.

Del mismo modo que Ismael había visto a Mario otras veces, Mario también había visto a Rebeca con anterioridad, así que supuso que se dirigía a casa de Josué, otro chico a quien conocía de vista en el barrio. Armado de valor, buscó sus pantalones entre los matorrales, se los subió hasta donde le fue posible y cargó con ella. De este modo se presentó en la fiesta.

Cuando Mario terminó su narración, lágrimas de arrepentimiento inundaban sus ojos. Agachó la cabeza de vergüenza y esperó a que Ismael respondiera. Sintió cómo la mano de éste se posaba sobre su hombro. Ismael seguía moviendo el botón entre sus dedos, pero su voz emergió suave y tranquilizadora. Era todo lo contrario de lo que Mario esperaba.

—Gracias, Mario. Quiero perdonarte, y lo voy a hacer, pero antes necesito que me cuentes algo.

Mario se limpió las lágrimas con la manga y levantó la cabeza. Ismael le sonreía, pero había algo, no sabía qué, que todavía le inspiraba temor y respeto a su persona.

—Te diré lo que quieras.

4

Aarón cerró la puerta de la habitación. La estancia estaba a oscuras, solo el monitor de representación cardiaca arrojaba una tenue luz verdosa que iluminaba un lado de la cama. Guiado por esa pequeña luz, caminó hasta quedarse junto al cabecero. Allí reconoció el bulto oscuro que era Rebeca sobre la cama. Buscó su mano y se sentó en una silla cercana.

–¿Rebeca? Rebeca, ¿estás despierta?

Rebeca no respondió. Respiraba profundamente.

–Rebeca… –volvió a llamar Aarón, y esperó hasta estar seguro de que no obtendría respuesta. Era evidente que Rebeca dormía.

–Mi niña pequeña. ¿Qué te han hecho? Han destrozado tu belleza, te han desfigurado, y lo que es peor, han manchado tu virtud. Ojalá pudiera deshacer este episodio, Rebeca. Y puedo hacerlo, sé que puedo conseguir que todos mantengan nuestro secreto. No permitiré que una prueba como esta vuelva a sacudir el bienestar de nuestra familia. No. Con Sara ya desatamos demasiadas opiniones negativas, y ya sabes que si un pastor no es capaz de gobernar su propia familia no es un buen pastor. Lo dice la Biblia. Así que lo que te ha ocurrido esta noche no debe conocerse. En el fondo, hija, lo hago por ti. Así seguirás pura a ojos de los demás.

Rebeca soltó un quejido sordo, se movió en la cama y despertó. Solo pudo abrir el ojo derecho, porque el izquierdo se lo habían cubierto con una gasa y una venda que le tapaba todo ese lado del cráneo. La cara estaba al descubierto, pero todo su perfil derecho parecía deformado, colgaba flácido en una mueca de lo más horrenda y antinatural.

De hecho, todo ese lado del cuerpo no obedecía a las órdenes de su cerebro.

Aarón dejó de hablar al momento.

—¿Qué ha pasado? —preguntó Rebeca en un balbuceo.

—Te has caído por las escaleras, en casa de Josué —respondió su padre en tono amable, sosteniéndole la mano en la que le habían inyectado el suero.

—¿Me he caído por las escaleras? —dijo Rebeca, como si intentara recordar.

—Sí. En casa de Josué. Te tropezaste al bajar y rodaste escaleras abajo. Te has dado un fuerte golpe en las costillas y en la cabeza, por eso tal vez no lo recuerdas.

Con el ojo que tenía libre, Rebeca comenzó a recorrer el techo de la habitación. Luego levantó la mano izquierda, la única que le respondía, y se la llevó a la cara. Se palpó durante unos instantes, notó los nuevos contornos de sus facciones y subió hasta llegar a su sien izquierda, donde gruesas vendas tapaban la carne. Recordó entonces las canchas, la oscuridad y la niebla, las finas hebras de su cabello agitándose a merced del viento mientras yacía boca arriba, sobre el barro húmedo, presa de crueles susurros. Comenzó a sollozar, y como pudo balbuceó de nuevo.

—¿Me he caído por las escaleras, padre? ¿Nada más?

Las facciones de Aarón se endurecieron como si hubieran sido cinceladas en piedra.

—¿No ha ocurrido nada más? —repitió Rebeca con voz suplicante.

Aarón desvió la mirada al suelo. Podía escuchar la respiración agitada de su hija, sedienta de una respuesta sincera. Sin embargo, el deseo de no despertar un episodio familiar escabroso pudo más. Levantó la vista para contemplar a Rebeca, y le dedicó la más amable de las sonrisas.

—Te caíste por las escaleras, hija. Nada más. Pero no te preocupes. Le diremos a Josué que forre los bordes de los escalones para que esto no vuelva a suceder. Tu madre ya sabe lo que te ha ocurrido. Vendrá mañana a visitarte.

Rebeca observó al pastor. Con las lágrimas empañando su único ojo sano, apenas pudo distinguir cómo éste le seguía sonriendo. Aguardó durante unos instantes, escudriñando en las pupilas de su padre, hasta que respondió con un tembloroso hilo de voz.

–Vale.

Aarón se reclinó sobre la cama de Rebeca y le dio un beso en la frente.

–Muy bien, hija. Muy bien.

Luego se levantó de la silla, acarició una vez más la mano de Rebeca y tras dar media vuelta, salió de la habitación. Rebeca vio como se alejaba. Cuando la puerta se cerró a sus espaldas, enterró su rostro en la almohada y soltó toda la rabia y tristeza que llevaba dentro.

5

ISMAEL Y JOSUÉ BAJARON HASTA LA CALLE, donde el resto del grupo esperaba. Nadie había llamado a sus familiares, ni a ningún otro miembro de la iglesia. La atmósfera de encubrimiento que había iniciado el pastor seguía persistiendo en todos ellos. Ni siquiera Daniel, el más rebelde del grupo, se atrevió a hacer algo que contradijera las desconcertantes intenciones de Aarón.

Cuando Ismael y Josué aparecieron por la puerta, todos se les echaron encima, preguntando por el estado en el que se encontraba Rebeca.

—Se encuentra bien —dijo Josué, calmándolos—. Los médicos han dicho que debe quedarse en el hospital, pero se recuperará.

—¿Qué vamos a hacer ahora? —preguntó Samuel. Todos comprendieron a qué se refería: qué postura tomar con lo que había ocurrido, si contar la verdad o ser todos cómplices de aquel secreto, partícipes del pecado de la mentira. Estaba mal, todos lo sabían, pero era el mismísimo pastor quien les mandaba mentir. El respeto que sentían por él pugnaba directamente contra su conciencia cristiana. En ese momento, Ismael personificó para todos el único remedio para solucionar el problema. Las miradas se dirigieron interrogantes hacia él, aguardando a que les guiara sobre qué postura tomar.

—Tengo una idea —respondió Ismael, procurando que su voz sonara lo más tranquilizadora posible—. Necesito hablar en privado con algunos de vosotros.

Luego comenzó a nombrar a quienes quería que lo acompañaran: Samuel, el encargado de mantenimiento en la iglesia; Roberto, el compañero de trabajo de Josué; Daniel; Jairo, el camarero y Josué. A éstos los condujo calle arriba, lejos del hospital, hasta detenerse en un banco que había en la acera. Estaba frío y húmedo, pero Ismael pidió que se sentaran. Solo Daniel y él se quedaron en pie.

Eran ya las primeras horas del amanecer, y el cielo comenzaba a teñirse de tintes rosados. Las personas que habían festejado la entrada del nuevo año caminaban ahora somnolientas por las calles, deseosas de caer en la cama para dormir hasta el mediodía. El servicio de limpieza comenzaba a recoger los estragos nocturnos. Se dedicaba a quitar mediante fuertes chorros de agua, papeles, vasos de plástico y botellas vacías. Los primeros autobuses iniciaban su trayecto diario, más llenos de lo acostumbrado en aquellas horas.

Ismael aspiró hondo la fría atmósfera del amanecer, más húmeda a causa de los primeros rayos de sol. Introdujo su mano en el bolsillo para tantear el botón. Su contacto lo tranquilizó, lo que causó que su voz saliera con un matiz de absoluta seguridad en sí mismo.

—Sé quién ha atacado a Rebeca.

La noticia cayó como una bomba. Todos preguntaron al unísono quién era, sorprendidos de que Ismael tuviera en sus manos tal información.

—Un grupo de chicos que suele andar siempre por las canchas. Josué, tú seguro que los conoces de vista. Yo sé quiénes son. Los he visto algún día que otro, de camino a tu casa.

—¡A por ellos! —dijo Roberto con voz enérgica. Josué y Samuel intentaron calmarlo al momento, pero Ismael se mantuvo en el sitio, callado.

—Sí, vamos a ir a por ellos —dijo, de pronto.

Josué y Samuel no pudieron quedar más atónitos. Mientras ellos apaciguaban los ánimos de Roberto, predicando, inconscientemente, el sentimiento de perdón cristiano, Ismael respondía apoyando una venganza. Daniel fue el primero en reaccionar.

—¿Pero es que te has vuelto loco?

—De loco nada, Dani —respondió Ismael, todavía lleno de resolución, pero luchando por mantener la calma. Quiso continuar hablando, pero Daniel volvió a cortarle.

—No pienso ir. No está bien, y lo sabes tan bien como yo. Vayamos a la policía. Vengarse y tomar la justicia por nuestra mano no es cristiano.

Ismael soltó el botón y lo dejó caer en el bolsillo. Al momento se apoderó de él una furia insólita a la que no opuso resistencia. Se acercó de un salto hasta Daniel y lo agarró de un brazo con fuerza.

—Lo que no ha sido cristiano, Dani, es que Aarón, nuestro pastor, el padre de Rebeca, se haya negado a contar la verdad para mantener su imagen de pulcritud. ¿No te das cuenta? Aarón y su familia seguirán siendo el modelo ideal en la iglesia, la familia sin mácula ni problema alguno, la que todos querrán imitar para vivir contentos y felices. Y cuando Rebeca se recupere y vuelva a la iglesia, ¿a qué crees que tendrá que enfrentarse? Todo el mundo, ignorante de la cruda verdad, la rodeará y le dirán: «Nos alegramos de que te estés recuperando bien de tu caída por las escaleras». Eso le dirán, Dani. Y Rebeca tendrá que callar. Tendrá que callar y no contar a nadie lo que en realidad le ocurrió. Ninguno de nosotros podremos contarlo nunca. Pero el caso es que conocemos la verdad. Sabemos lo que le ha pasado a Rebeca. La han golpeado hasta dejarla medio muerta. ¡La han violado, por Dios! No les ha importado nada su vida. Sé quién lo ha hecho, y me acompañéis o no voy a ir a buscar al culpable para hacerle justicia a mi prometida.

Nadie, excepto Josué, sabía que Rebeca era la prometida de Ismael. Todos sabían que ambos eran novios, pero desconocían que su amor estuviera a punto de confirmarse en el matrimonio. Ismael lo utilizaba justo en aquel momento para que sus palabras adquirieran peso y sus razones parecieran más justas. Pero el caso era que luchaba directamente contra la fe de sus amigos. Eran sus palabras contra la idea de poner la otra mejilla, aprendida desde que eran niños en la escuela dominical. Sin embargo, esa doctrina de perdón y misericordia no había sido inculcada en Roberto, quien fue el primero en apoyarle.

—Yo iré. Iré contigo, Ismael.

Ismael asintió. Ya tenía a uno de su parte, aunque fue sin duda el más fácil de convencer. Soltó a Daniel del brazo, quien había quedado perplejo con su reacción, y observó a los que todavía no se habían pronunciado.

—No lo hagáis por mí —les dijo—. Hacedlo por ella. Nos vengaremos.

—¿Cómo sabes quién lo ha hecho? —dijo Samuel.

—Me lo ha dicho alguien de confianza.

—¿Estás seguro?

—Sí. Ha sido Mario. Estaba con los chicos que atacaron a Rebeca. Lo vio todo y me ha dicho dónde suelen estar. Aparte de parar en las canchas suelen pasar algunos fines de semana en un parque del barrio, no muy lejos de la casa de Josué.

Tras decir esto, Ismael se colocó en cuclillas frente al banco donde Samuel, Roberto, Jairo y Josué estaban sentados. Se colocó a su altura para mirarles directo a los ojos.

—De verdad, chicos, hagámoslo. ¿No pensáis que la conciencia se os quedará más tranquila después de vengar a Rebeca?

—No sabes lo que dices —rebatió entonces Daniel—. No tienes ni idea de lo que estás diciendo.

—Vaya —le respondió Ismael, pero sin volver la mirada—. Y tú sí lo sabes, claro. El chico duro que se ha criado en las calles, en medio de la corrupción. Pues es hora de demostrarnos lo que puedes hacer por una amiga, Dani. Demuéstranos que la quieres y ven a darles su merecido a esos indeseables.

—Como pienso demostrar que la quiero, Ismael, es visitándola cada día en el hospital y pidiendo a Dios que la cure pronto.

—¡Todos le pediremos a Dios por ella! —Ismael se puso en pie y encaró a Daniel de nuevo. Volvía a alterarse, pero sus palabras sonaban con tal convicción que la frontera entre lo moralmente correcto ya no estaba clara para ninguno de los presentes—. Todos la tendremos día y noche en nuestras oraciones, pero eso no nos exime de actuar. Debemos hacerlo por ella, para rescatar su honor pisoteado.

—Está bien. Iré —asintió Samuel.

—Perfecto. Gracias. Muchas gracias, Samuel. ¿Qué dices tú, Jairo?

Jairo había permanecido callado todo el tiempo. Tantos y tan extraños acontecimientos se sucedían demasiado rápido para que pudiera digerirlos. Todo el mundo parecía cambiado. Todos diferentes, como movidos por extrañas fuerzas de la naturaleza que descubrían instintos feroces contrarios a la doctrina cristiana. No obstante, Jairo se sentía contento porque Ismael contaba al fin con él para algo. Como ocurría con Jonatán, Jairo no lograba involucrarse dentro del grupo de jóvenes, al ser todos mayores que él. La estrecha franja entre los 20 y los 25 era como una enorme sima que ahora, en aquella noche de fin de año, acababa de salvar. Algo en su interior se conmovió. Estaba mal lo que Ismael proponía, pero si lo aceptaba, sería a su vez aceptado por él, por todo el grupo, y ya no se sentiría solo.

—Vale —dijo Jairo. Ismael puso una mano en su rodilla en señal de celebración.

—No contéis conmigo —dijo casi al tiempo Daniel—. Lo que vais a hacer no es correcto.

—Piensa lo que quieras —respondió Ismael—. Ya sabemos que no está bien, pero vamos a hacerlo solo esta vez. Después se terminó. Rebeca recibirá justicia y nosotros podremos dormir tranquilos porque sabremos que, como conocíamos bien lo que le sucedió, pudimos hacer algo al respecto. ¿Dormirás tú tranquilo?

—Que Dios te perdone, Ismael —dijo Daniel, y luego señaló a los demás con el dedo índice—. Que Dios os perdone a todos.

Totalmente resuelto a no participar, dio media vuelta y echó a andar, de vuelta al hospital. Ismael había perdido a uno. No importaba, casi todos los demás se habían colocado ya de su parte.

—Josué, ¿qué vas a hacer tú? Conoces a Rebeca casi tanto como la conozco yo. ¿Vas a permitir que quienes la han violado queden impunes?

Ismael sabía golpear donde más dolía, sin duda. Conocía a la perfección las debilidades de sus compañeros y las atacaba para lograr sus objetivos. Josué sabía que lo estaba manejando, pero no podía quitarse de la cabeza la imagen de Rebeca, deformada hasta el punto de hacerse irreconocible. El amor que sentía por ella le animaba a desatar toda su rabia contra quienes la habían maltratado de semejante forma. Otra voz, sin embargo, persistía en hacerse oír desde su interior. No era fuerte, pero Josué no lograba callarla. Aquella voz le decía que, si seguía a Ismael, dejaría salir una naturaleza inhumana y atroz, un ser salvaje y descarnado, que desde el interior le poseería hasta hacerse con toda su persona. Si pagaba con la misma moneda a aquellos muchachos, después tendría que solucionar sus cuentas con Dios.

A pesar de ello, el amor hacia Rebeca golpeaba más fuerte y más dolorosamente. Así que no se preocupó por acallar la voz que le llamaba a la cordura, y el mismo impulso que le llevó a declararse a la prometida de Ismael le movió ahora para fines bien distintos. Le encendió el pecho, no con sentimientos de afecto, sino de una cólera que se alimentaba con el recuerdo de la chica a la que amaba, vejada sin razón. El mismo impulso, apoderado ya de sus decisiones, le movió para que respondiera.

—Iré.

Ismael dio una palmada de satisfacción. Luego bajó la voz, como si temiera que alguien le estuviera espiando, y dijo:

—Id todos a casa a descansar. Lo haremos mañana por la noche.

V

1

Era dos de enero, martes. Como ocurría siempre en invierno, la noche oscureció la ciudad hacia las seis de la tarde. A las ocho, el cielo estaba ya totalmente negro. Josué miraba por la ventana de su habitación, que daba a una calle estrecha y poco transitada del barrio. Caía una ligera llovizna que sorprendió sin paraguas a la mayoría de los viandantes. Las luces de las farolas se reflejaban sobre el pavimento mojado como si de un rudimentario espejo se tratara. La hora acordada se acercaba, pero para Josué los minutos transcurrían cada vez más deprisa.

El plan era sencillo: reunirse en la calle paralela a la entrada del parque y esperar las órdenes de Ismael. Él les diría qué era lo que debían hacer cuando estuvieran allí. Samuel dejaría su coche aparcado por la zona, para escapar cuando hubieran terminado.

Josué apartó la vista de la ventana y caminó hasta el escritorio en su habitación. Cuando se mudara desde la casa de sus padres a su nuevo hogar procuraría llevarse todos los muebles que lograran encajar en alguna de las habitaciones vacías. Todos ellos, desde el viejo escritorio al que ya le bailoteaban las patas, hasta el armario de madera oscurecida por los años, le traían grandes recuerdos. En aquella habitación había crecido y no quería dejar todo atrás cuando se mudara.

Se sentó frente al escritorio y acarició con su mano uno de los cajones. En la parte frontal, rodeando el tirador, notó el relieve de varias calcomanías que él mismo pegó de pequeño. Le vinieron a la mente recuerdos de su infancia, libre de preocupaciones y problemas. Momentos en los que parecía que cualquier cosa podía solucionarse con un beso de su padre. Agarró del tirador y abrió el cajón. Allí solía guardar los apuntes que había tomado durante sus clases en el instituto cuando estudiaba electrónica. Ahora se había llevado todos los apuntes y anotaciones a su nueva casa, pero el cajón no estaba vacío del todo.

Introdujo la mano y extrajo un martillo. No era demasiado grande, sino corriente. Se lo había traído de la casa nueva a petición de Ismael para usarlo en la noche de la venganza. Lo empuñó y se quedó observándolo con detenimiento. Los felices recuerdos del pasado se esfumaron por completo. El presente era aquel martillo. Era un presente cruel, en el que las cosas no parecían tener fácil solución, en donde la única vía era actuar y abrir los ojos ante un mundo que no estaba dispuesto a ser magnánimo.

La puerta de su habitación se entreabrió y Jonatán asomó la cabeza.

—Josué, ¿puedo hablar contigo?

—Pasa.

Josué devolvió el martillo al interior del cajón y lo cerró. Jonatán entró en la habitación y dejó la puerta entornada. Luego, avanzó hasta quedarse a medio camino de su hermano, caminando con ese aire tímido y desvalido que le caracterizaba.

—Quiero ir.

Josué se sorprendió. Al parecer, no sabía cómo su hermano se había enterado de lo que planeaban hacer aquella noche.

—¿Cómo te has enterado?

—Me lo ha dicho Jairo.

Claro. Jairo y Jonatán eran íntimos amigos. Siempre andaban juntos, incapaces de ser aceptados por los muchachos de mayor edad y sin querer involucrarse con los niños más jóvenes que ellos. Como un par de islotes en mitad del océano, no conseguían encontrar un lugar en el que encajar. Para colmo, la iglesia parecía ignorar su presencia, así que el problema no se solucionaba por ninguna vía. Que Jairo hubiera contado los planes de Ismael a Jonatán era lógico, pero Josué no pensaba permitir que su hermano se involucrara en lo que estaba a punto de ocurrir. No, su hermano pequeño todavía podía disfrutar un poco antes de que sus ojos se abrieran al duro mundo real. No pensaba permitir que su infancia le abandonara tan pronto.

—No vas a ir.

—¿Por qué no? Yo también quiero ayudar. ¡Lo que le han hecho a Rebeca no es justo!

–Esto no tiene nada que ver contigo. Nosotros lo solucionaremos solos.

–Entonces se lo diré a papá.

En el estómago de Josué se formó un nudo tras la amenaza de su hermano menor. Por encima de todo, lo que iban a hacer aquella noche debía mantenerse bajo estricto secreto. Solo Dios sería testigo de lo sucedido, y solo a Él darían cuentas después. Movido por el temor, Josué se levantó de la silla y arremetió hacia Jonatán, estrellándolo contra la pared que quedaba a su espalda. Jonatán había cumplido los 17 el verano anterior, pero todavía no estaba desarrollado. Josué seguía siendo más fuerte, lo suficiente como para arrinconarlo contra la pared y provocarle el pánico, como bien pudo comprobar mirándolo a los ojos.

–Ni en broma pienses decírselo a papá. ¿Me has oído?

Sujetó a Jonatán del cuello y apretó. No demasiado, pero sí lo suficiente para que quedara claro que él seguía al mando. Su hermano no dijo nada. Se quedó quieto, recto como un poste, mirando a Josué, buscando a su hermano mayor bajo aquella persona que lo amenazaba sin ningún remordimiento. Josué también pareció darse cuenta de que algo no andaba bien. Él, al igual que Ismael y que el pastor, también estaba transformándose. Algo en su interior estaba cambiando. Era como si fuera *otra persona*, esa otra persona que no tenía a Cristo en su corazón y su conciencia. Parecía que su fe menguaba a medida que las horas iban pasando, como si su ser estuviera revirtiéndose, alejándose de Dios paulatinamente hacia una personalidad distinta, no regida por el amor que el cristianismo le había enseñado a dar a los demás.

Soltó a su hermano, y Jonatán aprovechó para escurrirse y salir de la habitación a toda velocidad. Josué no intentó detenerlo. En lugar de eso, volvió a la ventana, buscando en las luces del exterior una salida para todo lo que estaba sucediendo. Ya no reconocía a nadie, ni siquiera a sí mismo. Todo se había transformado en una macabra pesadilla de la que no veía salida. En lugar de eso, se hundía más y más en aquella onírica realidad. Volvió a mirar el reloj. Las agujas estaban a punto de marcar las nueve.

Todavía estaba a tiempo. Todavía podía arrepentirse de haber cedido ante la venganza. Podía bajar las escaleras y contarle a su padre lo ocurrido. Con seguridad, Emanuel lo perdonaría, como siempre hacía, y juntos pedirían a Dios que Rebeca sanara lo antes posible. Pero entonces le asaltaron los recuerdos del trágico incidente con más fuerza que nunca. Rebeca, en brazos de Mario, inerte y ensangrentada, maltratada como un pelele de carnaval, llena de golpes sin merecerlo... y violada. Quienes lo habían hecho merecían ser castigados.

Se tapó el rostro con las manos. Le quedaban todavía unas horas hasta el momento de la reunión, tiempo de sobra para echarse atrás, pero ya había tomado la decisión y nada podría apartarlo de ella.

—Perdóname, Dios mío. Perdona lo que voy a hacer —dijo en un susurro casi inaudible, y se quedó así, asaltado por multitud de recuerdos de su infancia, de momentos mejores, de días en los que Rebeca y él eran como uña y carne, cuando su mayor preocupación era verla una vez más cada día. Y de esta forma, soñando despierto, dieron las 11 de la noche. En ese momento, se levantó sin volver a dudar, tomó el martillo y salió de casa.

2

Hacía frío. A medianoche el aire pareció solidificarse; una suave neblina cubría la atmósfera. En la calle, los coches aparcados en fila a ambos extremos de la carretera estaban cubiertos por una capa de brillante escarcha. Los edificios tenían las ventanas cerradas, y cubiertos los cristales por una capa impenetrable de vaho. La calle era amplia, a pesar de que solo dispusiera de un carril. Se extendía hasta terminar en una avenida por la izquierda y cortada por las vías del tren a la derecha. Estaba bien iluminada, pero en aquel tramo, junto a la entrada al parque, la farola se había apagado.

En el interior del parque tampoco había luz. De vez en cuando, la Luna aparecía por entre las nubes para arrojar algo de pálida claridad, pero la mayor parte del tiempo el parque estaba tan oscuro que apenas podían distinguirse los columpios o los bancos donde los ancianos se sentaban durante el día.

Ismael escrutaba el interior, al abrigo de aquella farola apagada de la entrada. El parque era amplio. Desde su entrada, un sendero de grava avanzaba serpenteando y cruzaba el parque de lado a lado. El resto lo componían zonas ajardinadas, llenas de árboles y arbustos de distinta especie. Al fondo había una zona de columpios y una fuente, pero desde donde él estaba no alcanzaba a verla.

En una fracción de segundo distinguió el tenue reflejo que proyectó el vidrio de una botella. Entrecerró los ojos, intentando reconocer mejor de qué se trataba, y logró diferenciar unos 5 ó 6 bultos en una de las zonas ajardinadas. Las figuras se encontraban bien alejadas de cualquier luz exterior y protegidas por el follaje de un árbol de hoja perenne. Ismael logró escuchar voces, todas ellas masculinas. Algunas reían. De pronto, un sonido estridente lo sobresaltó. Alguien había estrellado la botella contra el tronco del árbol. Las risas fueron progresivamente en aumento y luego el volumen descendió hasta desaparecer.

No cabía duda. Eran ellos.

Ismael miró a su espalda. Allí, a su lado, estaba Roberto, fiel como si fuera un amigo de toda la vida, armado con un bate de béisbol. A su izquierda, apoyado en un buzón de correos, esperaba Josué; cabizbajo, pensativo, tal vez dudoso de lo que estaban a punto de hacer, pero su mano no soltaba el martillo que le pidió traer. Detrás de Roberto, en la otra acera, aguardaban el joven Jairo y Samuel, quien se movía de un lado para otro, se frotaba las manos y se las llevaba a la boca de vez en cuando para calentárselas con el aliento.

Ismael les hizo una señal para que se acercaran. Cuando llegaron hasta donde él estaba formaron un círculo. Exceptuando a Josué, todos lo miraban con resolución, decididos, pero Ismael supo que todavía necesitaban un último empujón.

Levantó la llave inglesa que sujetaba. La empuñaba tan fuerte que los nudillos se le habían tornado blancos. Roberto hizo lo propio con su bate, a modo de saludo.

—Se lo merecen, chicos. Se merecen esto —dijo, para afianzarles la decisión de venganza.

Afirmaron con la cabeza. Ismael se sentía mejor ahora. Le seguirían hasta donde fuera necesario. Aquel pensamiento lo llenó de orgullo. Miró a Josué, quien parecía perdido en sus cavilaciones.

—Josué, ¿estás con nosotros?

—Estoy orando, Ismael.

Ismael esbozó una sonrisa.

—Gracias, primo. Necesitamos a Dios.

Luego paseó su mirada por todos los presentes.

—Que Dios nos ayude.

La mayoría reclinó la cabeza en señal de respeto, pero Josué, como si obedeciera siempre al procedimiento contrario, la levantó. Su expresión era fría, con una chispa de cólera. Sus ojos castaños se clavaron en los de su primo y le sostuvieron la mirada por unos instantes.

—No quiero que Dios nos ayude —dijo, finalmente. Todos en el grupo lo miraron estupefactos.

—No digas eso, Josué —respondió Ismael.

Josué quiso contestar, armarse de valor e intentar hacerles ver a todos en que locura se estaban embarcando, pero se sintió solo. Nadie lo apoyaría porque la ira movía sus corazones. Se miró la mano que sujetaba el martillo y le sorprendió la firmeza con la que lo empuñaba. Sí, a él también lo poseía la ira. Pensó en abandonar aquella empresa descabellada, darse la vuelta y echar a correr hasta no poder más, pero la ira, aquella sed de venganza, era ahora quien susurraba a su espíritu y, lo más terrible de todo, Josué quería escucharla, quería que lo arrastrara a la violencia, quería dejarse llevar y aplacar aquel odio de una vez por todas.

Ismael seguía mirándolo. La respiración de Josué comenzó a acelerarse por momentos. Levantó el martillo, como guiado por una fuerza misteriosa y al momento se sintió dentro del grupo.

—¡Vamos! —ordenó Ismael en voz baja, y todos, incluido Josué, comenzaron a correr agazapados sobre del césped, evitando pisar el camino de grava para no hacer ruido.

Como si lo hubieran hecho toda la vida, el grupo encabezado por Ismael avanzó como un comando de asalto, utilizando los lugares oscuros. Sin que nadie lo ordenara comenzaron a dispersarse: Ismael, Samuel y Roberto por la izquierda y Josué y Jairo por la derecha. Cuando ya se encontraban a unos pocos metros distinguieron con claridad que el grupo de Gago estaba formado por siete personas, incluido él. Unos estaban sentados en el césped, sirviendo más vasos de güisqui a sus compañeros; otros permanecían de pie, hablando y riendo con Gago, a merced ya de los primeros efectos hilarantes del alcohol.

En ese momento, Ismael emergió de entre las sombras, profiriendo un grito lleno de rabia. Avanzó armado con la llave inglesa directo hacia Gago, quien apenas tuvo tiempo de entender lo que estaba ocurriendo. El primer golpe le dio de lleno en la cara, en el pómulo izquierdo, y lo lanzó contra el suelo. Ismael no se detuvo una vez eliminado al líder. Saltó por encima de su cuerpo, que yacía inmóvil sobre el césped, y se lanzó a atacar a otro de los chicos que estaba de pie.

Al momento, Roberto y Samuel le cubrieron las espaldas. Por el otro lado aparecieron Josué y Jairo. Los amigos de Gago que estaban sentados tuvieron tiempo de levantarse. Eran cuatro. Uno de ellos quiso atacar a Ismael, lanzándole una de las botellas de güisqui, pero Roberto se le interpuso y paró la botella dándole un golpe con el bate que la hizo pedazos; otro corrió en dirección a Samuel y ambos se enzarzaron en un forcejeo. Los otros dos se volvieron hacia Josué y Jairo.

El joven Jairo, al ver que se les echaban encima, dio media vuelta asustado y echó a correr. Josué se dio cuenta de que lo había abandonado, pero no quiso echarse atrás y se lanzó él solo a la lucha. De un salto se plantó en medio de los dos contendientes. Uno de ellos atacó primero y le lanzó una patada que le golpeó el estómago, pero la adrenalina que en ese momento llenaba todo su cuerpo evitó que sintiera dolor alguno. Al momento, comenzó a golpear con el martillo a todo el que se le cruzaba por delante. No realizaba ataques meditados, sino que golpeaba poseído por el frenesí, sin reconocer a quién o dónde encajaba los golpes. El primero lo lanzó transversal, alcanzando el pecho de uno de sus adversarios. Escuchó un quejido ahogado y el chico al que había alcanzado se dobló de dolor. Entonces, con otro movimiento ascendente, el martillo rasgó el aire de nuevo hasta darle de lleno en la barbilla. El golpe fue tan duro que el chico se dobló con fuerza hacia atrás y cayó de espaldas. Otro golpe más sorprendió a Josué por la espalda, un puñetazo cerca de los riñones que tampoco sintió. Después alguien intentó detenerle agarrándole por detrás. No reconoció si era amigo o enemigo, si era uno de los muchachos de Gago o quizá era Ismael, pero golpeó nuevamente, esta vez con un movimiento de revés, impulsado con todas las fuerzas que logró reunir. Se oyó un chasquido y un grito desgarrador. Josué había hecho añicos el hombro de otro muchacho de un solo martillazo. Se volvió, y sin ofrecer clemencia alguna asestó otro golpe que impactó en la base de la cabeza. Su rival cayó al suelo como un plomo, pero Josué no se detuvo y siguió golpeándolo, a pesar de que ya estuviera vencido, hasta que la cabeza del martillo se llenó de sangre, y en un nuevo movimiento para tomar impulso, ésta le salpicó la cara. Se convenció entonces de que también había ganado ese combate y dejó a su enemigo en paz.

Por el rabillo del ojo pudo ver a Samuel y Roberto ensañándose con el último enemigo que les quedaba. Ambos estaban pateándolo, mientras el pobre desdichado solo podía acurrucarse en el suelo y preocuparse por mantener la cabeza lo más protegida posible. Oyó a Ismael decir algo, pero no lo entendió. Dio una vuelta sobre sí mismo, con los dientes apretados de rabia y dispuesto a seguir con aquel sangriento ajuste de cuentas, pero no encontró más enemigos a su alrededor.

Entonces volvió a enfocar a sus amigos. Venían corriendo hacia él. Llevaban sujeto por ambos brazos a uno de los chicos de Gago, el que menos golpes parecía haber recibido. Ismael le tapaba la boca para que no gritara.

Aquello era pura improvisación. Ismael nunca les contó que planeara llevarse a alguien... secuestrado.

—¡Corre, Josué! ¡Al coche de Samuel! —ordenó su primo.

Josué dio media vuelta y echó a correr hasta donde Samuel había dejado el coche, era el único que tenía carné de conducir y había trasladado a Jairo y a Roberto hasta el punto de encuentro, pues no vivían en el barrio. El coche no estaba aparcado demasiado lejos del parque, pero debían salir a la luz para llegar hasta él. Josué, que iba a la cabeza, se detuvo en la entrada bajo la farola apagada e hizo una señal a los demás para que esperaran el momento oportuno. Cuando comprobó que no había nadie asomado a las ventanas ni en la calle echó a correr, y el resto del grupo lo siguió.

Llegaron hasta el coche. Era un Renault 9 de segunda mano que debía tener más de quince años de antigüedad. Estaba viejo y sucio. La pintura tenía desconchones en las esquinas y ya no conservaba el color blanco original, sino que había adquirido un tono amarillento por el paso del tiempo. Empujaron a aquel chico a la parte de atrás y a ambos lados se sentaron Ismael y Roberto. Josué ocupó el asiento del copiloto. Una vez ubicados, Samuel arrancó. El coche no se había enfriado aún, por lo que no tardó en ponerse en marcha. Una vez que echó a andar, el muchacho, terriblemente asustado, comenzó a recibir todo un bombardeo de amenazas y preguntas.

—¡¿Cómo te llamas?!—dijo Ismael, mientras lo zarandeaba para que le prestara atención.

—Tú no nos has visto, ¿me oyes? Si vas a la policía volveremos por vosotros —amenazó Roberto, blandiendo el bate cerca de su cara. Ninguno había caído en la cuenta de llevar un pasamontañas o algo que les ocultara el rostro para evitar ser reconocidos. Era un error de principiantes, pero ya estaba hecho y solo las amenazas podían salvarlos.

–Ismael, dile que no vuelvan más por el barrio –gritó Samuel mientras conducía–. Que si volvemos a verlos iremos de nuevo por ellos.

A medida que la tensión crecía en el interior del coche, Samuel, inconscientemente, aceleraba más y más. El coche enfiló la avenida cercana y sin preocuparse por semáforos ni cruces comenzó a recorrerla a más de 90 kilómetros por hora.

–¡He dicho que me digas cómo te llamas! –gritó Ismael, totalmente histérico. Había dejado la llave inglesa ensangrentada bajo su asiento para sujetar al rehén por las solapas de la chaqueta con ambas manos.

–Me...me llamo Martín. Por... por favor, no me hagáis nada. ¿A dónde me lleváis? ¿Por qué me habéis metido en este coche? ¿Qué vais a...?

–¡Calla! –Roberto también comenzaba a perder los estribos. El Renault de Samuel se adentró en la autopista, donde, lejos de desacelerar, alcanzó los 150.

–Cállate, Martín –dijo Ismael–. Cállate. No tienes derecho a hablar. Si vuelves a abrir la boca te aseguro que te saco todos los dientes con la llave inglesa.

La amenaza surtió efecto. Martín no dijo ni una palabra más. Cerró la boca como si Ismael estuviera a punto de ejercer de dentista y comenzó a llorar procurando hacer el menor ruido posible.

–Habéis cometido una grave injusticia –volvió a decir Ismael– y habéis recibido la justicia de Dios como escarmiento.

Aquellas palabras no le gustaron a Josué. No tenía dudas de que Dios estaba muy lejos de aprobar lo que había ocurrido aquella noche. Pero se sentía demasiado asustado para oponerse a su primo.

–Ismael, dile que no vuelvan por el barrio –repitió Samuel en voz alta.

Todos los presentes escucharon su idea, incluido Martín, pero Samuel necesitaba de la autoridad de Ismael para que la orden sonara más tajante.

–Si de ahora en adelante volvemos a veros por la zona de las canchas de baloncesto –dijo Ismael–, o por el parque, iremos otra vez por vosotros. Volveremos a aparecer de entre las sombras, pero nuestro ataque será mucho peor. Igual os ocurrirá si nos enteramos de que la policía sabe lo que ha ocurrido hoy. ¿Lo has comprendido?

Martín asintió.

Josué estaba cada vez más incómodo con la situación. En un momento, en una noche, el grupo de jóvenes de una modesta iglesia protestante se había transformado en una banda tan peligrosa como la de Gago. La línea de lo aceptable hacía mucho que se había sobrepasado. Los acontecimientos se iban volviendo cada vez más escabrosos.

—Dejadle salir del coche —ordenó Ismael, una vez que las condiciones hubieron quedado claras.

El Renault de Samuel salió de la autopista y volvió a meterse en territorio urbano. Avanzó cauteloso por las calles, hasta encontrar una desprovista de vida. Allí se detuvo y liberaron a Martín. Después el coche volvió a arrancar a toda velocidad y se alejó dejando un olor a caucho quemado en el ambiente.

En el momento en que volvieron a entrar en la autopista, de camino a casa, una sensación de victoria se apoderó de los ocupantes. Todavía sobrexcitados por la adrenalina, comenzaron a gritar y a reír a carcajadas mientras recordaban su hazaña. De regreso al barrio, Ismael y los demás gozaron contando cómo habían logrado vencer a un enemigo superior en número. Cada uno relató su combate particular como si se tratara de una lucha entre titanes y, cuando describían golpes, todos reían orgullosos de su proeza. Saborearon cada momento como si ya echaran de menos volver a enfrentarse contra un nuevo enemigo. Solo Josué se resistió a contar su increíble enfrentamiento contra dos oponentes a la vez, y cuando lo hizo fue arrepintiéndose a cada palabra, pero sin poder evitar que desde su interior también fluyera esa alegría por la conquista y el voto de venganza cumplido a Rebeca.

Después de un rato, cuando poco a poco la euforia fue dando paso a la calma, se percataron de que les faltaba Jairo. No sabían nada de él.

—Se arrepintió cuando estábamos a punto de atacar y echó a correr —dijo Josué.

—Daremos una vuelta por el parque —propuso Samuel—. Seguirá por allí.

En efecto, tras un breve tiempo de búsqueda lo encontraron deambulando por las calles.

—Lo siento —se disculpó una vez hubo subido al coche—. Me entró el pánico en el último momento. Os he fallado.

–Tranquilo –dijo Ismael con un tono diferente al que había utilizado toda la noche. Era de nuevo la voz apaciguadora del líder cristiano–. Es normal. No tienes que disculparte por nada. Igualmente agradecemos tu ayuda.

Los demás afirmaron las palabras de Ismael. Entonces Roberto cayó en algo.

–Chicos. ¿Estaba Mario en el grupo de Gago?

Ninguno estaba seguro de si Mario era o no una de las personas a las que habían atacado. Con la tensión del momento pasaron por alto las caras de quienes golpeaban.

–No lo creo –respondió al fin Ismael–. Cuando hablé con él, en el hospital, me dijo que no volvería con Gago. Estaba muy arrepentido.

Tras aquella conversación, el interior del coche quedó en silencio. Samuel entraba de nuevo por la avenida, rumbo al parque. Redujo la velocidad hasta los 20 kilómetros por hora, lo que permitió que los demás observaran la calle con detenimiento. Todos, a excepción de Jairo, que estaba sentado entre Roberto e Ismael, miraron por sus respectivas ventanillas, buscando algún rastro de Gago y sus amigos.

Entraron por la calle del parque y pronto éste apareció ante sus ojos, silencioso y lleno de sombras. El viejo Renault rodó aún más despacio por la zona para darles tiempo de escrutar alguna figura en las tinieblas. Rodeó el parque, acercándose todo lo posible a sus extremos. Pasó primero por la entrada principal, cerca de la farola fundida, y luego siguió por el lateral izquierdo con la esperanza de que quedara a la vista la zona arbolada donde sorprendieron a la banda de Gago.

Por fortuna hubo un momento en que ésta se divisó con la suficiente claridad como para constatar que el lugar se encontraba vacío. ¿Cuánto tiempo había durado el secuestro de Martín? ¿Cuánto habían tardado en darle aquel paseo y en abandonarle después en otro lugar de la ciudad? Posiblemente, no más de treinta minutos. En aquel lapso la banda de Gago tuvo tiempo de reponerse y abandonar el lugar. Era demasiado pronto como para que Martín hubiera llegado hasta ellos para avisarles de las condiciones de Ismael, así que era evidente que habían huido por voluntad propia.

Al principio, los chicos se alegraron de haberlos expulsado. Pero entonces Josué sembró la duda.

—¿Y si han ido directo a la policía?

Se miraron unos a otros y, como movidos por un resorte, buscaron la respuesta en Ismael.

—No creo que hayan ido. Tienen todas las de perder, porque seguro que han cometido muchos delitos. El de Rebeca solo es el último.

El argumento los tranquilizó. Tras esto, el coche de Samuel llevó primero a Jairo y a Roberto a sus casas con objeto de hacer tiempo, y luego regresó a la zona del parque para dejar a Josué cerca de su casa. Nuevamente, el parque se mostraba desierto.

—Nos vemos en la iglesia, primo —se despidió Ismael, quien ahora ocupaba el asiento del copiloto.

—Hasta el domingo.

El coche arrancó y Josué lo siguió con la vista hasta que desapareció al torcer una esquina. Entonces, cuando puso rumbo a casa, notó que todo el cuerpo le temblaba. Las piernas le flojeaban, los brazos también, y sentía una gran presión en el pecho. Tal vez era miedo, o tal vez su cuerpo se debilitaba a medida que desaparecía el furor. No sabía qué era, solo que su humanidad volvía a él. Ya no era el monstruo descontrolado que fue durante el combate. De nuevo volvía a ser el pobre muchacho cristiano que solo deseaba una vida normal. Los recuerdos del combate ya no le parecieron gloriosos, sino angustiosas pesadillas que martillearon su mente sin cesar.

Llegó andando hasta las canchas. Parecían vacías. Decidió cruzarlas a pesar de no tener la seguridad de si había o no alguien en su interior, pues sintió el impulso de recorrer el mismo camino que anduvo Rebeca y que había terminado por hundirlos a todos en semejante locura. Sin embargo, él no tuvo ningún encuentro. En las canchas ya no esperaba nadie. Atravesó la primera, caminó a través del sendero de adoquines anaranjados y pasó la segunda sin ningún incidente.

Al llegar frente a su casa notó un pánico creciente. Era aquella soledad cuya llegada tanto había temido. Era el momento. A una hora incierta de la madrugada, Dios comenzaba a pedirle explicaciones sobre sus acciones, a preguntarle por qué le había desobedecido.

3

La noche parecía extenderse por siempre, como si el Sol hubiera decidido no volver a mostrar su faz. El frío se hacía casi insoportable; a Josué le helaba los huesos y se le metía en los pulmones al respirar. Introdujo la mano en el bolsillo trasero de su pantalón y sacó las llaves de la casa. Le temblaba la mano, no sabía si de frío o de miedo, y tardó un poco más de lo normal en introducir la llave en la cerradura.

Tras un par de intentos logró abrir la puerta. El interior estaba silencioso, oscuro y vacío. Frente a él, el pasillo avanzaba hasta el salón sin muebles y ausente de cortinas. A través de tres amplios ventanales la luz ámbar de las farolas entraba en la estancia, confiriendo una atmósfera mortecina a toda la planta. De la fiesta de fin de año quedaban todavía algunas botellas de refrescos y vasos de plástico en el suelo y en las esquinas. A su izquierda, ascendiendo paralela al pasillo, la escalera que llevaba al piso superior parecía no tener final. Se perdía entre las sombras.

La soledad reinante infundió a Josué un temor a su propia casa que nunca antes había experimentado. La ausencia total de muebles le confería un aspecto tenebroso y sobrenatural. Cerró la puerta de la calle y se quedó apoyado en ésta unos segundos, quieto en la entrada, dubitativo.

Unos instantes después, avanzó decidido a través de la penumbra, por el pasillo, hasta llegar al salón. Se agachó, y con ayuda de la escasa luz buscó una botella que contuviera algún líquido en su interior. Encontró un zumo de naranja y se lo llevó a los labios. Tenía la garganta totalmente seca y el zumo descendió por ella como un calmante, aplacando su sed.

Regresó por el pasillo y se detuvo de nuevo ante la escalera. Ascendió con cuidado, andando de puntillas. Sabía que no había nadie más en la casa, pero un temor irracional lo acongojaba, le oprimía el pecho, y cada sonido, por pequeño que fuera, lo hacía saltar produciéndole un nuevo estremecimiento. Una vez en el piso superior, entró en la primera habitación a su derecha. Era el baño. Encendió la luz. El fogonazo inicial le obligó a cerrar los ojos, pero pronto se acostumbraron. Se colocó frente al lavabo y se miró al espejo.

Se percató de lo despeinado que estaba. Su piel había adquirido un tono más blanco de lo normal. Tal vez a causa de la agitación que todavía mantenía su corazón acelerado, o por el contraste con la mancha de sangre que impregnaba su camiseta. Se la habían rasgado, y tenía manchado el pecho y el hombro izquierdo, pero la sangre no era suya. Acercó la cara al espejo. Encontró pequeñas gotas que le habían salpicado el pómulo izquierdo, cerca del ojo.

Se sacó la camiseta. En su cintura, sujeto con el cinturón, escondía el martillo, a un lado de la cadera. El extremo romo de la herramienta estaba cubierto de sangre. Había también algunas gotas a lo largo del mango de madera. Lo mantuvo sobre sus manos durante unos segundos, se concentró en el tono oscuro de las manchas y revivió lo sucedido. De nuevo sintió la fuerza que lo poseyó en medio del fragor del combate, el placer obsceno con que se dejó llenar cada vez que un golpe daba en el blanco. Rememoró a su adversario en el suelo, sometido, ensangrentado y con la cabeza machacada por el martillo.

¿Lo habría matado? La idea cruzó su mente y se clavó como una espina en sus entrañas. El primer martillazo podría haberle aplastado la cabeza. Podría estar muerto.

No pudo soportarlo. Dejó caer la herramienta, que resonó con estrépito al chocar contra el suelo. Abrió el grifo del todo y se lavó frenéticamente la sangre hasta enrojecerse la piel. También la cara, con mucho jabón. Le picaban los ojos, pero no le importó. Acto seguido, se quitó la camiseta y la tiró a la basura. Pensó en quemarla, pero ¿dónde? Dentro de casa provocaría una humareda insoportable, y en la calle podría levantar sospechas. No. La tiraría a la basura, y el martillo también. Se desharía de él. Nadie buscaría allí. No lo harían, porque no tenían ninguna razón para rebuscar en la basura. Nadie los había visto. Estaba seguro.

Pero al instante afloraron las dudas. ¿Y si alguien se hubiera asomado por la ventana en aquel momento? No. El parque estaba oscuro. Además, los árboles ofrecían una eficaz cobertura contra cualquiera que se asomara a la ventana. Y de haberse asomado, no habrían visto más que sombras. ¿Y alguien que saliera a pasear al perro? No, también había que descartar esa hipótesis. No había nadie por los alrededores cuando él y los demás chicos decidieron atacar a la banda de Gago.

Pero ya no estaba seguro, no estaba seguro de nada.

Tenía frío porque no se había puesto otra camiseta y seguía con el torso desnudo, pero la sola idea de que alguien los hubiera visto, tal vez incluso reconocido, lo comenzó a torturar tanto que prefirió asegurarse primero y vestirse después. Salió del baño y avanzó hasta una de las habitaciones del extremo izquierdo de la casa. Allí había una ventana, pequeña y desprovista de cortinas. Se asomó con cuidado.

La calle estaba solitaria. No había nadie. Ni policía, ni vecinos alarmados.

Nadie.

Respiró tranquilo. Se volvió de espaldas a la ventana y contempló la habitación vacía. Pero cuando ya pensaba que podría descansar aquella noche, los remordimientos atacaron su conciencia. ¿Qué había hecho? Él y los otros chicos acababan de cometer una atrocidad, un acto cruel y descarnado, movido por el más puro instinto de venganza.

En la soledad de la habitación, en el vacío de su casa desprovista de muebles, Josué se sintió más solo de lo que había estado jamás. En ese momento comprendió con terror creciente que sus peores temores cobraban realidad.

En efecto, el parque estaba oscuro y vacío. No existían testigos oculares del hecho, ni había policía esperando a la puerta de su casa, pero sí que había alguien que conocía sus actos. Dios lo había visto todo, era el único testigo de aquel acto de violencia desaforada y ahora le dejaba solo, solo con sus pensamientos, solo con su culpa.

Logró limpiarse toda la sangre del cuerpo, estaba convencido de ello, pero no podía dejar de olerla, no lograba quitarse de la cabeza toda aquella sangre derramada.

Su pulso se aceleró. Desesperado, miró a todas partes lleno de pánico. La habitación, como toda la casa, parecía estrecharse por momentos, encerrándolo en una prisión de paredes móviles. Solo la luz de las farolas la llenaba, amarillenta y triste. Avanzó a gatas hasta una esquina y se acurrucó allí, con la barbilla entre las rodillas. Se cubrió la cara con las manos y comenzó a sollozar. ¿Qué había hecho? ¿Qué es lo que había hecho? Sentía que había vendido su alma al deseo de venganza, y no lograba que la idea desapareciera de su cabeza.

Allí, en aquella soledad, bajo el penetrante frío de enero, Josué lloró atormentado por sus pecados, temeroso de que Dios lo entregara a las tinieblas que lo envolvían, a la soledad apartada y eterna.

4

RAMÓN DABA VUELTAS RODEANDO LA MESA CAMILLA que presidía el centro de su pequeña sala de estar. Era un hombre bajito y regordete, con un moreno natural propio de quien ha trabajado al sol toda su vida. A pesar de que las noches en invierno alcanzaban temperaturas bajísimas, Ramón acostumbraba remangarse la camisa hasta los codos.

Era uno de los tenderos que todos los días, lloviera o nevara, instalaba su puesto en la calle de Josué. Su casa no estaba demasiado lejos de su lugar de trabajo. Era un cuarto piso, frente a un parque que hacía poco habían remodelado. Cuando le apetecía fumar, Ramón abría la ventana de la sala de estar para no molestar a su esposa, que sentía un asco insoportable por el humo de sus puros. Aquella noche se había quedado viendo la televisión hasta tarde. Su esposa se rindió al sueño poco después de las once de la noche, pero él no se acostó. No podía dormir.

Había un grave asunto en el que pensar. El negocio de su primo, una tienda de golosinas no muy lejos de allí, estaba pasando serios problemas. Tan serios, que su primo había pensado en dejar el negocio y mudarse. «No te rindas, Andrés», le había dicho Ramón. «Eso es precisamente lo que él quiere, que te rindas. Ya verás como algún día encontramos una solución». Pero el caso era que la solución no aparecía por ninguna parte y, día tras día, su primo era acosado por aquel odioso vecino del primer piso. Acudieron a la policía, claro, el vecino acumulaba ya varias denuncias. Y no solo de Andrés, pues incordiaba a todo el vecindario del edificio, pero seguía atosigándoles a todos, y muy especialmente a su primo.

Las preocupaciones lo desvelaban, así que decidió asomarse a la ventana y fumar un poco para tranquilizarse. Acababa de encenderse el puro, cuando distinguió un grupo de personas en el parque. Estaban en los jardines, bajo un árbol. Los reconoció. Eran los de siempre: la banda de Gago.

Se metían con los vecinos, agredían a los muchachos de la zona y, para colmo, casi todas las noches ocupaban el parque. Cada mañana amanecía hecho un asco. Sentarse o pasear al perro por encima del césped llegaba a resultar peligroso, porque aquel grupo de gamberros tenía por costumbre estrellar todas las botellas que consumían.

Pensaba estas cosas cuando vio cómo se les acercaban otras personas desde distintos ángulos. Avanzaban rápida y cautelosamente por entre los arbustos, como si quisieran ocultar su presencia. Entonces escuchó un grito desde aquel lugar. Los dos grupos se enfrentaban en una batalla. Aunque apenas se les escuchaba, de vez en cuando le llegaba a Ramón el sonido de un golpe o un quejido. Al poco tiempo, volvió a escucharse otro grito, esta vez más fuerte que el primero.

El enfrentamiento duró poco, apenas uno o dos minutos como mucho. El grupo atacante salió vencedor. Ramón, asustado a la vez que sorprendido por lo que contemplaba, los siguió con la mirada. Llevaban a alguien sujeto por ambos brazos cuando salieron, y supuso que debía tratarse de uno de sus compañeros, que había salido mal parado tras el ataque. Los misteriosos atacantes avanzaron hacia la farola apagada de la entrada al parque. Allí, el que iba a la cabeza se detuvo y observó los edificios.

Con un movimiento reflejo, Ramón se ocultó para que no lo vieran. La sala de estar estaba a oscuras, pero el puro encendido podría delatar su posición, así que se apresuró a apagarlo en el cenicero que tenía a su lado.

Cuando le pareció prudente volvió a asomarse. Vio entonces que el grupo marchaba ahora bajo la luz reveladora de las farolas. El muchacho que iba delante seguía mirando a todas partes, asegurándose de que nadie los observaba; otros miembros del grupo también hacían lo propio. Ramón casi pudo sentir la tensión en aquel ánimo escrutador. Ya no miraban en dirección a su ventana, por lo que estaba fuera de peligro; de todas formas los espió con cuidado, contagiado de aquel miedo que parecía llenarlo todo. En un momento en el que uno de los chicos se volvió para mirar justo a la línea de ventanas frente a él, Ramón logró atisbar su perfil izquierdo. Era un muchacho rubio, bien parecido. De mentón fuerte y prominente, marcado con una permanente sombra de barba. Alto y de constitución ancha. Desde su cuarta planta no logró ver más detalles físicos, pero al momento reconoció de quién se trataba. La sorpresa por el descubrimiento provocó que se escondiera aun más. Agachó la cara hasta rozar el alfeizar de la ventana con la punta de la nariz y volvió a mirarle para asegurarse.

No había duda. Conocía a ese chico. Era uno de los del barrio. Le había visto otras veces pasar por la calle del mercadillo. De hecho, hacía solo unos días que le compró un paraguas, aquella mañana que se puso a llover de repente. Sí, era él. ¿Qué estaban haciendo exactamente? ¿Por qué atacaron a los muchachos del parque? La idea de que la causa se debiera a un ajuste de cuentas emergió en su mente como una inspiración y, al pensar en aquella posibilidad, el rostro se le iluminó de alegría. Al fin había hallado el remedio para poner fin a sus noches de insomnio.

SEGUNDA PARTE

VI

1

AL DOMINGO SIGUIENTE, SIETE DE ENERO, el día amaneció anormalmente soleado. Las temperaturas habían subido lo suficiente como para que la bufanda y los guantes no se hicieran imprescindibles, aunque había que ser muy valiente como para salir sin un buen abrigo.

Emanuel caminaba en dirección a la iglesia acompañado por su esposa, quien se aferraba a su brazo como si temiera dar un traspié. Sus dos hijos se habían adelantado unos metros. Aquella mañana, Emanuel los encontró inusualmente parecidos. Los dos avanzaban cabizbajos y pensativos, ajenos al mundo exterior. No obstante, tampoco él podía presumir de prestar mayor atención que la necesaria. Desde que iniciaron el paseo, su esposa, Penélope, había comenzado una larga disertación sobre lo rápido que se recuperaba Rebeca en el hospital. La noticia de su accidente en casa de Josué dejó preocupada a toda la iglesia. El mismo pastor fue el encargado de comunicarlo a varios miembros por teléfono, que a su vez siguieron una cadena telefónica hasta que toda la congregación quedó informada.

No es que las nuevas noticias que su esposa contaba no le interesaran. A Emanuel le interesaban, y mucho, pero no pudo evitar perder el hilo de la conversación durante dos o tres minutos. Sus propias preocupaciones lo asaltaron mientras caminaba en aquella mañana soleada. Observando a Josué, reconoció en su hijo mayor la misma tristeza que le invadía, como si fuera capaz de contagiarla.

Desde la fiesta de Navidad se había propuesto dirigirse a Dámaris solo cuando la ocasión lo requiriera. Con los años se había dado cuenta de que la amaba, cada vez más, pero también había comprendido que lo que hacía no era lo correcto. Estaba cayendo en un grave pecado que, de seguir así, podría traspasar la frontera de sus pensamientos para convertirse en hechos. Y Dámaris, ¿sentiría lo mismo por él? No podía asegurarlo. Era cierto que ambos tenían una conexión especial, se comprendían hasta en aquello que no se transmitía con meras palabras, pero de ahí a que Dámaris lo amara distaba una profunda diferencia. Lo que sí estaba claro era que no estaba enamorada de Simeón. El hermano mayor de Emanuel la ignoraba, como si no existiera, y siempre tomaba decisiones en casa sin contar con ella. De este modo, Dámaris se había resignado a verse como poco más que un objeto del mobiliario hogareño; una visión personal muy alejada de su verdadero carácter, oprimido y arrinconado por el férreo autoritarismo de su marido.

Penélope seguía hablando. Emanuel se reprochó a sí mismo por ser incapaz de prestarle atención. Aquello estaba mal. Ella, aparentemente ajena a cómo la ignoraba, movía su mano libre para escenificar mejor lo que decía. Aquel domingo había hecho acopio de todas sus joyas. Adornaba todos sus dedos, excepto el pulgar, con anillos de oro de distintas formas y tamaños. Alrededor de su muñeca, varias pulseras y esclavas se agitaban, produciendo un leve tintineo con cada ademán que realizaba su mano. Sobre el cuello colgaban tres cadenas, livianas y de apariencia delicada: la primera terminaba en una pequeña cruz, otra con una estrella de David y la tercera con el símbolo del pez con el que se identificaba la iglesia cristiana primitiva. Penélope no se había olvidado de ninguno de los símbolos que utilizaba la iglesia protestante.

Era una mujer de cabello moreno, aunque desde hacía años se teñía el pelo de color granate. No era especialmente hermosa, pero cuidaba tanto su imagen personal que adquiría cierto atractivo. Pocas veces se descuidaba. Aunque no pensara salir de casa, nunca olvidaba maquillarse, peinarse y vestir como si esperara una celebridad o tuviera que acudir a una boda. Era atenta con su familia y cariñosa con su marido, trabajadora y fiel. Quizás, de reprocharle algo, podría acusársele una espiritualidad más bien oscilante, cuya intensidad descendía notablemente durante largos periodos. Sin embargo, todo lo demás no era más que valores positivos.

Precisamente aquellos valores eran los que castigaban a Emanuel. Su esposa parecía perfecta, *era* perfecta. Pero entonces, ¿por qué no lograba quitarse de la cabeza a la esposa de su hermano? Se obligó a sí mismo a escucharla, giró la cabeza y mantuvo el contacto visual con Penélope para lograr prestarle toda la atención posible, pero ella lo sorprendió.

—¡Mira! Allí está tu hermano —dijo, señalando al frente.

Emanuel miró. Frente a la puerta de la iglesia, el pastor saludaba a los que iban llegando, como era costumbre. Allí, formando un pequeño grupito, Simeón y Dámaris charlaban con otro matrimonio. Como siempre, la voz de su hermano se escuchaba a metros de distancia.

Era complicado conversar con él. Simeón no podía evitar alterarse y, cuando lo hacía, el volumen de su voz aumentaba hasta gritar. Hablaba por encima de los demás y no callaba hasta que no hubiera dicho todo lo que tenía que decir, sin importarle si alguien intentaba cortar su conversación. Siempre hablaba más alto terminando por imponerse. Tenía también la manía de dirigirse a la gente, especialmente a otros hombres, hablando muy cerca de su cara, tanto que a veces se podía percibir su aliento. Así era exactamente como estaba hablando a aquel matrimonio que parecía menguar en altura ante su presencia. Sonreían levemente, como si estuvieran recibiendo un reproche. En realidad, Simeón estaría hablando de cualquier trivialidad, pero su vocerío y su ceño siempre fruncido transformaban la conversación en una especie de pelea.

A su lado, Dámaris esperaba que su marido terminara de hablar. Miraba de vez en cuando hacia la puerta de la iglesia y luego al suelo. Entonces, en un instante, su mirada encontró los ojos de Emanuel, que sin poder evitarlo los clavó en ella. Se quedaron así, con la vista fija el uno en el otro, en una atmósfera estática donde las palabras de Penélope y los gritos de Simeón se perdieron en el silencio. Hasta que de repente, Dámaris sintió que su marido pasaba un brazo por encima de su hombro y la empujaba al interior. Miró una vez más a Emanuel y desapareció tras el umbral de la iglesia. Emanuel, quien la había seguido con la mirada hasta perderla, sintió emerger poco a poco la voz de su esposa. El contacto con la realidad le provocó náuseas. Hubiera querido dar media vuelta y escapar, escapar para pensar y reprocharse por tener un espíritu tan infiel, pero se encontraban a unos pocos metros del pastor, quien ya sonreía dispuesto a darles la bienvenida. Josué pasó de largo, saludó con un leve movimiento de cabeza, y entró. Jonatán se quedó con sus padres, quienes se detuvieron a conversar.

—¿Cómo está su hija? —preguntó Penélope, después de los saludos.

—Mejor. Los médicos dicen que, de seguir así, pronto le darán el alta.

—Me alegro mucho. No sabe cuánto sentí el accidente. Ya le hemos dicho a Josué que forre las escaleras con algún tipo de alfombra o que ponga moqueta.

—Es una buena idea.

—Disculpadme —intervino Emanuel, que comenzó a notar cómo un sudor frío le recorría la frente.

Dejó a Penélope, a Jonatán y a Aarón y entró a la iglesia. Se detuvo en la recepción, pero en lugar de pasar al fondo, donde ya comenzaban a tocarse algunas canciones, giró en dirección al baño. Una vez dentro, encendió las luces y, sofocado como si acabara de correr una maratón, corrió hasta el lavabo. Abrió el grifo al máximo y metió la cabeza debajo del chorro. El sentimiento de pecado, de engaño hacia su mujer, quien inocentemente pasaba por alto sus indomables deseos de adulterio, le produjo una angustia imposible de soportar. Las tripas se le revolvieron como si estuviera a punto de expulsarlas por la boca mientras el agua le helaba la cabeza. Cuando no pudo aguantar más tiempo debajo del grifo se retiró jadeando, y sin percatarse de cómo las gotas que caían desde su cabello le mojaban el yérsey, puso el pestillo al baño, se arrodilló en el suelo sin importarle que estuviera húmedo y lleno de sucias pisadas, y con las manos sobre su rostro empapado comenzó a pedir perdón.

2

Se cantaron un par de canciones antes de que el pastor subiera los cinco escalones que elevaban el estrado. Lo hizo acompañado de su esposa y portando bajo el brazo derecho una gruesa Biblia de tapas de cuero oscuro. Aquella mañana vestía un traje de color gris especialmente elegante. Elisabet también se había vestido como si el día fuera especial. Ambos se colocaron frente a la congregación, esperando en silencio a que terminaran de sentarse (pues se habían incorporado para cantar algunas canciones).

—Buenos días, hermanos —comenzó el pastor, una vez que todos se hubieron sentado y se hizo el silencio—. Nos complace a mi esposa y a mí tener la oportunidad en esta mañana de poder compartir grandes noticias. Ayer nos comunicaron desde el hospital que Rebeca ya se encuentra mucho mejor de su caída. Para quienes no estén informados, Rebeca cayó por las escaleras durante la fiesta de fin de año en casa de Josué y recibió golpes muy severos, especialmente en la cabeza, lo que la mantuvo inconsciente por algún tiempo, y le provocó un coágulo que le ha dejado la mitad derecha del cuerpo paralizada. Gracias a Dios, se recupera con sorprendente velocidad. Incluso los médicos no terminan de explicarse cómo puede estar mejorando tan rápidamente.

Se escucharon algunos murmullos de «amén» desde distintos lugares de la iglesia, que expresaron la gratitud por el aparente milagro. En ese momento, antes de darle tiempo al pastor para que siguiera hablando, Daniel se levantó de golpe, dio media vuelta y avanzó a grandes zancadas hasta la puerta que salía al recibidor, la abrió con brusquedad y la cerró de un portazo. Buena parte de los presentes lo siguieron con la mirada, preguntándose qué ocurría.

Josué, sentado en una de los últimos bancos, quiso ponerse en pie y seguirle, ser él también partícipe de aquella protesta ante tanta mentira, pero por otro lado le invadía la culpa por lo sucedido el martes anterior. Las historias inventadas del pastor constituían un pecado tan grave como su venganza contra la banda de Gago. En el fondo, se convenció de que abandonar el local era un error, porque no existía mejor lugar que la iglesia para confesar su falta y arrepentirse de lo que había hecho. Así pues, permaneció en su sitio.

Se percató de que el pastor y su esposa ya se habían sentado y ahora Ismael era quien estaba de pie, Biblia en mano, a punto de dirigirse a toda la congregación.

—Quisiera leer unas palabras —dijo. La voz le salió temblorosa al principio, al pasear su mirada por los más de cien miembros que ponían en él su atención; pero posó sus ojos en la Biblia y pareció reafirmarse. Cuando volvió a hablar, el tono le había cambiado de forma considerable. Era mucho más firme, inspirador y lleno de autoridad:

—Génesis, capítulo nueve, versículo seis.

La iglesia se llenó con el suave sonido del correr de las páginas. Ismael aguardó a que encontraran el lugar citado y, cuando pensó que todos hubieron llegado, bajó de nuevo la vista a las Escrituras. Durante un momento sus labios se movieron sin emitir palabra, luego cerró la Biblia y alzó la cabeza, mientras citaba de memoria el versículo.

«El que derrame sangre de hombre, por el hombre su sangre será derramada; porque a imagen de Dios es hecho el hombre».

No miró a todos los presentes a la vez que hablaba, sino a algunos en concreto. Buscó a Samuel, quien permanecía cerca de la puerta que daba al vestíbulo y que asintió afirmando el mensaje; a Jairo, que se le quedó mirando como hipnotizado; y a Josué. El versículo iba dirigido a ellos. El resto de la iglesia esperó en vano que Ismael explicara el porqué de su cita, porque tras haber compartido su mensaje, se sentó sin más.

La iglesia, desconcertada y sin comprender nada, se quedó totalmente en silencio; pero Josué, a quien el mensaje atravesó el pecho como una flecha envenenada, no pudo soportar aquella atmósfera de secretos y mentiras por más tiempo. Él mismo se sintió infame, el más vil de todos, porque conocía la verdad y no era capaz de confesarla, de levantarse ante todos y contar bien alto los secretos que el resto, en su miedo o su vileza, callaba. Se levantó del asiento, no indignado, sino lenta y dolorosamente, como quien es expulsado del Paraíso para vivir en las tinieblas de la vida mortal, y dejó el recinto.

3

Afuera, en el vestíbulo, Daniel contemplaba el tablón de anuncios, donde se exponían algunas fotos que alguien tomó en la fiesta de Navidad de la iglesia. Cuando Josué salió, Daniel ni siquiera pareció inmutarse por el sonido que hizo la puerta del vestíbulo al cerrar, pero adivinó quién había abandonado la reunión.

–He escuchado las palabras de Ismael.

Desde la recepción, lo que ocurría en el interior se recibía con aceptable claridad.

–Así que al final pusisteis su plan en práctica –continuó.

–Sí. Lo hicimos el martes pasado.

–Y parecéis orgullosos de ello.

Daniel se volvió para encarar a Josué.

–Ni mucho menos –respondió Josué, cabizbajo.

Desde el martes era incapaz de alejar de su memoria el momento en el que, desbordado de furia, golpeó a uno de los chicos de Gago cuando yacía inerte en el suelo.

–No puedo quitármelo de la cabeza. Creo que hemos ido demasiado lejos.

–Me temo que no puedo ayudarte –dijo Daniel por toda respuesta–. Te prestaré toda mi atención, si es eso lo que necesitas, pero solo Dios puede ayudarte a olvidar el error que has cometido.

–Desde entonces no hago más que pedírselo.

Josué avanzó hasta una de las sillas del vestíbulo y tomó asiento. Daniel se sentó junto a él.

–Aquella noche sentí algo que nunca había experimentado –comenzó a relatar Josué–. Era como si no fuera dueño de mí... ¡Deseaba tanto la venganza! Me dejé arrastrar por ella y perdí el control de mis acciones; pero ahora no puedo olvidarlo, no logro quitármelo de la cabeza.

—¿Sabéis si los chicos a los que atacasteis han ido a la policía?

—Después de golpearlos, intimidamos a uno de ellos para que no lo hicieran. Fue espantoso, Daniel. Lo encerramos en el coche de Samuel y lo amenazamos llenos de rabia. Lo soltamos en mitad de la calle, muy lejos del barrio. Creo que si Ismael lo hubiera ordenado, lo habríamos golpeado hasta matarlo. Todos nosotros enloquecimos.

Josué se echó las manos a la cabeza y acarició su cabello. Lo tenía corto y liso, de color negro brillante y muy abundante. Daniel lo observó con gesto compasivo.

—Dios ya te ha perdonado, Josué —dijo para animarle—, pero tú necesitas más tiempo para perdonarte a ti mismo.

Josué levantó la vista del suelo para fijarla en los ojos de Daniel. Llevaba razón. Desde el martes se había postrado para suplicar el perdón de Dios, pero en realidad lo obtuvo desde la primera vez que lo pidió de corazón. Ahora, sin embargo, seguía herido consigo mismo, se había defraudado y debía hallar la forma de encontrarse en paz de nuevo. Como si adivinara sus pensamientos, Daniel volvió a hablar.

—Deberías visitar a Rebeca. Eso te ayudará.

—He oído que no acepta visitas. Está muy cansada...

—Josué —Daniel puso una mano en su hombro—, Rebeca no recibe demasiadas visitas por su propia voluntad. Dice que está cansada, pero lo que ocurre es que se siente mal cuando debe contar a todos la versión del pastor. Por eso prefiere hablar con la menor cantidad de gente posible.

Josué quedó sorprendido.

—¿De verdad? No puedo creer que Aarón haya obligado también a su hija a decir mentiras.

Daniel resopló.

—Claro que lo ha hecho. Yo mismo fui al hospital el jueves. Sara planeaba visitar a su hermana antes de volver a marcharse, y aproveché para acompañarla. Lo primero que me sorprendió fue que Rebeca rechazara a su hermana y, por el contrario, prefiriera verme a mí. Cuando estuvimos solos me asaltó con la misma versión de las escaleras. Al confesarle que conocía la verdadera historia se derrumbó en lágrimas.

—Iré a visitarla cuanto antes.

Daniel asintió y ambos se quedaron en silencio, sumidos en sus propios pensamientos hasta que, después de unos instantes, Daniel dijo:

—La iglesia se desmorona.

—¿Qué podemos hacer?

—No lo sé. De verdad que no. La mayoría desconoce lo que está ocurriendo, pero hay mucho mal corroyéndola desde sus entrañas. Temo que cuando ese mal salga fuera sea demasiado tarde para remediarlo.

—¿Y si denunciamos a Ismael?

—No me malinterpretes, pero creo que no es lo más adecuado. Verás, creo que se trata de un asunto que atañe a la iglesia. Lo que pertenece a la iglesia no sale de la iglesia. Ismael ha cometido un pecado y debe arrepentirse por ello. Es lo que deberíamos centrarnos en conseguir. Además, sería imprudente ir a la policía, porque nuestras pruebas no serían suficientes para acusar a Ismael, ya que tiene gente dispuesta a organizarle una coartada. Aunque las tuviéramos, tú también serías acusado. Creo que no sería justo.

—Tal vez si lo contáramos a la congregación...

—Tampoco estoy seguro. Desde la noche de fin de año llevo pensándolo —dijo Daniel, mientras se levantaba de la silla y caminaba de un lado a otro—. He querido hacerlo, pero tengo miedo.

Josué pensó que era normal que Daniel se sintiera atemorizado. El pastor era muy querido y admirado por todos. Atacarle directamente frente a toda la iglesia podría volverse contra él si no lograba la suficiente credibilidad. Para colmo, no podía apoyarse en el carisma de Ismael. No es que el líder de jóvenes se hubiera colocado a favor de Aarón, pues no podía estar más en su contra, pero Daniel no se fiaba. Depositar su confianza en Ismael podría resultar peligroso. Desde que puso su plan de venganza en marcha, Ismael actuaba de forma extraña. Daba miedo.

—Necesitamos que los jóvenes se coloquen de nuestra parte —resolvió Daniel—. Todos somos testigos de lo que ocurrió la noche de fin de año y sabemos que el pastor miente. Si logramos que los que asistieron a la fiesta se atrevan a contar la verdad frente a la congregación, eliminaremos el riesgo a ser desacreditados.

—Deberíamos comenzar por Rebeca. Ella desea contar la verdad más que nadie.

–Sí. Díceselo tú, Josué.

–Iré a visitarla hoy mismo.

–Está bien, pero ve pronto. Creo que Ismael irá sobre las seis o siete de la tarde.

Josué se levantó de la silla y recogió su abrigo.

–Me marcho para allá ahora mismo.

Ya estaba a punto de abrir la puerta que daba al exterior cuando se volvió, recordando algo.

–Daniel, ¿sabes si Rebeca se ha enterado de nuestra venganza?

Daniel se encogió de hombros.

–Ismael la ha visitado un par de veces desde el martes. Si le ha contado lo ocurrido, lo desconozco.

Josué asintió y abandonó la iglesia. Daniel se quedó un par de minutos más frente al tablón de anuncios mirando las fotografías, aunque en realidad no hacía otra cosa que pensar en la última charla. Finalmente, él también recogió su abrigo y se marchó.

La estancia se quedó vacía. La predicación del pastor llegaba algo difusa, ensordecida por los delgados muros que separaban el vestíbulo del resto del edificio. En una esquina, alejada de la luz que entraba desde la calle, la puerta de los servicios permanecía entreabierta. Emanuel sujetaba la hoja, con los cabellos todavía húmedos y sin creer lo que acababa de escuchar. .Evidentemente, el pastor mentía sobre lo ocurrido a su hija. Los golpes que Rebeca había recibido sucedieron por otra causa que casi temía adivinar. Lo que escuchó después, sin embargo, constituía un hecho más importante y estremecedor: al parecer, los muchachos, encabezados por Ismael habían iniciado algún tipo de represalia contra quienes atacaron a Rebeca. No obstante, daba la impresión de que nadie lo sabía. Nadie excepto él, que había escuchado a Josué mientras estaba arrodillado en el baño y había entreabierto la puerta para enterarse mejor de la conversación.

Tal y como había afirmado Daniel, la iglesia se desmoronaba sobre las cabezas de sus miembros, que permanecían ciegos ante una cruda realidad conocida por unos pocos. *El pecado nos está corroyendo* fue lo primero que pensó Emanuel, y al instante pensó en sí mismo y en las consecuencias de sus propios pecados. Porque, por mucho que le pidiera perdón a Dios, por mucho que, humillándose todo cuanto le fuera posible, confesara arrodillado sus faltas, no lograba, no era capaz de quitarse aquella tentación de la cabeza. Ése era el problema, no lograba olvidarse de Dámaris, y por más que pidiera perdón seguía sintiéndose profundamente culpable, pues, en realidad, no deseaba apartar de sí el dulce anhelo de un posible adulterio. Y no quería porque aquello le provocaba una mezcla de placer y loca esperanza, el único aliciente, en realidad, que tenía en su existir.

Por todo ello no podía sentirse más culpable. Su familia comenzaba a deshacerse como consecuencia de sus propios pecados. Josué era la primera señal. Pero a la vez, Emanuel se obstinaba en conservar aquella mácula por muy caro que pudiera costarle. Porque, mientras él no se acercara verdaderamente al Creador, éste no podría perdonarle. Y así, poco a poco, la merma que provocaban sus sueños de infidelidad iría envenenando todo lo que lo rodeaba

VII

1

La reunión del domingo 7 se alargó algo más de lo acostumbrado. El mensaje del pastor, que normalmente solía terminar quince minutos antes de la una del mediodía, lo hizo cerca de la una y cuarto. Hacia la una, los asistentes ya se revolvían inquietos en sus asientos, pero eso a Aarón no pareció importarle y siguió disertando sobre el capítulo primero del evangelio de San Juan como si el reloj no existiera. Al terminar, Ismael fue uno de los que salió con más prisa. Quería visitar a Rebeca a mediodía para tener toda la tarde libre, así que, según sus planes, ya andaba retrasado.

Desde el accidente, Ismael había visitado a su prometida en dos ocasiones. La primera había tenido lugar el mismo día de fin de año, después de planear la venganza que llevaron a cabo. Cuando entró, Rebeca tenía un aspecto realmente espantoso, trágico. Ismael sintió lástima por ella, pero ese sentimiento no hizo más que reforzar sus ganas de hacerle justicia. ¡Si Dani la hubiera visto en esas condiciones de seguro que no se habría echado atrás sino que lo habría ayudado. Lo primero que Rebeca hizo fue contarle aquella patraña que le ordenaron contar: la mentira sobre un accidente en las escaleras de la casa de Josué. Aquello le taladró las entrañas de ira. A punto estuvo de salir y comenzar su ajuste de cuentas con el mismo pastor, pero hacerlo habría sido una locura. Nadie lo habría apoyado.

La segunda vez fue el miércoles por la tarde, cuando todavía mantenía fresco el recuerdo de lo sucedido la noche anterior. Al principio, quiso contarle cómo se habían vengado; cómo él y otros chicos de la iglesia pagaron con sangre la sangre que ella derramó; pero luego pensó que para su prometida quizás podría resultar demasiado dramático, teniendo en cuenta el estado en que se encontraba, así que resolvió esperar a que se recuperara y contárselo más adelante.

Hoy era el día adecuado. Así lo había planeado; cuando saliera de la iglesia iría a visitarla y le contaría con orgullo el escarmiento que en su nombre recibió la banda de Gago.

Caminó avenida arriba hasta torcer por la calle del mercadillo, donde estaba la casa nueva de Josué. A esas horas del día el mercadillo rebosaba más gente que nunca. Además, dado que el día era especialmente soleado, la mayor parte de los transeúntes había aprovechado el buen tiempo para salir de compras. La calle estaba llena con un permanente bullicio. Los tenderetes no daban abasto, frente a ellos se apretujaban montones de curiosos que examinaban lo que ofrecían. Por todas partes se veían bolsas de plástico de color verde oliva —las que daban los comerciantes al realizar una compra— llenas de comida y otros artículos.

Ismael paseó a lo largo de la calle en dirección a la estación de tren, que estaba al otro lado. Cada vez que pasaba frente a uno de los puestos, alguien le cantaba las mejores ofertas de sus productos: ajos colorados, ropa de calidad, pilas alcalinas...

De pronto, escuchó una voz por encima de las demás, pero a diferencia de las otras, ésta no le ofrecía ninguna ganga, sino que parecía llamarle.

—¡He, chico! —volvió a decir aquella voz—. ¡El de la chaqueta negra!

Ismael miró en todas direcciones, hasta que distinguió a un hombre regordete y de piel morena que le hacía señas desde el otro lado de un puesto de paraguas. Al momento reconoció el puesto. Unas semanas antes, cuando iba de camino a pintar la casa de Josué, una repentina tormenta lo sorprendió justo en aquel lugar. Recordó haber dado gracias a Dios por haberle provisto del remedio contra la tormenta con tanta facilidad. Reconoció al hombre que ahora lo llamaba. Había sido él, precisamente, quien le había vendido el paraguas con el que pudo protegerse de la lluvia. El comerciante parecía reconocerlo también. ¿Qué querría?

Intrigado, Ismael se acercó. Cuando llegó hasta el puesto, el hombre dejó que su esposa siguiera atendiendo a la clientela e hizo señas a Ismael para que lo siguiera. Se alejó del puesto, caminó unos pasos entre varias cajas llenas de paraguas y se quedó esperándolo pegado a la pared de los edificios, lejos del barullo y justo detrás de su comercio. Cuando Ismael se le aproximó, el hombre pareció dudar de haberle llamado. Se frotó las manos y esbozó una sonrisa nerviosa.

—Me... me llamo Ramón —dijo, y volvió a sonreír sin razón.

—Ismael.

—Encantado, sí. Encantado. Escucha, Ismael. El caso es que yo... bueno, yo quisiera pedirte...

De repente, Ramón meneó la cabeza enérgicamente, como si pretendiera deshacerse de algo que lo estuviera molestando. Luego tomó aliento y volvió a comenzar.

—Ismael... te vi a ti y a otros chicos la noche del martes, cuando...

—¿Qué? —cortó Ismael, sobresaltado. El miedo le recorrió todo el cuerpo como una serpiente escurridiza. Aquel hombre había sido testigo de su ataque a la banda de Gago. Miró a ambos lados y no pudo evitar que su mano izquierda volara como una flecha para introducirse en el bolsillo de su pantalón. El botón estaba allí. Lo acarició con la yema del dedo índice y comenzó a relajarse poco a poco. Ramón también procuró quitarle hierro al asunto.

—No. Escucha, no pretendo culparos por lo que hicisteis. Más bien... más bien todo lo contrario.

Ismael, mucho más calmado, frunció el ceño.

—¿Qué quiere decir?

—Bueno. Los que vivimos por aquí conocíamos a la banda de Gago. Eran unos alborotadores. Siempre llenaban el parque de cristales rotos y andaban incordiando a los vecinos. Alguna vez incluso llegaron a agredir a un hombre que paseaba por lo que ellos consideraban «su territorio».

La palabra «agresión» hizo que Ismael se estremeciera rememorando lo que le habían hecho a Rebeca. Comenzó a pasarse el botón entre los dedos, cada vez más rápido.

—Se merecían lo que les hicimos. Por causa de un asunto personal nos vimos obligados a ejercer justicia.

Los ojos de Ramón se iluminaron con una chispa de malicia.

—Justicia. Exacto.

Ismael entrecerró los ojos. No comprendía adónde quería llegar aquel comerciante.

—Escucha, Ismael. Lo que hicisteis me pareció justo. La banda de Gago se merecía un escarmiento, pero nunca nadie había tenido el valor de dárselo. Nadie, hasta que llegasteis vosotros y les obligasteis a abandonar el lugar. Ahora pasearemos tranquilos por el parque. Los hijos de los vecinos podrán jugar en el césped sin miedo. El parque ya no será un peligro, y todo gracias a vosotros. Habéis hecho justicia, muchacho. Ojalá os hubieran visto todos.

A medida que Ramón iba encumbrando la labor que Ismael y los chicos de la iglesia llevaron a cabo, éste se sentía cada vez más orgulloso de haberse vengado. La idea de que hacían lo correcto ya estaba asentada en él desde el principio, pero ahora se reafirmaba con más fuerza que nunca.

—Solo hicimos lo que teníamos que hacer —dijo, sin poder evitar que la voz le saliera en un tono grave y profundo, como si diera un discurso.

—¡Claro, muchacho! ¡Si esto no fuera un secreto...! Sé de más de uno que os aplaudiría como a héroes. Aquí, en el barrio, hay mucha delincuencia. Ya iba siendo hora de que alguien comenzara a poner las cosas en su sitio.

Ismael sonrió satisfecho. Ramón lo imitó, y luego, al tiempo que volvía a frotarse las manos, continuó hablando.

—Escucha, Ismael. Mi primo Andrés tiene un problema que le va a causar la ruina. Resulta que un hombre que vive encima de su comercio le hace la vida imposible. Quiere obligarle a dejar la tienda, echarle de allí, y no hace más que molestarle. Le pinta las paredes, le rompe los cristales, arma escándalo a la entrada de su negocio de golosinas y frutos secos... Mi primo es una persona muy humilde, Ismael, y ya no sabe qué hacer.

Ismael escuchó a Ramón, cada vez más convencido de hacia dónde se encaminaba la conversación.

—Que llame a la policía —dijo, y notó que sus palabras salieron atropelladas.

—¡Ya lo ha hecho! —se apresuró a responder Ramón—. Lo ha hecho varias veces. El vecino del primer piso acumula ya varias denuncias. Y no solo de mi primo. Algunos vecinos también han sido atacados. Es una persona indeseable, un salvaje. Pero nadie hace nada por remediarlo de una vez por todas. Ismael, no te estoy pidiendo que le deis una paliza de muerte. Solo que le asustéis un poco para que deje en paz a mi primo... y a todos los vecinos.

Ismael no sabía adónde mirar. Ramón lo acosaba con aquellos ojos oscuros. Dirigió la vista al suelo y luego a ambos lados. Se sentía nervioso, nervioso por aquella propuesta que cada vez se volvía más y más seductora en su conciencia.

–No. Los otros chicos y yo prometimos hacerlo solo en esa ocasión, por tratarse de un motivo especial. Escucha... –se detuvo unos instantes, vacilante, y luego continuó hablando en susurros–. Todos nosotros vamos a la iglesia. Somos cristianos protestantes. No está bien que aceptemos tu propuesta.

–¿Protestantes?

–Evangélicos.

–¡Ah! –Ramón conocía a los evangélicos. Sabía de varios compañeros que asistían a ese tipo de iglesia–. Pues con mayor razón, Ismael. Sois personas de bien, ¿Quién mejor que vosotros para hacerlo? No os aprovecharéis de nadie.

Ismael respiraba cada vez más agitadamente. La promesa de no volver a atacar a nadie se difuminaba a medida que crecía en su interior la idea de solucionar los problemas de Andrés, de liberar todo un edificio de sus problemas, ajusticiando a un vecino conflictivo.

–Vamos, Ismael –continuó Ramón, en actitud suplicante–. ¿Quién mejor que vosotros para hacerlo? Sois unos héroes.

Ismael se sentía incapaz de responder, atrapado en busca de la frontera entre lo moralmente correcto y lo incorrecto. Entonces, el botón, que cada vez giraba entre sus dedos más y más velozmente, se le escapó y cayó al fondo del bolsillo. De forma repentina, Ismael giró sobre sus talones y quiso salir de allí lo más rápido posible, pero cuando ya se disponía a huir, Ramón lo agarró por el brazo y le dijo al oído:

–La tienda de mi primo está a cuatro manzanas de aquí. La puerta de entrada al edificio es de color azul celeste.

Ismael se soltó de un tirón y enfiló de regreso a la calle, deseoso por volver a perderse entre el bullicio de la gente y alejarse cuanto antes de allí. Sin embargo, cuando ya se había separado unos pasos, oyó un grito agudo; la melodía del comerciante que, transportada a través del viento invernal, recitaba cautivadoras ofertas.

–¡Félix, el hombre que molesta a mi primo se llama Félix! ¡Primera planta, puerta cinco! –gritó, e Ismael, sin saber por qué, notó que la dirección y el nombre de aquella persona se grababan en su memoria, antes de lograr perderse entre la multitud.

Ramón, más contento que nunca, regresó a sus quehaceres.

2

Desde que la vio la noche de fin de año, inmóvil en brazos de Mario, Josué no logró reunir el valor suficiente para visitar a Rebeca. Sentía miedo de verla en ese estado tan lamentable y temía que la imagen se solapara con los recuerdos hermosos que tenía de ella. El mismo miedo a que sus recuerdos se borraran lo detuvo frente a la habitación de Rebeca, en el hospital. Estaba parado frente a la puerta cerrada, sin decidirse a llamar, entrar sin más o regresar por donde había venido. Ni siquiera sabía cómo lo recibiría, pues no siempre estaba en disposición de atender a las visitas, aunque Daniel le había confesado que lo hacía por no propagar la mentira de su padre, ya que aquello le provocaba gran dolor. Sin embargo, Josué tenía más razones para sentirse nervioso y asustado.

Con toda seguridad, Rebeca recordaría el momento en el que le declaró su amor cuando pintaban su casa, en aquella mañana de diciembre. Rebeca no reaccionó muy bien y no volvieron a hablar desde entonces. ¿Estaría dispuesta a hacerlo ahora? Sus miedos crecían ante aquella posibilidad. Solo había una forma de averiguarlo.

Finalmente, y armado de un valor impulsivo, se decidió y empujó la puerta.

El interior estaba pálidamente iluminado. Había una amplia ventana justo en la pared de enfrente, pero unas gruesas cortinas de color verde oscuro reducían la cantidad de luz hasta una cálida penumbra. Había dos camas, una paralela a la otra, separadas por una cortina blanca que ahora permanecía descorrida. Solo una de las dos estaba ocupada. Sobre ella, tapada con una sábana de impoluto blanco y azul, descansaba Rebeca. Las enfermeras colocaron el cabecero lo suficientemente alzado como para permitirle ver la televisión que colgaba del techo. En la mano izquierda sostenía el mando a distancia, con el que parecía jugar cambiando constantemente de canal. La otra, sin embargo, le caía inerte sobre la sábana. Así, de perfil a Josué, observando con gesto aburrido un canal tras otro, daba la impresión de que estuviera a punto de recibir el alta médica. Tenía vendado ese lado de la cabeza, pero por lo demás parecía totalmente sana. No obstante, al poco de que Josué abriera la puerta, dejó de prestar atención al televisor y volvió su rostro para mirarlo. Entonces quedó al descubierto su perfil derecho, inerte y desprendido como si fuera de cera derretida. Josué no pudo evitar que le invadiera el espanto. Se quedó de pie en la puerta, sin atreverse a entrar, y solo la voz de Rebeca logró hacerlo reaccionar de nuevo.

–¡Josué! –dijo, medio balbuceando.

Dubitativo, Josué respondió con una sonrisa y terminó de entrar en la habitación.

–No sabía si me recibirías.

Se sentó a su lado, en una cómoda butaca de espuma.

–Sí –contestó Rebeca, y bajó la mirada–. A veces me encuentro demasiado cansada para recibir visitas.

Josué sabía que mentía. Conocía la razón, pero quiso obviar el tema por el momento, disfrutar de una conversación ahora que ella parecía haberlo perdonado.

De este modo, comenzó por preguntarle cómo se encontraba, a lo que Rebeca respondió que se sentía mejor, pero que de vez en cuando se mareaba. De ahí la conversación derivó hacia el estado de salud de la familia, lo bien que iba Jonatán en los estudios, las últimas noticias sobre Sara... de este modo fue encadenándose un tema tras otro. Sueños y deseos, gustos y aficiones, hasta que Josué sintió que, por primera vez en lo que llevaba del año, estaba disfrutando un momento de felicidad. La pelea que tuvo en su casa con Rebeca se había evaporado, y lo que era más importante, los recuerdos de la venganza que lo atormentaban le dieron una placentera tregua durante aquellos minutos.

El tiempo pareció acortarse durante la charla. Rebeca reía a veces, cuando surgía un tema sobre el que Josué hacía una gracia. Entonces, cuando casi sin darse cuenta hubo transcurrido una hora y media, Josué decidió hablar al fin sobre el tema más importante de todos. Un momento de silencio le sirvió para afianzarse en el verdadero propósito que le había llevado hasta allí, y se decidió a no demorarlo más, por miedo a no atreverse después.

—Perdona que no te haya visitado antes, Rebeca. Han sucedido muchas cosas desde... desde fin de año.

Ella no respondió. Había notado algo raro en el tono de voz de Josué que le aconsejaba mantener silencio.

—Rebeca, conmigo no hace falta que mientas. Sé que tu padre te obliga a contar la historia falsa de las escaleras. Conozco la verdadera historia.

El ojo de Rebeca que no estaba vendado se empañó de lágrimas y comenzó a enrojecer, pero continuó callada.

—Hay algo que debes saber. No sé si Ismael te ha contado ya lo que hicimos el martes.

Rebeca negó con la cabeza. Josué tragó saliva. Esperaba que Ismael le hubiera adelantado algo, por pequeño que fuera, allanándole, así, el camino. Resolvió contárselo todo comenzando por el principio para luego llegar hasta la situación en la que se encontraba la iglesia.

—En la noche de fin de año, cuando te trajeron a mi casa, tu padre nos dijo lo que debíamos contar cuando nos preguntaran: que te caíste por las escaleras. En realidad, casi todos los chicos y chicas de la iglesia saben que alguien te asaltó en la calle, aunque la mayoría ha hecho caso al pastor y ha admitido su versión de la historia. Para algunos de nosotros ha sido más difícil, y generalmente evitamos que nos pregunten, callamos cuando lo hacen o, si debemos contestar, lo hacemos lo más escasamente posible.

»Sin embargo, hay algo más —y aquí volvió a tragar saliva—. Cuando te llevamos al hospital, Ismael logró averiguar quiénes te agredieron. Habló con algunos de los que estábamos allí y nos convenció para que nos vengáramos de tus agresores.

Rebeca lo miró como si observara una aparición, pero luego adoptó una postura más relajada y escuchó con expresión pensativa todo lo que Josué comenzó a relatarle.

—El martes pasado, Ismael, Samuel, Jairo, Rober y yo acudimos al parque donde sabíamos que estarían los chicos que te atacaron y les tomamos por sorpresa. Les golpeamos hasta dejarlos tirados en el suelo.

Después nos llevamos a uno de ellos, el que parecía menos herido, y lo metimos en el coche de Samuel. Lo amenazamos para que no acudiera a la policía y lo soltamos en otro lugar de la ciudad, muy lejos del parque. Esto último no lo teníamos planeado, nos salió sin pensar, supongo que por culpa de la euforia momentánea.

Aguardó unos momentos para ver si Rebeca respondía algo, pero ella se mantuvo callada, meditabunda.

—Rebeca —continuó—. Las cosas en la iglesia se están volviendo caóticas. Tu padre miente a todo el mundo, e Ismael cree que lo que hicimos está bien, que debíamos hacerte justicia. Todos lo apoyan.

—¿Y qué? —respondió de pronto Rebeca con sequedad.

—¿Cómo que «y qué»? ¡Golpeamos a esos chicos hasta dejarlos inconscientes y ensangrentados! ¿Es eso lo que haría un cristiano? Cristo no nos alienta a la venganza, Rebeca.

—¿Y acaso no es justo?

—No nos concierne a nosotros hacer justicia. Es Dios quien debe impartirla.

Al escuchar las últimas palabras de Josué, Rebeca se agitó en la cama, llena de ira, gritando todo lo fuerte que le fue posible.

—¡Mira la justicia que ha hecho Dios conmigo, Josué! ¡Mírala!

Se señaló el rostro con la mano que aún obedecía sus órdenes. Josué no pudo evitar que una insoportable lástima lo asaltara. Preso de la misma desesperación, se levantó de la butaca y se sentó en la cama, lo más cerca de Rebeca que le fue posible.

—Entonces, dime, Rebeca. Contéstame. ¿Por qué siento que cargo con un terrible pecado? Desde que golpeé a esos muchachos, el martillo que utilicé para atacarlos sigue escondido en mi casa, sin que me atreva a limpiar las manchas de sangre que lo tiñen. Desde entonces, Rebeca, no he podido conciliar el sueño ni una noche, porque temo revivir de nuevo aquel momento en que dejé que me poseyera un sentimiento inhumano. Aquel martes me transformé, no era yo. Me convertí en una bestia sedienta de violencia a la que no le importaba matar a su enemigo. ¡Me daba igual terminar con sus vidas! Y a cada golpe me invadía una sed de más sangre que no se aplacaba. Responde. Habla, Rebeca, y repíteme que es correcto lo que hicimos.

Rebeca apretó los dientes, llena de indignación, y con lágrimas humedeciendo sus mejillas.

—¡Pues claro! Me alegro. Me alegro mucho de lo que les hicisteis. Mi futuro marido ha hecho lo que tenía que hacer, y estoy muy orgullosa de él.

—Ismael ha cometido un error, ¿es que no te das cuenta?

Rebeca negó con la cabeza. Luego su rostro se ensombreció, y una sonrisa maliciosa asomó por el lado sano de su cara.

—¿Qué habrías hecho tú por mí, Josué? Si yo fuera tu prometida y tú fueras el líder de jóvenes, ¿cómo habrías reaccionado?

Josué sintió que el corazón le daba un vuelco.

—Eso es muy injusto.

—¿Te habrías quedado en casita, arrodillado y pidiendo a Dios por mi pronta recuperación? ¿Y qué más? ¡Ah, sí! También habrías suplicado que los chicos que abusaron de mí fueran perdonados, porque Dios es misericordioso. ¡Claro!

—Rebeca... —Josué no reconocía a la persona que tenía ante sí. Poco a poco, Rebeca había ido llenando sus palabras de veneno.

Josué se levantó de la cama y dio un par de pasos hacia atrás, como si fuera a contagiarse con una enfermedad mortal. Rebeca, con voz más sibilina, pero sin que sus palabras menguaran en fuerza, continuó atacándolo:

—No eres más que un asqueroso cobarde. Estoy contenta de no haberte elegido a ti. No significas nada, no eres nadie en mi vida. Josué ya abría la puerta para marcharse. Rebeca alzó la voz

—¡Lárgate! ¡Déjame tranquila! ¡Dejadme todos! ¡Dejadme todos!

Josué cerró la puerta al salir y los gritos dejaron de escucharse. Se quedó parado en mitad del pasillo, con el corazón latiéndole como si fuera a salírsele por la boca. Se echó las manos a la cara y respiró hondo. Comenzó a caminar con paso vacilante, sin dirigirse hacia ningún lugar en concreto, aturdido por lo que había presenciado.

Al parecer, Rebeca también había cambiado desde la fatídica noche. Estaba llena de una cólera implacable hacia quienes la atacaron. La misericordia que se predicaba en los evangelios, aquellas palabras que enseñaban el perdón y que ella había aprendido desde niña, parecían ahora totalmente olvidadas, se habían esfumado sin causar remordimientos.

«Daniel tenía razón», se dijo Josué. «La iglesia se desmorona por momentos. Quienes parecen cristianos de fe inquebrantable sucumben al pecado cuando se les somete a presión. ¿Dónde está la fe verdadera? ¿Quién de entre todos ellos logrará permanecer sin apartarse de las enseñanzas de Cristo? Ni siquiera yo lo he conseguido. Solo Daniel se ha mantenido firme, poniendo en práctica hasta el final aquello en lo que creía. Solo él».

Sintió vergüenza de sí mismo y de cuantos escucharon a Ismael antes que a Dios. Todavía en mitad del pasillo del hospital, inclinó la cabeza, dispuesto a pedir perdón con toda la sinceridad de su alma. Cerró los ojos y respiró hondo un par de veces. Todo lo que lo rodeaba desapareció de sus sentidos y se encontró solo con sus pensamientos, solo frente al Creador.

—Perdón —dijo en un susurro, casi sin emitir sonido y sin apenas mover los labios—. Perdóname, Dios mío...

Y esperó. Esperó que Dios le expresara su perdón de alguna forma: mediante alguna sensación o alguna palabra que surgiera en su mente. Pero nada de eso ocurrió.

3

AUNQUE NO TAN FRÍA COMO EN DÍAS anteriores, la tarde obligó a Leonor a ponerse guantes para evitar que las yemas de los dedos se le entumecieran. En la avenida principal del barrio, las luces que el ayuntamiento colocaba en los árboles durante la Navidad no habían sido retiradas aún. Sus copas desnudas estaban perladas de pequeños puntitos de luz: rojos, verdes, azules y amarillos, que parpadeaban o se quedaban fijos. Con ellos, la calle relucía como si cayera una lluvia permanente de brillantina. Habían dado las siete de la tarde, y el cielo ya estaba teñido de negro.

Por unos instantes, Leonor se entretuvo con el vaho que le salía de la boca en cada exhalación. Observó cómo ascendía al tiempo que iba deshaciéndose con velocidad.

—Ya no va haciendo tanto frío —dijo y volvió el rostro a su izquierda para descubrir que Roberto estaba haciendo lo mismo con el vaho que despedía su aliento.

—Por más que lo intento, no consigo hacer anillos —le dijo Roberto al tiempo que abría la boca como si pretendiera beber un chorro de agua imaginario.

Ambos caminaban avenida arriba, dando un paseo mientras hablaban y miraban los escaparates que todavía conservaban los adornos navideños. Lo hacían uno al lado del otro, pero a medio metro de separación. No fue Leonor quien dictaminó aquella distancia de seguridad. Ella deseaba que Roberto estuviera más cerca, tomarse de su brazo incluso, si es que lograba reunir el valor suficiente. Habría sido un gesto de lo más descarado, teniendo en cuenta que no existía ninguna relación entre ellos, pero lo cierto era que lo deseaba. En cambio, Roberto se mostraba prudente, muy distinto a como estuvo durante la fiesta de fin de año, cuando le propuso verse en cuanto ambos tuvieran algo de tiempo. Ella aceptó; desde luego que lo hizo. Estaba decidida a amar, y ni mucho menos iba a aceptar el celibato obligatorio que Dios parecía querer para su vida.

Precisamente por eso, porque su vida era suya, decidió actuar e intentarlo con Roberto, quien parecía interesado en ella desde que ambos se vieron en la fiesta de Navidad de la iglesia.

Alzó la vista al cielo. El firmamento se mostraba negro y encapotado, pero ella, concentrándose, logró distinguir un brillante punto de luz entre las nubes.

—¡Mira! —dijo a Roberto, al tiempo que señalaba hacia el cielo—. Aquella debe ser la Estrella Polar.

Roberto entrecerró los ojos, intentando distinguir algo.

—Pero si no se ve nada...

—Que sí. Mira —insistió Leonor y, con un movimiento rápido, agarró a Roberto de un brazo y lo atrajo hacia ella. El calor del contacto con su cuerpo y el olor de su desodorante la hicieron estremecer, pero procuró que ninguna de aquellas sensaciones se le notara.

—Es allí. Sigue con la vista hacia donde señala mi dedo.

Roberto se mantuvo en silencio durante un momento, hasta que, sobresaltado, él también señaló al cielo.

—¡Sí, ya la veo!

—¿La ves? ¿De verdad?

—No —respondió, y comenzó a reír a carcajadas.

Leonor hizo ademán de querer darle una bofetada, aunque ella también reía, pero Roberto se escapó con una finta y echó a correr unos pasos hasta que la risa lo obligó a detenerse y doblarse por el dolor que sentía en el estómago. Leonor se le acercó y se quedó frente a él con los brazos en jarras.

—¡Eres un mentiroso!

—Lo siento, preciosa. Yo aquí solo veo una estrella.

El halago hizo que un escalofrío recorriera toda su espina dorsal y le erizara el vello de la nuca. Roberto se levantó y le dedicó una sonrisa. Era al menos una cabeza y media más alto que ella, nervudo y de piel morena. El cabello castaño le caía en rizos sobre los hombros, brillante como si estuviera recién lavado. Ambos se quedaron uno frente al otro, mirándose a los ojos, hasta que Leonor reaccionó y reanudó el paseo.

Torcieron por una de las calles que desembocaba en la avenida y caminaron por ella hasta llegar a un parque. Era el parque donde asaltaron a la banda de Gago. A esas horas tan tempranas mostraba un aspecto mucho menos fantasmagórico. Había algunas personas paseando a sus perros y cruzando a su través por el camino de grava. Intrigado por ver cómo seguiría la zona donde sorprendieron a los atacantes de Rebeca, dirigió sus pasos hacia allí. Leonor lo siguió a su lado.

—Dime —dijo Roberto, mientras se acercaban a la entrada donde la farola todavía permanecía fundida—. ¿Por qué accediste cuando te pedí que nos viéramos? Josué me dijo que las chicas de la iglesia no suelen aceptar citas con personas que no comparten sus ideas cristianas.

—Es cierto —le respondió ella—. Es complicado mantener un noviazgo o llegar al matrimonio cuando la pareja tiene ideas contrapuestas. Por eso es mejor no arriesgarse.

Roberto se encogió de hombros.

—Tiene su lógica, aunque hay personas más tolerantes que otras.

—Ya, pero ¿para qué buscar fuera afinidades que puedes encontrar dentro con facilidad?

—Entonces, ¿por qué has aceptado verte conmigo?

—¡Pero qué dices! —reaccionó Leonor, dando a Roberto un codazo amistoso al tiempo que mostraba la más dulce de sus sonrisas—. Solo eres un amigo. Estamos paseando como amigos.

—¡Claro!

Roberto también sonreía.

Leonor bajó la vista, temerosa de que el rubor que notaba en los pómulos fuera evidente incluso bajo la tenue luz que arrojaban las farolas del parque.

Roberto la llevaba camino de una confesión de sus sentimientos con una sutilidad que no percibía porque sin que ella se diera cuenta, había logrado derivar la conversación de la amistad a las relaciones personales. Aunque Leonor no sabría decir con seguridad si Roberto la engañaba o ella se dejaba engañar, con objeto de darle pistas.

—Lo cierto —dijo, con un ligero temblor de voz—, es que pareciera que tú no eres como los demás. Desde que Josué te trajo a la fiesta te he visto muchas veces con los chicos de la iglesia.

Era cierto. Que Leonor supiera, Roberto había ido a ayudar a pintar la casa de Josué, a la fiesta de fin de año y a la iglesia al domingo siguiente. Aquel último paso era el mejor de todos, porque evidenciaba un interés por conocer más sobre el cristianismo.

—Sí —confirmó Roberto—. Lo cierto es que hay muy buena gente en la iglesia. A Josué lo conocía de antes, del trabajo, y siempre me pareció una persona estupenda; pero su primo Ismael es alguien realmente excepcional. Me cayó bien desde el principio, y cada vez me está cayendo mejor.

Justo en aquel momento, Roberto distinguió el árbol donde sorprendieron a la banda de Gago. Estaba desierto y tranquilo. Ni rastro de Gago, de Mario o de alguno de los chicos de la banda. Nadie. Su cara mostró una expresión de satisfacción.

—¿Por qué te ríes?

—Por nada. He recordado una cosa que el otro día hicimos Ismael y yo.

—¿Qué hicieron?

—Nada importante, preciosa... Entonces, ¿yo soy diferente?

—Por eso estoy aquí contigo.

—Me encantaría que volvieras a estar conmigo más tardes aparte de ésta.

Leonor lo miró de reojo. La estaba mirando, pero ella se sentía tan avergonzada que no se atrevía a encararle directamente. Siguió caminando, con la vista fija en el suelo, mientras respondía:

—Claro. Eso está hecho.

—Pero la próxima vez podríamos ir a mi casa. Estaremos mucho más calentitos que si paseamos a la intemperie.

Leonor sintió una punzada en la boca del estómago. Un calor repentino ocasionado por los nervios le inflamó el pecho. No sabía qué era lo que le estaba proponiendo Roberto con exactitud y sus pensamientos se inundaron de miedo.

—No sé —respondió—. No creo que deba.

–¡Eh! –dijo Roberto, en actitud dicharachera–. Tranquila, mujer. No pretendo hacer nada de *eso* que estás pensando. No te preocupes. Solo quiero que podamos hablar sin que nos castañeteen los dientes.

Leonor se rió. Bien cierto era que hablar con aquel frío, a pesar de haber menguado en intensidad durante los últimos días, no resultaba nada agradable.

–Podemos alquilar una película y comprar palomitas. Lo pasaremos bien y estaremos más cómodos que en el exterior. ¿Qué te parece?

Roberto se detuvo, esperando una respuesta de Leonor. Ella seguía confusa. Tal vez no le estuviera mintiendo. Lo cierto era que ella deseaba comenzar una relación sentimental con él. Estaba decidida. Anhelaba sentir sus besos, aunque solo fuera uno.

–No me gustan las palomitas –dijo, con una sonrisa de complicidad que le devolvió Roberto.

–Pues compraremos otra cosa para comer.

Le ofreció su brazo. Ella, sorprendida de sí misma por un acto tan carente de vergüenza, se agarró a él, y juntos volvieron a reanudar la marcha.

4

Ismael no llegó hasta el hospital. De hecho, se había dado la vuelta cuando le faltaban unos pocos metros para alcanzar la estación de tren. Se sentía intranquilo y confuso, las ganas de visitar a Rebeca habían desaparecido entre una maraña de pensamientos caóticos. Una y otra vez, las palabras de Ramón martilleaban su cabeza sin cesar. Convencido de que estaría incómodo durante la visita a Rebeca si no reordenaba antes sus ideas, dio la vuelta de camino a su casa por una ruta distinta, para evitar cruzarse de nuevo con el puesto de paraguas de Ramón. Tardó quince minutos más de lo normal en llegar, pero no le importó.

Entró a su casa sofocado y dando un portazo sin querer. Dámaris asomó la cabeza desde la cocina y lo saludó sorprendida.

–¿Ya estás aquí?

–No he podido ir al hospital. Tengo cosas que hacer.

Ismael se quitó el abrigo y lo colgó en el perchero de la entrada.

–¿Ocurre algo, hijo?

Desde el salón, Simeón asomó la cabeza por encima del respaldo del sofá en el que se había sentado a leer el boletín semanal que regalaban en la iglesia.

–Nada importante, madre –Ismael forzó una sonrisa–. Mañana por la tarde iré al hospital, ahora tengo que ocuparme de algo que requiere mi atención.

Caminó apresurado, atravesando el salón hasta el pasillo que daba a las habitaciones, y lo cruzó hasta alcanzar la puerta del fondo. La abrió con rapidez y la cerró con pestillo una vez hubo entrado.

Al ser hijo único, Ismael disfrutaba de una habitación amplia. Era la que, por tamaño, debía pertenecer a sus padres, y así fue al principio, pero con el tiempo éstos se dieron cuenta de que no necesitaban tanta extensión, así que acabaron mudándose a la habitación de su hijo, y éste a la de ellos.

Ismael se descalzó. El suelo estaba forrado de moqueta, y en invierno alejaba el frío de forma eficaz. Comenzó a caminar de un lado a otro, en círculos, recapacitando una y otra vez sobre lo que le ocurría. Caminaba cada vez más deprisa, como una fiera que poco a poco va siendo arrinconada por sus captores. Echó mano al bolsillo y sacó su botón. Comenzó a frotarlo, lenta pero enérgicamente, y poco a poco logró aminorar la marcha hasta detenerse frente al escritorio. Con la otra mano agarró por el respaldo la silla, la llevó hasta el centro de la habitación y se sentó, con la vista fija en el suelo.

«¿Qué me ocurre?» se dijo. «¿Por qué no puedo quitarme de la cabeza estos pensamientos?»

Quiso entretenerse en otra cosa y comenzó a observar las manchas que aquí y allá salpicaban la moqueta. Era de color marrón claro, carnoso, pero desde que su padre le compró una silla de oficina, las ruedas la habían ido oscureciendo y ahora estaba sucia y llena de manchas oscuras por todas partes.

Toqueteaba el botón con los pulgares de ambas manos, perfiló con su dedo el borde y luego lo llevó hacia el centro para notar los cuatro agujeros dispuestos para pasar el hilo a su través.

«¡Félix!», creyó escuchar, pero era él mismo diciéndoselo en sus pensamientos: «Félix, Félix, Félix» y, después, las palabras de Ramón: «La banda de Gago se merecía un escarmiento».

«Claro que se lo merecía» susurró, como si Ramón estuviera allí para responderle.

Entonces, al levantar la vista, la posó en su Biblia, que permanecía cerrada sobre la mesa del escritorio. Se levantó y de un salto llegó hasta ella. Dejó el botón sobre la mesa y, sosteniéndola con ambas manos, observó sus tapas. Eran negras, a excepción del título en dorado: *Santa Biblia*, decía. Estaba algo descosida, los bordes de las páginas tenían un tono amarillento, no a causa del paso del tiempo, sino por la gran cantidad de veces que éstas habían sido pasadas. Había pertenecido a su madre por algunos años, hasta que se la regaló, hacía ya una década, con motivo de su bautismo.

«Habéis hecho justicia, muchacho». Recordó las palabras que Ramón le dijo por la mañana, tan reales como si las volviera a escuchar.

«¿Hemos hecho justicia?» repitió, en voz baja.

«¡Claro!» escuchó en sus pensamientos.

«Claro» dijo él.

«Sois unos héroes. Sé de más de uno que os aplaudiría como a héroes».

«Somos héroes. Hemos hecho el bien».

«Sois personas de bien».

«Somos personas de bien. No haríamos nada que estuviera mal».

«¿Quién mejor que vosotros para hacerlo?»

«Nadie. Nadie mejor que nosotros».

«¡Félix, el hombre que molesta a mi primo se llama Félix!»

«Félix».

«¡Félix!»

Sus pensamientos cesaron de martillearle. Durante todo ese tiempo no había apartado la vista de la Biblia, ni dejado de acariciar las esquinas, protegidas con un remache metálico de color dorado. La abrió, no al azar, sino buscando un libro concreto, un versículo determinado. Cuando lo encontró, comenzó a guiar la lectura con el dedo índice. Era el libro de los Salmos. Buscó el salmo número 34 y el versículo 15:

«Los ojos de Jehová están sobre los justos, y atentos sus oídos al clamor de ellos. La ira de Jehová contra los que hacen mal, para cortar de la tierra la memoria de ellos».

Alzó la vista con gesto altivo y satisfecho. *Somos justos* pensó. «Estamos haciendo justicia. La ira de Dios es contra los que hacen el mal». Recordó el pasaje bíblico que él mismo había leído por la mañana, en Génesis 9:6: «La sangre del hombre, por el hombre debe ser derramada».

Los pensamientos cesaron de atosigar su mente, permitió que todos ellos entraran para invadirle como una avalancha. Dejó la Biblia sobre la mesa. Al momento se acordó de su botón. Seguía en el mismo sitio donde lo había dejado. Instintivamente, alargó la mano para tomarlo, pero se detuvo a medio camino. Sorprendido, descubrió que no tenía ganas de tantearlo y de pasárselo entre los dedos. Ahora se sentía bien; no necesitaba la calma que éste le transmitía, así que dio media vuelta y se acostó sobre la cama para seguir planeando aquella nueva oportunidad de hacer justicia.

VIII

1

La semana pasó rápido. Era sábado, día 13.

Ismael, de camino a casa de Josué, se reprochaba por no haber visitado a Rebeca. Llevaba más de una semana sin acudir al hospital. Seguramente ella estaría enfadada, era lógico, pero tenía cosas importantes entre manos. Había estado toda la semana pensando en cómo hablaría frente a los jóvenes.

Como cada sábado, el grupo de jóvenes de la iglesia se reunía para tratar temas bíblicos y discutir sobre ellos. Otras veces se reunían para ver una película o para realizar cualquier otra actividad que resultara amena, porque no siempre apetecía estar en la iglesia un sábado por la tarde. No obstante, en invierno todo el mundo prefería celebrar las reuniones en un lugar caliente y cerrado, puesto que el tiempo era demasiado frío e inestable como para hacer algo al aire libre.

Para cambiar un poco la rutina, desde hacía un mes y medio los jóvenes se reunían en la casa nueva de Josué. Era un lugar más neutral, por decirlo de alguna manera, apto para invitar a gente que no fuera creyente, sin miedo a que se sintieran cohibidos por la palabra «iglesia». De este modo, aunque la esencia de las reuniones seguía siendo la misma, el lugar daba pie a que éstas resultaran más largas.

Ismael acortó camino a través de las canchas para alcanzar la casa de Josué. Sin quererlo, su mano se cerró con fuerza en torno a la pequeña Biblia que sujetaba. Odiaba ese lugar, pero ahora comenzaba a pensar que quizás todo lo que le había sucedido a Rebeca tuviera una razón de ser, que aquel desgraciado incidente tuviera una finalidad que se le escapaba. ¿Era él la herramienta para llevar a cabo designios del Cielo? Sonrió de pura felicidad ante tal expectativa. Sí, así lo creía. ¿Por qué no?

Llegó hasta la casa de Josué y llamó a la puerta. Leonor fue quien le recibió al abrir.

—¡Hola, Ismael! —saludó.

—Hola, Leonor. ¿Cómo estás?

—No me puedo quejar —dijo Leonor.

Ismael notó un brillo especial en sus ojos.

Entró. La casa tenía una mano de pintura extra que Josué le había dado durante la semana. Pero no solo eso. Frente a él, en el salón, todos esperaban sentados en dos sofás que Josué había conseguido en una tienda de artículos de segunda mano. Al primer vistazo se notaba que eran viejos, pero siempre resultaría mejor que sentarse sobre el suelo.

Paseó su mirada por los presentes a medida que lo saludaban. No había sitio para todos, así que algunos esperaban de pie el inicio de la reunión. Allí estaban Samuel, Jairo, Roberto, Josué y Jonatán. Reconoció también a Jorge, un chico bajito y nervudo, de unos 19 años de edad, con sonrisa perpetua, que estudiaba el primer año de ingeniería aeronáutica en la universidad. Había también algunas chicas, aparte de Leonor. Eran Mónica y Ester, y se sentaban juntas en el extremo más cercano a la ventana para hacer tiempo mirando pasar a los transeúntes. Junto a la esquina de su izquierda, dos chicos charlaban como si no conocieran a ninguno de los presentes. Ismael tuvo que hacer memoria para recordar sus nombres porque asistían con poca frecuencia a las reuniones de jóvenes, aunque los recordaba de la noche de fin de año. Se llamaban Pedro y Marcos. Ambos eran casi tan altos como Ismael, aunque debían ser algo más jóvenes que él. Pedro, que era desmesuradamente gordo, debía pesar más de 120 kilos. A ellos fue a quienes decidió saludar primero, poniendo especial efusividad en sus palabras para que se notara que se sentía feliz con su presencia. Después siguió con los demás, adoptando el tono más entusiasta que pudo en cada uno de los saludos.

Cuando terminó, se percató de que faltaba alguien.

—¿Dónde está Dani?

—No ha venido —respondió Josué.

—Entiendo. Tendrá cosas que hacer.

Josué no respondió, sino que echó a su primo una mirada llena de frialdad. Ismael la ignoró. Caminó hasta colocarse en el centro, entre los dos sofás, para poder dirigirse mejor al grupo. Ya había tomado aire para comenzar a hablar cuando se percató de que Roberto y Leonor se habían sentado juntos y se reían en voz baja, como compartiendo un pequeño secreto de complicidad. «Así que ésta es la causa por la cual Leonor parecía tan feliz», se dijo Ismael. Como líder de jóvenes sintió que era su responsabilidad hablar con ella para advertirle que Roberto no era creyente y que la relación podría resultar escabrosa, pero Roberto era su más firme aliado, el primero que le apoyaría en sus planes, así que decidió que lo mejor, por el momento, era consentir.

—Bienvenidos, chicos y chicas —comenzó a decir—. Esta es la primera reunión del año y deseo hablarles de un tema muy especial. Quiero que nos sinceremos todos. Sé que lo que voy a decir puede ser doloroso, pero creo que debemos hablar sobre la noche del 31 de diciembre.

Un silencio sepulcral llenó el ambiente.

—¿Quién no estuvo aquí en la fiesta de fin de año? —dijo, señalando al piso. Nadie levantó la mano.

—Bien. Pues como estuvimos todos, todos sabemos lo que ocurrió, ¿verdad?

No obtuvo respuesta, pero quería que todos lo afirmaran.

—¿Verdad?

Se escucharon algunos susurros y gestos afirmativos. Ismael adoptó una postura más grave y moduló el tono de su voz para conseguir un eco de profundidad.

—Lo que os voy a contar solo lo saben algunos de los presentes. Al principio creí que sería más prudente guardar el secreto, pero creo que todos vosotros debéis saberlo, tenéis derecho porque sabéis lo que le ocurrió a Rebeca. Cuando la llevamos al hospital, hablé con algunos chicos y acordamos buscar a los culpables para hacerles pagar por lo que hicieron.

La tensión en la habitación creció hasta hacerse palpable. Ismael siguió, consciente de que nadie intentaría detener su relato.

—No nos juzguéis mal. Quiero que entendáis la situación. ¿Habéis visto a Rebeca? Está destrozada. No puede mover la mitad de su cuerpo. Se está recuperando, sí, pero puede que nunca vuelva a ser la misma. Chicas —dijo, y miró a Leonor, Mónica y Ester—. Imaginad lo que está sufriendo mi Rebeca. Su honor le ha sido pisoteado por unos desalmados. Y lo peor de todo es que iban a salir indemnes de su delito.

»Chicos –ahora señalaba a Jorge, Marcos y Pedro–. Imaginad que alguien, sin razón, maltrata a la persona que más queréis en este mundo. Intentad sentir, solo por un momento, la impotencia y la rabia al saber que no les ocurrirá nada porque su padre se niega a reconocer que su familia ha sido humillada.

Calló un instante. El silencio era completo. Todos tenían la vista fija en él.

–Eso es lo que yo sentí. Eso es lo que sentimos todos los que fuimos a vengar a Rebeca. Tuvimos el valor de hacerlo y lo hicimos. Algunos de los presentes me acompañaron en la noche siguiente para vengarme. No hace falta que diga quiénes son, eso no importa. Lo que importa es que lo hicimos por ella, por hacer justicia.

Miró a su alrededor. Roberto afirmaba cada una de sus palabras con un gesto de cabeza. Al otro lado, Samuel mantenía una expresión reflexiva, pero cuando sus miradas se cruzaron le lanzó un gesto de apoyo. Josué escuchaba cabizbajo, visiblemente nervioso. No se atrevió a levantar la vista cuando se supo observado. No obstante, Jonatán sí que le prestaba un contacto visual; de hecho, parecía absorto en sus palabras. Ismael le sonrió.

–Chicos y chicas. Lo que hicimos aquella noche no estuvo mal. ¡No estuvo mal! No. Nada de eso. Hicimos lo que debía hacerse. ¡Si esos chicos iban a escapar de la policía, alguien debía hacer justicia! Y nosotros, los que conocimos la verdad, ¿no éramos acaso los más apropiados? ¡Éramos ideales! Porque el poder que ejercimos durante una noche no nos corrompió, y no lo hizo porque éramos y somos personas cristianas, apoyados sobre los firmes valores de la Palabra de Dios. Por eso no nos dejamos arrastrar por el mal. El domingo pasado, mientras iba camino del hospital para visitar a la pobre Rebeca, me crucé con alguien. No quiero que los que ayudaron a vengarme de la banda de Gago se asusten, pero se trata de una persona que nos vio.

Josué, sin poder evitarlo, dio un brinco. Alzó la mirada hacia su primo y se encontró con que todo el mundo lo contemplaba como si fuera una aparición, hipnotizados con su presencia y sus palabras. Ismael subió levemente el tono de voz.

–¿Queréis saber lo que me dijo? ¡Que éramos héroes! ¡Nosotros, héroes! Gracias a nosotros, el parque dejó de ser un peligro para los vecinos de la zona. ¡Hicimos el bien con nuestros actos! Quiero que eso se os quede en la memoria. Tenedlo muy presente. Hicimos el bien, y nada más que el bien. Lo hicimos porque todos nosotros, tú y yo, estamos llenos de bondad, la bondad que nos ha inculcado Cristo.

Agitó la Biblia que sostenía en su mano. Casi podía notar cómo todos los presentes tenían el corazón en un puño. Él mismo así lo tenía, sorprendido de que sus palabras salieran con tanta fuerza y convicción. Bajó el tono de voz para lograr un efecto de sinceridad.

—Ese hombre, como muchos otros en este barrio, necesita ayuda, una ayuda especial. La policía no puede hacer nada por él, la gente que no tiene a Dios no puede ayudarle. Solo nosotros, los que entendemos una justicia apoyada en la Divina Escritura podemos prestarle apoyo. Vino a mí suplicando para que libráramos a todo un edificio de un vecino conflictivo, pidiendo que le solucionáramos un problema que nadie más puede remediar. No pude negarme, chicos y chicas, no fui capaz de hacerlo, porque al momento entendí que de nuevo se nos presentaba la ocasión de hacer el bien. Libremos a esa pobre gente, gente que no tiene a nadie más a quien recurrir, y permitámosles vivir tranquilos.

Terminó.

Allí, en medio de todos, esperó a que se pronunciaran. Roberto se levantó el primero, seguido muy de cerca por Samuel. Ambos estrecharon la mano de Ismael y se quedaron en pie. Los planes de Ismael seguían su curso. El no revelar a nadie quiénes le acompañaron la primera vez no era más que una estrategia. De este modo daba la impresión de que todos se decidían a acompañarle por primera vez e infundiría ánimos en quienes estuvieran dudosos.

—Claro que iré. Cuenta conmigo —dijo Roberto.

Leonor, confundida con las palabras de Ismael, quedó sorprendida cuando vio cómo Roberto se levantaba el primero de todos. Quiso marcharse, porque de repente no se sentía nada cómoda en la reunión, pero entonces todos la verían salir y le harían preguntas. Lo mejor era esperar un momento más oportuno.

Jairo fue el tercero en levantarse. Ismael entendió que ellos tres —Roberto, Samuel y Jairo— eran ya su grupo de confianza, los que siempre lo apoyarían en aquella empresa que decidió iniciar.

Marcos y Pedro se aproximaron, tras discutir entre ellos en voz baja.

–Tienes razón, Ismael –dijo Pedro–. Rebeca merecía que alguien hiciera pagar a sus atacantes. Pero sobre este otro caso… tenemos dudas de si es correcto lo que dices.

–Es correcto, Pedro. Examina tu interior. ¿No sientes deseos de hacer el bien? ¿No estás cansado de contemplar tanta injusticia y esperar en vano a que alguien lo solucione?

–La verdad es que sí.

–A diario ves situaciones en las que te gustaría actuar e imponer orden. ¿No es cierto?

–Sí.

–Pues ha llegado la hora de hacerlo, con la diferencia de que nosotros no somos delincuentes, ni asesinos, ni escoria corrupta. Somos chicos cristianos, educados para ser bondadosos.

–¿Qué tenemos que hacer exactamente? –preguntó Marcos.

–Es justo lo que ya os he dicho. Un tal Félix está causando problemas a los vecinos de un edificio, especialmente al comerciante que tiene debajo, que es primo de Ramón, el hombre que nos descubrió la noche que atacamos a la banda de Gago. Ramón nos ha pedido que le demos a Félix un susto lo suficientemente grande como para que deje al edificio tranquilo.

–¿Solo eso?

–Solo eso. ¿Ves qué sencillo? Y con ello haremos bien a… ¿cuántos? ¿Treinta vecinos? Es perfecto, ¿no os parece?

–Yo también voy –dijo Jorge con energía, levantándose de un salto y colocándose al lado de Ismael.

–Gracias, Jorge. Estás tomando una sabia decisión –contestó Ismael.

Luego miró hacia las chicas.

–No os voy a pedir que vengáis con nosotros, pero tal vez conozcáis a alguien que sí quiera venir. Os agradecería mucho que busquéis a gente que se nos quiera unir.

Mónica y Ester contestaron con un gesto afirmativo, pero Leonor se quedó con la cabeza gacha. Ismael miró entonces a Josué y a Jonatán. Sus primos todavía no se habían decidido, aunque pudo percibir que Jonatán estaba deseando colocarse de su parte.

–Chicos –los llamó–. ¿Qué decís vosotros?

–Que nos vamos –dijo Josué–. Y ahora mismo.

Se levantó y agarró a su hermano menor del brazo para que le siguiera. Ismael no deseaba iniciar una discusión después del aplastante éxito obtenido con su charla, así que los siguió con la mirada a medida que veía cómo Josué abandonaba su propia casa.

—No importa, primo. Te comprendo. Eres libre de marcharte si lo deseas. Encárgate de orar por nosotros.

Josué solo le respondió volviéndose y lanzándole una mirada gélida. *Debe estar realmente indignado*, pensó Ismael. Pero no así su hermano, ni mucho menos, quien, cuando ya traspasaba la puerta de salida, arrastrado del brazo, tuvo tiempo de volverse a Ismael y hacerle un gesto con la mano indicado que hablarían por teléfono. Ismael mostró una amplia sonrisa llena de felicidad por el triunfo. Sí, había obtenido una victoria casi total.

Cuando Josué y Jonatán hubieron salido, Ismael dio instrucciones a los presentes:

—Le diré a Ramón que lo haremos mañana, a primera hora de la tarde.

2

EL DOMINGO 14 DE ENERO AMANECIÓ NUBLADO y oscuro. Amenazaba tormenta. Las temperaturas bajaron considerablemente. Paraguas en mano, la gente salía a la calle, además, enfundada en múltiples capas de ropa. Aquella mañana, mientras su familia se preparaba para salir a la iglesia, Josué decidió no ir y se quedó encerrado en su habitación con el pretexto de que debía continuar con la mudanza de sus cosas. Su padre lo miró con expresión melancólica, pero le permitió que se quedara. «Tú sabes bien lo que debes hacer, Josué. Siempre lo has sabido», sentenció, y todos se marcharon, dejándolo solo. Las extrañas palabras que Emanuel le dirigió no contribuyeron a alejar sus pensamientos, sino que éstos recrudecieron. El día anterior, en la reunión de jóvenes de la iglesia, Ismael le había confirmado sus peores sospechas: no solo se sentía orgulloso y satisfecho por lo que hicieron la noche del martes negro, sino que además pretendía repetir la hazaña. Y los presentes lo habían apoyado como unos completos ignorantes. ¿Cuál era la causa? ¿Por qué habían aceptado erigirse en justicieros, transgredir la ley y su fe cristiana tan fácilmente? ¿De verdad se habían tragado las palabras endulzadas de Ismael?

Su primo poseía un carisma sobrenatural y sabía utilizarlo en su favor cuando la ocasión lo requería. Pero incluso así, Josué pensó que había algo más. Con Roberto tal vez funcionaran sin más aliciente, pero el resto de los chicos había crecido aprendiendo a perdonar y a amar a sus enemigos.

No; existía algún tipo de razón oculta y Josué creía saber lo que era, porque él mismo lo experimentó la noche de la venganza.

Todos los que acudieron aquella noche, aun todos los que apoyaban a Ismael, vivían en la misma ciudad. Una ciudad que poco a poco era carcomida por la delincuencia. Cada día experimentaban con resignación escenas de injusticia: ya no se podía pasear de noche por determinados lugares; los niños no podían jugar solos en la calle, no podía abrírsele la puerta a un desconocido. En el transporte público, cada mañana, la gente se peleaba por un sitio en el metro, el tren o el autobús; se empujaban unos a otros sin importarles nada. Los engaños, los robos y las violaciones crecían sin cesar por todas partes. Las drogas pululaban por colegios e institutos, y lo que hacía unos pocos años parecía inmoral, era aceptado en el presente como lícito.

Impotentes, los chicos de la iglesia observaban cómo el mal crecía a su alrededor y, al mismo tiempo, se sentían incapaces de solucionarlo. Él mismo comprobaba aquella corrupción cada día, y cuando sentía que tenía las manos atadas, que no podía hacer nada, notaba cómo la rabia crecía en su interior. Ismael, consciente o inconscientemente, había descubierto esa rabia en todos, en sí mismo, y la había despertado. La gota que colmó el vaso fue el ataque a Rebeca. Entonces todos dejaron que la rabia saliera al exterior, rompieron las cadenas que los ataban a la pasividad, y actuaron. Pero después, algunos se sintieron bien, y eso era peligroso; tanto, que Ismael ya no parecía el mismo. Tampoco Samuel, ni Jairo; muchachos bondadosos y comprometidos con la iglesia y con su fe. Pero Ismael era sin duda el peor, porque poseía un fabuloso poder de persuasión, incluso —y esta idea estremeció a Josué— capaz de actuar contra sí mismo.

Para colmo, Rebeca se había colocado de su parte. Tal vez estuviera dispuesta a contar frente a la iglesia lo que de verdad le ocurrió, y destapar las mentiras de su padre, pero apoyaba a Ismael, lo cual hacía inservible su testimonio. Daniel no aceptaría que Rebeca confesara en aquellas condiciones, por lo que, mientras no estuviera contra Ismael, no podían utilizarla para convencer a nadie.

Durante la semana, Josué pensó en volver a visitarla, aun a riesgo de que lo echara a gritos de su habitación, pero precisamente el hecho de ser aborrecido por quien amaba hacía impensable la idea.

Para distraerse en aquel domingo por la mañana, comenzó a hacer justo lo que le dijo a su padre que haría. Fue seleccionando y colocando en cajas todas las cosas que llevaría a su casa por la tarde. El plan le dio muy buenos resultados porque cuando quiso darse cuenta, el reloj ya anunciaba el mediodía. Sus padres no tardaron en llegar, comentando cómo había resultado la reunión.

—Pues a mí me ha gustado lo que ha dicho Ismael —decía su madre—. Ese chico cada vez participa más en la iglesia, y lo que dice, lo dice con tanta solemnidad que me deja asombrada.

—Sabe hablar —respondió Emanuel, mientras dejaba las llaves sobre el mueble del recibidor y colgaba su abrigo en un perchero—, pero no sé... a veces me da la sensación de que, más que leer los textos bíblicos, los utiliza.

Penélope hizo un aspaviento.

—¡Ay, Emanuel, cómo eres! Lee esas cosas para llenar nuestros corazones, y lee muy bien. Me ha gustado. Me ha gustado mucho.

—Ya...

Emanuel dio por zanjada la conversación, se separó de su esposa y caminó hacia el salón. Josué lo interceptó por el camino.

—¿Dónde está Jonatán?

—No se queda a comer, ha dicho que debía encontrarse con Ismael y otros chicos de la iglesia.

—¡No...!

Los peores miedos de Josué se materializaban. Ismael había logrado hacerse con la voluntad de su hermano pequeño.

—¿Dónde está?

—Nos ha acompañado hasta casa y luego ha dicho que se marchaba, pero... ¡Josué! ¿Adónde vas?

Josué había echado a correr hacia la puerta con la esperanza de interceptar a su hermano, de detenerle como fuera. Esquivó a su madre, que se asomó desde la cocina intrigada por lo que ocurría, y abrió la puerta que daba al portal. Sus padres vivían en un cuarto piso. Josué bajó las escaleras a toda velocidad, saltando los escalones de cuatro en cuatro. Llegó hasta la planta baja y abrió la puerta de la calle. Salió afuera y miró a uno y otro lado, buscando a su hermano pequeño desesperadamente, pero no lo halló.

Volvió sobre sus pasos y comenzó a subir las escaleras, no con la misma rapidez, pero tampoco con lentitud, pues la rabia no le dejaba ascender más despacio, y entró de nuevo en casa. Su madre lo miraba perpleja.

—¿Qué ocurre? —preguntó, pero no obtuvo respuesta.

Josué se encaminó a su habitación, mientras una caótica avalancha de pensamientos lo invadía. No sabía si salir a la calle a buscar a su hermano, llamar a los padres de Ismael, al pastor de la iglesia, o simplemente humillarse en su cuarto ante Dios y pedir que no le hiciera pasar a su hermano menor por lo que él estaba pasando. Al cruzarse con su padre, Emanuel le devolvió una mirada llena de pesadumbre.

—Hijo. Nosotros no podemos hacer nada.

Josué quedó petrificado. En aquellas palabras descubrió que, de alguna manera, su padre estaba al tanto de los acontecimientos, de todos ellos. Su rostro fue llenándose de pánico a medida que fue comprendiendo que Emanuel conocía los planes de Ismael y, lo que era más terrible, parecía conforme con ellos.

—Padre... —dijo, y por un momento se sintió tan desesperado que creyó sentirse invadido por la locura—. ¿Cuánto sabes?

—Lo suficiente.

—Y lo permites... No lo comprendo. ¿Por qué lo permites?

—Hijo. He hecho cosas terribles —sentenció Emanuel y, de reojo, se percató de que Penélope escuchaba asomada desde la cocina—. Estoy pagando por todo lo que he hecho, y por desgracia os arrastro conmigo. Dios os está haciendo partícipes de mi pecado. Incluso la iglesia se impregna con mi mancha.

Josué notó que las lágrimas comenzaban a empañarle la vista. Se sintió derrumbado, hundido en las profundidades de la pesadumbre. Su padre siempre significó para él la mano amiga que lo levantaba cuando la tristeza lo embargaba. Emanuel era su remedio contra toda derrota, y ahora la cruda realidad hacía pedazos aquella hermosa imagen que creía indestructible.

—No puede ser —se dijo, en voz alta—. ¡No puede ser!

—Hijo, nos merecemos esto.

Josué se sintió vencido, de nuevo arrinconado en una habitación de paredes móviles, aplastado por el peso de sus pecados.

—¡No! ¡No! —gritó, meneando la cabeza. Corrió a su habitación y se percató de que su padre no intentaba detenerlo. Nadie iba en su ayuda.

Se encerró con un portazo y corrió hacia la ventana. La abrió de par en par. El aire gélido de enero le abofeteó la cara y un escalofrío recorrió todo su cuerpo. Aspiró a grandes bocanadas y luego miró al exterior. El suelo quedaba muy alejado de su ventana, tal vez a unos cuarenta metros de altura. Abajo, el asfalto de la carretera lo saludó con una sugerencia macabra que le provocó un vértigo seductor.

El mundo que lo rodeaba se deshacía: su pastor vivía y hacía vivir una mentira, Ismael embaucaba a cuantos lo escuchaban para contradecir la voluntad cristiana. Y por si fuera poco, Rebeca, su adorada Rebeca, lo odiaba.

Casi sin darse cuenta, notó que ya medio cuerpo asomaba por la ventana. Un movimiento repentino, uno de aquellos que siempre lo caracterizaban y que le infundían el valor necesario para dar el último paso. Solo eso hacía falta para terminar con todo. Se arrojaría por la ventana, se rendiría a la angustia que ya lo asfixiaba. Adiós a la desesperanza, al espíritu compungido. Iría a la presencia de Dios, y Dios le regalaría los momentos felices de su vida, cuando Rebeca y él eran como almas gemelas, e Ismael no había traspasado aún la frontera de la cordura. Alcanzaría los días de su niñez y volvería a encontrarse con su padre, con aquel héroe que todo lo curaba con un beso en la herida.

El impulso llegó, y Josué puso un pie sobre el alfeizar de la ventana. Lanzó una última mirada a su habitación, pero entonces sus ojos se posaron sobre la Biblia que todavía descansaba donde la había dejado: sobre su cama. La visión del libro de Dios, sin embargo, no le ofreció calma alguna para su angustia. Pensó que, de arrojarse al vacío, lo haría con él entre sus brazos. Así que dio media vuelta, caminó con rapidez hasta su cama y lo tomó. Lo abrazó y se puso de frente a la ventana. Quiso que de nuevo le invadiera esa pasión repentina y puramente impulsiva, que le infundiera el valor suficiente como para lanzarse a la carrera, pero en lugar de eso quiso con todas sus ganas abrir la Biblia. No supo qué leer, así que la abrió sin más y aparecieron columnas de letras, capítulos y versículos dispuestos al azar.

Sus ojos vagaron sin leer entre las líneas, vacilaron durante unos momentos hasta detenerse en un lugar cualquiera. Leyó:

«Os escribo a vosotros, hijitos, porque vuestros pecados os han sido perdonados por su nombre».

Y no pudo seguir leyendo. Las fuerzas le fallaron e, incapaz de soportar el peso de la Biblia, dejó que ésta resbalara de sus dedos. Golpeó pesadamente contra el suelo y quedó abierta por el mismo sitio: primera epístola de Juan, capítulo 2, versículo 12. Ése, y no otro, era el texto que se mostró ante él. Comenzó a llorar y dejó que las lágrimas descargaran toda su agonía. Tal vez todos se hubieran vuelto en su contra, quizás incluso su propio padre parecía haberle abandonado a las torcidas ideas de Ismael. Pero Cristo no. Él seguía a su lado, seguía de su parte en aquel conflicto, e incluso ahora, cuando había decidido tirar la toalla, Cristo seguía tendiéndole la mano para que se levantara, para que siguiera luchando y no decayera. Él era su héroe, su imagen indestructible. El beso capaz de sanar la herida de su espíritu.

Sonrió, se secó las lágrimas y avanzó hasta la ventana. Un par de gotas de agua golpearon contra el alfeizar. El cielo presagiaba tormenta. Agarró la manija y con firmeza cerró ambas hojas. Luego se quedó mirando durante un rato como la lluvia empapaba las calles. El Señor ya lo había perdonado, desde la primera vez que se lo pidió. Pero ahora le tendía la mano para que actuara. Debía ponerse en marcha y detener a Ismael como fuera.

3

EL DÍA OSCURECIÓ DE FORMA REPENTINA. Llovía con cierta desgana. A ratos recrudecía o menguaba en fuerza, pero amenazaba con no parar en todo el día. Las calles habían quedado desiertas. Una brisa congelada agitaba los abrigos de los pocos valientes que habían salido de sus casas y los obligaba a taparse las orejas con sus bufandas.

Ismael se detuvo en mitad de la carretera, a un par de manzanas del edificio que coincidía con las indicaciones de Ramón. Observó con detenimiento los alrededores sin importarle que le estuviera lloviendo encima. Tampoco parecía importarles a los otros seis chicos que lo seguían y aguardaban atentos sus órdenes.

Prestó especial atención a la tienda de Andrés, el primo de Ramón. Tenía un toldo bajo el cual algunos chicos de unos doce o trece años se habían resguardado de la lluvia. Luego alzó la vista hasta el primer piso, donde se suponía que vivía Félix. Las ventanas estaban abiertas de par en par. Al otro lado, delgadas cortinas color limón impedían la visión de las habitaciones.

–Yo iré delante –dijo al fin–. Seguidme, pero haced siempre lo que yo os diga.

Nadie en el grupo dijo nada, pero todos acataron la orden y, cuando Ismael echó a andar, decidido y sin mostrar vacilación, le siguieron de cerca, formando una piña desde sus flancos y a su espalda. Cuando ya se encontraban a unos veinte metros del edificio, los chicos que esperaban bajo el toldo de la tienda se volvieron para mirarlos. Entonces uno de ellos reaccionó, corrió como una bala hacia la puerta que daba entrada al edificio y desapareció. Los demás se quedaron mirando cómo el grupo se acercaba hasta ellos, con gesto atónito y sin pronunciar palabra. Ismael cruzó por delante sin prestarles atención y el grupo le siguió. Entraron al rellano del portal y se detuvieron allí.

—Bien, chicos. Ahora, limitaos a seguirme. Guiaos por lo que os diga el corazón y, sobre todo, no olvidéis que actuamos para hacer el bien. ¿No lo olvidaréis?

Todos asintieron. Ismael volvió la vista a Jonatán, que parecía el más nervioso de todos.

—Jonatán. No tengas miedo, primo. Dios está de nuestro lado.

—No tengo miedo —respondió Jónatan—. Estoy impaciente.

Ismael mostró una cálida sonrisa.

—Tu espíritu anhela poner orden entre esta corrupción y aliviar a todas estas personas —le dijo y, mientras hablaba, comenzó a pasear su mirada por los presentes—. Todos nosotros lo deseamos. Dejad que ese deseo fluya por vuestras venas. Dejadlo salir.

Luego dio media vuelta, se colocó de cara a las escaleras y tomó aliento un par de veces. Podía sentir la tensión en el aire. Aquella sensación de que algo grande estaba a punto de ocurrir le agradaba. Por un momento quiso introducir su mano en el bolsillo y calmarse con ayuda de su botón, pero encontró aquel nerviosismo demasiado agradable como para que menguara. Sus labios se curvaron en una sonrisa maliciosa, su rostro se ensombreció y entonces, lanzándose de golpe, comenzó a correr escaleras arriba.

El resto del grupo lo siguió en tropel. Ascendieron todos hasta la primera planta. Ismael se detuvo en el rellano y miró a ambos lados. Estaba en la mitad de un pasillo que se extendía a izquierda y derecha. Encontró la puerta cinco casi al final del tramo a su izquierda y volvió a reanudar la carrera en aquella dirección.

Llegó hasta la puerta, pero no se detuvo a llamar. Consciente de que no se trataba de una puerta especialmente dura, arremetió con una fuerte patada que la hizo temblar. Logró resquebrajar el marco, pero no que la puerta se abriera. Al punto, Roberto y Samuel llegaron en su ayuda. Los tres se pasaron los brazos alrededor del hombro para mantener el equilibrio y a una patearon la puerta. Esta vez lograron arrancar el marco, y se abrió con tanta fuerza que golpeó contra la pared del otro lado.

Ismael pasó al interior de la casa como un toro embravecido, mirando a todas partes, buscando a su víctima. Avanzó a través de un pasillo a grandes zancadas hasta llegar a un pequeño comedor. Allí encontró a un hombre de mediana edad que mostraba un evidente gesto de sorpresa. Era alto y moreno. Estaba vestido con una bata sin anudar, una camiseta blanca manchada de comida y unos pantalones cortos. Era bastante velludo, aunque se estaba quedando calvo. Desde el momento en que forzaron su puerta solo le dio tiempo a levantarse del sofá. Todavía sostenía un pequeño mando a distancia. Frente a él había una pequeña mesa cuadrada y a su espalda un mueble pegado a la pared, en el que descansaba un viejo televisor que mostraba un programa de videos musicales en el que ahora sonaba una música de rock duro. Al verlo, Ismael sintió que la adrenalina fortalecía todos sus músculos. Torció el gesto, apretó los dientes como si ya no pudiera contenerse por más tiempo y corrió hacia él, apartando de un manotazo la mesa que los separaba. Félix solo alcanzó a dejar caer el mando a distancia e interponer los brazos a modo de defensa. Ismael se le echó encima como un ariete. Le agarró por ambas piernas y lo levantó como si nada. Félix comenzó a golpearle en la espalda, pero Ismael parecía no sentir dolor. Se colocó frente al mueble de la pared y echó a correr profiriendo un escalofriante bramido. Félix miró hacia atrás. Cuando comprendió que Ismael pretendía estrellarlo contra el mueble intentó zafarse, golpeando y meneándose como una culebra, pero no sirvió de nada. Ismael lo lanzó contra una vitrina que exponía una colección de botellas agotadas de diversos licores. Félix cayó como un peso, reventó las puertas de cristal e hizo añicos las botellas. Se quedó encajado dentro de la vitrina, semiinconsciente, tambaleándose como una marioneta. Ismael lo agarró por las solapas de la bata y lo puso en pie. Los demás chicos ya habían entrado en el salón, excepto Jairo, que por ser el último se encargó de cerrar la puerta y ahora vigilaba observando por la mirilla.

—¡Traedme agua! —gritó Ismael—. ¡Quiero despertarle!

Roberto buscó la cocina. Mientras, Samuel y Marcos se encargaban de cerrar las ventanas de la casa a todo correr para que nadie escuchara el escándalo desde la calle. Félix no disponía de ninguna ventana en su comedor, por lo que le era necesario abrir las del resto de la casa para que ésta dispusiera de alguna ventilación.

Ismael hizo señas a Jonatán y a Pedro para que lo sujetaran. Ambos se colocaron uno a cada lado de Félix, pasándole los brazos por encima del hombro. Félix comenzaba a despertar. El extremo de su bata goteaba sangre.

—Está sangrando —informó Jonatán.

—Tranquilo. No va a morir —dijo Ismael, y luego agarró con su mano izquierda el mentón de Félix y lo zarandeó—. ¡Despierta de una vez! ¡Rober!, ¿dónde está esa agua?

Roberto apareció al instante portando un pequeño cubo de plástico con ambas manos. Se colocó detrás de Félix y derramó el agua sobre su cabeza. El frío contacto le recuperó el sentido. Comenzó a jadear e intentó zafarse, pero Ismael alzó una mano.

—Basta —dijo con voz sosegada—. Basta, Félix.

Félix se detuvo. Contempló a Ismael con el terror dibujado en su rostro. Roberto, Pedro y Samuel flanquearon su espalda y permanecieron cruzados de brazos. Ismael continuó:

—Has hecho el mal, Félix. Cometiste graves faltas que han llegado a nuestros oídos y hemos venido para que te arrepientas y limpies tu espíritu ante Dios y nosotros.

—¿Quiénes sois vosotros? ¿Por qué me hacéis esto? —respondió Félix con voz temblorosa. Todavía Jonatán y Pedro le sujetaban de los brazos, pero ya podía mantenerse en pie.

—Nosotros somos el clamor del pueblo, la esperanza para los caídos y los marginados. Somos los jueces y los ejecutores. Nosotros somos la paga que tus males merecen.

Hizo una pausa. Félix no parecía comprender nada, pero daba muestras de estar cada vez más asustado.

—¿Sabes una cosa? La paga del pecado es la muerte, Félix, y tú has pecado.

Roberto reaccionó al momento. Se hizo con uno de los pedazos de vitrina que había desperdigados por todas partes y se lo alargó a Ismael, quien lo cogió con toda tranquilidad. Félix observó el alargado pedazo de vidrio con mirada desorbitada.

—Es lo que mereces, Félix. Tú y toda la basura de esta sociedad emponzoñada merece el castigo de Dios Todopoderoso.

Ismael se fijó en Jonatán. También estaba muy asustado, casi tanto como lo estaba Félix, pero sabía que su primo aguantaría la presión. Miró el pedazo de cristal, examinando sus afilados bordes, y luego fue aproximándolo lentamente hacia la cara de Félix hasta que se detuvo a escasos centímetros de su cuello.

—Mírame, Félix.

Félix no podía apartar la vista del cristal.

—¡Que me mires he dicho!

Tembloroso como un animalillo, Félix levantó la vista y se encontró con la mirada fría e imperturbable de Ismael.

—Dios también es misericordioso, incluso con personas como tú, Félix. Hoy ha decidido darte otra oportunidad. Quiere que te vuelvas de las tinieblas a la luz, que pidas perdón y que dejes de molestar a tus vecinos, porque están hartos de tu comportamiento. ¿Estás dispuesto a cambiar?

Félix afirmó con la cabeza, muy despacio.

—Debes pedir perdón. Pide perdón.

—Pe... perdón.

—No lo he oído. Más alto.

—Perdón.

—¡Más alto! —Ismael le rozó la manzana de Adán con la punta del cristal.

—¡Perdón! ¡Perdóname, Dios mío! —gritó Félix, y rompió a llorar. Quiso arrodillarse, pero Jonatán y Pedro se lo impidieron.

—Perdón, lo siento mucho. Lo siento mucho...

Fue bajando la voz, repitiendo lo mismo, hasta que su letanía para mover a compasión se hizo imperceptible. Ismael retiró el improvisado cuchillo y dijo:

—Excelente. No volveremos si no molestas más a tus vecinos. Arrojó el cristal al suelo y agarró a Félix de los hombros, no con fuerza sino como queriendo inspirar ánimo a su espíritu. Bajó la voz para que adquiriera un tono sosegado y buscó su mirada arrepentida, que estaba clavada en el suelo, fija en el vidrio que hasta hace poco amenazaba su garganta. Cuando Ismael se vio reflejado en las pupilas de Félix, continuó:

—Hoy Dios te ha dado la oportunidad de comenzar una nueva vida. Puedes empezar de nuevo. ¿Lo harás?

—Sí... sí.

—Bien. Eso está muy bien Félix. Ahora nos iremos.

Al momento, Jonatán y Pedro lo soltaron. Félix cayó de rodillas, con la vista fija en los cristales que perlaban el suelo a su alrededor. Ismael, rodeado por el resto de sus seguidores, se encaminó hacia la puerta. Roberto corrió a abrírsela, y éste la atravesó con gesto altivo y satisfecho.

Comenzaban a cruzar el pasillo en dirección a las escaleras cuando, de pronto, todas las puertas de aquella planta se abrieron casi a la vez y con la misma timidez. Al tiempo, los vecinos se asomaron con cierto temor.

Ismael se detuvo, sin comprender qué era lo que estaba ocurriendo, pero entonces apareció Ramón desde las escaleras que daban a la segunda planta del edificio, se plantó frente al grupo y comenzó a aplaudirlos con fuerza. El resto de vecinos no tardó en imitarle. Amas de casa, padres, chicos y chicas, ancianos... todos, parados frente a sus respectivas puertas, comenzaron a aplaudir. Ismael no pudo evitar que le aflorara una sonrisa.

Reanudó la marcha, despacio, disfrutando el momento. Volvió la vista atrás y descubrió que todos sus acompañantes tenían el mismo gesto de satisfacción en sus caras. La gente los saludaba cuando pasaban a su lado y les daban las gracias.

—Dios os bendiga —dijo una anciana.

—¡Ya iba siendo hora! —exclamó un hombre corpulento que aplaudía con energía.

—¡Muy bien hecho! —afirmó el chico que Ismael había visto entrar corriendo al portal cuando les vio llegar. Comprendió que seguramente lo hizo para avisar a Ramón y los demás vecinos de su llegada. Les estaban esperando, y aguardaron pacientemente a que terminaran su tarea para felicitarles.

—¡Son unos héroes! ¿Qué os había dicho? —la voz de Ramón resonó por encima de los aplausos. Cuando Ismael llegó frente a él, le agarró de las manos.

—Gracias. Sois la respuesta a nuestras oraciones —le dijo y luego, hablándole al oído, susurró: —No os preocupéis. No importa si Félix acude a la policía. Todos nosotros hemos acordado negar lo que él declare.

Cuando se dispuso a bajar las escaleras, se encontró con que estaban también atestadas de vecinos, todos esperando a ambos lados a que llegaran sus héroes. En cuanto los vieron aparecer los ovacionaron con aplausos y vítores.

Ismael y los demás comenzaron a descender, eufóricos, agradeciendo las muestras de cariño, estrechando manos y recibiendo besos a cada escalón. Uno de los presentes se colocó frente a Ismael.

—Soy Andrés, el primo de Ramón. Rezaré por vosotros todos los días. Me habéis salvado —dijo, con las manos entrelazadas y medio inclinado.

Ismael colocó la mano derecha sobre su cabeza, pero no dijo nada, como tampoco dijo ninguno de los chicos. Todos se limitaban a vivir el momento. La emoción era demasiado fuerte para hacer nada más. Cuando llegó a la planta baja, Ismael se paró frente a la puerta que daba acceso a la calle, esperó a que sus compañeros llegaran a su altura y, una vez se le unieron, se volvió de cara a los vecinos. Poco a poco, fue haciéndose el silencio a medida que los presentes entendieron que Ismael deseaba hablar. Cuando se hubieron callado, Ismael aguardó unos momentos más a fin de crear expectación, hasta que, alzando la voz, gritó:

—¡Hoy se ha hecho justicia!

Los presentes estallaron en aclamaciones. Ismael levantó los brazos y dejó que le poseyera el placer que crecía en su interior. Luego los bajó lentamente, dio media vuelta y desapareció con su grupo.

Afuera seguía lloviendo, ahora con más fuerza. Los muchachos echaron a correr para resguardarse debajo de un amplio balcón, a unos metros de distancia, pero Ismael no aceleró el paso. Caminó pausadamente, dejando que lo empapara la lluvia. Su mano izquierda descendió hasta el bolsillo del pantalón. Allí le esperaba su botón. Lo acarició con suavidad y lo sacó. Se detuvo. Observó sus contornos durante unos instantes. A sus oídos llegaron las palabras de júbilo de los chicos. Celebraban el trabajo bien hecho.

—¡Eh, Ismael! —lo llamó Roberto—. Ven con nosotros. ¡Te vas a empapar!

Ismael apretó el botón en su puño con toda la fuerza que pudo, hasta sentir el dolor de sus uñas clavándose en la carne. Miró al cielo encapotado, captó el sonido lejano de la tormenta y, tomando impulso, arrojó el botón todo lo lejos que pudo.

IX

1

ERA MIÉRCOLES. DESDE EL DOMINGO LA LLUVIA solo había permitido leves treguas, apenas las suficientes para que las calles se secaran o se desatrancara el sistema de alcantarillado. Pero el miércoles por la mañana el tiempo empeoró un paso más. El día amaneció gélido y gris. No había forma de identificar el sol en el cielo, por lo que daba la sensación de que la luz no provenía de ningún lugar en concreto.

Durante aquellos días, Ismael se había pasado todo el tiempo encerrado en su habitación, sin salir excepto para satisfacer sus necesidades más esenciales. Sus padres le preguntaron varias veces si le ocurría algo, porque lo encontraban ausente y reservado. Él se limitaba a calmarles con palabras amables, pero luego regresaba a su habitación y volvía a su aislamiento. Dámaris, intentando averiguar qué mantenía a Ismael recluido en su habitación, llegó incluso a pegar la oreja a la puerta de su habitación para intentar escuchar si Ismael hacía algún ruido, pero solo obtuvo el silencio por respuesta.

El miércoles, Ismael abandonó su habitación a deshora. Todavía era temprano para que su madre llamara al desayuno. Al verlo, Dámaris pensó esperanzada que al fin su hijo se había decidido a salir; pero Ismael cruzó raudo la distancia que separaba su habitación de la puerta de calle y se fue sin responder a las preguntas de su madre.

Ya en la calle, se percató de que no llevaba puesto nada de abrigo. Solo un grueso yérsey de lana lo protegía del frío y, desde luego, tampoco había pensado en la lluvia, que comenzó a mojarlo al instante. Pero en lugar de volver a casa en busca de algo con que protegerse, continuó en dirección a la estación. Casi sin darse cuenta de lo que hacía, subió, se dejó transportar y descendió del tren. Se sentía impulsado por movimientos inconscientes mientras su mente divagaba en otras cosas. Tampoco veía la calle. Sus ojos no captaban la realidad sino que, como si las viviera, cada escena de sus actos de violencia se reproducía una y otra vez ante él, como si todas ellas hubieran quedado grabadas en sus retinas.

Durante el tiempo que había durado su encierro, estuvo ocupado en rememorar todo lo ocurrido desde la tarde del ataque a Félix. Día y noche escuchaba a Ramón llamándolo héroe, asegurando que era un verdadero salvador del pueblo. Así ocupaba mañanas y tardes enteras, y cuando al fin, a altas horas de la madrugada, el sueño lograba cerrar sus párpados, la tregua solo duraba unos pocos minutos, pues lo despertaba el estruendo de aplausos y aclamaciones, el clamor victorioso de todos los vecinos, que le reverenciaban como a un gladiador. Recordaba con cierto gusto placentero el tacto del cristal en su mano, y la experiencia de tener la vida de Félix completamente a su merced.

Debía contárselo a alguien, y Rebeca era la persona idónea.

Ya estaba en la entrada principal del hospital. Avanzó como un sonámbulo hasta el ascensor, y de ahí a la habitación de su prometida. Cuando se encontró frente a la puerta permitió que sus sentidos se centraran en la realidad. Dio un par de toques.

No hubo respuesta.

Abrió. La habitación permanecía tan escasa de luz como la recordaba de sus visitas anteriores. Rebeca estaba echada en la cama, de espaldas a él.

—Fuera —dijo, sin moverse—. No quiero visitas. Estoy muy cansada.

—Rebeca... —respondió Ismael.

Ella, al reconocer su voz, se dio la vuelta al momento.

—¡Ismael, cariño! —dijo, y se incorporó con cierto esfuerzo para quedar sentada sobre el cabecero. Estuvo a punto de decir algo más, pero vaciló y se quedó callada. De repente, su expresión volvió a variar, y pasó de la sorpresa a la indignación forzada. Aunque se alegraba enormemente de que Ismael la hubiera visitado, su ausencia no merecía una disculpa tan a la ligera.

Ismael la contempló desde la puerta. Rebeca había mejorado visiblemente en el tiempo transcurrido desde su última visita. Cuando la vio incorporarse pudo comprobar que había recuperado cierta movilidad en su mitad derecha. Seguía con el ojo vendado, pero la cara ya estaba desprovista de hinchazones y del color purpúreo de los primeros días. Volvía a ser hermosa, pero ahora se notaba enfadada, e Ismael sabía la razón.

—Rebeca. Siento no haber venido a visitarte antes. Yo...

-Has estado muy ocupado. ¿Es eso lo que ibas a decir?

—Sí —respondió Ismael, al tiempo que avanzaba hacia ella. Se sentó sobre la cama y le tomó su mano izquierda. Rebeca quiso apartarla, pero él se la apretó para evitarlo.

—Claro... Todo es más importante que tu prometida ¿verdad?

—No es eso. Debes escucharme.

Mantuvo silencio. Siguió acariciando su mano y luego, lentamente, fue ascendiendo con la yema de sus dedos por el antebrazo hasta provocarle cosquillas. Ella retiró la mano, movida por un acto reflejo. No pudo evitar sonreír. Había bajado la guardia, la indignación que deseaba sentir cedía terreno ante el amor por Ismael.

—Rebeca. Tengo que contarte algo importante. Algo que comenzó la noche en la que esos indeseables te golpearon. Desde entonces han ocurrido cosas que creo que debes saber.

Rebeca conocía la historia que Ismael estaba a punto de contarle. Josué se le había adelantado.

—Ya lo sé, cariño. Sé lo que hicisteis.

Ismael mostró una clara expresión de sorpresa. Rebeca se apresuró a aclararlo.

—Josué estuvo aquí hace unos días y me lo contó todo.

—¿Y qué opinas?

Ismael la miró entrecerrando los ojos.

—Yo... me siento bien. Me siento orgullosa de vosotros. Aunque a veces... no sé. Tengo dudas. No sé si debo alegrarme de que os vengarais. En ocasiones pienso que no estuvo bien.

—No pienses eso, amor mío. Estuvo bien. Fue lo que debía hacerse. Pero hay más, Rebeca. ¡Mucho más! ¡Cielos! ¡Si supieras lo que ha ocurrido en los últimos días! No dejo de darle vueltas. Es maravilloso. Al fin veo mi destino claro.

Ismael se había ido mostrando progresivamente más nervioso. Como ocurría siempre que se alteraba, Rebeca supuso que introduciría su mano en el bolsillo para tantear aquel botón que lograba calmarlo. Pero no sucedió nada de eso. Siguió acariciándole los nudillos con ambas manos y en ningún momento hizo el amago de querer buscar su botón.

—Rebeca, escúchame. Hace algo más de una semana un hombre, un comerciante que nos vio por accidente cuando nos vengábamos de la banda de Gago, acudió a mí para pedir que le ayudáramos. Me dijo que éramos héroes y que solo nosotros podíamos imponer justicia y enderezar las cosas en el barrio. Al principio no quise escucharle, pero luego me di cuenta de que llevaba razón. Y entonces… entonces, Rebeca, sentí que se abría ante mí todo un mundo nuevo. La vida, *mi vida*, adquiría sentido al fin. Dios tiene un plan maravilloso para mí. Me ha designado para una tarea grandiosa, y cuando esta misión se ha mostrado ante mis ojos me he sentido el hombre más dichoso de la tierra. ¿Lo comprendes, Rebeca? ¡He sido destinado a realizar grandes cosas!

Ismael hablaba tan rápido que le faltaba el aliento. La presión que sus manos ejercían sobre la de Rebeca fue en aumento a medida que su tono ascendía. Su mirada, desorbitada, se movía de un lado a otro con velocidad.

—Ismael, cariño. Estás muy alterado —respondió Rebeca.

Quiso retirar la mano para acariciar la mejilla de su prometido, pero éste se lo impidió presionándosela con fuerza. En ese momento, sin saber exactamente por qué, Rebeca descubrió que estaba asustada.

—¿Es que no te das cuenta? ¡Voy a poner fin a la violencia en el barrio! ¡En toda la ciudad! Tal vez, incluso…

No se atrevió a terminar la frase. Permaneció pensativo durante unos momentos y luego retomó la conversación, esta vez en un tono suave y calmado. La presión que ejercía sobre la mano de su prometida se convirtió en una suave caricia.

—Rebeca. Mi querida Rebeca. Ahora comprendes por qué no he podido venir antes, ¿verdad? He sido llamado por el Altísimo. Se me ha confiado una misión grande y poderosa. Una tarea que solo yo puedo desempeñar. Dios me ha escogido desde el vientre de mi madre y he de obedecerle.

Ismael se mostraba mucho más calmado que al principio. Hablaba con ternura, pero Rebeca descubrió que sentía un miedo atroz hacia él, porque, extrañamente, notaba que escuchaba a un desconocido.

—Ismael —respondió.

Logró retirar su mano y le acarició la mejilla. La tenía húmeda; la lluvia lo había empapado.

—¿Qué te ocurre? Te noto... raro.

—¿Raro? ¿Raro dices? ¡Estoy mejor que nunca! He descubierto mi sitio en este mundo. Todo este tiempo me he preguntado qué quería Dios de mí. Ahora comprendo cuáles eran sus planes. No son los de llevar la iglesia. No, ni mucho menos. Eso me queda pequeño. Dios quiere que vaya mucho más allá. Y cuando he descubierto sus intenciones, ¡oh, Rebeca, cuando he descubierto hacia dónde me encaminaba Jehová de los ejércitos... ¡me he sentido dichoso!

—¿Ismael...? —dijo Rebeca con voz temblorosa.

Estaba irreconocible, como poseído por otra identidad, desconocida y siniestra, que hablaba valiéndose de su cuerpo. Incluso su lenguaje había adoptado unas formas distintas. Se expresaba con grandilocuencia, empleando un léxico nada frecuente en una conversación hablada. Anormal.

Ismael se puso en pie.

—Ahora ya lo sabes. Pero no puedo demorarme aquí por más tiempo. Hay muchos asuntos que atender y muchas cuestiones en las que pensar. Me marcho, Rebeca.

Y así, sin más, dio media vuelta y se dispuso a caminar en dirección a la puerta, pero ella, con la voz rota, lo detuvo.

—Ismael. Ya me encuentro mucho mejor, ¿sabes? Pronto me darán el alta y podremos planear la boda.

—Claro... —respondió Ismael, aún de espaldas—. Ya nos ocuparemos de eso.

Y con aquellas últimas palabras, salió de la habitación.

Rebeca permaneció inmóvil durante unos instantes. Apretó en un puño la mano que su prometido había acariciado durante toda la visita y notó las lágrimas resbalando cálidamente por su mejilla derecha.

En ese mismo instante, sin quererlo, se acordó de Josué.

2

LEONOR SE DETUVO CUANDO ESTABA A PUNTO DE llamar a la puerta. Eran las 8 de la tarde del sábado, día 20. Lo normal era que a esas horas los jóvenes de la iglesia tuvieran su reunión de todas las semanas, pero Ismael la había cancelado. Por lo visto, no se encontraba nada bien, así que se ocupó en llamar por teléfono a dos o tres personas y pedirles que iniciaran una cadena de llamadas hasta que todo el mundo quedara avisado. A ella le avisó Roberto quien, después de comunicarle el aplazamiento de la reunión, se atrevió a pedirle una nueva cita. No se había olvidado de la última vez que pasearon por la ciudad y recordaba todo lo que habían hablado, así que no se demoró en proponerle que acudiera a su casa.

Roberto vivía solo en un modesto apartamento ubicado en pleno centro de la ciudad. Leonor todavía jadeaba por haber tenido que subir a pie las cuatro plantas del edificio, pero lo que la mantenía parada en el rellano no era el cansancio. Estaba dudando. Sabía que Roberto la esperaría solo, tal vez con algún tipo de cena preparada, y se sentía nerviosa por ello. No sabía muy bien si estaba haciendo o no lo correcto, si estaba dejándose llevar por sus deseos y, si era así, hasta dónde la llevarían.

Negó con la cabeza. No, no debía pensar en aquellas cosas. Le gustaba Roberto, pero no a costa de su integridad cristiana. Todavía reconocía dónde se hallaba el límite. Resuelta, llamó a la puerta sobre la que figuraba un número 6. Tras unos segundos, ésta fue abriéndose despacio. Roberto asomó la cabeza cuando todavía estaba entreabierta.

—Milady... —dijo, forzando la voz para que adoptara un tono caballeresco—. Bienvenida a mi humilde aposento.

Leonor no pudo evitar la risa. Roberto abrió del todo. Él también se había vestido muy elegante para la ocasión. Con unos pantalones de color gris y una camisa negra. Su melena brillaba por efecto de la espuma para el pelo, y le caía sobre los hombros. Se había dejado crecer la sombra de barba que, lejos de semejar una higiene descuidada, acrecentaba su masculino atractivo. El aroma que dejaba su colonia era realmente embriagador. Al verlo, Leonor se sintió estremecer.

—Adelante —invitó él, y tomándola de la mano con delicadeza, la atrajo hacia el interior.

El apartamento de Roberto era pequeño pero acogedor. La puerta de entrada daba directamente a un pequeño comedor. Frente a ésta había un amplio ventanal a través del cual podía contemplarse gran parte de la ciudad, que ahora refulgía con las luces nocturnas. A la derecha había una puerta que permanecía cerrada. En la pared izquierda otras dos.

En mitad del comedor Roberto había dispuesto la mesa con una cena humeante. En su centro, dos candelabros de tres velas iluminaban la estancia. De algún lugar le llegó a Leonor el adormecedor aroma del incienso.

—Aquí vivo yo. ¿Te gusta? —preguntó Roberto.

—Me encanta. Es... es sencillamente precioso.

—Bueno. La verdad es que lo he ordenado un poco. ¿Nos sentamos?

Leonor asintió con la cabeza y se acercó hasta la mesa. Antes de que pudiera elegir asiento, Roberto acudió y con celeridad retiró una de las sillas para ofrecérsela. Leonor no pudo evitar ruborizarse. Había soñado con un momento como aquel desde que tenía uso de razón: que un hombre apuesto le preparara una cena romántica y que se comportara como un auténtico caballero con ella. Y ahora lo estaba disfrutando, al fin.

—He preparado pollo al curry, espero que te guste.

Leonor miró la ración de pollo que tenía en su plato. Tenía muy buena pinta. Roberto se sentó frente a ella, agarró los cubiertos y se dispuso a comer, pero entonces ella lo detuvo.

—Roberto, ¿podrías dar gracias a Dios por los alimentos?

Roberto pareció sentirse incómodo por unos momentos, pero luego su cara recuperó la expresión afable que lo caracterizaba.

—Dalas tú, preciosa. Que se te dará mejor.

Leonor vaciló. Pero se conformó al pensar que quizás estuviera exigiéndole demasiado, así que inclinó la cabeza, cerró los ojos y pidió la bendición del Señor para la comida.

Comenzaron a cenar mientras hablaban de los temas más variopintos. Tanto de aquellos que rodeaban su vida personal como los que concernían a ambos. Leonor le contó como fue su niñez. Después relató su adolescencia: siempre destacó por ser una chica buena para estudiar, así que las diversas becas que obtuvo tanto en el instituto como en la universidad le dieron la oportunidad de viajar por casi todo el mundo. Había conocido muchos países. La oportunidad de conocer otras gentes le ofreció también la posibilidad de aprender otras lenguas. Leonor hablaba seis idiomas, y actualmente tenía un cómodo trabajo de traductora.

Por su parte, Roberto contó que él también comenzó a viajar desde joven. Creció en un pueblecito, que pronto le quedó pequeño. Por eso comenzó a viajar por todo el país en busca de trabajo. Lo encontró en la empresa instaladora de alarmas en la que trabajaba Josué. Allí fue donde se conocieron y estrecharon su amistad, hasta que Josué decidió invitarle a la fiesta de Navidad de la iglesia.

Luego, la conversación fue derivando hacia los temas de la iglesia. Roberto confesó haber quedado impresionado por cómo se celebraban las reuniones protestantes. Recordaba haber visitado alguna que otra vez la iglesia católica, especialmente en ocasiones como bautizos o bodas, y reconocía la enorme diferencia que existía entre ambas. De la iglesia le gustaba casi todo, pero confesó a Leonor que no podía soportar al pastor. No comprendía cómo pudo mentir sobre lo que le sucedió a Rebeca, solo para evitar que su imagen de familia ideal se echara a perder. Aquello, según Roberto, había ocasionado mucha tirantez en la iglesia, perceptible incluso para él, que era nuevo dentro de aquel mundo.

—Es cierto —respondió Leonor—. La iglesia está dividida.

—Más de lo que crees —afirmó Roberto.

—La gente ignora lo que ocurrió, pero los jóvenes lo vimos todo. En algún momento, alguien tendrá el valor suficiente para callar al pastor y contar la verdad.

Roberto asintió, convencido.

—Ismael —dijo—. Ismael lo hará. Jamás he visto a nadie como él. Pondrá orden en la iglesia.

—No sé, Rober. Ismael está muy raro últimamente. Se comporta de forma distinta... y lo que propuso la semana pasada... no me parece bien.

—¿Por qué? —Roberto alzo la voz por encima de lo normal—, ¿por qué crees que está haciendo algo mal? Ismael es el único que ha tenido valor para no quedarse de brazos cruzados.

—Solo creo que se está propasando. Debería confiar en que Dios pondrá las cosas en su sitio, a su tiempo.

—¡Bobadas! Escucha, Leonor. Esta ciudad está llena de mala gente, gente a quien no le importaría hacerte daño para pasar un buen rato, ¿sabes a lo que me refiero?

Leonor asintió.

—¿Crees que debería quedarme de brazos cruzados esperando a que Dios lo solucionara todo?

—Yo no he dicho eso.

—¿Entonces, qué? Ahora me estás dando la razón.

—Tampoco, Roberto. Solo digo que Ismael está haciendo algo que no me parece bien. Mira, dejémoslo. Cambiemos de tema.

—Sí, mejor.

Por un momento, Leonor se sintió arrepentida de estar allí. Roberto no era capaz de entender qué postura debía adoptar un cristiano ante situaciones difíciles. Pero la verdad era que ella tampoco lograba aclarar sus ideas, especialmente cuando se ponía en el lugar de Rebeca e intentaba imaginarse su propio cuerpo maltratado. Si le hubiese ocurrido a ella, ¿esperaría una venganza de sus amigos? No estaba segura. Solo imaginarse en la piel de Rebeca le produjo un escalofrío de miedo.

—Leonor —dijo Roberto, de repente—. Esta noche estás realmente preciosa.

Ella apartó sus dubitaciones y se centró en la persona que tenía enfrente.

—Gracias.

Roberto entrecerró los ojos, como queriendo fijar aún más su mirada en ella.

—Quiero decirte algo.

Leonor se sintió ruborizar.

—¿Qué ocurre?

—Me gustas. Me gustas mucho, Leonor. Me pareces una chica maravillosa. Eres muy atractiva y simpática. Lo tienes todo.

—Eso no es cierto. Tengo muchos defectos.

—Yo no los veo.

Se hizo el silencio durante unos segundos, y luego Roberto, acercando un poco el rostro hacia ella, preguntó:

—¿Alguna vez te han besado?

La pregunta la pilló por sorpresa. No supo si contestar con una mentira, pero finalmente decidió que era mejor sincerarse.

—No. Nunca he tenido demasiado éxito con los chicos.

—Pues no entiendo por qué. Cuando te vi me dije: «Esta chica seguramente tendrá novio, y si no lo tiene seguro que hay una lista de pretendientes detrás de ella».

Leonor soltó una risita nerviosa.

—Es cierto, Leonor. Me muero por besarte. Ahora mismo.

Y, lentamente, comenzó a acercarse a ella estirando el cuello. Leonor no supo cómo reaccionar, se quedó parada. Él la tomó suavemente, colocando una mano detrás de su cabeza, y la atrajo hacia sí hasta que ambos unieron sus labios en un cálido y tierno beso. Duró solo un instante, un segundo, tal vez dos, pero Leonor lo saboreó como si hubiera permanecido una eternidad entre las nubes.

Quiso que el sabor de aquel dulce néctar no terminara. Cuando Roberto se separó, tan lentamente como se había acercado, ella se lo quedó mirando con expresión anhelante, entonces se levantó de la mesa con decisión, caminó hacia donde él estaba y le tomó de una mano. Él se levantó y de nuevo se fundieron en un beso, más largo y apasionado. De pronto, Leonor notó los dedos de Roberto, subiendo arriba y abajo por su espalda en delicadas caricias. No pudo evitar dar un respingo, pero se acostumbró al momento y dejó que la acariciara también a lo largo del brazo. Luego, sin poder parar de besarse, Roberto la agarró por la cintura y la atrajo hacia sí, tan cerca que sus cuerpos se oprimieron con fuerza. Él volvió a acariciarle la espalda, pero esta vez su mano se introdujo por debajo del yérsey blanco y rosa que ella llevaba puesto y ascendió hasta llegar al broche de su sujetador.

Leonor reaccionó.

—Para, Roberto —dijo, pero se sorprendió al notar el tono agitado de su voz.

—Vamos. Tú también quieres.

—Sí, pero no ahora. No es el momento.

—¿Y cuándo es el momento? Tienes 27 años. Deja de esperar y disfruta la vida de una vez.

Volvió a besarla con pasión y la mano a su espalda desabrochó el sujetador con un movimiento rápido de los dedos. Avanzó lentamente por uno de sus costados hasta notar la curvatura de su pecho izquierdo.

—No, Roberto, por favor —dijo Leonor, e intentó detenerle la mano—. Quiero esperar al matrimonio.

Roberto la miró con expresión suplicante. Su mano se había parado justo en el costado.

—Pero, Leonor, yo te amo.

—¿Me amas?

—Desde la primera vez que te vi. Estoy enamorado de ti y sé que siempre permaneceremos juntos.

—¿De verdad lo crees?

—Estoy seguro. Solo retrasamos algo que acabará sucediendo de todas formas. ¿Por qué demorarlo cuando tenemos la oportunidad de amarnos ahora?

Con la otra mano, Roberto acarició la mejilla de Leonor, quien buscaba la sinceridad en sus ojos.

—Eres la persona que siempre he querido en mi vida —insistió él—. Creo que Dios nos ha unido para que estemos siempre juntos. Piénsalo. Si él ha consentido que estemos aquí, los dos, en esta noche, es porque nuestros destinos están enlazados. Lo estarán por siempre.

—Me encantaría que así fuera —confesó ella, adormilada con las palabras que escuchaba. La mano que acariciaba su mejilla se deslizó a lo largo de su cabello.

—Es así, mi amor. Déjame demostrarte cuánto te amo.

Leonor dejó libre la mano que había avanzado furtivamente por su costado.

Roberto suspiró.

—Vamos a mi habitación —dijo, y la tomó en brazos como si fueran una pareja de recién casados.

Atravesaron el umbral de la puerta en la pared de la derecha que conducía a su habitación. El interior estaba oscuro, pero Leonor pudo comprobar que dentro reinaba el desorden. Había gran cantidad de ropa y trastos de diverso tipo tirados en el suelo. La cama estaba desecha y las sábanas colgaban de los bordes. Olía a una mezcla entre recinto cerrado y ropa sucia. Roberto la posó sobre el colchón y se colocó encima.

En mitad de la penumbra, Leonor notó cómo Roberto la despojaba de la ropa para lanzarla a la maraña del suelo. Acto seguido sintió cómo acariciaba todo su cuerpo con pasión.

Y ella, hechizada por sus besos, sedada con sus caricias, entregada, se dejó hacer.

3

Los cánticos del domingo por la mañana se estaban realizando bajo la mayor de las desganas. Los asistentes cantaban en un tono bajo y falto de ánimo. Emanuel ni siquiera había abierto la boca, a pesar de estar leyendo la canción en el himnario que sostenía. Era un himno conocido, de los que se solían cantar con no poca frecuencia, pero aquella mañana la iglesia entera parecía entretenida en otros asuntos. La única persona que aparentaba algo más de interés era el muchacho que dirigía el pequeño coro de voces del estrado. Meneaba los brazos arriba y abajo con movimientos secos y enérgicos, pero lo cierto era que, aparte de unos pocos, nadie le prestaba la menor atención.

Cuando la canción terminó, los presentes se dejaron caer pesadamente en sus asientos; todos excepto el pastor, que permaneció en pie. Él y su esposa solían ocupar los asientos de la primera fila. Desde allí dio media vuelta para encarar a la congregación.

—Tenemos un motivo para estar agradecidos al Señor en esta mañana, hermanos —dijo—. Mi hija Rebeca ya ha comenzado a mover la parte de su cuerpo que tenía paralizada.

Emanuel percibió algunos murmullos. La gente celebraba la noticia con discreción.

—Sus rasgos faciales poco a poco van volviendo a la normalidad.

—Entonces —dijo alguien—. ¿Podremos ir a visitarla ya?

Cierto, pensó Emanuel.

Rebeca no admitía visitas. Alegaba estar siempre demasiado cansada pero él sospechaba que lo hacía por no contar la mentira que su padre le obligaba a decir. Los pocos que lograron visitarla venían contando la misma historia de las escaleras. Por ello deducía que Rebeca, muy a su pesar, obedecía a su padre, pero que prefería hacerlo lo menos posible.

—Todavía no, lo siento —respondió Aarón—. Tened paciencia. Ella se siente muy débil, y no está cómoda con su aspecto. Pero ahora se encuentra mucho más animada, seguro que pronto no hará falta preguntarle si quiere que la visitemos, porque será ella misma la que vendrá a la iglesia. De seguir recuperándose tan rápidamente pronto la tendremos entre nosotros de nuevo.

Hubo aplausos y una expresión de celebración más o menos generalizada. El pastor se sentó para dejar que el periodo de tiempo dedicado a los cánticos siguiera su curso, pero de pronto otro miembro se levantó, Biblia en mano. Se trataba de Ignacio, un hombre de unos 60 años que llevaba asistiendo a la iglesia desde hacía más de 25. Paseó la mirada por todos los presentes y luego habló en voz alta citando un pasaje de los Salmos sin que le hiciera falta leerlo.

—«Los ojos de Jehová están sobre los justos…» —dijo y, en ese preciso instante, clavó sus oscuros ojos en Ismael, quien se mostró visiblemente sorprendido—, «…y atentos sus oídos al clamor de ellos».

Se sentó. La inmensa mayoría de los presentes no se percató de a quién había sido dirigido el pasaje, y los pocos que sí lo vieron no llegaron a comprender toda la dimensión de su significado. Pero no ocurrió así con Emanuel. Él sí conocía las intenciones de Ignacio. Acababa de colocarse claramente de parte de Ismael y su venganza.

Apenas hubo pasado un segundo cuando otra persona se levantó de golpe. Era uno de los hombres que cantaba como tenor en el coro de la iglesia, orondo y de tez cetrina, llamado Isaac. También sostenía una pequeña Biblia en su mano, pero él sí tuvo que leer los versículos que pretendía citar.

—Dice la carta a los Romanos, capítulo 13, versículo 2 —comenzó, tartamudeando.

La gente fue directamente a buscar el pasaje en sus Biblias, pero Isaac no calculó demasiado bien el tiempo que debía darles hasta que encontraran el pasaje y comenzó a leer demasiado pronto.

—«De modo, que quien se opone a la autoridad, a lo establecido por Dios resiste; y los que resisten, acarrean condenación para sí mismos».

Se detuvo y de la misma manera que había ocurrido con Ignacio, Isaac también miró a Ismael. Luego bajó la mirada a su Biblia, y saltó al versículo cuatro.

-«Porque es servidor de Dios para tu bien. Pero si haces lo malo, teme; porque no en vano lleva la espada, pues es servidor de Dios, vengador para castigar al que hace lo malo».

Emanuel notó cómo se le formaba un nudo en el estómago. De los congregados, una amplia mayoría no comprendían lo que estaba ocurriendo, pero pudo comprobar que otros sí estaban al tanto. Durante aquel breve tiempo, mientras Isaac e Ignacio leían, otros apoyaron la causa de Ismael de diversas formas: con miradas o sonrisas sutiles, con cualquier gesto que les identificara como aliados. Emanuel descubrió al menos a una docena, y seguro que eran más de los que, desde su asiento al final de la iglesia, había logrado detectar. No eran demasiados, eso era claro, pero sí los suficientes como para comprobar cómo el carisma de Ismael aumentaba de forma exponencial.

De alguna manera, no sabía cómo, un número de personas en la iglesia lograron enterarse de la venganza que al parecer Ismael había planeado y liderado, y le apoyaban en su decisión. Hasta dónde sabían; si conocían o no en detalle lo que había hecho, o, peor aún, si conocían la verdad sobre lo que le había sucedido a Rebeca y la historia inventada de Aarón, Emanuel lo desconocía.

A todo esto, Ismael no se movió del sitio desde que comenzó la lectura de los pasajes. Ahora solo mostraba una amplia sonrisa y se limitaba a mirar al suelo.

Se hizo el silencio de nuevo, y luego la reunión siguió su curso normal. Volvieron las canciones y los aspavientos del director del coro, llenos de fuerza para sí, pero inanes para el resto. Luego, la predicación del pastor, que pasó por los oídos de Emanuel fugaz e insulsa, absorto como estaba en explicarse el asombroso poder de sugestión que Ismael ejercía entre cuantos lo rodeaban.

De seguir así, sin duda llegaría a superar al mismísimo Aarón en autoridad; ya, de hecho, Emanuel dudaba de si no se encontrarían ambos a la misma altura.

¿Hasta qué punto era aquello peligroso? La iglesia entera estaba pagando por los pecados que existían entre sus feligreses, Emanuel estaba seguro de ello. Él mismo se confesaba uno de aquellos perjudiciales pecadores y, por tanto, uno de los responsables. ¿Era Ismael el fin, la cura de la herida? O, por el contrario, ¿representaba la manifestación de un cáncer maligno que acabaría fulminando la congregación?

Tal vez Josué lo supiera. Él conocía todo lo ocurrido en el pasado y lo que ocurría en la actualidad. Emanuel resolvió hablar con él y enterarse bien de todo para llegar a una conclusión.

La congregación inclinaba sus cabezas. El pastor formulaba una oración para despedirlos y dar gracias por aquella reunión. El guitarrista del grupo rasgueó las cuerdas de su instrumento de forma suave y calmada para llenar el momento de un matiz emotivo. Cuando terminó, todo el mundo se levantó y comenzó a ponerse los abrigos al tiempo que se saludaban. Ismael fue el más solicitado; una docena de personas se le echaron encima a la vez, deseosas de estrechar su mano y confesarle, al oído, su apoyo.

Ismael se sentía pletórico, rebosante de felicidad. No sabía qué era lo que había sucedido, pero le había encantado. Y ahora, allí estaba, de pie en el vestíbulo de la iglesia, rodeado de gente que se agolpaba para saludarle.

—Muy bien hecho, chico —le dijo Ignacio cuando logró alcanzarlo—. Eres todo un hombre.

También lo saludaban algunas mujeres. Una de ellas le propinó dos sonoros besos, uno en cada mejilla, y dijo:

—Eres un caballero, Ismael. Qué pena que no existan más hombres como tú.

Ismael aparentó sentirse avergonzado, pero en realidad las palabras de aquella señora, las de todos los que lo felicitaban y le daban ánimos lo llenaban de orgullo y alimentaban su autoestima. Caminó hacia la salida de la iglesia y, en ese momento, Samuel se puso a su lado.

—Han sido los jóvenes que nos acompañaron cuando fuimos en ayuda de Ramón.

—Lo suponía —respondió Ismael—. ¿Cuántos lo saben?

—En realidad, pocos. Una docena, tal vez quince personas como mucho. Algunos están en contra, como los padres de Pedro. Ya no podremos contar con él si volvemos a hacer algo parecido.

—Ahora me explico por qué no han asistido hoy a la iglesia.

—Sí, bueno, no te preocupes. Más de la mitad se ha colocado a tu favor. Dicen que eres lo que iba haciendo falta en el barrio.

—Y a la ciudad... —dijo Ismael, en voz baja.

—¿Qué?

—No, nada. ¿Lo saben... todo?

–Sí –respondió Samuel, pero luego se aproximó para decirle algo al oído de Ismael–. Saben que a Rebeca la violaron y que Aarón mintió. Creo que ha sido un punto fundamental para que se pusieran de tu parte.

–Estupendo –dijo Ismael, aproximándose también al oído de Samuel–. Pero sed discretos. Que la noticia se extienda, pero con cautela, despacio. ¿De acuerdo?

–Hecho.

Alcanzaron la puerta de salida. Era mediodía, y el sol lucía en mitad de un cielo diáfano. Lograba calentar con sus rayos, produciendo una agradable sensación a la piel expuesta al frío. Ismael se sorprendió de encontrar a Roberto esperando en la puerta de la iglesia. Estaba despeinado y vestía un chándal que le daba una apariencia aún más descuidada.

–¡Rober! –le dijo, y avanzó hacia él con los brazos extendidos–. ¿Por qué no has asistido a la iglesia hoy? Te has perdido una reunión alucinante.

Le pasó un brazo por encima del hombro y ambos pasearon calle arriba.

–Lo siento, Ismael –respondió Roberto–. Anoche me acosté tarde y esta mañana me he dormido.

–Pues tendrías que haber visto lo que ha ocurrido. Algunos en la iglesia se han colocado de nuestra parte, ¡De nuestra parte, Roberto! ¿Qué te parece?

Roberto se mostró sorprendido y alegre al mismo tiempo.

Se alejaron unos metros de la puerta de la iglesia para conseguir algo de intimidad. Frente a la entrada se reunió un buen grupo de personas y el pastor, como de costumbre, aprovechaba para saludar a cuantos salían.

–Pues prepárate para lo que voy a contarte –dijo Roberto, y pasó él también el brazo sobre el hombro de Ismael–. Hay más gente que quiere ayudarnos. He conseguido que tres compañeros de trabajo se nos unan. Solo tengo que llamarlos cuando les necesitemos y vendrán. Pero eso no es todo.

Roberto se puso nervioso. Miró a su espalda para comprobar que nadie los seguía y luego, bajando el tono de voz, siguió con sus noticias.

—Ayer me llamó Paco. Es amigo mío desde la infancia y, como hay confianza entre los dos, una tarde en que nos reunimos le conté lo que le hicimos a la banda de Gago. Me llamó para decirme que él y un compañero de su trabajo también quieren unírsenos... Son policías, Ismael.

Roberto contuvo el aliento y apretó los labios a la espera de una respuesta. De golpe, Ismael dejó escapar una sonora carcajada por la que expulsó toda la euforia que llevaba dentro. Tan fuerte resonó, que las personas de la entrada se volvieron para mirar qué ocurría.

—¡No me lo puedo creer! ¡Es, es impresionante! Roberto, mi querido amigo. Esto es señal de que estamos haciendo bien las cosas.

Roberto también comenzó a reír.

En ese momento, una figura emergió desde la puerta de la iglesia. Era Daniel, quien desde la distancia también había escuchado cómo Ismael se carcajeaba. Ignoró al pastor cuando quiso despedirse de él, y a grandes zancadas avanzó hasta colocarse a mitad de camino de Ismael.

—¡Ismael, ríe! ¡Ríe todo lo que quieras, pero no eres más que un pobre loco, ciego a tus aires de grandeza!

Como si obedeciera sus órdenes, Ismael sonrió, pero no dijo nada.

—Estoy al tanto de todo lo que estás construyendo a tu alrededor —continuó Daniel—. ¿Qué pretendes conseguir engañándolos a todos? ¿Hasta dónde quieres llegar?

—Hasta donde el Señor me ordene.

Daniel enfureció.

—¡Tú no estás obedeciendo a Dios! ¡Y ninguno de los que te siguen lo hacen!

—Jehová de los Ejércitos me ha designado para poner paz y orden...

—¡«Mía es la venganza, yo pagaré, dice el Señor»! —gritó Daniel con tanta violencia que enrojeció.

Tomó aliento y siguió parafraseando las Escrituras:

—¡«No os venguéis vosotros mismos, sino dejad lugar a la ira de Dios»! ¡A la ira de Dios!

La calle entera los miraba, tanto los miembros de la iglesia como los transeúntes. Daniel jadeaba por el esfuerzo, pero Ismael se mostraba frío como una estatua de acero. De sus labios comenzó a salir una leve risa, profunda y grave.

—Daniel, ¿todavía no lo has comprendido? Yo soy la ira de Dios.

5

Ismael ascendía por la avenida de camino a su casa. Por un momento había sentido cierto dejo de remordimiento al escuchar los gritos de Daniel, pero tardaron poco en desaparecer y pronto se encontró mejor, envuelto de nuevo en sus planes de futuro.

Caminaba paseando tranquilamente entre la gente, cuando escuchó pasos que se le acercaban a cierta velocidad. Al principio supuso que alguno de los muchachos de la iglesia quería comentarle algún asunto, tal vez comunicarle otra buena noticia, pero entonces escuchó que le llamaba una voz desconocida.

–¡Oye! ¿Eres Ismael?

Se dio media vuelta y encontró a un hombre de unos 30 años. De mediana estatura y algo entrado en carnes. Su cabeza era pequeña y ovalada. En el pelo ya asomaban las sospechosas entradas de una alopecia prematura. Aquel hombre lo miraba con expresión suplicante.

–Yo soy –respondió Ismael. Y el sentido de sus palabras le causó un repentino e inexplicable temblor de piernas.

–Lo sabía –respondió el hombre en tono afable.

–¿Me conoces de algo?

El hombre pareció contrariado con la pregunta.

–¿Bromeas? Casi todo el barrio ha oído hablar de ti. ¡Eres el chico que ayudó a Ramón y expulsó a la pandilla de Gago!

Ismael mostró una expresión suspicaz. No se fiaba de su interlocutor. Tal vez fuera una treta planeada por la policía para descubrirlo. Al barajar tal posibilidad, recordó que Roberto había charlado con la policía; con un amigo de la infancia, pero policía al fin y al cabo, que podía formar parte de un engaño para descubrirlo.

El hombre pareció adivinar sus dudas.

—Tranquilo. La gente del barrio está de tu parte. Nadie te delataría a la policía. Estás solucionando todos sus problemas. Es más, todos los que saben quién eres te respetan... te adoran.

—¿Y qué quieres tú?

—¡Ah, sí! Perdona que no me haya presentado. Me llamo Iván. Soy el encargado de la pizzería que está en la esquina de la estación de tren.

—La conozco, he ido allí muchas veces.

—Es la única que hay por los alrededores. Pero, verás. La cuestión es que... bueno... he venido para solicitar tu ayuda.

Ismael bajó la guardia y adoptó una postura altiva, elevando el mentón más de lo normal.

—¿Qué necesitas de mí?

—Tu ayuda, Ismael. Desde hace poco más de un año tengo problemas con un grupo de chicos, otra de esas pandillas, ya sabes. Acosan a mis repartidores cuando se acercan con la moto a la zona en la que ellos suelen estar. Les roban las pizzas y el dinero. A veces también les roban la moto. Necesito que me ayudes a que dejen en paz mi negocio.

Esta vez, Ismael no se lo pensó.

—Así se hará.

—¿De verdad? ¡Eso... eso es estupendo! Muchas gracias, Ismael. Te diré dónde suelen parar esos indeseables y...

—Con dos condiciones.

—¿Dos condiciones?

—Sí. La primera es que no vuelvas a referirte a mí como «chico». No lo consiento. ¿Está claro?

—Clarísimo. Clarísimo, Ismael. No lo volveré a hacer. Lo prometo. ¿Y la segunda?

—La segunda es que necesito un pago por los servicios.

—Pero ¿no se lo hiciste gratis a Ramón?

—Sí, pero ahora somos más y necesito un aliciente para mantenerlos unidos. ¿Estás dispuesto a pagar?

Iván apenas meditó la respuesta.

—¡Claro! Sí, Ismael. Pagaré. Seguro que vale la pena. Las pérdidas que esos chicos me ocasionan me están arruinando. Te daré la cantidad que necesites.

–Eso está bien, porque quiero comprar algunas cosas.

–Y, por supuesto, quedáis todos invitados a pizzas.

Ismael soltó una risa suave.

–Lo suponía. Aceptamos la invitación. Dime el lugar donde para ese grupo y te garantizo que tus problemas cesarán.

Iván comenzó a explicar a Ismael todos los detalles. Dónde paraban, con qué frecuencia y a qué horas solían aparecer por allí, cuántos eran, o si iban armados. Ismael escuchó con atención y, cuando Iván hubo finalizado, solo dijo:

–El sábado próximo no abras la pizzería. Resérvala solo para nosotros, porque tendrás mucho que festejar.

Y dejando a Iván con una amplia sonrisa dibujada en el rostro, dio media vuelta y siguió su camino.

X

1

La tarde del sábado 26 se hizo más corta de lo usual. Unas nubes densas y negras oscurecieron el cielo y las farolas se encendieron antes de tiempo. Hacia las once de la noche, el cielo descargó un aguacero sobre la ciudad que pronto formó pequeños riachuelos en el borde de las aceras, desbordó el alcantarillado y provocó que todos los transeúntes huyeran en desbandada buscando refugio. En noches como aquélla, el número de pedidos en la pizzería se multiplicaba proporcionalmente a la fuerza de la tormenta, así que, conduciendo bajo la lluvia como buenamente podían, los repartidores realizaban más salidas que nunca.

Sin embargo, y contrariamente a lo que cabía esperar, los repartidores de pizzas no cruzaban la ciudad aquella noche. Solo uno, cuando faltaban diez minutos para las doce, salió presuroso de una pizzería que mantenía el cierre echado, se colocó el casco, y condujo prudentemente bajo la lluvia.

La dirección que le habían indicado lo condujo a una zona algo apartada del barrio, al otro lado de las vías del tren, donde la delincuencia era mucho mayor. El número de calle y portal indicaba una zona en donde los bloques de edificios formaban un laberinto de calles peatonales, estrechas y escasamente iluminadas. El repartidor se detuvo antes de entrar para confirmar la dirección.

Las calles en el interior de la comunidad de edificios no debían tener más de tres metros de ancho, lo justo para que cupiera un coche. Estaban pavimentadas con adoquines de colores que formaban dibujos geométricos. A ambos lados se elevaban los edificios, de entre cuatro y siete plantas de altura, construidos con ladrillo anaranjado. Las ventanas de los primeros pisos estaban protegidas por gruesos barrotes de hierro pintados de negro. Aquí y allá, en las esquinas y a lo largo de alguna que otra pared, crecían plantas silvestres que nadie se preocupaba en podar.

El repartidor avanzó muy despacio, con la moto encendida, pero ayudándose con los pies, pues era imposible mantener el equilibrio a una velocidad tan baja. No tardó en llegar al primer cruce. A su derecha, la estrecha calle tenía un jardín a ambos lados, elevado a un metro de altura y bordeado de un muro de ladrillo. Los árboles de uno y otro lado se unían en sus copas, formando un túnel natural que sumía el lugar en una oscuridad más densa, casi total. Ni siquiera la lluvia lograba atravesar la capa de ramas y hojas de los árboles, por lo que aquel lugar se mantenía aceptablemente seco. El repartidor se dirigió hacia allí, atento a todas partes para ver si avistaba el número del portal que andaba buscando.

Cuando se encontraba en mitad de la calle, una multitud de sombras se le echó encima. El repartidor ni siquiera logró identificar desde dónde venían. Le rodearon en menos de un segundo y comenzaron a zarandearle para que perdiera el equilibrio y cayera. No les hizo falta demasiado tiempo para conseguirlo. Cuando el repartidor se estrelló contra los adoquines sonó una carcajada multitudinaria. Esperaron a que se pusiera en pie, y una vez lo hizo, uno de aquellos desconocidos se acercó y le agarró de una correa que le colgaba del casco. Era un muchacho de pelo revuelto y piel tostada. Tenía la cara llena de pequeñas heridas, sobre todo en el labio inferior.

–¡Danos todo lo que tengas! ¡Venga!

El repartidor no dijo nada. Miró a su alrededor y contó al menos diez atacantes. Algunos ya se habían montado en la moto, que seguía encendida, y pegaban acelerones sin moverse del sitio, mientras que otros abrían el cajón de la parte trasera, extraían las pizzas y salían corriendo como animales carroñeros, para comérselas lejos de la luz del faro. Otro chico, tomando por sorpresa al repartidor, le asestó un fuerte puñetazo en la espalda que lo hizo arquearse de dolor.

–¡Que se lo des todo!

El chico que le sujetaba de la correa del casco metió su mano en los bolsillos del impermeable que el repartidor llevaba puesto y sacó un puñado de monedas. Se las llevó al bolsillo de su pantalón y, no contento aún, volvió a amenazar:

–Dame los billetes. ¿Dónde tienes los billetes?

El repartidor seguía sin decir palabra. El chico que lo sujetaba, cansado, se echó mano a la bota de su pierna izquierda y de la caña extrajo una navaja automática que abrió frente a la cara del repartidor.

—Quítale el casco, que le voy a rajar la cara a este listo —ordenó.

El chico que seguía detrás del repartidor le arrancó el casco con brusquedad. El repartidor se colocó el pelo. Una melena rizada que le llegaba hasta los hombros.

—O me das los billetes o te marco de por vida.

—¿Sabes quién es Ismael? —dijo sonriendo Roberto, quien hubiera preferido seguir bajo la protección y la intimidad que el casco proporcionaba a su cabeza.

El chico que sostenía la navaja abrió los ojos desmesuradamente. Era obvio que sí conocía el nombre. Estaba a punto de responder algo, pero de reojo distinguió un grupo de gente en el cruce, a la entrada de aquel túnel natural.

Debían ser por lo menos una veintena de hombres, todos quietos, ajenos a la fría lluvia que les caía. A la cabeza esperaba un chico alto y corpulento. Los cabellos rubios le caían sobre el rostro y goteaban. Vestía una levita de cuero que había dejado sin abrochar, una camisa abrochada hasta el cuello, unos pantalones vaqueros y unas botas de motorista. Todo de color negro. Otros dos chicos, uno a cada lado, vestían exactamente igual.

—Ismael, tal vez deberíamos rodear la calle y cortarles la retirada —dijo Samuel, que aguardaba a su derecha.

—No —respondió Ismael—. Atacaremos todos desde aquí. No quiero que nos dividamos. Prefiero que les abrume nuestro número.

Miró a su izquierda. Regalar unas ropas a Jonatán y a Samuel iguales a las suyas resultó todo un acierto, una pena que Roberto no hubiera podido vestirse también para la ocasión, pero él era el cebo. Había decidido que sus aliados más cercanos llevaran aquella especie de uniforme. El dinero que le dio el encargado de la pizzería corrió con todos los gastos y aún sobraba algo para comprar armamento: bates de béisbol, cuchillos, puños americanos... de todo.

Al principio pensaba conceder el mismo honor a los dos miembros del cuerpo de policía local que desde aquella noche se les habían unido, porque habían resultado unos aliados más poderosos y confiables de lo que en principio parecían, aunque luego pensó que no hacía justicia a quienes le mostraron fidelidad desde el principio.

Aún así, los policías constituían una valiosísima adquisición. Habían asegurado a Ismael que cualquier denuncia hacia él de la que tuvieran constancia se perdería en el olvido. Ismael dudaba que fueran capaces de lograrlo, pero si en verdad podían realizar algo de tal magnitud, significaba que podía hacer prácticamente lo que se le antojara. Solo pensar que aquella noche tenía a la ley de su lado, que no existía crimen vedado para él, le llenó el corazón de gozo.

Alzó la voz, dirigiéndose hacia el grupo de atracadores.

–Hijos del pecado. Vuestras acciones impías han llegado a su fin. En esta noche pagaréis derramando vuestra sangre. En esta noche sufriréis por todas vuestras maldades, y ni siquiera vuestro llanto atemorizado nos moverá a misericordia. En esta noche, ¡pobres infames!, suplicaréis arrodillados por conservar un segundo más el hálito de vuestras miserables vidas. ¡Os devolveremos todo el dolor que clama a vosotros desde la tierra! ¡Esta noche, Dios os somete a juicio!

Y, justo al terminar sus palabras, todos los que aguardaban tras él cargaron a una, con los corazones inflamados por las palabras de su líder, profiriendo un espeluznante grito de batalla. Ismael no se movió del sitio. Cerró los ojos para escuchar mejor y se concentró en las frías gotas de lluvia que le caían en el pelo y resbalaban por el puente de su nariz hasta alcanzar la barbilla.

Comenzaron a llegarle los sonidos del combate: gritos de rabia, golpes de todo tipo, quejidos lastimosos y maldiciones lanzadas al viento. Aquellos ecos de lucha le provocaban un placer inigualable. Se regodeó en ellos y los saboreó. Se alimentó con la esencia de toda aquella violencia y notó cómo todo su cuerpo se fortalecía.

Pronto siguieron las súplicas por parte de su enemigo e, inmediatamente después, escuchó que sus guerreros coreaban su nombre como un cántico de victoria.

Abrió los ojos y se encontró con el enemigo en el suelo. Sus chicos lo llamaban para que fuera a festejar el triunfo junto a ellos. Se acercó lentamente y se colocó en cuclillas frente al muchacho de pelo alborotado que había amenazado con su navaja a Roberto. Yacía en el suelo boca abajo. Alguien le había abierto una importante brecha en la cabeza y la sangre le salía en abundancia, tiñéndole la cara de un vivo color bermellón. Le agarró del mentón y le levantó la cabeza para encararle.

—¿Sabes quién soy?

—Is... —respondió el muchacho. Se esforzaba por no caer inconsciente …mael.

—Soy el azote inmaculado de Dios. Soy la espada que lavará con sangre la sangre vertida del justo, y mi nombre, como bien has dicho, es Ismael.

Acarició con su mano izquierda la mejilla del atracador y recogió algo de sangre con la yema de sus dedos. El chico cabeceó. Era un signo evidente de que estaba a punto de perder el sentido.

—Colocadle bajo la lluvia —ordenó Ismael. Al momento, dos de sus seguidores agarraron al chico de los brazos y lo arrastraron fuera de la cobertura de los árboles. Cuando la fría lluvia entró en contacto con su cara despertó dando un respingo. Ismael se le acercó.

—No volveréis a molestar a los repartidores de pizza, ni a nadie. Os hemos limpiado de todo vuestro pecado como la lluvia te limpia las heridas. A partir de ahora ya no haréis el mal, ¿verdad?

—No, Ismael. No volveremos a hacer nada malo —dijo, y comenzó a sollozar—. Por favor, por favor, Ismael. Llama a una ambulancia. Estoy muy mareado.

La sangre que le salía de la brecha formaba un reguero mezclándose con la lluvia y avanzaba rauda calle abajo. Ismael sonrió, y con gesto paternal le acarició el pelo suavemente.

—Pobre muchacho. No temas a la muerte. Ella no es más fuerte que el brazo poderoso del Señor. Yo soy ese brazo, y puedo salvarte. ¿Quieres salvarte?

—Sí. Ismael... Llama... llama a un médico. Me encuentro muy débil.

—Bien. Te voy a dar una oportunidad de redención. A ti y a todos tus amigos. Podéis uniros a nosotros, volveos de las tinieblas a la luz. De esta forma serás salvo. ¿Quieres unirte a nosotros?

—Sí. Me uniré a vosotros. Nos uniremos todos, pero ayúdame. Estoy perdiendo mucha sangre.

Ismael hizo un gesto con la cabeza a uno de los policías y éste se apresuró a llamar al número de emergencias.

—Ya está. ¿Ves qué sencillo ha sido? ¿A que ahora te sientes mejor?

El muchacho no pudo responder. No paraba de llorar.

—Tus lágrimas me lo confirman. Ya eres uno de los nuestros y te aceptamos como a un hermano.

Ismael se entusiasmó con sus últimas palabras. Se volvió hacia sus seguidores para hablarles. Todos esperaban, a su lado, atentos a cualquier orden sin importarles que les empapara la lluvia.

—Todos nosotros somos hermanos —dijo señalándolos con el dedo—. Nos hemos unido en una firme y comprometida alianza para abrir los ojos de esta ciudad, para apartarla de las tinieblas y el sufrimiento. ¡Somos una hermandad! ¡Somos *La Hermandad*!

Calló. Se sentía eufórico y jadeaba de emoción. Había encontrado un nombre para todos ellos. Eran La Hermandad. Así se llamarían a partir de ahora y así se darían a conocer ante todos. Buscó la reacción entre los presentes. Roberto fue el primero en responder. Miró a Ismael, y éste notó cómo los ojos de su más fiel compañero ardían de júbilo. Roberto apretó los dientes con fuerza, alzó el puño, y con todas sus fuerzas gritó:

—¡Por La Hermandad! ¡Por Ismael!

Y el resto lo imitó, profiriendo un clamoroso grito de apoyo.

2

EL SEÑOR APRIETA, PERO NO AHOGA, pensaba Josué una y otra vez. El suelo de su habitación estaba frío, pero tras cuarenta minutos de oración, las rodillas terminaron por acostumbrársele. Se negaba a terminar, y a pesar de no tener nada más que pedir o agradecer a Dios, continuaba en la misma postura, preguntándose por qué aquella frase no dejaba de rondarle la cabeza.

El Señor aprieta, pero no ahoga.

¿Se referiría a él? Era la respuesta más lógica. Desde la noche de fin de año su vida comenzó un gradual descenso que terminó al tocar fondo. Todo comenzó cuando vio a Rebeca en aquel estado tan lamentable, siguió con el ataque a la banda de Gago; y culminó cuando notó cómo Dios le mostraba su pecado. Recordó que a partir de entonces comenzó a sentirse solo cuando el martes de madrugada regresó a su casa.

A partir de esa noche, la soledad lo acompañaba a todos lados. Por ejemplo, en la reunión de jóvenes, cuando todos apoyaron a Ismael menos él; o con Rebeca y la forma en la que lo echó de su habitación. Finalmente, el colmo del abandono llegó cuando su padre se limitó a observar impasible su dolor. Desde entonces no había vuelto a cruzar palabra con él, excepto las limitadas a lo estrictamente necesario, pero lo deseaba con todas sus fuerzas; quería averiguar si realmente Emanuel estaba de acuerdo con Ismael. Ciertamente, era una postura tan contraria al carácter de su padre que Josué se resistía a creerlo, y deseaba que alguna otra razón justificara la conversación que tuvieron el domingo pasado.

Por último, la situación de su hermano menor lo preocupaba cada vez más. Pasaba por casa solo para lo necesario –comer y dormir– y apenas cruzaba palabra con nadie. Eso, y su figura macilenta, lo hacían parecer un espectro errante.

Era domingo 27 y todos aquellos recuerdos aparecían frescos en su memoria, pero el de la ventana superaba con creces a los demás, como si no hubieran pasado más que unos pocos minutos desde que estuvo a punto de arrojarse al vacío.

Abrió los ojos y miró a la ventana. Estaba herméticamente cerrada para mantener la habitación bajo una temperatura aceptable, pero no pudo evitar que un escalofrío le recorriera de pies a cabeza.

Recordar con tanta intensidad su intento de suicidio no suponía una experiencia agradable. No obstante, aquel episodio había cambiado su vida por completo.

Ya no conservaba su trabajo, o eso suponía, porque tras el martes 2 no se sintió con ánimo de regresar a su puesto. Por otro lado, jamás había dedicado cuarenta minutos a la oración, ni leído la Palabra de Dios con tanta avidez como ahora hacía. En el pasado, solo el hecho de permanecer en contacto con el frío suelo de su habitación habría sido suficiente para hacerlo abandonar la empresa tras cinco minutos, como mucho. Pero ahora, ahora se sentía distinto. *Es paradójico*, pensó, *que una mala experiencia sirva para producir otra buena.*

Y volvió el refrán: *El Señor aprieta, pero no ahoga.*

Había escuchado la expresión en varias ocasiones. Se decía cuando a alguien le iba mal en una cosa. Josué no sabía si eran palabras sacadas de la Biblia o no era más que un dicho popular; en cualquier caso, sin embargo, éste se cumplía; se estaba cumpliendo en él.

Como venía ocurriendo ya algunos domingos, prefirió quedarse en casa en vez de acudir a la iglesia. Sin embargo, no descuidó la mañana en otros asuntos y en cuanto se marchó su familia, organizó una «reunión individual» en casa; leyendo la Biblia y hablando con Dios, orando.

Así, sin darse cuenta, había prolongado su oración durante casi dos horas.

Captó lejana la melodía de su teléfono móvil. Sonaba desde el salón. Al principio decidió dejarlo pasar. Aguardó paciente a que dejara de escucharse y cuando cesó, inclinó la cabeza para seguir con sus oraciones, pero pasados unos segundos volvieron a llamar. Extrañado por la insistencia, decidió ver de quién se trataba. Abrió la puerta de su habitación y, guiado por el sonido, encontró el teléfono sobre la mesa del salón, bailoteando gracias al vibrador.

La pantalla mostraba un número que la agenda del teléfono no había reconocido. Intrigado, Josué decidió aceptar la llamada.

—¿Sí?

—¡Josué!

Era Daniel que hablaba sofocado.

—Escucha. Eres la única persona en quien puedo confiar. Todos en la iglesia se están volviendo locos.

—Daniel, cálmate. ¿Qué está ocurriendo?

—¡Es Ismael! ¡Los está convenciendo a todos!

Al escuchar el nombre de su primo, Josué volvió a notar el miedo que creía desterrado de su conciencia.

—Daniel, ¿de qué estás hablando?

—Escucha. Todo empezó la semana pasada.

Daniel se esforzaba por mantener la calma. Logró aplacar el tono de su voz y la velocidad, pero todavía se expresó con cierta emoción.

—En la reunión de iglesia algunos miembros se levantaron para prestar su apoyo a Ismael, leyendo algunos pasajes de la Biblia. Fue todo muy discreto, casi nadie se dio cuenta.

—No lo puedo creer... —respondió Josué, con la mirada puesta en el vacío.

—Pero eso no es lo peor. En la reunión de hoy, yo mismo he visto cómo se ha repetido la escena, pero el número de personas que le han ofrecido su apoyo ha sido más del doble. ¡Más del doble que la semana pasada! ¡Incluso su padre se ha levantado a leer! A la salida, unas veinticinco personas se han apretado a su alrededor, solo para saludarle.

—Pero... pero, ¿cómo es posible? ¿Cómo pueden apoyarle en una barbarie semejante? ¿Y qué dice el pastor de todo esto?

—El pastor parece no estar al tanto. Tenemos que hacer algo.

—¿No ha notado nada? ¿Ni siquiera al ver que tanta gente se le acercaba?

—Si lo ha visto no ha debido darle importancia.

—¿Y qué podemos hacer nosotros?

Las palabras de Josué salieron de sus labios con toda la franqueza de su alma. En aquel momento sentía que su primo ejercía un tipo de dominación que sobrepasaba los límites normales, un poder sobrehumano contra el que nada podían hacer.

—Tendremos que avisar a la policía, no hay más remedio. Ismael sigue ejerciendo su justicia particular en las calles y cada vez tiene más seguidores. Tenemos que presentar pruebas contra él. Incriminarle y dar fin a esta locura.

—Pero ¿cómo lo haremos? No tenemos a nadie de nuestra parte. La banda de Gago ha desaparecido y si la gente lo apoya tal y como él mismo afirma, ¿cómo lograremos conseguir pruebas en su contra?

Daniel mantuvo silencio durante un buen rato. Hasta que creyó encontrar la solución.

—Pero la iglesia sí conoce todo lo que Ismael está haciendo. Sus hazañas circulan entre los miembros. Si pudiéramos abrir los ojos de quienes lo apoyan, hacerles ver que se trata nada más que de un delincuente cada vez más peligroso; si consiguiéramos ponerlos de nuestra parte, tendríamos gente que diera testimonio a la policía.

—¿Crees que podríamos conseguirlo?

—Quiero creer que nuestros hermanos de la iglesia todavía conservan algo de cordura y que estamos a tiempo de devolverles la que han perdido. Necesitamos a alguien que de un zarpazo les arrebate el velo de los ojos, que les haga encontrarse cara a cara con la realidad, con la crudeza de todo lo que está sucediendo, y que a la vez les devuelva la humanidad y la misericordia.

Como la chispa de una inspiración, Josué encontró un nombre.

—¡Rebeca!

—En ella estaba pensando. Es ideal.

—Pero, Daniel. Hemos vuelto al punto de partida. Rebeca también está de parte de Ismael. Cuando fui a visitarla solo conseguí que me echara de la habitación a gritos.

—Tienes que volver al hospital.

—Imposible. Ella no querrá verme.

—Tienes que intentarlo. ¿No lo ves? Rebeca es la clave, la razón por la que todo esto empezó. La gente de la iglesia está de parte de Ismael porque se atrevió a vengar a Rebeca. Pero si descubrieran que ella está en contra de Ismael, estoy convencido de que se arrepentirían, se darían cuenta de que erraron al colocarse del lado de la violencia.

—Pero el caso es que Rebeca también está de ese lado.

—Está confundida.

—¿Y cómo consigo que piense lo contrario, que vea que la violencia no es el camino correcto?

—De la única forma en la que debes hacerlo. Ponlo en manos de Dios. Confía en Él.

Josué meditó las últimas palabras que Daniel le había dicho. Rebeca lo odiaba, al menos desde la última vez que se encontraron, pero si lograba hacerla entrar en razón, si conseguía que diera la espalda al odio y volviera sus ojos al amor de Cristo, tal vez existiera alguna esperanza.

El Señor aprieta, pero no ahoga.

—Lo haré. Iré esta tarde.

3

AL SALIR DE LA IGLESIA, ISMAEL DECIDIÓ NO ir directo a casa; había demasiados planes que poner en marcha, demasiados proyectos en los que pensar, y necesitaba dar un paseo, así que comenzó a caminar por la ciudad sin una dirección concreta. El día había amanecido despejado, pero a medida que avanzó la mañana fue cubriéndose de nubes oscuras. *Una pena haberse perdido el buen tiempo dentro de la iglesia*, pensó, mientras caminaba avenida arriba.

Pero en el fondo, reconoció que había valido la pena. Tal y como ordenó, y como esperaba que ocurriera, la noticia de su ajuste de cuentas contra la banda de Gago se había ido difundiendo por la iglesia, lenta pero efectivamente. Incluso su padre lo apoyaba. ¿Hasta qué punto lo haría? Tendría que averiguarlo. Anotó eso en su memoria.

El éxito estaba siendo inmejorable, pero todavía había algunos baches que salvar. Uno de ellos era Aarón. «El pastor ha blasfemado contra su oficio», dictó su conciencia. Era cierto. Aarón había mentido para salvaguardar su imagen, y no se arrepentía. *Debe pagar*, pensó. Pero al mismo tiempo se dio cuenta de que ajusticiarle era una empresa arriesgada, más que cualquiera otra de las realizadas hasta ahora por La Hermandad. «Pero no puedo dejar que siga mintiendo ante mis ojos y los de mis hermanos; no lo consentiré».

Negó automáticamente con la cabeza.

«Espera», creyó escuchar. Se detuvo y se volvió, pero no vio a nadie. Entonces se percató de que lo había dicho él mismo. Se sorprendió, pero no se asustó. Estaba tan embebido en sus planes que no se había dado cuenta.

«Debo esperar», repitió, «a que se me unan más adeptos, una mayoría consistente y fiel».

Reanudó el paso pero notó el frío repentino de una gota en la punta de su nariz. Alargó la mano para recogérsela. Era aguanieve.

En poco tiempo, una abundante cantidad de copos emblanquecieron la atmósfera. La levita de cuero negro que vestía no tardó en llenársele de nieve en los hombros, lo cual, por alguna extraña razón, no le gustó nada. De un manotazo se quitó la nieve a la vez que apretaba el paso. Quiso buscar refugio, pero observó que la nieve caía cada vez con más fuerza, silenciosa y blandamente al punto de que ya comenzaba a cuajar en las calles.

Echó a correr avenida arriba. Había algo en aquella nieve que le incomodaba. Nunca antes le había ocurrido. ¿Qué era? No se trataba de su blancura, ni de lo fría que pudiera estar, ni siquiera de que calara sus ropas. Era algo más profundo que no acertaba a comprender. Un significado que cargaba directamente contra su conciencia. Viró para entrar en la calle de la casa de Josué, aunque más impulsado por un acto reflejo que por una decisión meditada.

En la calle de Josué, los comerciantes todavía no habían recogido sus puestos y, a pesar del temporal, cantaban esperanzados sus ofertas a la espera de que algún transeúnte reuniera el valor suficiente para acercarse, pero lo cierto era que la calle había quedado vacía en un momento. Ismael, enfundado en su abrigo, comenzó a caminar a paso vivo por mitad de la carretera. Apenas hubo avanzado no más de 50 metros cuando escuchó que la gente pronunciaba su nombre.

–¡Eh, mirad! ¡Es Ismael!

–¡Ismael, Ismael! –comenzaron a decir desde todos los puestos–. ¡Quédate con nosotros!

–¡Refúgiate bajo mi puesto! –dijo uno de los comerciantes a quien Ismael no conocía de nada. Lo ignoró. Siguió caminando, cada vez más deprisa, cada vez más arropado bajo su abrigo, como si la nieve le estuviera quemando las entrañas, y a su paso la gente seguía saludándolo entusiasmada.

«¡Ismael, Ismael!»

Todos querían darle las gracias y que les dirigiera al menos un saludo, una mirada amistosa, pero Ismael echó a correr lleno de pánico. Y lo peor, lo más espantoso de todo, era que no sabía qué le estaba sucediendo.

La nieve le daba miedo, un miedo insoportable, y no sabía la razón. Ahora que corría, comenzaba a escarcharse en las solapas de su levita negra, pero ni siquiera se atrevió a quitársela con la mano. Contempló horrorizado cómo se extendía adhiriéndose a sus ropas, extendiéndose por toda la ciudad como un manto.

No aguantó más. Se detuvo cuando llevaba recorrida más de la mitad de la calle. Apretó los puños y los dientes con fuerza y, alzando la mirada al cielo, gritó:

—¡Para! ¡Para de una vez, te lo ordeno!

Todos a su alrededor se callaron al momento, pero la nieve no cesó. Ismael se sentía furioso. Las venas del cuello se le inflamaron y la cara le enrojeció de ira. Reunió todo el aliento que pudo y volvió a gritar, profiriendo un rugido pasmoso.

—¡Para! ¡Maldita seas!

Y, en ese instante, la nieve comenzó a menguar en intensidad hasta desaparecer.

El proceso apenas duró unos segundos.

La calle entera quedó petrificada, en silencio. La maldición de Ismael aún parecía resonar como un eco.

—¿Habéis visto? —susurró alguien.

—¡La nieve ha parado cuando se lo ha ordenado! —dijo otro y, seguidamente, un siseo emergió de entre los presentes.

Anonadados, todos contemplaban a Ismael. Éste no se había movido de su posición. Lentamente fue bajando la cabeza y paseó su mirada entre los presentes. Nadie apartaba la vista de él.

—¡Es un milagro! —se atrevió a decir el comerciante que poco antes le había ofrecido la cobertura de su puesto.

—¡Bobadas! —replicó una mujer que vendía frutas—. No ha sido más que una coincidencia.

—¡Ismael! —llamó Ramón, que presenciaba el acontecimiento como los demás. Aprovechó la confianza que tenía para acercarse unos metros, no sin cierta timidez, y se colocó a su lado.

—¡Ha sido un milagro! —dijo—. ¡Ismael es un enviado de Dios y Dios lo escucha!

Con estas palabras solo consiguió crear un tumulto de opiniones contrapuestas. Ismael no esperó a que los comerciantes llegaran a un acuerdo. Se sentía mareado y confuso. Dio media vuelta y echó a andar de nuevo, lo más rápidamente que pudo. Escuchó a Ramón pedirle que se quedara con ellos, que lo ayudara a resolver el conflicto. Incluso, cuando ya se encontraba a una buena distancia, oyó a un reticente retarle a que hiciera que la nieve volviera a caer. Pero lo cierto era que no pensaba intentarlo. No deseaba que la nieve volviera a aparecer en los cielos. No quería volver a verla jamás.

Nevaba. Josué nunca había visto nevar con tanta fuerza. Por lo general, todos los años, entre diciembre y enero solía caer una pequeña nevada que en la ciudad no pasaba de cubrir las lunas de los coches y poco más. Pero aquella nevada era diferente, copiosa como ninguna. Con toda seguridad cubriría las calles y, poco después, los niños saldrían para hacer guerras de bolas.

Esperaba en el pasillo del hospital de espaldas a las ventanas, que dejaban ver la nevada, indeciso frente a la puerta que daba a la habitación de Rebeca, exactamente igual que le había ocurrido la última vez, cuando pensaba que vivía malos momentos y que nada podía ir peor. Ahora sabía que se equivocaba. Las cosas habían empeorado.

Como la vez anterior, uno de los familiares impulsos que caracterizaban su personalidad lo ayudó a empujar la manija hacia abajo y a entrar con decisión.

Para su sorpresa, Rebeca no estaba en cama sino de pie, observando la nieve a través de la ventana. Lo invadió una repentina alegría al comprobar con sus propios ojos que se estaba recuperando de sus lesiones.

—¡Rebeca! —llamó, sin poder reprimir el tono de sorpresa en sus palabras.

Ella se sobresaltó, pero permaneció vuelta de espaldas. La nieve recrudecía por momentos y semejaba una cortina de blanco inmaculado.

—¿No te parece preciosa? La nieve. Tan pura y bonita. Tan pura...

Josué no dijo nada. El día había oscurecido con la tormenta y de Rebeca solo adivinaba vagamente su silueta. Vio que se volvía para encararle; sin embargo, no logró reconocer las facciones de su cara.

—Me alegra que hayas venido, Josué.

—A mí me alegra que te encuentres mejor. Tu padre nos informaba de vez en cuando sobre los avances que se producían en tu recuperación, pero es mucho mejor poder comprobarlo con mis propios ojos.

—Sí, mi padre no ha mentido sobre eso.

Un silencio incómodo llenó la estancia.

—Josué...

Rebeca comenzó a caminar hacia él, lenta y cuidadosamente.

—Tengo muchas cosas que hablar contigo. Estuvo mal la forma en la que te eché de la habitación la última vez que nos vimos.

Se paró frente a él. Josué era casi tan alto como Ismael, y Rebeca tenía que alzar la cabeza para mirarlo directamente. No obstante y pese a la cercanía, las facciones de Rebeca eran difíciles de adivinar en la penumbra. Josué también evitaba mirarla directamente. Quería manejar la conversación con todo el cuidado posible, y lo último que deseaba era que Rebeca lo descubriera estudiando su rostro.

—No le des más importancia a eso —contestó, mientras la ayudaba a sentarse en el borde de la cama—. Estabas confundida y muy dolida por lo que te hicieron.

—Tienes razón. Pero ¿sabes? He tenido mucho tiempo para pensar sobre el tema. A veces no puedo evitar darle la razón a Ismael.

Josué posó una mano en su hombro para consolarla.

—Rebeca. Yo también le di la razón a Ismael en su día, pero luego...

—¡Luego se convirtió en un monstruo! —cortó Rebeca.

—¿Qué?

—¡Oh, Josué! No sé qué le ocurre. Vino a visitarme hace más de una semana. Estaba muy cambiado, incluso hablaba de forma distinta, y no dejaba de repetir que Dios lo había elegido para hacer algo grande. Me preocupa mucho, creo que está mal... enfermo.

Josué se estremeció.

—Lo sé. Algo malo le ocurre. Pero creo que todavía estamos a tiempo de ayudarle. Rebeca, necesito que acudas a la iglesia en cuanto te den el alta y cuentes la verdad sobre lo que ocurrió la noche de fin de año. Y sobre todo, necesito que les digas a todos lo que ahora piensas sobre Ismael y su decisión de venganza.

—¿Para eso has venido?

Josué meditó su respuesta.

—No. En realidad tenía que verte. Llevo deseándolo desde la última vez.

Rebeca no dijo nada. En su lugar, se estiró sobre la cama y, alargando un brazo, alcanzó un interruptor junto al cabecero. Al momento se encendieron sendos focos a los lados de la cama. Josué no pudo evitar cerrar los ojos al principio, pero cuando fue acostumbrándose a la luz pudo contemplar a la persona que tenía ante él. Rebeca apenas mostraba ya heridas o estragos de violencia en su cara. Los feos hematomas habían desaparecido, aunque todavía conservaba un parche en su ojo izquierdo. Lo más destacado, no obstante, era la firmeza de su rostro. Se había recuperado por completo de aquella flacidez ocasionada por la pérdida de control y sensibilidad en su mitad derecha.

Sin embargo, Rebeca parecía cambiada. Un tinte de madurez impregnaba sus facciones, su mirada, y la hacía más hermosa que nunca.

—Pues aquí me tienes —dijo ella con tranquilidad.

Josué notó que le invadía un reguero de sensaciones. El amor por Rebeca volvía a él desde un rincón olvidado de su corazón y golpeaba contra los muros que había levantado para protegerse.

—Me alegra que ya no estés enfadada conmigo.

—No tengo razones para estarlo. Siempre te has portado muy bien.

—Y lo seguiré haciendo.

Rebeca notó que la mirada de Josué derrochaba sinceridad. La última visita de Ismael y su displicencia hacia ella la movió a replantearse muchas posturas y darse cuenta, entre otras cosas, que Josué era el único que no se había separado de su lado, que no la había traicionado o utilizado para lograr un objetivo particular.

—Lamento profundamente cómo te he tratado hasta ahora —se sinceró Rebeca—. No solo cuando viniste a visitarme la vez anterior. Desde que conocí a Ismael he apartado a un lado la amistad que nos unía. La he descuidado como si se tratara de algo sin valor. Ha hecho falta que sufriera de esta manera para darme cuenta de que estaba alejando a la persona que más se ha preocupado por mí.

—No digas eso, Rebeca. Tú no merecías lo que te ha ocurrido.

—No digo eso. Me refiero a que ha tenido una utilidad, que ha servido para que valorara nuestra amistad. Te he echado de menos.

Y sus labios se arquearon en una tierna sonrisa. Josué la tomó de las manos y las cubrió con las suyas.

—Rebeca, siempre serás mi amiga. Pase lo que pase.

—No sabes cuánto me alegra escuchar eso.

Ambos se quedaron en silencio, mirándose, intentando adivinar qué pensaba el otro. La cabeza de Josué era un caos de pensamientos e impulsivas decisiones refrenadas a tiempo. Deseaba con todas sus fuerzas acercarse a Rebeca, besarla allí mismo sin temor a las consecuencias, abrazarla para contagiarse con la calidez de su cuerpo. Ella lo miraba con dulzura, como hacía mucho que no lo miraba, como en los viejos tiempos en los que no había nada de que preocuparse. Al fin, Rebeca habló, rompiendo aquel silencio acogedor.

—Lo haré, Josué. Cuando me den el alta acudiré a la iglesia para contar a todos que mi padre se inventó la historia de las escaleras. Rechazaré la venganza que Ismael llevó a cabo por mí. Te ayudaré en lo que necesites.

Josué sonrió. Sabía que Rebeca lo hacía para ayudar a la iglesia y a Ismael, para intentar devolver todo a la normalidad, pero que también lo hacía por él. Sin embargo, se dio cuenta de que no se había atrevido a contarle la peor parte del plan: si Rebeca lograba que los miembros dejaran de apoyar a su prometido, el siguiente paso era que acudieran como testigos a la policía. En realidad, a él tampoco le gustaba aquella parte del plan de la que Daniel estaba tan convencido. En el fondo, no era capaz de olvidar que, pese a los errores que Ismael estuviera cometiendo, continuaba siendo su primo. Ambos habían crecido juntos, se conocían desde siempre, y aquello ejercía una poderosa fuerza sobre su conciencia que lo obligaba a esperar una solución menos radical.

De reojo, observó la ciudad a través de la ventana. Había dejado de nevar.

—Gracias —dijo, dirigiéndose a Rebeca, y estirándose, la abrazó.

Ismael tropezó cuando ascendía por las escaleras del portal. Sus reflejos actuaron con rapidez alcanzando el pasamanos antes de caer, pero se detuvo unos instantes, jadeando, hasta que recuperó el aliento necesario para continuar hasta la puerta de su casa.

Se sentía mareado y débil. La cabeza le latía de dolor y le costaba percibir la realidad. Ya no tenía nieve en el abrigo, pero aún parecía que su frío contacto le traspasaba la piel. Llegó hasta la segunda planta de forma automática, balanceándose a cada peldaño y llamó a la puerta de su casa.

Fue su madre quien abrió. Al ver lo pálido que estaba su hijo, su expresión cambió al momento.

—¡Hijo!, ¿te ocurre algo?

Ismael escuchó lejana a su madre, como si se le hubieran taponado los oídos. Tardó un poco en contestar.

—No sé. Creo que me he resfriado con la nieve.

Maldita nieve asquerosa, escupieron sus pensamientos, resonando por toda su cabeza y repitiéndose una y otra vez como un eco, hasta desaparecer.

Dámaris lo ayudó a entrar colocando con suavidad una mano en su espalda.

—Acuéstate. Te llevaré algo caliente a la cama.

Ismael se dejó guiar a su habitación, pero cuando pasaban por la puerta del salón, su padre le salió al encuentro.

—¡Hijo, ya estás aquí! —dijo Simeón, con aquel tono fuerte de voz que lo caracterizaba.

Saludó a su hijo con un manotazo en el hombro que lo hizo tambalear.

—No te vas a creer lo que ha sucedido esta tarde. ¡Ojalá hubieras estado aquí!

—Necesitaba dar un paseo.

Ismael se había pasado toda la tarde dando vueltas por las calles, huyendo de la gente y sin ganas de volver a casa. Solo se decidió a hacerlo después de las siete y media de la tarde cuando el cielo se oscureció por completo y el intenso frío lo obligó a regresar.

—Pues si llegas a estar... Escucha. Han venido algunas personas de la iglesia a verte, unas 10 ó 15. Estaba la madre de Samuel, Ignacio, Jaime y María, la profesora de escuela dominical. ¿Sabes a lo que venían? Ha sido impresionante. ¡Venían a darnos dinero, Ismael! ¡A darte dinero a ti!

—¿A darme dinero? ¿Por qué?

—Es su diezmo. Todos ellos saben que el pastor mintió y no quieren dárselo a él ni a la iglesia. ¡Ahora van a dártelo a ti, hijo! ¿No es una maravilla?

Ismael sintió nauseas. *Maldita nieve asquerosa*, repitió el eco de su cabeza.

—Supongo.

—Venga, Simeón, deja que Ismael se vaya a la cama. No se encuentra bien —presionó Dámaris, mientras intentaba pasar por delante de su marido.

Simeón ignoró a su esposa y permaneció en medio.

—Hijo, nunca creí que llegarías tan alto. ¡Todos te adoran!

Luego, bajando la voz por primera vez, acercó su rostro al de Ismael y, guiñándole un ojo, dijo:

—Creo que Aarón tiene los días contados.

La confesión de su padre estremeció a Ismael de tal forma que lo despertó de aquel sopor. *El pastor tiene los días contados*, afirmaron sus pensamientos. Como un torbellino vinieron a él todas las ideas que lo habían atosigado antes de la nevada. *Maldita nieve asquerosa*, repetía un susurro de fondo, y luego más alto, por encima incluso de la voz de su padre, otras voces, superponiéndose una a la otra, decían:

El pastor ha blasfemado contra su oficio.

No puedo dejar que siga mintiendo ante mis ojos y los de mis hermanos.

Maldita nieve asquerosa...

Debo esperar a que se me unan más adeptos, una mayoría consistente y fiel.

El pastor tiene los días contados.

Maldita nieve asquerosa.

Maldita nieve asquerosa.

¡Maldita nieve asquerosa!

—¿Cuánto dinero han dado? —dijo a su padre.

Simeón afirmó con la cabeza.

—Mucho. El diez por ciento de su sueldo. Un diezmo como Dios manda.

—Simeón, por favor —volvió a replicar Dámaris—. Deja eso para luego, Ismael está cans...

—¡Cállate de una vez! —cortó, tajante, Simeón.

—¡No quiero callarme! ¿De veras te parece bien lo que ha hecho toda esa gente, dándole a Ismael el diezmo de la iglesia?

—¿Para que se lo quede una iglesia corrupta? Sí. Yo tampoco pienso seguir manteniéndola.

—El dinero se destina a muchas cosas, no solo a la iglesia. A causas humanitarias, por ejemplo.

—¿Y qué pasa con *nuestra* causa? Solo nuestro hijo se ha preocupado por ella —miró a Ismael—. Hijo. La gente sabe lo que estás haciendo, no solo lo de Rebeca. Nos hemos enterado de que estás ayudando a más gente y estamos orgullosos de ti.

Dámaris negaba con la cabeza.

—A mí no me parece bien —pasó una mano por el hombro de Ismael—. Hijo mío, ahora quiero que descanses, pero después hablaremos muy seriamente sobre lo que estás haciendo. Creo que no obras bien.

Simeón encolerizó.

—¡¿Pero qué dices?! No tienes ni idea de lo que está pasando. Nuestro hijo está limpiando la ciudad. ¿Sabes?

—¿Pero es que no te das cuenta? Hay policía para ocuparse de eso. Ismael se ha tomado la justicia por su mano.

—¡Pero qué ignorante que eres! —gritó Simeón con desprecio—. No entiendes nada. Lo mejor es que te quedes calladita.

Dámaris, quien hasta ahora había procurado mantener la calma, no pudo evitar enfadarse.

—¡Estoy harta de que me mandes callar!

—¡Pues yo estoy harto de ti! ¡En esta casa se hace lo que yo diga!

Y, movido por un impulso, Simeón alzó su mano y empujó a su esposa con fuerza. Dámaris trastabilló unos cuantos pasos hasta que recuperó el equilibrio. Lanzó a su marido una mirada helada, y sin responder ni una sola palabra más, dio media vuelta, directa hacia la salida de la casa. Simeón vio venir que su mujer pretendía marcharse.

—¡Si sales de casa no esperes que te abra la puerta esta noche!

Dámaris permaneció en silencio. Abrió la puerta. Simeón enfureció.

—¡Pues vete! Vete si quieres. No voy a ir tras de ti a pedirte perdón.

La única respuesta que recibió fue un sonoro portazo. Después se hizo el silencio, hasta que Ismael, ajeno a la discusión de sus padres, lo rompió con un tono de voz suave y calmado.

—Padre —dijo, para llamar su atención—. ¿Tú quién dices que soy?

Simeón se mostró contrariado. Ismael volvió a formular la pregunta, reconstruida de otra manera.

—¿Crees que soy alguien especial?

—¡Claro!

—¿Un... elegido?

Simeón pensó la respuesta durante unos segundos, pero al final afirmó con convicción.

—Sí, Ismael.

—Y tú, ¿me seguirías también?

Nuevamente, Simeón tardó en contestar. Observó a su hijo de arriba abajo durante unos segundos, pero cuando al fin respondió, sus palabras salieron con la misma firmeza.

—Yo te seguiré a dónde haga falta, hijo mío. Tú eres un salvador.

Ismael sonrió con ternura.

—Dios te ha dado sabiduría, padre, para ver estas cosas en mí. Para reconocer que he sido destinado a una misión y que debo cumplirla. Gracias por prestarme tu confianza. Eres un pilar de apoyo para mis ánimos.

Ismael suspiró hondo y continuó.

—Ahora debo descansar, tengo muchas cosas que resolver en mi cabeza. Hazme un favor; cuenta el dinero por mí, y ya veremos a qué lo destinamos.

6

EMANUEL TRATÓ DE CONTROLAR SUS NERVIOS. Intentando parecer tranquilo, caminó lentamente en dirección a su habitación. Sacó un abrigo del armario y cuando estaba a punto de salir, Penélope le cortó el paso.

–¿Quién ha llamado? –preguntó. El telefonillo de casa había sonado y Emanuel fue quien descolgó.

–Es Dámaris. Ha tenido problemas con su marido y necesita hablar. Está en la calle, esperando.

Los labios cuidadosamente pintados de Penélope se curvaron en una mueca.

–Dile que suba, así podremos hablar los tres.

–Cariño –respondió Emanuel–. No te ofendas, pero creo que solo espera hablar conmigo.

–¿Y no podríais hablar los dos solos aquí, en el salón?

Penélope daba vueltas a la alianza de su dedo anular.

–Estaréis más cómodos que en la calle; allí hace mucho frío.

–Se sentirá incómoda, y solo tiene confianza conmigo. Ya sabes que nos conocemos desde la infancia. Siempre he sido yo quien le ha prestado apoyo para los problemas de su matrimonio.

–Claro, como tú dices, eres su "confesor".

Resignada, Penélope inclinó la cabeza y dejó vía libre a su marido, quien, sin despedirse, pasó velozmente a su lado y abrió la puerta.

–Emanuel –le gritó, cuando éste ya atravesaba el umbral–. Te quiero.

Lo dijo con todo el cariño que fue capaz de reunir, pero Emanuel no pareció percibirlo. Concentrado, como seguía, en la persona que le esperaba abajo, se limitó a asentir con la cabeza y cerró la puerta sin mirar atrás. Penélope permaneció parada unos momentos en el pasillo, con la mirada fija en el impoluto color dorado de su anillo de bodas.

Emanuel bajó velozmente las escaleras de los cuatro pisos que lo separaban de Dámaris, pero cuando alcanzó la puerta que daba a la calle se detuvo de golpe y suspiró hondo. Desde la Navidad pasada procuraba evitar cualquier contacto con ella. Sabía que su matrimonio se resentía por culpa de aquel amor secreto, pero cuando Dámaris llamó a su casa no pudo evitar la tentación por más tiempo. Resignado, dejó que las ganas que tenía de verla salieran como un torrente al exterior y guiaran todas sus acciones. Tal vez el encuentro fuera la gota que terminara por lanzar al abismo a toda su familia, pero ya no le importaba.

Abrió la puerta y se encontró a Dámaris paseándose de un lado a otro, abrazándose a sí misma para calentarse de la helada que caía sobre la ciudad. Se notaba, por lo enrojecido de sus ojos y mejillas, que había estado llorando.

—Emanuel —comenzó diciendo cuando lo tuvo a su lado—, perdona por las horas que son. No sabía a quién acudir y...

—Tranquila —cortó él—. No te preocupes por eso. Siempre que se trate de ti no importa la hora.

Inmediatamente se recriminó por aquel arranque de sinceridad, pero Dámaris no pareció captarlo.

—¿Podemos dar un paseo?

Emanuel asintió y ambos comenzaron a caminar, uno al lado del otro.

—Tu hermano y yo hemos vuelto a discutir. Esta vez él ha perdido los papeles y me ha empujado.

Emanuel se alarmó.

—¿Te ha hecho daño?

—No. Solo ha sido un empujón, pero no he podido evitar...

Al momento se le quebró la voz pero tomó aire y continuó:

—Creo que le habría dado igual agredirme.

—Lo siento, Dámaris.

—Nuestro matrimonio no funciona.

No era la primera vez que Dámaris afirmaba aquello. Emanuel se lo hizo saber.

—No es la primera vez que lo dices.

—Lo sé. Nuestro matrimonio no ha funcionado nunca. No tendría que haberme casado con él.

Con sus palabras, Dámaris estaba desenterrando el pasado.

Emanuel conocía perfectamente la historia. Ella había conocido a los dos hermanos, Emanuel y Simeón, cuando sus padres se cambiaron a la iglesia a la que estos asistían. Pronto, Emanuel y Dámaris descubrieron que tenían muchas cosas en común lo que les permitió iniciar una buena amistad. Incluso los chicos de su grupo de jóvenes y hasta algunas personas de la iglesia los vieron ya como futuro matrimonio, aunque la relación nunca fue más allá.

No obstante, las personas que veían un posible noviazgo entre ellos no andaban demasiado descaminadas. Emanuel la amaba, estaba enamorado de ella desde el principio, pero en el fondo no era más que un pobre chico de 15 años. Dámaris tenía tres años más que él y ya se la consideraba adulta. Pese a la poca diferencia de edad, existía una enorme distancia de madurez entre ellos. De modo que, a pesar de amarla, él nunca logró reunir el valor suficiente para declararle su amor terminando ella por fijarse en su hermano mayor, Simeón, quien, a sus 21 años, ya parecía un joven de 25.

La relación entre Dámaris y Simeón fue apasionada desde el principio. Al mes de iniciado el noviazgo, Simeón confesó a su hermano menor que ya habían mantenido relaciones sexuales. La noticia penetró como una cuchilla en las entrañas de Emanuel. A partir de entonces se enteraba, resignado, de cada capítulo amoroso a través de los comentarios jocosos de su hermano y de las confesiones ingenuas de su amiga, quien, ajena a lo que él sentía y al daño que podía ocasionarle, le contaba con detalles cada encuentro con Simeón.

La mala noticia llegó en verano: Dámaris había quedado embarazada. La agitación creció entre los padres de ambos muchachos y las confesiones de Simeón y Dámaris a Emanuel recrudecieron en sinceridad. Ninguno acogió lo que se les echaba encima con alegría. Simeón reconoció que no estaba realmente enamorado de ella, que solo se trataba de una relación pasajera y Dámaris, por su parte se deprimía cada vez que pensaba en lo que le deparaba el futuro.

Y, en medio de ambos, Emanuel escuchaba, calmaba, y animaba cuanto podía. Se había transformado en el confesor de ella, en el hombro sobre el que lloraba sus penas, en su conciencia.

La familia resolvió casarlos antes de que a ella se le notara el embarazo y así se hizo, a pesar de la negativa de los dos muchachos. Nueve meses después nació Ismael.

—Nunca debimos obedecer a nuestros padres —sentenció Dámaris con amargura.

Emanuel, aunque no era lo que quería, como siempre, callaba. Con todas sus fuerzas le habría dado la razón a Dámaris, le habría confesado que él la habría cuidado, incluso habría adoptado como suyo al hijo de su hermano y se habría hecho cargo de los dos con tal de vivir a su lado.

—Mira el lado bueno. Al menos tienes a Ismael.

—¡Ismael! —bufó Dámaris—. Que Dios me perdone, pero a veces pienso que es peor que su padre. Incluso he llegado a pensar que no es hijo mío. Que yo le he parido, sí, pero que no lleva nada mío en sus genes. Es tan... tan...

—Diferente.

—Sí. No sé. Le sigo queriendo, pero tiene algo extraño en su personalidad. Siempre lo ha tenido, pero ahora más que nunca. Sobre todo desde que Rebeca tuvo el accidente con aquella banda de delincuentes.

Emanuel sintió que se le revolvían las tripas. Dámaris también estaba al tanto de la verdadera historia sobre Rebeca y temió que estuviera a favor de quienes veían bien la venganza. Por su parte, desde que los apoyos a Ismael comenzaron a manifestarse en el seno de la iglesia, se había preocupado por indagar sobre la auténtica historia y estar al tanto de todos los detalles posibles. En consecuencia, conocía bien el tema: qué había movido a Ismael a la venganza y todos los planes que posteriormente estaba llevando a cabo. Sin embargo, desconocía la postura que Dámaris pudiera haber adoptado, y le daba miedo preguntar, pues no sería extraño descubrir que, aunque fuera un poco, quisiera defender a su hijo. Por miedo, resolvió no ahondar en el asunto.

—Tú lo conoces mejor que nadie. Eres su madre. Nosotros en la iglesia le vemos como un muchacho excelente.

—En casa también lo era. Solo que...

–¿Qué?

–Su buen comportamiento, sus buenas acciones, todas esas cosas que le hacían parecer como una persona ejemplar. No sé. Tal vez está mal que yo lo diga, pero nunca me parecieron sinceras, sino más bien interesadas, como si buscara que cada buena acción sirviera para satisfacer un objetivo personal, una meta.

Emanuel adoptó una expresión reflexiva.

–Vaya...

–Ahora es incluso peor.

–¿Peor, por qué?

–Pues, como te he dicho antes, Ismael se comporta de manera diferente desde lo que le ocurrió a Rebeca. Se ha erigido como una especie de justiciero, aunque en el fondo se dedique a impartir una ley muy particular. Lo peor de todo es que cada vez tiene más seguidores a su alrededor.

Emanuel se tranquilizó. El amor maternal de Dámaris no había traicionado su moral. Se había postulado en contra de Ismael. Al punto se imaginó la gran cantidad de valor que se necesitaba para que una madre tomara una decisión semejante.

–Lo sé. En mi casa yo mismo lo estoy sintiendo. Josué se ha dado cuenta a tiempo del error, pero Jonatán se ha convertido en un seguidor incondicional de Ismael. Ahora se ven casi todos los días y sé que ya habrá participado en uno de sus «actos de justicia».

Dámaris se mostró apenada.

–¡Oh! Emanuel, no sabes cuánto lo lamento.

–No, Dámaris, no es culpa tuya, es...

Entonces, Emanuel se percató de que estaba a punto de sincerarse. Si contaba a Dámaris que no había hecho nada porque sus hijos, su familia al completo, se derrumbara, debía explicar la causa. Y la causa no era ni más ni menos que ella misma.

Quiso detener sus palabras, pero volvió a verse como aquel muchacho de 15 años tímido e inexperto que dejó pasar al amor de su vida, y descubrió que estaba harto de permanecer en silencio. Había callado su amor durante veinticuatro años y ya era hora de sincerarse con quien le fue sincera todo este tiempo.

–He cometido muchos pecados, Dámaris. Desde que era un muchacho, un adolescente, he estado enamorado de una mujer distinta de la que tengo por esposa, y todavía la amo.

Dámaris, quien había estado hablando de cara al suelo, volvió la vista velozmente y observó a Emanuel con los ojos bien abiertos, para descubrir que él la miraba con expresión cansada. No respondió nada, y Emanuel siguió sincerándose.

–He intentado ocultar mi amor, pero es algo inevitable, y tan evidente que incluso mi mujer lo nota. Estoy seguro. Ella no era así cuando nos casamos, no vestía con sus mejores prendas, ni andaba siempre tan maquillada. Comenzó a hacerlo cuando supo que yo no me había casado por amor, y que nunca la querría. Siento pena por ella, porque cada día se preocupa en mostrarse hermosa ante mí, y cada día se descubre derrotada por otra mujer. Mi matrimonio también fue un error, Dámaris. Siempre he estado enamorado de ti.

Ambos se detuvieron. Estaban en algún lugar del barrio, allí donde los había llevado su paseo sin rumbo. Se quedaron, el uno frente al otro, mirándose fijamente. Entonces Emanuel vio que los ojos de Dámaris se empañaban en lágrimas.

–¿Por qué, Emanuel? ¿Por qué no me lo dijiste antes de que fuera demasiado tarde?

El tono de Dámaris era de reproche. La voz le salía ahogada por el llanto y se esforzaba porque no se le quebrara. Cuando Emanuel respondió, descubrió que también luchaba por no llorar.

–Cada día me arrepiento de no habértelo confesado a tiempo, porque te sigo amando, Dios me perdone, más que a mi esposa. Cada día, por mucho que lo intente, no puedo dejar de pensar en ti. El mero hecho de intentar olvidarte hace que recuerde lo mucho que te amo. El Señor conoce mi pecado, y mi familia se resiente por ello. Hoy mismo he dejado a mi mujer abandonada por acudir en tu ayuda. Tengo remordimientos... pero no puedo evitarlo.

Los dos al mismo tiempo se aproximaron y se unieron en un cálido abrazo que mantuvieron en silencio durante unos instantes. Todo a su alrededor pareció desaparecer.

–Ojalá mi marido me fuera infiel –susurró Dámaris–. Así podríamos estar juntos.

Emanuel suspiró. La mayor parte de los protestantes, basándose en la Biblia, defendían que el matrimonio debía mantenerse por encima de cualquier problema, exceptuando quizás los más aberrantes, los que apelaban al sentido común para solicitar un divorcio. Por lo demás, solo el adulterio y la muerte del cónyuge justificaban una razón para volver a casarse.

—No podríamos —respondió Emanuel—. Yo sigo casado. Mi matrimonio es una farsa, pero ¿qué podía esperar? Lo ha sido desde siempre. Me casé por no seguir solo.

Quiso separarse del abrazo, pero ella se lo impidió apretándose contra su pecho. Dámaris no quería que aquel momento terminara, porque, por primera vez desde hacía muchos años, volvía a sentirse querida.

—Dámaris. Siento que mi familia se romperá. Mi relación con Penélope nunca ha funcionado, pero además, estoy sintiendo cómo pierdo a mis hijos.

—Debes luchar por ellos.

—No, no debo. Es la voluntad de Dios. Es la paga por mis pecados.

Las palabras de Emanuel funcionaron como un resorte para Dámaris, quien se separó de su abrazo.

—¿Cómo puedes pensar eso?

—Está claro que Dios quiere que sea así.

—¡Emanuel! Me sorprende que alguien como tú diga esas cosas. Te creía más inteligente que todo eso. ¡Te estás dejando engañar! El pecado trae sus consecuencias, pero Dios no quiere que te quedes de brazos cruzados mientras tus hijos se pierden. ¡Lucha por ellos! Lucha en contra de toda esta locura. Si dejas que Jonatán siga a Ismael serás cómplice de su perdición. Ocúpate de él y hazle ver el error en el que está cayendo. Eso es lo que Dios querría que hicieras.

Emanuel dejó caer los brazos y miró al suelo con expresión abatida.

—No me encuentro con fuerzas, Dámaris. ¡Me siento tan culpable por todo lo que ocurre!

—Debes hacerlo. Ellos te necesitan.

Emanuel reflexionó sobre las palabras de Dámaris. En efecto, el resultado de su falta de amor hacia Penélope era un matrimonio destruido, pero Dámaris llevaba razón. Lo que ocurría con Ismael y sus hijos era otra cosa. Algo por lo que todavía merecía la pena pelear. Permanecer sin hacer nada, pensando que Dios quería aplastarle como a un mosquito, era una idea equivocada. Dios no podía ser tan cruel, no cuando, día tras día, estaba dispuesto a escuchar su arrepentimiento y perdonarlo. Cuando se percató de que había estado equivocado durante tanto tiempo, se asustó.

–¡Pero qué he hecho! Dios, perdóname –dijo, escrutando el vacío con mirada inquieta. Dámaris le miró con ternura.

–Todavía estás a tiempo. Habla con ellos. Ayúdalos.

–¿Y tú? También podrías hablar con Ismael. Eres su madre. Él te escuchará. Tal vez consigas algo.

–No. Por desgracia sé que él no me escuchará. El problema es que Ismael se siente *realizado* con todo lo que está haciendo. Es como si... como si hubiera nacido para ello. Y lo que es peor; presiento, de alguna manera, que mi hijo en realidad es un ser de naturaleza mucho más retorcida; que esto solo es la punta del iceberg, y que estamos a punto de vivir acontecimientos realmente espantosos.

Emanuel se estremeció.

–Dámaris, ¿qué estás insinuando, que Ismael se ha vuelto loco, qué es un psicópata? No logro comprenderte.

Dámaris negó con la cabeza mientras buscaba las palabras adecuadas para lo que intentaba expresar.

–No. En el fondo no es nada de eso. Ismael no está loco, y eso es precisamente lo que más me asusta.

–¿Entonces, qué...?

–Emanuel, ojalá lo supiera. No son más que presentimientos. Un cúmulo de miedos que no logro expresar. Todavía es mi hijo, eso es lo que ocurre, y por el amor que siento hacia él no puedo permitirme pensar las peores posibilidades, pero tú eres una persona inteligente. Sé que te parecerá un disparate lo que voy a proponerte: quiero pedirte que observes a mi hijo, que lo estudies si hace falta, y que saques tus propias conclusiones.

–¿De verdad ves necesario que deba hacerlo?

–Sí. No te conformes con pensar que Ismael es solo un demente, un asesino, o un malhechor cualquiera. Temo que en realidad sea algo mucho, mucho peor. Algo que no alcanzo a comprender, por eso necesito que intentes averiguarlo.

Se hizo el silencio. La calle había quedado desierta. Emanuel presintió que llevaban hablando mucho más tiempo del que creía. Miró a Dámaris fijo a los ojos y ella le sonrió tímidamente. En el momento en que él le devolvía la sonrisa, el ambiente perdía todo el aura de tensión que lo había envuelto.

—¿Qué harás ahora? —dijo Emanuel.

—Iré a la iglesia. El pastor puede darme una de las habitaciones que hay en el piso de arriba, reservadas para los estudiantes del seminario. Creo que hay alguna libre. En cuanto tenga trabajo me marcharé de alquiler. No pienso volver a mi casa. Siento que allí estoy fuera de lugar.

—Te ayudaré en todo lo que pueda. Si necesitas dinero, o cualquier otra cosa...

—Lo sé, Emanuel. Y te lo agradezco.

Dámaris le acarició suavemente la mejilla con la palma de su mano izquierda. Emanuel siguió notando el tacto aun cuando ella la hubo retirado.

—Vuelve a casa. Penélope estará preocupada por ti.

—¿Cuándo volveré a verte?

—Haz lo que te he pedido. Cuando tengas una respuesta, búscame.

Dámaris estiró el cuello y besó a Emanuel en la mejilla, dio media vuelta, y se marchó camino a la iglesia. Emanuel la siguió con la mirada hasta que desapareció tras una esquina y después volvió a casa. Cuando llegó, Penélope ya se había acostado. Se desvistió en silencio y se metió cuidadosamente en la cama para no despertarla, pero ella no se había dormido. No dormiría en toda la noche.

TERCERA PARTE

XI

1

EL PRIMER DÍA DE FEBRERO CAYÓ EN VIERNES. Imperaban aún las bajas temperaturas por toda la ciudad. A primera hora de la mañana, cuando una fina neblina de escarcha nocturna resistía los primeros rayos del sol, Rebeca bajaba del coche que desde el hospital la trajo de vuelta a su casa. Tras un largo mes de internamiento, al fin le habían dado el alta médica y sus padres acudieron a buscarla. El barrio la saludó con una extraña quietud, casi idéntica a la que existía cuando se marchó, durante la noche de fin de año.

Lenta y cuidadosamente comenzó a caminar en dirección al portal. Elisabet se colocó a su lado sujetándola de un brazo para servirle de apoyo.

–Con cuidado, hija –le dijo.

Rebeca obedeció. Todavía no estaba curada del todo. No era capaz de permanecer en pie demasiado tiempo y andaba con precaución para no perder el equilibrio. Un parche cubría aún su ojo. Los médicos le aconsejaron que no se lo quitara hasta que no fuera sintiéndose mejor y con más fuerzas para caminar. Quitárselo le producía mareos, porque veía doble y borroso, y mantener el equilibrio se hacía casi imposible. Para que su vista y el sentido del equilibrio se recuperaran todavía eran necesarios algunos meses, pero los médicos se mostraban optimistas. Confiaban en la juventud de Rebeca y esperaban que al final no le quedaran secuelas de su accidente.

Ayudada por su madre, atravesó el pasillo del portal hasta el ascensor, y subieron hasta la octava planta, donde estaba su piso. A Rebeca siempre le había gustado su casa, porque al asomarse por la ventana parecía que observaba el mundo desde una montaña. Las vistas de la ciudad eran impresionantes, especialmente por la noche, cuando se encendían miles de luces como queriendo competir con las estrellas. En aquella mañana, no obstante, Rebeca experimentaba una mezcla de sensaciones contrapuestas. Deseaba con todas sus fuerzas descansar en su habitación, arroparse con las mantas de su cama y dormir tranquila; pero por otro lado, se sentía incómoda, ajena a aquel lugar, distante de sus padres. Así que, cuando finalmente entró por la puerta de su casa y se encontró con que sus padres le habían preparado su desayuno preferido –tostadas con mermelada de fresa y chocolate caliente–, les mintió diciendo que se encontraba demasiado cansada y que necesitaba dormir un rato.

Cuando llegó a su habitación, cerró la puerta, y sin ponerse el pijama se introdujo en la cama y se arropó hasta el cuello con la vista fija en la ventana. Podía ver una franja de cielo a través de los cristales, de un suave color ceniza, amenazando con otra lluvia invernal. Reconoció unas pequeñas manchitas negras que cruzaban de un lado a otro y giraban en redondo. Se trataba de algún tipo de pájaro, gorriones quizás. Rebeca se entretuvo siguiéndolos con la mirada, hasta que, poco a poco, el sueño fue adueñándose de sus párpados.

La despertó un sonido lejano, una musiquilla sorda cuya melodía le era familiar y que provenía de algún lugar en su interior. Fue despejándose poco a poco, hasta que reconoció que se trataba de su teléfono móvil. Como no se había puesto el pijama, lo tenía guardado en algún bolsillo de sus pantalones, y la melodía le llegaba a través de las mantas. Lo buscó con velocidad hasta encontrarlo en el bolsillo trasero y miró la pantalla, que se había encendido mostrando el número de quien llamaba. Al verlo le sobrevino una gran sensación de alegría, un refugio donde su corazón podía descansar en aquella mañana tan triste.

Se apresuró a descolgar.

–¡Hola, Josué!

–Hola, Rebeca. Sabíamos que hoy te darían el alta. ¿Estás ya en casa?

–Sí, he llegado hace poco. Hará una hora más o menos.

–Me alegro mucho. ¿Cómo te encuentras?

–Mucho mejor, aunque todavía me cuesta andar.

–¡Vaya! Esperaba que saliéramos a la calle para echar una carrera.

Rebeca soltó una risita.

–Lo dejaremos para otro día –contestó.

Hubo silencio durante unos segundos. Cuando Josué volvió a hablar, el tono de su voz era más apagado, serio y silencioso que el que había mantenido al principio de la conversación.

–Rebeca, ¿tienes a alguien a tu lado?

Rebeca captó las intenciones de la pregunta.

–No, estoy sola en mi habitación. Puedes hablarme de lo que quieras.

–Escucha, Rebeca. Me habría encantado visitarte personalmente, pero para lo que tengo que contarte es mejor que nadie esté escuchando, y si lo hacía en persona corría el riesgo de que tu padre...

–Lo sé.

Rebeca escuchó que al otro lado del teléfono Josué suspiraba hondo. Se estaba preparando para decir algo importante. Esperó a que se decidiera.

–¿Crees que podrías caminar?

–Lo justo y necesario. Me canso a los pocos minutos, pero puedo andar un poco sin demasiados problemas.

–¿Irás a la iglesia este domingo?

–Seguramente. A mis padres les encantaría llevarme para que los miembros me vieran, pero lo han dejado en mis manos, según qué fuerzas tenga.

–Rebeca... ¿Crees que podrías...?

–Lo haré, Josué –cortó Rebeca. Sabía perfectamente lo que Josué intentaba pedirle. Se trataba del plan que le propuso en su última visita. Lo cierto era que ella lo estaba deseando. Sentía que era como una carga de la que debía liberarse. Estaba más que dispuesta a subir al estrado, aclarar a los que todavía no estuvieran al tanto que su padre había mentido sobre lo que le había ocurrido, y rechazar a Ismael y sus ideas.

–Gracias –respondió Josué, después de unos segundos–. Rebeca. Hay algo que no te he dicho. Lo que ha hecho Ismael difícilmente tiene marcha atrás. Me refiero a que es posible que, aunque tú no estés de su parte, él no esté dispuesto a detener lo que ha iniciado. Tal vez... tal vez tengamos que ir a la policía y denunciarle.

Ya estaba hecho. Josué lo había soltado en uno de sus arranques de valor espontáneo. Desde que se calló aquella parte tan escabrosa de los planes sentía que estaba traicionando a Rebeca, utilizándola. No quería que las cosas se hicieran mal de nuevo. Si Rebeca accedía a hablar frente a toda la iglesia, que fuera con pleno conocimiento de causa y consecuencia.

–Lo haré de todas formas –sentenció Rebeca–. Puedes dar por rota mi relación con Ismael. Su causa es más importante que la promesa de matrimonio que me hizo. La ha olvidado. Se ha olvidado de mí.

Sus últimas palabras salieron ahogadas, rotas por la emoción.

–Nosotros no te hemos olvidado –contestó Josué con un tono de voz lleno de ternura–. Yo nunca te he olvidado. Nunca te olvidaré.

–Ya lo sé –respondió Rebeca. Su voz recuperó poco a poco el tono normal–. Haré lo correcto. Y lo correcto es acusar a Ismael ante quien sea necesario. Él ya no es la misma persona que conocí. Se ha transformado en... en un monstruo.

Josué no respondió.

–Lo haremos este domingo. Pondremos fin a todo esto.

–Esperemos que así sea. Estaré con Daniel apoyándote. Nos sentaremos al fondo de la iglesia. Si en algún momento necesitas ánimos, mira en esa dirección. No te perderemos de vista.

–Gracias. Necesitaré vuestro apoyo, aunque sea desde la distancia.

–Eres –dijo Josué, dando a su voz un tono resolutivo–, la última posibilidad que nos queda. Si esto no funciona no sé qué podremos hacer para salvar a la iglesia y detener a Ismael.

–Nuestra última posibilidad es Cristo, y siempre será Cristo –respondió Rebeca, y esa afirmación la llenó de tranquilidad.

2

EL DOMINGO, LOS RAYOS DE SOL DISIPARON LAS nubes y las temperaturas aumentaron como si se tratara de un día de primavera. Aprovechando que el clima invitaba, la gente salió pronto a pasear, de compras o de visita. Las calles rebosaban alegría desde bien temprano.

La iglesia, como haciéndose eco de un día tan alegre, se llenó de miembros hasta los topes, aunque sus razones eran bien distintas. La cadena telefónica se había puesto en marcha y la gente estaba al corriente de que Rebeca acudiría por primera vez desde su accidente. Todos querían comprobar cómo se encontraba la hija del pastor y darle la bienvenida de nuevo a la congregación. La iglesia respiraba aires de celebración. El ambiente en el interior era animado y distendido. Todo el mundo hablaba y reía. Las mujeres comentaban impresionadas la rápida evolución de Rebeca o hablaban sobre lo mucho que había mejorado el tiempo. Los hombres hablaban entusiasmados sobre el último partido de fútbol que su equipo había ganado o cómo les había ido la semana en el trabajo.

Los miembros que llevaban tiempo sin asistir eran recibidos como si nunca hubieran faltado, y a los nuevos visitantes se les atendía como si se encontraran en su propia casa.

El barullo que se respiraba en el interior era enorme comparado con otros domingos. Nadie se quería sentar, y todos iban de un lado a otro saludándose, riendo y hablando animadamente.

Al fin, Samuel subió al estrado quince minutos más tarde de lo normal. Era consciente de su retraso, pero él también tenía muchas personas a las que saludar y prefirió demorar el comienzo de la reunión. Había dirigido la reunión en otras ocasiones y conocía el orden de la liturgia: daba paso al momento de la alabanza, al de las ofrendas, o recibía al pastor cuando llegaba el turno de dar el mensaje a los fieles. Normalmente todo seguía un orden establecido que no cambiaba, pero aquel día era especial. Todo el mundo estaba esperando que Rebeca hiciera su aparición, y por consiguiente Aarón y su familia subirían primero.

–¡Hermanos!

Tuvo que repetirlo varias veces y alzando cada vez más el tono de voz para que todos le hicieran caso.

–Si os parece, vamos a ir tomando asiento. Tenemos que empezar la reunión.

Samuel solía utilizar ese tono conciliador para lanzar una orden, mitigándola con la primera persona del plural –que le incluía a él, aunque finalmente se quedase en pie sobre el estrado– para ocultar un mandato. Le hacía parecer más dócil, aunque desde que se había unido a Ismael odiaba usar esas formas.

Los presentes obedecieron y lentamente fueron ocupando los bancos de la iglesia hasta que no quedó ni un solo asiento libre. La iglesia rebosaba gente hasta tal punto que algunos se vieron obligados a seguir la reunión de pie, apoyados contra las paredes.

Samuel esperó a que los murmullos fueran poco a poco silenciándose. El sol entraba con fuerza por las ventanas. A pesar de ello, los focos instalados en el techo arrojaban su luz potente e impedían que las vidrieras proyectaran la mayoría de sus colores. Solo el carmesí, el único color en las vidrieras que lograba sobreponerse a la luz artificial, llenaba el aire sobre las escaleras del estrado.

–Buenos días a todos –dijo Samuel, una vez que reinó el silencio–. Estamos contentos al comprobar el amor que muchos hermanos manifiestan hacia nuestro pastor y su familia, compartiendo con nosotros este día. Agradecemos su visita. Esto, por cierto, también nos permite comprobar que la cadena telefónica funciona.

Se escuchó una leve risa multitudinaria. Samuel también sonrió antes de proseguir.

–Estamos todos muy agradecidos a Dios por lo que ha hecho con la hija de nuestro pastor. Como sabréis, ella sufrió un...

Las palabras no terminaron de salirle. Tragó saliva, emulando que se había atragantado.

—Bueno... ya sabéis lo que ocurrió —dijo, y se quedó más que satisfecho con aquella solución—. Nuestra querida Rebeca ha estado un mes hospitalizada, pero hoy podemos dar gracias al Señor porque se encuentra prácticamente recuperada de sus lesiones y puede estar aquí para demostrárnoslo. No quiero alargarme más. Voy a pedir a Aarón y a toda su familia que suba.

Se hizo a un lado y volvió la cabeza a la parte trasera del estrado. Allí, en un lateral, había una puerta que daba a una pequeña habitación que se usaba como trastero. De ella emergió el pastor seguido por su esposa, quien agarraba del brazo a Rebeca. Al verla, la iglesia hizo algo muy poco frecuente: prorrumpió en aplausos. Rebeca esbozó una sonrisa a modo de saludo y avanzó hasta colocarse a la derecha de su padre, que ya ocupaba el púlpito.

—Muy buenos días, mis hermanos —comenzó diciendo Aarón con una amplia sonrisa dibujada en el rostro—. Hoy tenía más ganas que nunca de hablar, de cantar alabanzas a Dios y de dar testimonio de cómo mi pequeña Rebeca está casi recuperada de su accidente. Pero de camino, ella misma me sorprendió pidiendo que la dejase hablar. Quiere dar su testimonio, y creo que no hay nadie mejor que ella misma para explicar lo que Dios ha obrado en su salud.

Tras lanzar una mirada cariñosa a su hija, Aarón se separó del púlpito para darle paso a Rebeca. Ella, sin embargo, no respondió a la mirada. Observaba fijamente los últimos bancos de la iglesia. Allí, en mitad de tanta gente, logró distinguir a Josué. Percibió que asentía con la cabeza y aquel gesto la llenó de ánimos. Avanzó hasta colocarse tras el púlpito.

—Hola a todos —su voz salió con un dejo de timidez. La iglesia aguardaba sus palabras bajo un estricto silencio.

—Este es el momento —susurró Daniel muy bajo al oído de Josué.

—Que Dios nos ayude —respondió él.

Sentado en uno de los bancos del fondo, pegado al borde que daba al pasillo central, Emanuel observaba la escena de brazos cruzados. Había pedido a Penélope que no asistiera a la iglesia. Al principio pensó que sería bueno que lo acompañara, porque quería que conociera la verdad al detalle, a pesar de que ya suponía que podría estar al tanto de algunos datos, pero luego pensó que quizás las cosas podrían ponerse demasiado tensas, especialmente al tener en cuenta lo dividida que se encontraba la iglesia, y no quería someter a su esposa, que pasaba por una etapa de frialdad espiritual, a semejante prueba de fe, por si se decantaba hacia el bando equivocado.

Por otro lado, Emanuel también se fijaba en su hijo mayor. Desde que discutieron y lo dejó correr a su habitación totalmente abatido, aún no había encontrado ninguna oportunidad de reconciliarse con él. A decir verdad, hasta que no habló con Dámaris y se percató de su error no lo creyó necesario. Esperaba, si todo salía bien, que al salir de la iglesia ambos pudieran hablar y así demostrarle que estaba de su parte y dispuesto a prestarle ayuda en lo que hiciera falta.

–Hace ya tiempo que esperaba hablar con todos vosotros –prosiguió Rebeca– y me alegro de ver lo llena que está hoy la iglesia. Sé... sé que no he sido muy amable durante mi estancia en el hospital. Yo... no me encontraba bien de salud.

–¡Vamos, Rebeca! –susurró Daniel, con rabia–. No sigas por ahí. No te dejes intimidar. Confiésalo de una vez. Di por qué no querías recibir a nadie.

Emanuel, desde su asiento, se dio cuenta de que la muchacha estaba desfalleciendo, la presencia cercana de su padre y la mirada inquisitiva de toda la iglesia la estaba intimidando. Resuelto, decidió prestarle ánimos como le fuera posible. Se levantó de su asiento y se quedó en pie. Como estaba al fondo de la iglesia nadie lo vio, pero sí Rebeca; también lo vieron Daniel y Josué, e hicieron lo propio. Ahora la muchacha diferenciaba a los tres claramente del resto de los congregados. Allí estaban, de pie como tres estandartes, dispuestos a acompañarla hasta el final. No la dejarían abandonada nunca.

Se volvió hacia su padre y vio cómo le sonreía. Con esa risa falsa, ensayada tantas y tantas veces para que pareciera real. Hasta había aprendido a arrugar las mejillas para sonreír con los ojos. Tras él, la vidriera filtraba la luz de la mañana.

–¿Veis cómo sonríe mi padre? –dijo, con el tono de voz lleno de valor, vuelta de nuevo hacia los presentes–. Es una sonrisa de pura satisfacción. Está contento por un trabajo bien hecho.

Se volvió hacia Aarón, quien ahora se mostraba algo confundido.

–Sí, ¿verdad, papá? Todo tu plan te ha salido a la perfección. Siempre preocupado por tu imagen personal de pastor perfecto. Siempre ocupado en que la gente piense que somos la familia ideal. No importa cuánto haya que ocultar o cómo de grande y cruel sea la mentira.

Volvió a mirar al resto de la iglesia. Esta vez sus palabras sonaron llenas de ira.

—¡Porque la verdad es que mi padre os ha mentido! Aarón, vuestro pastor, no ha contado la verdad sobre la causa que me ha mantenido en el hospital durante un mes —miró una vez más a su padre, bajando la voz—. Pero ya es hora de que conozcan la verdadera historia, papá.

Aarón se alarmó. Intentó acercarse a su hija para apartarla del micrófono que había sobre el púlpito.

—¡¿Pero qué dices, hija?!

Rebeca lo apartó de un empujón y siguió hablando.

—La noche de fin de año discutí con mis padres y salí de casa más tarde de lo que esperaba. Decidí acortar camino hasta la casa de Josué atajando a través de unas canchas de baloncesto. Allí me sorprendió un grupo de chicos que no conocía de nada...

—¡Rebeca, por favor! —Aarón estaba realmente espantado. Al otro lado, Elisabet no comprendía nada de lo que estaba ocurriendo. La iglesia seguía escuchando en completo silencio.

—Aquellos muchachos me golpearon salvajemente, me dieron de puñetazos y patadas hasta dejarme rendida a su merced. Entonces me desnudaron y violaron. Luego me dejaron abandonada, tirada en el césped. Mis heridas y lesiones son fruto de su ataque. Nunca me caí por las escaleras.

Un auténtico escándalo se elevó por todo el recinto de la iglesia.

—¡Bravo, Rebeca! —susurró Daniel. Josué asentía sus palabras, emocionado.

Bien, Rebeca, pensó Emanuel. *Pero todavía queda lo más complicado. Una buena parte de la iglesia ya conocía la verdadera historia. Ahora falta que te lances contra Ismael.*

En ese momento, Emanuel se percató de la ausencia de Ismael. No lo había visto durante los saludos, antes de que comenzara la reunión. A decir verdad, ninguno de los miembros del grupo que siempre solía acompañarlo estaba presente, a excepción de Samuel. Ni siquiera su hijo Jonatán andaba por allí.

Rebeca había callado. Comenzaba a sentirse cansada y decidió esperar a que la iglesia volviera a sosegarse. Miró a su padre de reojo, quien, aterrorizado, no sabía qué hacer.

—Ya está hecho, padre.

Aarón solo le respondió con la mirada desorbitada y el gesto desencajado. No tenía palabras que responder ni sabía qué acción tomar. Las paredes de la iglesia parecieron cerrarse a su alrededor, aprisionándolo en una celda de vidrieras. El color carmesí aumentó hasta volverse vivo como el color de la sangre. Retrocedió unos pasos, cual si estuviera a punto de echar a correr, pero se encontró con que toda la iglesia le cerraba la salida. Los miembros le increpaban con acusaciones e insultos que pugnaban por sobreponerse unos a otros entre el caótico griterío.

—¡Muy bien hecho, Rebeca! —gritaban unos.

—¡Aarón, no mereces el perdón de Dios! —acusaban otros.

—¿Cómo ha sido capaz de mentir así? —decían, escandalizadas, algunas mujeres.

—¡Aarón! ¿Qué has hecho? —decía Elisabet, cada vez más desesperada.

—¡Lo que has hecho es inhumano!

—¡Largo de esta iglesia!

—¡Mereces que te hagan lo mismo que a tu hija!

Completamente fuera de sí, Aarón dio media vuelta hasta colocarse de espaldas a la congregación, buscando algún otro sitio por el que escapar. Entonces se fijó en la puerta que daba al pequeño trastero por el que había salido con su familia. El trastero no tenía otra salida, pero era lo más parecido a un refugio. Se dispuso a echar a correr, cuando de repente le detuvo un poderoso rugido que se elevó por encima de todas las acusaciones. Una voz grave y potente retumbó por toda la sala, llamándole como si el mismísimo Creador lo reclamara en el día del Juicio Final.

—¡¡Predicadooor!!

Ismael alargó la última sílaba hasta que ya sin aliento murió en su garganta. Se encontraba en la entrada a la iglesia. Tras él, desde el recibidor hasta la calle, esperaban más de ochenta personas. A su lado, Roberto y Jonatán le flanqueaban como dos guardaespaldas. Los tres vestían de negro y con la levita de cuero como si se tratara de un uniforme.

Ismael avanzó a grandes zancadas por el pasillo que mediaba entre la entrada y el estrado, seguido por toda una columna de personas. La levita le ondeó por la velocidad de sus pasos. Llegó hasta los escalones y los ascendió de dos en dos. Sin mirar a su prometida, quien como todos los allí presentes también se había quedado sin palabras. Llegó hasta el pastor, lo agarró con fuerza por el brazo y con brusquedad lo dio media vuelta para que de nuevo volviera a mirar hacia la congregación.

–Estamos perdidos –dijo Daniel, mientras observaba la escena–. Rebeca no ha tenido tiempo de hablar.

–¿Qué es lo que pretende Ismael? –preguntó Josué, quien intentaba estimar de cuántas personas se componía el pequeño ejército de su primo.

Ha venido a hacerse con la iglesia, pensó Emanuel desde su posición, adivinando las intenciones de su sobrino.

Aarón seguía bien sujeto por Ismael, que ahora lo zarandeaba como un muñeco de trapo.

–No huya, predicador. Ha llegado el momento de ajustar cuentas –le dijo, pero no en voz alta, solo lo suficiente para que le escuchara quien estuviera sobre el estrado.

Avanzó arrastrando al pastor para hacerse con el púlpito, pero allí sus ojos se enfrentaron por primera vez con el de Rebeca –que seguía con un parche que cubría su ojo izquierdo–. Ella no parecía dispuesta a dejar a medias lo que se había propuesto y no quiso moverse de su sitio.

Durante unos breves instantes, ambos se quedaron de pie, el uno frente al otro. El imponente carisma de Ismael y el poder de todos sus seguidores no parecían amedrentar a Rebeca. Al fin, éste habló, suavizando el tono de su voz.

–Rebeca, cariño. Necesito dirigirme a la iglesia. ¿Me dejas hablar?

Rebeca arrugó la frente. Su mirada se llenó de fuego al escuchar las palabras de su antiguo prometido. Hizo oídos sordos a su petición, se encaró frente al público, y extendiendo un brazo para señalar a Ismael, habló valiéndose de las pocas fuerzas que aún le quedaban.

–Muchos de vosotros, incluso miembros de la iglesia, conocéis lo que Ismael ha hecho por mí. Él se vengó de los chicos que me maltrataron, golpeándolos más fuerte. Después, habéis visto en él un héroe, alguien capaz de libraros de la corrupción y la violencia que hay en la ciudad.

Alguien que ha surgido para limpiar las calles. Incluso algunos lo veis como fruto de la voluntad de Dios.

—¡Ismael es un elegido! —gritaron algunos.

—Pero quiero recordaros —continuó Rebeca, —que Ismael no está haciendo lo correcto ante los ojos de Cristo, quien no vino al mundo para predicar la venganza, sino para instarnos a que nos amásemos unos a otros. ¿Es que ya habéis olvidado lo que tantas veces nos han enseñado de Él? ¿No dice Cristo «Amad a vuestros enemigos, bendecid a los que os maldicen»? ¿Acaso no nos insta a que si nos hieren en la mejilla derecha pongamos también la otra?

Y, cuando dijo aquellas palabras, se giró para que toda la iglesia pudiera ver con claridad el parche que cubría su ojo izquierdo. Notó que la gente le prestaba toda su atención, incluso creyó percibir cómo hacían examen de conciencia. Dotó a su voz de un tono más sincero y continuó.

—Yo fui la primera víctima, la chispa que encendió toda esta locura. Por mí se inició todo. Y yo os pido que perdonéis, que perdonéis como yo he perdonado a mis agresores y que seamos ejemplo para quienes no conocen a Cristo.

La iglesia quedó en silencio.

—Pero Rebeca —dijo Ismael al poco tiempo, desde un tono suave que fue creciendo hasta que se le escuchó por todo el recinto sin necesidad de micrófono—. ¿No ves que ya somos un ejemplo para los no creyentes?

Se giró, de cara a los presentes, todavía con el pastor sujeto por el brazo.

—Muchas veces hemos puesto la mejilla; hasta sangrar la hemos tendido a nuestros enemigos. Pero la bondad no es sinónimo de impasibilidad. Se nos insta a hacer el bien. ¿Y no es el bien lo que hacemos? Desde que comenzamos con nuestra sagrada misión las calles son más seguras, la gente duerme tranquila en sus casas. Ha descendido la delincuencia porque se nos respeta.

—¡Lo que haces es tomarte la justicia por tu mano! —contestó Rebeca—. Podemos ganarnos el respeto mediante otras formas.

—¡¿Mediante otras formas?! ¿Cuáles? No hay respeto cuando se muestra debilidad. No hay respeto si no somos fuertes. ¿Quieres que te muestre cómo nos respetan? —Ismael empujó al pastor para colocarlo frente a Rebeca–. Éste es el respeto que se nos guarda, Rebeca. Nada. Pregúntale a tu padre qué respeto te tiene a ti, qué respeto nos tiene a todos.

Rebeca no pudo evitar fijarse en la mirada de su padre, desorbitada y llena de lágrimas. La emoción creció en su interior y sintió que las fuerzas la abandonaban.

–Eso no es justo.

–¡Tu padre es la muestra de que se nos tiene por débiles! Nos mintió a todos porque no nos respeta.

–No es verdad. Mi padre tuvo miedo, y por eso actuó como lo hizo.

–¿Y no es el miedo un signo de debilidad? El miedo nos obliga a escondernos, como iba a hacer tu padre cuando yo llegué. Nos hace frágiles, nos vuelve inútiles y manejables.

Todavía sujetaba al pastor del brazo. A pesar de que éste era al menos una cabeza más alto y más fuerte, Ismael lo zarandeó como a una marioneta.

–Mírale, mi querida Rebeca. Mira en lo que se ha convertido por predicar la debilidad.

–No... –respondió Rebeca con lágrimas en los ojos, sintiendo que la voz se le quebraba–. Él no es así. Y tú tampoco, Ismael. ¿Qué te ha ocurrido?

–Siempre he sido el mismo –respondió en un susurro, como si se tratara de una confidencia, mientras una chispa de maldad bailaba en sus ojos.

Luego levantó la voz:

–Yo no quiero transformarme en un pelele. Quiero levantarme y luchar por salvar el mundo. Quiero librar a la Tierra de todo mal.

Quienes lo acompañaban elevaron una ovación a la que se unió buena parte de la iglesia. Rebeca se estremeció cuando el clamor penetró en sus huesos.

–Ismael –le llamó, dejando que los sollozos se apoderaran de sus palabras–, ¿alguna vez me has amado?

–Solo mientras me serviste para algo –respondió él de la forma más fría y seca que pudo–. Ahora no eres más que una pobre tullida. No te necesito. Buenas noches, Rebeca.

Rebeca retrocedió unos pasos, aterrada y con las mejillas surcadas de lágrimas. Con las últimas palabras de Ismael volvió a ella el frío de la noche de fin de año, las canchas de baloncesto, las sombras, el golpe de Gago que la arrojó al suelo. Y entonces recordó que ya había escuchado aquellas palabras, con la misma fuerza, con el mismo tono conciliador pero inquietante a la vez, antes de que perdiera el sentido por completo.

Observó a Ismael sin saber cuánto había de coincidencia, y él le devolvió una mirada llena de perversa satisfacción.

—Fuera —dijo, pero Rebeca se encontraba petrificada de pavor.

—¡Fuera! —gritó, y ella echó a correr abriéndose paso entre la gente. Cuando llegó al final de la estancia, Josué la llamó, pero ella pareció no escucharle y siguió por el recibidor hasta alcanzar la puerta de la calle.

—¡Voy a buscarla! —dijo Josué a Daniel, y echó a correr tras ella.

Ismael sonreía al observar la atropellada carrera de Rebeca. Cuando ésta desapareció, miró al pastor y a su esposa, quienes bajaron la cabeza, asustados.

—Este púlpito ha dejado de ser tuyo, Aarón. Tus podridas mentiras han ascendido hasta Dios y Él te lo ha arrebatado. Sal, huye de aquí con la poca dignidad que pueda quedarte y no vuelvas jamás.

Lo empujó escaleras abajo. Aarón las bajó a trompicones y su esposa lo siguió a unos dos metros de distancia. Ella también había sido una víctima de la mentira y no sabía si seguir a su marido o salir de la iglesia imitando a su hija pequeña. Al fin, Ismael ocupó el púlpito y se acercó el micrófono a los labios.

—Esta iglesia es ahora de La Hermandad. Los que quieran seguirme pueden quedarse. Quienes no estén a favor de mis ideas son libres para irse. No los retendré, pero que cada uno examine su conciencia sobre lo que es o no correcto.

Calló y esperó paciente la reacción de los presentes. Poco a poco, algunos fueron levantándose de sus asientos para marcharse. Los miembros más antiguos lo hicieron mirando a los muros de la iglesia con añoranza, pero ninguno se atrevió a quejarse por la expulsión, había allí demasiados partidarios de Ismael como para levantar una protesta. Al fondo, Daniel comenzó a caminar hacia la salida. Mantenía los dientes y los puños apretados de pura rabia. Ismael, una vez más, ganaba la batalla. Se había sobrepuesto a las acusaciones de Rebeca y logró pasar incluso por encima de la propia Biblia. Su poder carismático, reconoció, era realmente abrumador.

Miró a los lados para ver quiénes lo acompañaban a la salida. No eran muchos, más o menos una cuarta parte de la iglesia. ¿Habría entre ellos alguien que conociera al detalle los planes de Ismael y estuviera dispuesto a confesar ante la policía? Ciertamente, no lo parecía. Tal vez alguien que lo hubiera apoyado en la iglesia al escuchar sus logros, pero no era suficiente. Si quería ir a la policía, necesitaba alguien de peso dentro de aquella «Hermandad», no un mero partidario. Por lo que pudo observar, nadie de los más allegados a Ismael se retiraba.

Le sorprendió ver cómo algunas personas que él creía en contra de Ismael se quedaban. Una de ellas era Leonor. La observó, sentada y cabizbaja, sin apartar la vista del suelo mientras la gente que se marchaba pasaba a su lado. No alcanzó a comprender la razón de por qué no se iba, especialmente a juzgar por su expresión abatida, como si ya se estuviera arrepintiendo de la decisión tomada.

Entonces, un escalofrío de pánico recorrió su columna vertebral cuando comprobó que Emanuel no se había movido. Seguía de pie, quieto, al fondo de la iglesia. ¿Es que él también había cedido a la persuasión de Ismael?

—No... —se le escapó.

Sus labios lo murmuraron, pero su alma lo gritaba desesperada. Pero en ese momento, Emanuel se volvió y, de la forma más sutil que pudo, le guiñó un ojo.

¿Qué pretendía? Daniel quedó desconcertado. Se le ocurrió pensar que tal vez intentaba introducirse dentro de «La Hermandad» —como Ismael había llamado a su grupo de seguidores— con algún propósito desconocido. Después de aquella señal de complicidad, Emanuel volvió a mirar al frente como si tal cosa y se quedó esperando a que el local terminara de desalojarse.

Cuando al fin alcanzó la calle, el sol saludaba con sus rayos a los pocos que decidieron salir para siempre de aquella iglesia. Daniel no quiso entretenerse en la puerta, donde todo era tristeza y llanto. Echó a andar calle arriba en busca de Josué y Rebeca para contarles lo sucedido. Apenas hubo andado cincuenta metros cuando observó que en uno de los cruces de calles se agolpaba un grupo de curiosos. Había aparcada una ambulancia cuyo conductor olvidó apagar las señales luminosas de alarma.

Su corazón fue apuñalado por un terrible presentimiento. Recordó lo que Josué le dijo el día anterior, cuando hablaron por teléfono: Rebeca apenas podía caminar, estaba demasiado débil y se mareaba con facilidad.

Se lanzó a la carrera, desesperado, valiéndose de todas sus fuerzas, y pidiendo a Dios porque sus peores presagios no se vieran cumplidos.

3

SE ESTABA MAREANDO, LA VISTA SE LE NUBLABA y notaba cómo cada vez le costaba más mantener el equilibrio. Las fuerzas la abandonaban, pero no pensaba parar. Esquivó lo mejor que pudo a toda la gente que esperaba en el pasillo central de la iglesia –la mayoría seguidores de Ismael que se echaron a un lado cuando la vieron venir–, y enfiló hacia la salida del local. Cuando ya estaba a punto de salir, escuchó los gritos de Josué más lejanos de lo normal, pero no quiso prestarles atención y continuó con su carrera.

Cuando salió a la calle, los rayos del sol la deslumbraron. Se hizo sombra con la mano y sin parar comenzó a ascender calle arriba. Un par de segundos después salió Josué. Miró a todas partes y detectó a Rebeca subiendo la calle a gran velocidad. Se tambaleaba de un lado a otro y miraba con gesto confundido a todas direcciones.

–¡Rebeca! –la llamó, pero ella seguía sin hacerle caso.

Rebeca también había escuchado a Josué esta vez, aunque mucho más lejano y ensordecido todavía, como si la llamara desde debajo del agua. La pérdida de audición era un síntoma de que pronto perdería el sentido, pero la desesperación que la embargaba no la dejaba parar. Ismael la había aborrecido como se aborrece a una sabandija asquerosa. Había logrado imponerse claramente en el debate intelectual y luego, no conforme con aquella victoria, se había regodeado aplastando su amor propio. La había pisoteado, como la banda de Gago en las canchas de baloncesto, pero él golpeaba mucho más fuerte y profundo que las patadas. Había logrado que Rebeca se sintiera abandonada y humillada. Aquellos sentimientos eran los que la empujaban a no parar, a correr a donde quiera que la llevaran sus últimas fuerzas. Por ello logró apretar aún más su carrera. Apenas distinguía ya la realidad que le ofrecía su único ojo sano. Las lágrimas empañaban su visión, pero poco habría reconocido de todas formas, porque la ciudad entera parecía girar y retorcerse, duplicarse para volver a unirse después.

—¡Rebeca! —volvió a escuchar, aunque ya muy distante—. ¡Detente, por favor!

Pero no obedeció. Extendió los brazos, porque ya no diferenciaba nada de lo que aparecía ante ella, y siguió. Entonces algo la hizo tropezar. No vio de qué se trataba, pero dedujo que era un bordillo. El desnivel de la acera con el asfalto le causó la pérdida completa del equilibrio.

Había alcanzado el final de la manzana y accedido a una carretera de doble sentido. Se tambaleó de un lado al otro y cayó. Notó el mordisco del asfalto en sus manos y en ambas rodillas, pero enseguida volvió a intentar levantarse.

A duras penas logró ponerse en pie, pero de pronto un fuerte ruido atrajo toda su atención. Llegaba a sus oídos demasiado cercano, como si estuviera dentro de su cabeza. Reconoció al momento que se trataba del claxon de un coche. Se volvió para intentar ver desde dónde venía, pero estaba demasiado desorientada y las imágenes que su vista captaba se superponían unas a otras. Al momento sonó un frenazo brusco, pero entonces...

—¡No! —oyó, como si alguien se lo hubiera gritado a diez centímetros de su cara. Acto seguido, notó que la empujaban con fuerza y, al tiempo que ella caía de lado sobre el pavimento, escuchó un fuerte golpe contra la chapa del vehículo.

Tirada en el suelo, al principio no sintió absolutamente nada, sus sentidos la habían abandonado casi por completo; estaba al borde de la inconsciencia. Poco a poco, a medida que su pulso fue bajando, la sangre volvió a regar el cerebro. Lo primero que notó fue la punzada de los rasguños que el asfalto había ocasionado al levantarle la piel, en sus rodillas, en el costado y en la palma de ambas manos. Luego comenzó a escuchar, cada vez con más fuerza, los gritos de la gente que se encontraba a su alrededor. Sintió que alguien levantaba sus piernas y, como si de un milagro se tratara, recuperó la visión con velocidad.

Todo seguía dándole vueltas, pero reconoció el coche que había estado a punto de arrollarla. Se trataba de un Ford Taurus de color gris. El capó estaba totalmente abollado y tenía la luna delantera hecha añicos. A un lado, tumbado en el suelo y con el pecho salpicado de cristales, yacía Josué.

XII

1

TRAS DEJAR IR A QUIENES NO QUISIERON unirse a La Hermandad, la reunión para el resto se extendió poco más de 20 minutos, que se rellenaron con algunas canciones y una oración de despedida en la que se daban gracias al Señor por el nuevo pastor que aceptaba llevar la iglesia. Después, Ismael pidió que solo se quedaran los miembros más allegados –las 80 personas que le habían seguido cuando irrumpió en la iglesia– porque, según dijo, «era necesario reedificar la congregación desde sus cimientos». Así pues, los encomendó a todos para el domingo próximo y, tras esto, la iglesia fue desalojándose.

Una vez que Ismael se quedó con sus 80 fieles, dio las primeras instrucciones a Roberto.

–Vamos a reestructurarlo todo. Id a las habitaciones que tiene la iglesia en el primer piso y registradlas. También quiero que vayáis a las clases destinadas a la escuela dominical y tiréis todo lo que haya en su interior. Vamos a transformarlas en más habitaciones. Yo estaré en el despacho del pastor, haciendo limpieza.

Roberto asintió y acto seguido comenzó a dar órdenes para que todo el mundo se pusiera en marcha. Ismael, tal y como había dicho, subió al pequeño despacho que el pastor tenía. Apenas le hizo falta mirar a su alrededor para decidir que nada de lo que allí había le iba a servir para algo, así que ordenó que se lo vaciaran de papeles y documentos varios, que arrancaran los pósteres de las paredes y hasta que se llevaran toda la biblioteca personal del pastor y la arrojaran a la basura. Tiró también todas las Biblias menos una grande, de pastas duras y de color negro que reconoció como aquella que el pastor siempre llevaba bajo el brazo.

Ésta prefirió dejarla, y le buscó un sitio preferente sobre la mesa del despacho.

Le causó gran placer comprobar la comodidad del sillón del pastor. Era de piel, reclinable, y tan grande que incluso a Ismael le sobraba espacio por encima de la cabeza. Estaba provisto de mullidos brazos. Ismael apoyó suavemente sus manos. Cuando permaneció así durante unos segundos, le pareció que estaba sentado en un trono, como un rey dispuesto para juzgar a su pueblo.

Apenas hacía cinco minutos que se había sentado a descansar cuando Roberto llamó a la puerta.

—Adelante —concedió Ismael, todavía imaginándose rey.

Roberto entró y se paró frente a él.

—Ismael...

—Mi fiel Roberto —cortó Ismael, quien no quería que sus ensoñaciones cesaran. Su voz había adquirido un cariz de apatía—, este despacho no me sirve para nada. Quiero que tiréis todo lo que hay en él excepto este sillón. Lo transformaréis en otra habitación más.

—¿Qué haremos con el sillón?

—Bajadlo inmediatamente a la sala principal, colocadlo en lugar del púlpito. Atenderé a todo el mundo desde allí.

—Así se hará —Roberto afirmó enérgicamente con la cabeza y luego cambió de tema—. Hay algo que deberías saber, Ismael. Hemos encontrado a alguien en las habitaciones.

2

Tal y como Ismael ordenó, el púlpito fue hecho astillas y se arrojó al contenedor de basuras más cercano. En su lugar, lo único que se colocó en mitad del estrado fue el cómodo sillón del pastor. Sentado en él, de cara al resto de la iglesia, Ismael aguardaba impaciente a que Roberto le trajera al único inquilino que habían encontrado en las habitaciones de la iglesia: su madre.

Dámaris bajó sin resistirse. No habría podido hacer nada contra los dos hombres que la escoltaban, uno a cada lado. Hizo todo lo que pudo por aparentar calma, aunque en realidad tenía mucho miedo de enfrentarse a su hijo. Cuando llegó a la planta baja y lo vio sentado en el sillón, el miedo acaparó por completo todos sus sentidos. Apenas reconoció a Ismael en aquel ser que la esperaba con gesto severo y altivo.

—Mi querida madre —dijo Ismael, según acercaban a Dámaris. Extendió las manos como si quisiera abrazarla, pero no se levantó del sillón. Dámaris tampoco hizo por acercarse. En su lugar, se quedó al pie de las escaleras que subían hasta el estrado.

—La persona que tengo ante mí no es mi hijo —dijo ella con sequedad—. Ismael, detén todo esto. ¿Qué pretendes lograr? ¿Hasta dónde vas a llegar?

Ismael escuchó a su madre con gesto aburrido.

—Deja de sermonearme de una vez, madre. Cuando se hace lo correcto no existen los límites. Mira todo lo que estoy logrando.

Extendió sus manos y abarcó el aire que lo rodeaba dibujando un arco invisible. Dámaris entrecerró los ojos, llena de ira.

—Está bien. Pues quédate con tu querida secta y déjame marchar. No quiero saber nada más de ti.

—¡Silencio! —gritó Ismael, repentinamente ofendido, dando un golpe con la palma a uno de los brazos del sillón—. ¡No consiento que me insultes de esa manera! ¿Secta? ¿Cómo te atreves a llamar de esa forma a la gloriosa Hermandad?

—Llama como desees a tu grupo de chalados.

Ismael adoptó un marcado gesto orgulloso en su rostro. Miró con desprecio a su madre y le sostuvo la mirada durante unos segundos, mientras una idea perversa germinaba en su interior. Luego, giró levemente la cabeza para dirigirse a Samuel, quien aguardaba de pie a su izquierda.

—Samuel, mi madre está ciega a nuestra causa. No entiende las maravillas que nosotros hemos comprendido. Sería una crueldad por mi parte dejarla marchar sin más, ¿no te parece?

Samuel asintió sin decir nada. Ismael volvió la vista al frente y habló a los guardias que custodiaban a Dámaris, pero en todo momento sus ojos seguían fijos en los de ella.

—Mi madre vivirá con nosotros hasta que reconozca que su hijo es un enviado divino y que esto no es otra cosa que una poderosa misión celestial.

Por dentro, Dámaris sintió que el pánico estaba a punto de taladrar su fuerza de voluntad, pero luchó por mantenerse firme.

—Estás secuestrándome, Ismael, y eso es un grave delito. Tarde o temprano alguien de la iglesia sabrá que me tienes aquí encerrada, o los vecinos me echarán en falta. Serás el primero en ser investigado por la policía, y cuando te descubran irás a la cárcel.

Ismael soltó una risita.

—Buen intento, querida madre, aunque fútil. No conseguirás convencerme de que te deje marchar... me sentiría muy solo sin ti.

Sus últimas palabras estaban revestidas de ironía. Los miembros de su alrededor soltaron una tenue carcajada condescendiente.

—Además —continuó Ismael—. Ahora ya estamos la familia al completo.

Levantó la mirada por encima de su madre para mirar más allá. Dámaris se dio la vuelta, intrigada. Para su horror, descubrió que Simeón caminaba hacia ellos desde la salida del recibidor. Se colocó a su misma altura, recto como un soldado ante su general.

—Las clases han quedado dispuestas. Todo está preparado para construir las habitaciones —informó Simeón a su hijo.

—Perfecto. ¿Ves, madre? —Ismael señalaba a su padre—. He aquí una muestra de la fidelidad que espero. Pronto, muchos de nosotros haremos de esta iglesia nuestro hogar. ¿Por qué separarnos, cuando disfrutamos tanto de nuestra compañía? Viviremos todos unidos, compartiendo nuestras posesiones. ¿Quién no ha sentido nunca en su corazón que dar solo diez por ciento de los beneficios a la iglesia es demasiado poco? El diezmo, para muchos, es un castigo más que una bendición.

Los presentes, excepto Dámaris, asentían a sus palabras. Ismael siguió hablando.

—La Biblia nos dice que demos cuanto nos proponga nuestro corazón, pero también dice que quien siembra escasamente, segará escasamente. ¿Y cómo nosotros, que tanto hemos decidido segar en esta ciudad, sembraremos poco? Para segar abundantemente hay que sembrar en abundancia. De este modo, ¿no es mejor quedarse con diez por ciento y donar noventa a la causa? Muchos de nosotros ya lo hemos hecho. Hemos vendido nuestras vanas pertenencias, y como hacían los primeros creyentes vamos a vivir aquí, en comunidad.

Dámaris se estremeció.

—¿Qué quieres decir con «muchos de nosotros»?

Ismael sonrió satisfecho.

—Quiero decir, madre, que ya no tienes adónde ir. No tienes vecinos que vayan a notar tu ausencia porque ya no tienes hogar. Papá lo ha vendido todo; la casa, los muebles y todos nuestros ahorros. Por eso, ésta es ahora tu nueva casa, y todos éstos son tus hermanos.

Dámaris comenzó a jadear desesperada, no podía creer lo que estaba escuchando. Ismael contempló cómo su madre se derrumbaba y esperó a que su desesperación alcanzara el límite máximo para comunicar su siguiente noticia.

—Simeón —dijo, dirigiéndose a su padre—. Te cedo a Dámaris de nuevo. No como tu esposa, sino como concubina. Haz de ella lo que te plazca.

Por primera vez, Dámaris intentó escapar, quiso dar media vuelta y huir, pero los hombres que la vigilaban la sujetaron de los brazos. De nada sirvió que forcejeara intentando escapar, que gritara a pleno pulmón o que incluso procurara morder las manos que la aprisionaban. Más miembros acudieron para agarrarla de los pies y de la cabeza, y entre todos la subieron a la habitación. Simeón agradeció el don que su hijo le había concedido con una reverencia y marchó hacia su habitación detrás de su regalo.

Cuando todos se hubieron marchado, Roberto apareció de nuevo para informar de otros asuntos.

—Ismael, hemos calculado el número de personas que se nos han unido esta mañana.

—Adelante —concedió Ismael, acompañando sus palabras con un gesto de la mano.

—Hemos sumado 125 personas, contando con los que se nos han unido esta mañana. El problema es que no todos son... productivos. Hay muchas mujeres, y también algunos ancianos de ambos sexos. No nos sirven para los ajusticiamientos.

—Pero nos sirven igualmente, Rober. No somos un grupo de paramilitares —dijo Ismael, riendo, y todos a su alrededor le imitaron—. Somos portadores de los planes de Dios, y Dios no excluye a nadie. Los que no sirvan para limpiar esta ciudad nos ayudarán propagando el evangelio de nuestra causa o sirviéndonos con su dinero. Si alguien es demasiado anciano o débil para limpiar las calles de la corrupción, servirá para limpiar la iglesia de polvo.

Todos volvieron a reír, incluido Roberto.

—Todos son útiles para extender nuestro mensaje y para darnos a conocer. Debemos continuar con nuestro crecimiento, porque debemos tener muy presente la idea de expandirnos ¿Debo limitar mi sagrado cometido únicamente a esta ciudad? No. Las ciudades vecinas también están colmadas de males y pecados, ¡el país entero me necesita! Sí, el país entero...

Pareció abstraerse de la conversación unos instantes, pero pronto volvió a hablar.

—Roberto, ¿hubo alguien de nuestros antiguos seguidores que se arrepintiera cuando dije que todo el mundo era libre de marcharse? ¿Alguien nos ha dejado?

Roberto pensó la respuesta.

—Nos dejaron algunos miembros que te apoyaron en las reuniones de domingos anteriores, pero pocos.

—¿Alguien importante?

—No, nadie.

—Bien. No me preocupan esos miembros. Saben lo que hemos estado haciendo, pero también conocen nuestro poder. Volverán a sus casas y callarán todo lo que han visto por miedo a las represalias.

De repente, alguien habló desde el recibidor. La puerta estaba abierta y tanto Ismael como sus acompañantes escucharon a la perfección lo que dijo:

—Tarde o temprano, las iglesias vecinas se enterarán de lo que ha ocurrido aquí. ¿Qué harás entonces?

Todas las miradas apuntaron hacia la puerta. De ella emergió Emanuel. Caminó lenta y tranquilamente a lo largo del pasillo en dirección al estrado.

—¿Cuánto tiempo llevas ahí? —preguntó Ismael.

Por un momento, se sintió inquieto.

—Acabo de llegar. Decidí quedarme en los baños cuando, después de la reunión, mandaste a todos a sus casas.

—¿Por qué? No eres uno de los miembros de La Hermandad.

—Pero quiero serlo —respondió Emanuel, sus palabras estaban cargadas de firmeza.

Ismael enarcó una ceja.

—¿En serio?

-Desde luego.

Emanuel seguía caminando a lo largo del pasillo, lentamente, como si se tratara de un paseo.

—Pero contéstame, Ismael. ¿Qué harás cuando las demás iglesias sepan lo que ha pasado esta mañana?

—Nada.

—¿Nada?

—Exacto. No haré nada, porque ellas no harán nada cuando se enteren. ¿No nos hemos enterado nosotros de casos en los que ha existido una división en iglesias vecinas? Los miembros, a causa de rencillas internas, han dividido la congregación. Pero cada iglesia protestante goza de independencia, querido tío. Nos administramos a nosotros mismos. Lo que ocurre en la iglesia, pertenece solo a la iglesia.

—Pero esto ya no es una iglesia protestante.

—¿Cómo que no? Seguimos siendo cristianos —el tono de Ismael provocó que, de nuevo, todos le apoyaran con una discreta carcajada.

—Claro... —respondió Emanuel.

Había alcanzado los peldaños que subían al estrado. Cuando puso un pie en el primero, hasta cuatro personas de las que rodeaban a Ismael se lanzaron para detenerlo, pero Ismael los detuvo con un delicado gesto de la mano.

—Dejadle subir —ordenó, y por primera vez, se levantó de su asiento—. Quiere ser un miembro allegado y, al fin y al cabo, es mi tío.

Se acercó a Emanuel hasta que quedaron uno frente al otro.

—¿Vendrás a vivir aquí?

—Tal vez —respondió Emanuel, quien no apartaba su mirada de la de su sobrino. Reconoció cómo sus ojos le brillaban de forma extraña, perturbadora—. Hoy posiblemente me quede, pero si quiero hacer de éste mi hogar debo hablar con Penélope.

—Que así sea; habla con tu esposa. De momento, no te molestará que nos quedemos con tu hijo pequeño, ¿verdad?

Jonatán, pensó Emanuel. Todo su cuerpo se puso en tensión. Jonatán obedecía a Ismael como uno de sus miembros más fieles.

—En absoluto —respondió, haciendo acopio de toda su fuerza de voluntad.

—Bien. En ese caso, te doy la bienvenida como un miembro de nuestra gloriosa Hermandad.

Se acercó a su tío y le extendió la mano, pero cuando Emanuel fue a estrechársela, Ismael se adelantó y lo tomó por el antebrazo.

—En La Hermandad tenemos nuestro propio saludo.

Emanuel lo imitó.

—Bienvenido a La Hermandad.

3

CUANDO LLEGÓ LA NOCHE YA HABÍA GENTE instalada en la iglesia. Todavía no tenían camas para acondicionar las salas que anteriormente servían para la escuela dominical, pero en la iglesia existían desde siempre algunas habitaciones destinadas a albergar a los misioneros de paso, a estudiantes del seminario y a todo el que lo necesitara. Se alquilaban por un precio razonable y estaban provistas de todo lo necesario: una cama, un armario y un pequeño escritorio con una silla. La más grande y mejor fue para el propio Ismael y el resto se destinó a los miembros de La Hermandad más fieles y cercanos: Roberto, Samuel, Jonatán y Jairo. Cada uno gozó de su propia habitación particular, asignadas jerárquicamente conforme a la cercanía que tuvieran con el líder. En el extremo más alejado, Ismael había regalado una habitación a sus padres. Simeón y Dámaris fueron instalados en un pequeño cubículo de apenas 12 metros cuadrados, donde, con la cama y los pocos muebles, no quedaba espacio ni para caminar.

No obstante, había muchos miembros de La Hermandad que desde el primer día se negaron a volver a sus casas. No es que hubieran vendido sus propiedades sino que no querían separarse de su líder, después de los ideales de vida en comunidad que les había inculcado, y en los que creían. De este modo, hasta sesenta personas se acoplaron como pudieron en el piso de la iglesia, durmiendo en los bancos o sobre mantas en el suelo. Emanuel fue uno de ellos. No quería separarse por el momento de La Hermandad, ahora que su sobrino le había aceptado tan fácilmente. Llamó a su esposa para avisar que no dormiría en casa porque tenía «asuntos urgentes que atender». Se encontró con que tenía hasta doce llamadas perdidas en el móvil que no había escuchado porque siempre lo silenciaba cuando entraba en la iglesia. Todas las llamadas se hicieron desde casa, posiblemente por su esposa, o tal vez por Josué. Marcó el número y esperó el tono, pero nadie descolgó, así que dejó el mensaje en el contestador. Después, buscó un rincón y se acomodó allí con unas mantas que le prestaron.

Una vez asentado en el rincón que haría las veces de hogar durante un tiempo indefinido, sacó el cuaderno que usaba en las reuniones para tomar anotaciones del mensaje del pastor y se dispuso a escribir un pequeño diario que recogiera todo lo que observara y viviera durante su estancia en La Hermandad. Apenas había comenzado a escribir las primeras anotaciones cuando se fijó en Leonor. La chica caminaba sin rumbo fijo, con una manta entre los brazos, como si buscara un lugar en el que tumbarse. Sin embargo, Emanuel dedujo que aquella no podía ser la razón de sus dubitaciones, porque existía aún mucho espacio libre en la iglesia y Leonor no parecía buscar nada. No, lo que la ocurría era que estaba indecisa por algo, por algún pensamiento que le daba vueltas en la cabeza.

4

Qué DEBO HACER, DIOS MÍO, PENSABA LEONOR. Estaba realmente preocupada. Habían transcurrido unas dos semanas desde que ella y Roberto se acostaron, en aquel alocado sábado donde la pasión y el deseo pudieron más que su pudor. Desde entonces no volvió a verse con él. Cada domingo lo buscaba en la iglesia y hacía todo lo posible por sentarse a su lado, pero Roberto siempre parecía absorto en Ismael y apenas hacía por prestarle más atención de la necesaria. Los intentos de Leonor por verse con él a la salida, o durante cualquier otro día de la semana, resultaron en vano. No obstante, allí seguía ella, insistiendo por estar cerca de Roberto. Incluso ahora, cuando le hubiera encantado salir de la iglesia en el momento que Ismael dio el ultimátum a los miembros, prefirió quedarse, permanecer cerca de él.

Tengo que decírselo de una vez, pensó varias veces para que se le grabara en la mente. Al fin, y tras dar muchas vueltas entre los bancos y recorrer una y otra vez todo el largo del pasillo central, se armó del valor suficiente para subir a la planta de arriba, donde sabía que Roberto descansaba.

Como si se tratara de una fortaleza, Ismael había apostado un guardia en la puerta que daba acceso a las habitaciones, pero cuando Leonor se acercó éste no la detuvo. A estas alturas todo el mundo en La Hermandad sabía que mantenía una estrecha relación con Roberto.

Avanzó hasta quedar frente a la puerta de la habitación asignada a Roberto. Era justo la más cercana a la habitación de Ismael. Desde el principio, ambos habían hecho muy buenas migas. Había algo en sus caracteres que los hacía extremadamente compatibles, tal vez el hecho de que Roberto nunca hubiera dudado en apoyar a Ismael desde que éste inició su «misión divina».

Llamó con los nudillos. Roberto no tardó en abrir. Su melena castaña estaba más descuidada, le caía por encima del rostro, pero seguía igual de brillante que siempre, como si estuviera humedecida. Se había dejado crecer la barba sin cuidársela, y ya una densa sombra le cubría toda la cara.

—¿Qué quieres? —le preguntó cuando se encontró a Leonor frente a su puerta.

—Tenemos que hablar.

Roberto pareció pensárselo dos veces antes de dejarla entrar. Una vez dentro, Leonor descubrió que la habitación que habían asignado a la mano derecha de Ismael llevaba camino de andar tan desordenada como la de su propia casa.

—Roberto —comenzó a decir Leonor, tomando aliento—, llevas varias semanas sin querer verme.

—Tengo cosas importantes que hacer. Ismael me necesita.

—Pues yo también te necesito. Creí que estábamos juntos.

Roberto soltó una carcajada burlona.

—¿Juntos? ¿Solo por una noche de sexo? Preciosa, creo que te estás equivocando.

—¿Pero cómo puedes decir eso? —respondió Leonor, cada vez más sorprendida—. ¡Tú mismo admitiste que me amabas!

Roberto volvió a reír. Avanzó hasta la cama, retiró la colcha que la cubría, se sentó a un lado del colchón y comenzó a desatarse los cordones de las botas. Iba vestido totalmente de negro, al estilo del uniforme de La Hermandad.

—Un hombre dice muchas cosas cuando quiere acostarse con una mujer, Leonor. A tu edad ya deberías saber eso.

Leonor entrecerró los ojos, llena de cólera.

—Sabías perfectamente que eras el primer hombre... —luego, su voz se ablandó repentinamente, hasta que casi se le quebró— eras mi primer amor.

—Enternecedor.

Roberto se deshizo del yérsey negro. Debajo vestía una camiseta blanca de tirantes.

—Roberto, puede que a ti te diera igual lo que ocurrió aquella noche, pero a mí no. Lo que hicimos... significó mucho para mí.

—¡Y para mí! Créeme, estuvo genial.

Roberto seguía bromeando.

—Además... ha traído consecuencias.

Roberto ya se había deshecho de la camiseta interior. Mostraba su torso desnudo y moreno. Había estado haciendo ejercicio y ya se empezaba a notar en una mayor redondez de los hombros y los bíceps, y en un pecho más ancho. Las palabras de Leonor lo detuvieron en seco cuando estaba a punto de desabrocharse los pantalones.

—Estoy embarazada.

Roberto se levantó de un salto.

—¿Estás segura?

—Completamente. Llevo una semana de retraso... y me he hecho la prueba de embarazo.

La habitación quedó en silencio durante unos momentos. Roberto estudió a Leonor de arriba abajo, quien esperaba una respuesta, con expresión preocupada. De pronto, estalló en una sonora carcajada. Leonor retrocedió instintivamente ante aquella reacción tan brusca.

—¡Maravilloso! ¡Voy a tener un hijo! ¡Eso es estupendo!

—Entonces, ¿no te preocupa?

—En absoluto. No tengo nada de qué preocuparme. La Hermandad se ocupará de su cuidado.

Leonor no esperaba una respuesta así.

—¿La Hermandad?

—Sí, Leonor. Criarás a mi hijo aquí. Le diré a Ismael que te dé una habitación.

—¡Pero yo no quiero vivir aquí! Roberto, este lugar ya no es una iglesia. Me hace sentir intranquila. Además, yo no quiero una habitación diferente. Quiero estar contigo, que criemos a nuestro hijo juntos.

—Conque quieres estar conmigo, ¿eh? —dijo Roberto, y comenzó a desabrochar su pantalón muy lentamente.

Leonor se percató de sus intenciones y retrocedió unos pasos hasta que su espalda se encontró con la pared de la habitación.

—Leonor, querida, este lugar es ahora mejor que nunca. Estarás de maravilla aquí.

–No... –respondió ella, con un hilo de voz–. Para, Roberto. Este no es el mejor lugar para nuestro hijo. Ismael es...

Roberto se aproximó a Leonor y la arrinconó contra la pared.

–No tienes ni idea del poder que maneja Ismael. Lo que ves es solo una pequeña muestra, pero tenemos aliados en todas partes, en cualquier lugar. Nuestra autoridad crece sin que nada ni nadie la detenga, así que, ¿dónde se criaría mejor mi hijo que aquí, rodeado del verdadero poder de Dios?

–Ismael y tú habéis creado una secta –respondió Leonor, pegándose a la pared.

Roberto sonrió.

–No, mi amor. Somos mucho más que eso. Estamos creando un imperio, un nuevo mundo, y la criatura que llevas dentro será la primera de los hijos dedicados completamente a Ismael. ¿Qué te parece la idea? Le haremos sentir como un padre. Justamente lo que él es: el padre de todos nosotros.

Acercó su cara a la de Leonor para besarla, pero ésta la apartó a un lado con aprensión. Entonces, la agarró de los hombros y apretó con fuerza para que no se moviera. Acercó su boca al cuello de Leonor y la mordió. Leonor gritó con todas sus fuerzas al notar cómo los dientes se clavaban en su yugular, pero Roberto apretó más, hasta notar el sabor de la sangre.

–Grita cuanto quieras –dijo al apartarse.

Su barba había quedado teñida de rojo.

–¿Es que no te has dado cuenta? No eres más que mi esclava. Puedo hacer contigo lo que se me antoje.

La sujetó del cuello con una mano y apretó. Leonor, aterrorizada, la intentó apartar con ambas manos, pero apenas logró moverle un dedo.

–Podría matarte ahora mismo. ¿Crees que Ismael me diría algo? ¿Crees que alguien se preocuparía por ti? Nadie, Leonor. Nadie haría nada, porque ejercemos un control total sobre toda esta gente. Ismael los domina como a seres inferiores. Y realmente todos son inferiores a él, porque él es mucho más que un enviado de Dios, querida. ¡Es Dios mismo!

Se ayudó de la otra mano para ejercer alrededor del cuello toda la presión que le fuera posible y comenzó a estrangularla. Leonor, movida por el instinto de supervivencia, reaccionó cuando apenas le quedaba aliento. Reunió todas sus fuerzas y propinó un fuerte rodillazo en la entrepierna de Roberto. Éste la soltó al momento y se dobló por el dolor, se tambaleó y cayó finalmente sobre la cama.

—¡M... maldita! —escupió.

Leonor se echó la mano al cuello. La zona del mordisco le latía, y notaba un hilo de sangre resbalar. Dio media vuelta sin esperar a que Roberto se recuperara, abrió la puerta y echó a correr por el pasillo. Al vigilante apenas le dio tiempo de reaccionar. Pasó como una exhalación por su lado y cruzó a toda velocidad el piso de la iglesia, esquivando a toda la gente que dormía sobre el suelo, hasta desaparecer por la puerta que daba al recibidor.

Antes de que el vigilante reaccionara, Emanuel, al pasar por su lado, vio la sangre en su mano. Se levantó y corrió tras ella. Cuando salió al exterior vio que ésta se dirigía a toda velocidad calle arriba y torcía la esquina en la primera intersección. Al poco apareció el vigilante.

—¿Por donde ha ido? —preguntó, jadeando.

—Calle abajo, ha girado a la izquierda en el primer cruce.

El vigilante echó a correr en la dirección indicada. Emanuel volvió a mirar hacia la dirección correcta, calle arriba.

—Enhorabuena, Leonor —dijo para sí—. Acabas de escapar del infierno.

5

—Despierta de una vez, Bella Durmiente —escuchó Josué.

No cabía duda, era la voz de Daniel.

Abrió los ojos lentamente y se encontró tumbado en una cama del hospital. Descubrió que tenía escayolado el brazo izquierdo, y vendas alrededor de todo su costado.

—Menudo susto nos has dado, hijo —su madre se acercó para besarlo—. Has perdido el conocimiento, pero nos han dicho que no es tan grave como parece, que ha sido a causa del golpe que te diste en la cabeza contra el espejo retrovisor.

Josué, todavía en silencio, comenzó a hilar los acontecimientos. Recordó que perseguía a Rebeca cuando ésta salió de la iglesia, expulsada literalmente por Ismael. Vio cómo perdía el equilibrio en mitad del cruce y se lanzó para salvarla cuando un coche estaba a punto de pasarle por encima. Logró sacarla del peligro pero él no tuvo tiempo suficiente para apartarse. En un movimiento reflejo dio un salto de tijereta, con lo que consiguió esquivar el golpe contra el parachoques, pero todo su lado izquierdo golpeó la luna delantera. Notó un fuerte golpe en la cabeza —el que debió darse contra el retrovisor— y luego todo se oscureció.

—¿Qué tengo? —preguntó.

Notaba una puntada en la cabeza, pero no le dolía nada más.

—El brazo izquierdo roto en dos sitios y un fuerte golpe en el costado izquierdo, aunque no te has roto ninguna costilla. También te has hecho una brecha en la cabeza. Te han dado catorce puntos —dijo Penélope.

—Si te sirve de consuelo —intervino Daniel— el coche tampoco ha salido muy bien parado. Le hundiste la luna y buena parte del capó. Casi te metes dentro.

—¿Y Rebeca? ¿Está bien?

–Sí –continuó Daniel–. Se mareó y también se la llevaron en la ambulancia. La han tenido en observación, pero cuando la visité ya estaban a punto de darle el alta. Debe estar al llegar.

–Cariño –dijo su madre, que, a pesar de la urgencia con la que seguramente habría salido de casa al enterarse de la noticia, iba tan arreglada y tan bien vestida como de costumbre–, he intentado avisar a tu padre por todos los medios. Lo he llamado una docena de veces, pero no contesta al móvil. No sé dónde puede estar.

Josué miró extrañado a su madre. Había visto a su padre esa misma mañana, en la iglesia. ¿Qué habría ocurrido para que Penélope hubiera perdido el contacto? ¿Acaso Ismael habría vuelto a hacer de las suyas? Recordó que entró en la iglesia seguido por unas ochenta personas, en su mayoría hombres, que podrían haber sometido a toda la congregación con facilidad, pero, en el fondo de su corazón, temía que Emanuel hubiera creído a Ismael, como empezó a sospechar la mañana en que a punto estuvo por arrojarse desde la ventana.

Se volvió hacia Daniel, buscando una respuesta, pues sabía que él también se había quedado. Se encontró con que éste lo miraba fijamente con expresión seria y luego, cuando confirmó que había captado su atención, dirigió una mirada de soslayo hacia su madre. Josué comprendió lo que pretendía insinuar.

–Mamá. Me gustaría hablar con Daniel a solas.

–Como quieras –respondió Penélope, sin interesarse por las razones. Su madre nunca había estado demasiado unida a la iglesia. Pero incluso para ella, no darse cuenta de que ocurría algo entre los miembros se hacía totalmente imposible. Sin embargo, estaba claro que no deseaba enterarse de los problemas.

Cuando se hubo marchado, Josué aguardó a que Daniel le explicara lo ocurrido.

–Ismael se ha hecho con la iglesia.

Josué miró hacia otro lado, indignado.

–Ha invitado a quienes no estuvieran de acuerdo con su... doctrina, a marcharse. El resto se ha quedado... entre ellos tu padre.

–¡¿Qué?! –gritó Josué y se revolvió en la cama como si quisiera echar a correr. Sus peores temores se confirmaban.

–Espera, espera. Tranquilo. Hay algo más. Fue todo muy extraño. Cuando vi que se quedaba yo también me asusté, pero en el último momento tu padre me guiñó un ojo. Creo que está tramando algo, aunque no sé lo qué.

—No comprendo. ¿Qué puede significar eso?

—Creo que planea introducirse dentro del grupo de Ismael. Tal vez intenta conseguir pruebas para acusarle.

Josué se relajó. Era perfectamente posible que su padre hubiera urdido un plan contra Ismael por su cuenta; una posibilidad mucho más coherente que verle aceptar las ideas de Ismael por las buenas.

—Confiemos que así sea —respondió.

—Tu padre es muy inteligente, no se dejará engañar por Ismael así como así.

—¿Qué haremos nosotros ahora? Nuestro plan ha fracasado.

Daniel tardó unos instantes en responder, frunció el ceño y entrecerró los ojos, meditando sobre todo lo sucedido durante la mañana.

—Tal vez no hayamos fracasado del todo. No sé... Quiero creer que lo poco que dijo Rebeca tuvo cierto significado para alguien; que alguien descubrió su error antes de que Ismael la atemorizara. Pero lo cierto es que, hasta que no sepamos si esto ha ocurrido, no tengo ningún otro plan. Ahora mismo, solo quiero esperar a ver qué es lo que trama tu padre.

Josué asintió con su silencio. En ese momento alguien llamó suavemente a la puerta. Sin esperar contestación, ésta se abrió. Rebeca estaba al otro lado, avanzó hacia la cama de Josué con una amplia sonrisa.

—Vaya, vaya... los papeles se han invertido.

—Tenía envidia —respondió Josué con ironía.

—¿Cómo te encuentras? —preguntó Daniel a Rebeca.

—Bien, perfectamente. Me han hecho algunas pruebas, pero me han dicho que no me ocurre nada y que «no corra»... como si no lo supiera. Lo que pasa es que todavía estoy débil, me mareé y caí al suelo. Si no llega a ser por ti...

Se acercó a Josué y le acarició la mejilla con el dorso de la mano. Daniel carraspeó.

—Esto... en fin. Ya debo marcharme. En mi barrio, si no consigues un lugar para aparcar antes de las ocho y media de la tarde estás perdido, porque todas las plazas están ocupadas después de esa hora.

Era una excusa bastante tonta, pero ninguno de los presentes lo detuvo. Se puso el abrigo y caminó hacia la puerta.

—Josué, voy a intentar contactarme con tu padre, a ver qué consigo averiguar.

—Bien. Gracias, Daniel. Tenme al tanto.

Daniel se marchó. Josué y Rebeca se quedaron solos.

—¿Cómo están tus padres después de lo ocurrido? —dijo Josué para romper un incómodo silencio.

—No sé mucho. Después de ser expulsados de la iglesia mi padre no ha vuelto a dar señales de vida. No ha aparecido por casa ni por el hospital. Mi madre está totalmente volcada en mí. No puede creerse que mi padre le mintiera también a ella y que me obligara a contar la historia que se había inventado. Ella siempre le ha seguido en el rol de la pareja perfecta, pero reconoce que ha traspasado la línea de lo moralmente correcto. No sé si conseguirán arreglar este problema.

—Tu padre cometió un error, pero creo que a su tiempo sabrá reconocerlo, y cuando lo haga, tu madre estará ahí para perdonarlo.

—Espero que así sea.

—Tranquila. Todo se arreglará —dijo Josué con ternura.

Rebeca supo que no solo lo decía por la situación que existía entre sus padres, sino por todo lo que estaba ocurriendo a su alrededor. Estuvo a punto de contarle sus temores, las palabras que Ismael le había dicho en el estrado, y cómo eran tan parecidas a las mismas que escuchó la noche que la violaron, justo antes de perder el sentido. Pero por un momento creyó que no era necesario, que no merecía la pena. Y toda esa seguridad provenía de Josué, de su cálida expresión.

—No logro entender cómo puedes seguir tan confiado.

—Es fácil; sé que tengo a Cristo de mi parte. Él no me va a fallar. Es más: no nos fallará a ninguno de nosotros. Por eso estoy convencido de que todo acabará bien.

Rebeca sonrió convencida y Josué notó que dos pequeñas lágrimas bailaban en sus pupilas, confiriéndole un brillo especial en la mirada. Los dos se quedaron en silencio, observándose el uno al otro hasta que Rebeca se acercó a la cama de Josué y se sentó en un lado.

—Todavía no te he dado las gracias por salvarme la vida —dijo, y aproximando su rostro, unió sus labios con los de él en un suave y cálido beso.

6

Ni un sitio para aparcar, pensaba Daniel. *Tenía que haber salido antes del hospital.* Puede que la razón para marcharse que explicó a Josué y Rebeca hubiera sonado a excusa, pero era cierta. A partir de ciertas horas de la tarde, cuando todo el mundo volvía del trabajo, los posibles lugares de aparcamiento se agotaban con facilidad, y Daniel había llegado a su barrio mucho después de la hora punta. Eran ya más de las diez de la noche. Todos los espacios ya estaban ocupados. Afortunadamente, y tras mucho buscar, encontró un lugar bastante alejado de su casa por lo que tuvo que caminar algunas manzanas hasta entrar en la zona residencial donde vivía.

Las calles comenzaban a vaciarse de gente, aunque todavía quedaban algunas personas que regresaban a sus hogares después de la jornada laboral. Toda aquella sección del barrio la componían enormes bloques de edificios que formaban varios recintos cerrados en anillo. En el interior del círculo residencial, los vecinos de cada bloque disfrutaban de piscina –que por aquellas fechas permanecía cerrada–, canchas de baloncesto y mesas de ping pong. Cada anillo de edificios disponía también de amplios garajes, pero Daniel alquilaba el suyo para sacar un dinero extra y así dedicar más tiempo a las tareas de la iglesia. Aunque, en días como aquel, en que le tocaba caminar bajo el frío nocturno, se arrepentía de no disponer de una plaza bajo su casa.

Se encontraba ya a dos manzanas de alcanzar la comunidad donde vivía cuando vio cómo, a medida que abandonaba las avenidas y calles concurridas y se adentraba más en la zona residencial, iba quedándose más y más solo. Así, llegó un momento en que nada más sintió su propia presencia y la de otro viandante que caminaba tras él.

Apenas lo separaba una manzana de su portal, pero le preocupó el hecho de que solo estuvieran él y aquella otra persona en la calle. Se concentró en el sonido de los pasos del desconocido. Se escuchaban pesados, como si calzara unas botas. Daniel dedujo que debía tratarse de un hombre adulto. De pronto, los pasos fueron acercándose a él. Daniel comenzó a ponerse nervioso; a su mente llegaron multitud de diversas incógnitas. ¿Lo estaban siguiendo? ¿Quién? ¿Por qué? O, ¿con qué intención? Antes de buscar una respuesta, se percató de que las pisadas estaban ya muy cerca. Miró al suelo, y para su espanto descubrió la sombra de su perseguidor dibujándose en la acera casi a la misma altura que la suya. ¡Lo tenía a menos de un metro de distancia!

Se detuvo en seco y esperó con todos los músculos de su cuerpo en tensión. Al momento un hombre de casi dos metros de estatura le pasó por delante como si nada. En efecto, calzaba unas botas militares de color negro y del mismo color eran también el resto de sus ropas. Daniel se estremeció. ¿Vestía el uniforme de La Hermandad o solo se trataba de una coincidencia?

El desconocido ni siquiera se volvió para mirar, y desapareció tras doblar la primera esquina.

Daniel se relajó. Con toda seguridad solo se trataba de un pensamiento paranoico.

Siguió caminando y alcanzó la valla metálica de su comunidad. Abrió la puerta y entró al interior. El amplio patio que daba acceso a cada uno de los seis portales de los seis bloques se encontraba totalmente desierto. En el centro había una piscina tapada con una gruesa lona azul.

Caminaba en dirección al portal de su bloque cuando algo lo detuvo. El miedo volvió a aflorar en su interior al percatarse de que, contrariamente a como solía ocurrir siempre que entraba por la puerta de la valla de la comunidad, no había escuchado cómo ésta se cerraba. Normalmente, el mecanismo de cierre automático producía un chirriante crujido hasta que la puerta quedaba cerrada, pero ahora no se escuchaba nada.

Nada en absoluto.

Alguien ha entrado conmigo, fue lo primero que le vino a la cabeza. Se volvió para mirar.

Nada.

El patio estaba desierto, pero tal y como pensaba, la puerta apenas había comenzado a cerrarse. *Nunca tarda tanto*, pensó, y al momento intentó relajarse. La paranoia volvía a aflorar. Intentando racionalizar la situación, se dijo: *Si en lugar de estar tan solitario, el patio estuviera lleno de vecinos, ni siquiera me habría preocupado de cuánto tarda la puerta en cerrarse.*

El chirrido metálico lo sacó de sus pensamientos. Ahora la puerta sí estaba cerrada. Volvió a dar media vuelta y caminó apretando el paso hacia su portal. Cuando llegó hasta él ya tenía la llave preparada, pero entonces volvió a sentir otra presencia. Había alguien a su espalda, estaba convencido. Levantó la vista y miró el cristal que había sobre la puerta. El reflejo reveló que estaba en lo cierto, la oscuridad era demasiado densa como para reconocer poco más que una figura parada a su espalda, pero fue suficiente. Todavía con las llaves en la mano, se volvió, dispuesto a encararse contra quien fuese su perseguidor. Ya estaba a punto de golpear, cuando la sorpresa lo detuvo. No se trataba de aquel misterioso transeúnte de las botas militares. Era Leonor quien retrocedió instintivamente cuando Daniel estuvo a punto de golpearla.

–¡Daniel, soy yo!

–¡Leonor! –respondió Daniel, sorprendido.

¿Qué podía hacer ella aquí? La miró desconfiado, recordaba haber visto cómo se quedaba en la iglesia. Pero entonces, y a pesar de la oscuridad, descubrió que se tapaba el cuello con la mano ensangrentada.

–¿Qué te ha ocurrido?

–Roberto me ha... –no pudo terminar la frase, porque ni ella podía concebir lo ocurrido. Se echó a llorar, y Daniel acudió para abrazarla.

–¡Oh, Daniel! ¿Qué he hecho? Me dejé engañar por Roberto. Dejé que me arrastrara a la horrible secta de Ismael. ¡Ha enloquecido! ¡Todos ellos lo han hecho! Ismael maneja sus mentes, las domina a su voluntad.

–Calma, ya pasó.

Leonor, que tenía la cabeza pegada al pecho de Daniel, levantó la mirada.

–No, Daniel, hablo en serio. Tengo mucho miedo, miedo de lo que Ismael me pueda hacer cuando sepa que me he marchado, porque tiene seguidores por todas partes. No sabía a dónde ir... por eso...

Daniel la tranquilizó acariciándole el pelo.

—Está bien, no pasa nada. Has hecho bien viniéndome a buscar. Te protegeré, no me separaré de tu lado en ningún momento.

Leonor fue calmándose poco a poco.

—Puedes dormir en mi casa, si quieres. Tengo una habitación de sobra.

—Gracias, Daniel.

Leonor respiró calmada. Su primera relación, el único amor que había tenido en la vida, se había transformado en una grotesca pesadilla. Por una vez, agradecía a Dios que Daniel no se sintiera interesado por ninguna mujer. En aquellos momentos se sentía tan frágil e indefensa que si la propuesta de dormir en su casa hubiese venido de otro hombre, la habría rechazado.

Daniel no quiso que su conversación siguiera frente al portal e invitó a Leonor a que siguieran hablando en su piso. A decir verdad, él tampoco se sentía seguro en la calle. Una vez dentro de casa, le ofreció algo de beber y ambos se acomodaron en el salón.

—Daniel —dijo ella tras beber dos sorbos de su zumo de naranja—, no sabes el poder que ostenta Ismael. Es realmente sorprendente todo lo que ha llegado a conseguir en tan poco tiempo. Tiene acólitos en todos los lugares imaginables. Algunos colaboran con él de forma activa, imponiendo la ley en la ciudad, otros son meros colaboradores o simpatizantes, pero de alguna manera u otra contribuyen a la causa. Su influencia y su fama se están extendiendo ya a otras ciudades cercanas. La policía local está de su parte, incluso creo que el alcalde también lo está.

—Me cuesta creer todo eso que me cuentas. ¿Cómo puede seguir creciendo a un ritmo tan rápido?

—Ya te lo he dicho. Los poderes de Ismael no son normales.

—¿Estás insinuando que realmente es un enviado de Dios?

El rostro de Leonor se ensombreció.

—Todo lo contrario.

Daniel se estremeció. Dejó su vaso de zumo sobre la mesa y miró a Leonor con gesto severo.

—Leonor, lo que dices son palabras mayores. ¿Qué intentas insinuar? Conocemos a Ismael desde hace muchos años. Es el hijo de Simeón y Dámaris. No niego que ahora mismo se encuentre peligrosamente perturbado, pero de ahí a acusarle de... de lo que sea que lo estés acusando. No sé, creo que es demasiado.

—Escucha. Roberto y yo no hemos conversado mucho, pero si de algo le gusta hablar es del poder y los planes de Ismael. Recuerda que él es el segundo al mando de La Hermandad. Pues bien, Roberto me ha contado cosas de Ismael, cosas que ha escuchado de otros. Asegura que Ismael es capaz de hacer milagros. Dice que varios miembros de La Hermandad lo vieron detener una nevada.

—¿Una nevada? ¿Te refieres a la que cayó el mes pasado?

—La misma. Varias personas admiten que Ismael ordenó que se detuviera, y al hacerlo la nevada cesó en un momento.

—Leonor, sinceramente, no sé qué pensar. Creo que la nevada se detuvo sin más. Si Ismael ordenó o no algo en aquel momento... bueno, pudo tratarse de pura coincidencia.

—Pero, Daniel, estarás de acuerdo conmigo en reconocer que el poder de persuasión de Ismael es algo anormal.

Daniel no supo qué contestar. Lo cierto era que él mismo seguía preguntándose cómo Ismael había logrado convencer con sus ideas a tres cuartas partes de la iglesia. Si era cierto que podía hacer milagros, aquél era uno.

—Entonces, en el caso de que tuviera poderes, ¿dices que son... malignos?

Leonor asintió. El movimiento del cuello hizo que la mordedura le doliera. Se llevó la mano a la herida que no era demasiado profunda y que ya había dejado de sangrar, pero así, sin limpiar, presentaba un aspecto muy feo.

—Daniel, no sé exactamente cómo definir lo que le ocurre a Ismael, ni siquiera sé si es él mismo. Como tú bien dices, lo conocemos desde hace muchos años, y actualmente no reconozco a la persona que asistió con nosotros a la escuela dominical. Por el contrario, lo que sí reconozco es que La Hermandad saca lo peor del ser humano. De alguna manera hace olvidar los principios más básicos y pervierte las mentes de sus miembros hasta tal punto que el autocontrol deja de existir. Esta herida que ves en el cuello es... es una mordedura de Roberto.

—¡¿Una mordedura?!

—Exacto —asintió Leonor—. Fue su respuesta cuando le confesé que...

—¿Qué? —indagó Daniel. Leonor se había ruborizado y, como era costumbre en ella, volvió la vista al suelo, dejando que los mechones del flequillo ocultaran buena parte de su cara.

—Le dije... le conté que espero un hijo suyo.

—No... —se le escapó a Daniel.

Hubiera deseado responder cualquier palabra tranquilizadora, pero la sorpresa no lo dejó razonar.

—Daniel, te lo ruego, no se lo digas a nadie. No aún. Cuando haya terminado todo esto, si algún día Dios nos permite disfrutar de una vida como tuvimos en el pasado. Si eso ocurre, no me importará anunciarlo a los demás. Pero no ahora. No quiero que nadie lo sepa.

Daniel la sujetó por los hombros e intentó transmitirle tranquilidad.

—Descuida. Solo lo sabremos tú y yo.

—Ojalá no lo supiera nadie más, pero Roberto se lo habrá contado a Ismael. Pretende que nuestro hijo lo siga como si se tratara de un dios.

—¡Eso es espantoso!

—Lo es, y todo emana de Ismael. Por eso creo que hay algo realmente oscuro en su naturaleza. Más incluso de lo que podamos imaginarnos.

Daniel se acarició el mentón con la yema de los dedos, meditando cada palabra que salía de labios de Leonor. Por un momento se derrumbó al considerar que Ismael fuera increíblemente superior a todos sus intentos de vencerle, y se vio como un mosquito intentando tumbar un muro de hormigón, especialmente tras conocer todo el poder que el líder de jóvenes ostentaba. No obstante, se resistió a darse por vencido y a creerle capaz de realizar milagros. Quería luchar hasta el final, por toda la gente que Ismael tenía bajo su control, y lo haría sin importar el costo.

—Leonor, sabes muchas cosas sobre La Hermandad, ¿verdad?

—Bastantes, sí.

—¿Estarías dispuesta a contárselas a la policía?

Leonor negó con la cabeza.

—Daniel, ya te lo he dicho. Ismael tiene al menos a la mitad de la policía local de su parte.

—Bueno, pero ¿y si acudimos a otro cuerpo de policía? Pongamos, a la policía nacional. Ismael no tiene influencias allí, ¿verdad?

—No, que yo sepa.

—¿Y a ellos, les contarías todo lo que sabes?

Leonor se pensó la respuesta. Daniel intentó darle ánimos.

—Leonor, no sé si conseguiremos algo contra Ismael, pero me niego a quedarme de brazos cruzados. Si lo piensas bien, es lo mismo que él decía al principio. Criticaba que los cristianos nunca hacemos nada por mejorar nuestra sociedad, que siempre nos quedamos impasibles ante lo que ocurre a nuestro alrededor, y que como mucho le pedimos a Dios que obre un milagro y que cambie las cosas. ¿Y nosotros qué? ¡Actuemos, pongámonos en marcha! Pero no como Ismael lo ha hecho, hagámoslo correctamente. Confiemos en la justicia y luchemos con las armas que aún tenemos a nuestra disposición. La policía nacional es nuestra mejor opción en estos momentos.

Leonor dudó. Seguía con miedo a las represalias, y no lograba quitarse de la cabeza el carácter sobrenatural de los poderes de Ismael, pero Daniel tenía razón. Permanecer impasible ante las maldades de La Hermandad, especialmente con tan gran conocimiento de causa, era una actitud cobarde, incluso cruel. Debía imponerse, pelear contra Ismael.

—Te ayudaré, Daniel, pero tengo mucho miedo.

Daniel sonrió cálidamente.

—Yo también.

XIII

1

Eran ya pasadas las dos de la madrugada del martes cuando Emanuel abrió la puerta de casa, intentando producir el menor ruido posible. Para su sorpresa, las luces del salón estaban encendidas y dedujo que su esposa estaría allí, esperando saber algo de su paradero. Desde el domingo había recibido más de treinta llamadas a su teléfono móvil, pero no quiso contestar ninguna. Ismael comenzaba a tenerle confianza y no quería hacer nada que lo molestara, ni siquiera algo tan inofensivo como contestar a su esposa.

Avanzó por el pasillo y al llegar al salón encontró a Penélope sentada en el sofá, de frente al pasillo. Al verla, tuvo la impresión de que lo estaba esperando. Muy pronto habría de ver confirmado aquel pensamiento. Las ojeras y el rostro demacrado apoyaban su teoría. Por primera vez, casi desde que la conocía, Penélope estaba sin maquillar y vestida sin ningún tipo de adorno. Esperaba con una camiseta vieja y unos pantalones de chandal de su marido. Lo insólito de la escena provocó que Emanuel se asustara.

—Lo siento, cariño. Tenía cosas de las que ocuparme y no he podido llegar a casa antes —dijo, en tono suplicante, pero su excusa sonó demasiado débil.

—¿Sabes que Josué ha tenido un accidente? —respondió Penélope con aspereza.

Emanuel sintió que la noticia le apuñalaba las entrañas.

—¡¿Cómo?! ¡¿Qué le ha ocurrido?!

—Lo atropelló un coche, está en el hospital.

—Lo siento, cariño. Lo siento de verdad. Tendría que haber contestado a...

—¡Ah! ¿Y sabes otra cosa? Tu hijo menor, Jonatán, lleva días sin aparecer por casa. Para colmo, él tampoco contesta a mis llamadas.

Emanuel sabía dónde se encontraba Jonatán, pero contar la verdad a su esposa podría herirla más de lo que en aquellos momentos fuera capaz de soportar, así que calló.

—Sí —continuó ella, alzando la voz—, es una práctica común en esta familia. Nadie contesta mis llamadas. ¡Todo el mundo me ignora! Así que aquí estoy, sola, ¡yo sola en casa! ¡No hay nadie en casa!

La cara de Penélope enrojeció y sus ojos se volvieron vidriosos, se levantó del sofá y siguió gritando a su marido, que escuchaba con resignación su desahogo.

—Pero ¿sabes qué? No encuentro demasiada diferencia entre esta soledad y la que siento cuando estáis en casa, porque soy como una sombra, ¡Soy una sombra para ti, Emanuel! Admítelo.

—Es cierto.

Penélope abrió los ojos como platos. No esperaba tal golpe de sinceridad. Las lágrimas corrieron veloces por sus mejillas. Extendió los brazos hacia su marido, y dijo:

—¿P... por qué? ¿Por qué no me amas, Emanuel?

—Lo siento, Penélope.

—Cada día, a cada momento, he procurado ser la mujer ideal para ti. Siempre me has encontrado arreglada y hermosa. Nunca te he defraudado, ni te he engañado, ni te he hecho enfadar. Siempre has tenido la casa dispuesta y has obtenido mi amor cuando lo has requerido. ¿Por qué no puedes amarme?

Sin bajar las manos, extendidas hacia su marido, Penélope se arrodilló frente a él. Emanuel apenas podía soportar la situación. Miró hacia otro lado, y logró reunir las fuerzas necesarias para contestar a su esposa con toda la sinceridad que se merecía.

—Fue un error casarme contigo. Yo siempre he estado enamorado de Dámaris, nunca he logrado quitármela de la cabeza, y ahora sé que jamás lo conseguiré. Te acepté porque sabía que tú me amabas, y tenía miedo de quedarme solo, especialmente cuando Dámaris se casó con mi hermano. Albergaba la esperanza de que algún día lograría sentir lo mismo que tú sientes por mí; que, a fuerza de cariño, conseguiría enamorarme, pero fue un error, un tremendo error pensar así. He herido tus sentimientos durante tantos años que me considero el ser más mezquino. Sé que Dios me ha perdonado, aunque me ha costado darme cuenta de ello, lo que no sé es si tú me perdonarás algún día por haberte sometido a tal tortura.

Se arrodilló junto a ella y la tomó de las manos. Penélope lloraba desconsoladamente.

—Perdóname, Penélope. Te lo suplico.

—¿Es que lo nuestro no puede funcionar? ¿Ya te has rendido?

—Nunca ha funcionado. Nunca debimos comenzarlo.

—¡Pero yo sí te amo!

Emanuel no pudo evitar contener su tristeza por más tiempo y abrazó a su esposa con fuerza. Se sentía sucio, rastrero. Estaba haciendo pedazos el corazón de una mujer totalmente entregada y dispuesta a compartir con él todo lo que le quedaba de vida. Se recriminó a sí mismo por ser incapaz de reunir el menor ápice de cariño, y al momento le brotaron lágrimas de rabia. *¿Por qué no logro amarla como se merece?*, se decía, al tiempo que abrazaba a Penélope con más fuerza.

—¡Intentémoslo, cariño! —le decía su esposa—. ¡Intentémoslo juntos desde el principio!

Pero Emanuel supo que no podría. Era el fin.

Se apartó de su esposa, aunque continuó arrodillado a su lado.

—No puedo, Penélope, ni debo. Solo continuaríamos prolongando este gran error en el que estamos involucrados. He venido para marcharme. Tomaré lo necesario.

—¿Te vas? ¿Adónde?

—Voy a la iglesia. Me instalo a vivir allí. Tengo que averiguar qué trama Ismael. Ya no por el bien de sus padres, o incluso de todos sus seguidores. Cada día que paso a su lado estoy convencido de que destapar su verdadera personalidad es vital... para toda la humanidad.

—¿Pero qué dices? Emanuel. Me estás asustando. No comprendo nada.

—¿Recuerdas el domingo pasado, cuando te pedí que no asistieras a la iglesia? Tenía miedo de que algo malo ocurriera, y en efecto ocurrió. Ismael se ha hecho con el control y ha convencido a buena parte de la congregación para que lo siga. Yo me he introducido en esta especie de incipiente secta. Voy a investigarlo.

—¿Por qué tienes que hacer eso? ¿No puedes avisar a la policía?

–No, no puedo, Penélope. El asunto es más complicado de lo que parece. Además, Jonatán está adentro. Es totalmente fiel a Ismael y se ha quedado a vivir allí.

Penélope no encontró fuerzas para contestar, pero el rostro se le desencajó de espanto. Emanuel se puso en pié y la ayudó a que se levantara.

–Debo marcharme, tengo que seguir investigando y, si puedo, sacar a nuestro hijo menor de allí. Pero, Penélope, no sé cuándo volveré. Eres... eres completamente libre de marcharte, si lo deseas.

Penélope se secó las lágrimas mientras meditaba una respuesta.

–Emanuel, ¿tú me odias?

–¿Odiarte? Desde luego que no. Te tengo mucho cariño.

–¿Todavía sigo siendo tu esposa?

–Sí, aún lo eres.

–Entonces me quedo. Emanuel, yo te amo. Igual que tú no puedes evitar amar a... otra persona, yo no puedo esconder mi amor por ti. Te esperaré el tiempo que haga falta, como corresponde a una esposa. No pido que me ames, pero al menos deja que permanezca a tu lado.

Por primera vez en mucho tiempo, Emanuel se sintió orgulloso de tener a Penélope como esposa. Y en aquel momento la vio más hermosa que nunca, aunque solo el rastro de las lágrimas maquillara su rostro, y no vistiera más adorno que unas manos tendidas al amor.

–Entonces volveré. Lo prometo.

2

La mañana del miércoles 6 de febrero sorprendió a Aarón despierto; a decir verdad, no había logrado pegar ojo desde el domingo, y si bien era cierto que acurrucarse en las escaleras de bajada al metro no era el sitio más cómodo para dormir, lo que realmente le impedía conciliar el sueño era una multitud de pesadillas que una y otra vez daban vueltas por su cabeza.

Nunca se le habría ocurrido un final tan trágico para su vida, pero ahora lo sabía, aquél era su fin. No podía comer, no podía dormir, y no dejaba de obsesionarse una y otra vez en su error, aquella mentira que le había arruinado la existencia. El temor a ver su imagen pública manchada lo había traicionado y ahora, irónicamente, su imagen no podía haberse desplomado más de lo que estaba. Y todo por culpa de Ismael.

Ismael, ese muchacho entrometido que, para colmo, pretendía robarle a su hija. ¿Solo a su hija? ¡No! Pretendía mucho más.

En efecto. Lo había planeado cuidadosamente. Quería apoderarse de su familia, de su vida entera, eso era lo que tramaba. ¡Y lo había logrado!

Al pensar esto, Aarón sacudió la cabeza, indignado. Ismael le había arrebatado su posición en la iglesia. Ante todos lo había humillado y manejado a placer. ¿Cómo se había dejado dominar?

Cada vez más furioso, se levantó y caminó a un lado y a otro de las escaleras. Se percató de que los primeros usuarios del metro procuraban evitar acercarse a él. Debía tener un aspecto horrible tras dos días sin asearse ni dormir.

Pero no pensaba rendirse, todavía no. Aún le quedaba una última oportunidad de recuperar lo que era suyo. Resuelto, ascendió las escaleras y caminó varias manzanas. Llegó al final de la calle, torció a la izquierda y se adentró por un callejón estrecho que daba a una tranquila plaza. Allí se detuvo y observó el edificio de la jefatura de policía local que se erigía frente a él. Varios coches patrulleros permanecían aparcados a ambos lados de la fachada.

En la puerta, el policía que montaba guardia lo miró con una mezcla de curiosidad y suspicacia.

Sí, volveré a hacerme con la vida que Ismael me ha usurpado.

3

EMANUEL LEVANTÓ LA VISTA DE SU CUADERNO de notas cuando alguien llamó a la puerta de su recién adquirida habitación. A medida que iba logrando la confianza de Ismael, éste le concedía mayores comodidades dentro de La Hermandad.

—¿Quién es? —preguntó sin levantarse de la silla.

—Emanuel —dijo Jairo desde el otro lado—, Ismael pide que comparezcamos todos en la sala principal. Tiene algo que anunciar a los hermanos.

—Bajo enseguida.

—Tienes diez minutos.

Escuchó cómo los pasos de Jairo se alejaban y decidió aprovechar esos diez minutos para terminar las anotaciones de su cuaderno. Sacó punta al lápiz y continuó escribiendo:

«Cada vez estoy más convencido de cuánta razón tenía Dámaris cuando hablamos y me pidió que estudiara a su hijo. La naturaleza que Ismael muestra es solo la punta de un oscuro iceberg. Lo sé.

»Vivir aquí se hace cada día más difícil. Ya no duermo en la planta baja, hacinado entre todos los miembros que no tienen derecho a habitación. Ismael me ha cedido una en el primer piso, Siento que estoy logrando su confianza, pero noto que a la vez peligra mi integridad espiritual. Aquí dentro, las normas éticas que todo ser humano tiene se han pervertido hasta puntos inimaginables. Los miembros, especialmente los más cercanos a Ismael, han corrompido su moral y se han entregado a los placeres más salvajes e inhumanos. Dan rienda suelta a las más depravadas fantasías que su mente enferma pueda concebir, y todo, absolutamente todo, emana de Ismael. Él los pervierte, los convence con una facilidad pasmosa. En realidad, estoy seguro de que posee algún tipo de poder para lograr que prácticamente lo adoren como si fuera un dios. Él los anima para que se entreguen al desenfreno sexual lo mismo que los alienta a una violencia desmedida, y todos lo obedecen ciegamente, pero lo peor es que, dejando salir semejantes instintos, se encuentran bien.

»Ismael sigue valiéndose de la Biblia para apoyar sus dictámenes, pero maneja los versículos a su favor. Ha logrado que la gran mayoría le dé la vuelta al concepto del diezmo: en lugar de dar un diez por ciento a la iglesia y quedarse con el noventa restante, todo miembro fiel debe ceder un noventa por ciento y retener un diez. Algunos no han querido ni siquiera quedarse con sus más ínfimos ahorros y lo han dado todo por la causa. La Hermandad, en pocos días, se ha convertido en una organización adinerada, que crece exponencialmente y se propaga como una enfermedad contagiosa por todo el país.

»Todo esto me está sometiendo a una prueba que poco tiempo más podré soportar. Tarde o temprano descubrirán que no participo de sus orgías de placer y sangre, y si tal cosa ocurriera, sé que no saldría de aquí con vida. Por eso, he decidido escapar lo antes posible y alertar a cuantos pueda. Sin embargo, no puedo hacerlo solo.

»Desde que decidí incorporarme a La Hermandad he averiguado que mantienen a Dámaris secuestrada. No la he visto, pero la escuché desde los servicios, discutiendo con su hijo la tarde que decidieron entregarla como concubina a su marido. Está encerrada en la habitación de Simeón. He oído sus gritos de dolor cada día y su llanto desesperado cada noche. Es una esclava de su marido, quien la viola y la obliga a satisfacerle en todo lo que se le ocurra. Debo sacarla de aquí aunque me cueste la vida o, de seguir sometida a tanta tortura, morirá en poco tiempo.

»A estas alturas, concluyo que La Hermandad no es una especie de mafia, aunque maneje mucho dinero; tampoco es solo una secta, aunque crece con la rapidez sorprendente de éstas. Es mucho más. Se afana por lograr ciertos objetivos políticos. Creo que se trata de un nuevo orden, una macabra ideología que aspira a ocupar el mundo, aunque de momento la idea le quede grande. Ismael, desde mi punto de vista, es un aspirante a dictador que crece en poder con su asombroso carisma y que sabe ofrecer a sus seguidores un atractivo libertinaje desaforado, sin normas ni restricciones, justo todo lo que deseen. Temo que, de seguir conquistando a tanta gente como hasta ahora hace, se transforme en otro tirano de la historia, uno de esos que somete la tierra a guerras y hambrunas. Ruego a Dios que no permita tal cosa».

Emanuel dejó el lápiz, y como si saliera de un refugio, sus sentidos captaron todo aquello que le rodeaba. Entonces escuchó ruido en la planta baja y recordó que Ismael había ordenado comparecer a toda la Hermandad. Se retrasaba, y eso podría enfurecer al líder, así que, tras esconder su cuaderno de notas bajo el colchón de su cama, se levantó y abrió la puerta de su habitación con cuidado, avistando el exterior para asegurarse de que nadie pasara. Cuando comprobó que el pasillo estaba vacío, salió y caminó sin hacer ruido hasta las escaleras de bajada, las descendió y se asomó por la puerta que daba a la planta baja; la sala principal de la iglesia.

Tal y como ordenó Ismael, todos los miembros estaban reunidos allí. La iglesia rebosaba gente como nunca. Se apretujaban unos a otros, procurando estar lo más cerca posible de su señor. Sentado en el cómodo sillón que había sido del pastor, Ismael, acompañado por los miembros privilegiados de La Hermandad –aquellos que merecían vestir el uniforme negro– esperaba que la sala quedara en silencio. Emanuel reconoció que su pose era cada vez más majestuosa. Observaba su pequeño imperio con vehemencia; la mirada le ardía de orgullo cuando veía a tantas personas sometidas a su voluntad. Alzó su mano izquierda, que descansaba en el brazo del sillón, y al momento provocó un respetuoso silencio.

–Miembros de la gloriosa Hermandad –comenzó, hablando en tono grave y solemne–. He creído oportuno informaros de los grandes avances que vamos consiguiendo. La ciudad nos conoce y nos reverencia. Somos respetados por los ciudadanos y por las autoridades. Todos nos quieren y saben de nuestra divina misión. Anoche, meditando sobre estos asuntos, me pregunté si acaso no merecía todo el país disfrutar del reino de paz y prosperidad que traigo.

Emanuel se estremeció. Lo que acababa de escribir en su libreta parecía cumplirse como si de un mal presagio se tratara.

–Vosotros veis en mí un enviado de Dios, alguien infundido de poder divino y, en efecto, así es. Habéis comprobado cómo he inculcado justicia en esta ciudad y las hermosas señales que he manifestado para que confiéis en mí. Pero yo os pregunto, ¿cuánto poder creéis que poseo?

Guardó silencio, a la espera de recibir una respuesta de sus oyentes. La mayoría no se atrevía a mirarle a los ojos, ni siquiera a murmurar algo.

–Vamos, contestad. No temáis –animó Ismael.

–¡Tu poder es muy grande! –dijo Simeón, cuya potente voz se elevó llena de euforia.

–¡Sí! –dijo Jonatán desde el estrado–. Tienes tanto poder como los ángeles.

–¿Tanto como los ángeles? Ya veo... –respondió Ismael.

Jonatán percibió que su señor no se sentía cómodo con aquella respuesta.

–¡O más! –añadió.

En Ismael afloró una sonrisa.

–¡Es cierto! –gritó Ramón desde el fondo de la iglesia–. ¡Ismael tiene mucho más poder que los ángeles!

–¿Cuánto? ¿Cuánto más poder decís que tengo?

–¡Como el profeta Elías! –respondió una anciana que desde la primera fila observaba a Ismael como si se tratara de una aparición.

En la iglesia resonó una carcajada general, Ismael también rió con levedad.

–¡Es mucho más que eso! –continuó otra voz.

–¿Más que el profeta Elías? Entonces, ¡¿cuán poderoso soy!? –animó Ismael.

Los presentes comenzaron a gritar posibles respuestas. Alguien dijo: «Moisés» y otro, más entusiasmado todavía, que Ismael era mil veces más poderoso que el arcángel Miguel. Hasta que, de repente, una voz se elevó por encima de las demás. Era Roberto, quien también quiso participar.

–¡Como el mismísimo Dios Todopoderoso!

La iglesia quedó en silencio. Roberto continuó, esta vez sin gritar, aunque matizando la sinceridad en el tono.

–Tú has sido infundido con todo el poder de Dios.

Ismael mostró una sonrisa de complacencia a su más fiel seguidor.

–Acertaste, mi querido Roberto.

Luego volvió a mirar a sus fieles.

–¿No quiere Dios solucionar el mal de este mundo? ¿No daría todo lo que estuviera en su mano para conseguir que el bien triunfara? Mis queridos hijos, ¿no hizo eso ya en una ocasión? Se encarnó en Cristo para librar a la humanidad de la muerte. Y Cristo, os recuerdo, era Dios mismo. Se hizo un poco menor que los ángeles en poder.

»Pero vosotros habéis reconocido que yo tengo más poder que los ángeles. Entonces, ¿cómo podría ser menor que Cristo? Sin duda, soy al menos igual que Él, porque mi misión es tan sagrada como la suya. E incluso más, porque si Él vino para limpiarnos de todo pecado con su sangre, yo he venido a purificar vuestra sangre con sangre.

»Habéis, pues, reconocido quién soy. Tengo todo el poder de Dios a mi alcance para conseguir mi objetivo. Y yo os pregunto ¿dudáis que lo logre?

La iglesia prorrumpió en sonoras negaciones. Ismael los calmó con un gesto apaciguador de su mano.

—Lo sé. Sé que nunca habéis dudado. Pero tampoco dudéis ahora de lo que os proclamo. Soy toda la omnipotencia de Dios encarnada, soy... soy un avatar del Altísimo. Sí, así podéis llamarme: ¡Avatar!

Ismael elevó los brazos y la iglesia entera estalló en aplausos y reverencias. La gente se echó a sus pies, sollozando y proclamándole su dios. Emanuel, escondido tras la puerta, contemplaba la escena a través de una estrecha rendija. Lo que presenciaba hacía que le temblaran las piernas.

Resolvió salir de allí cuanto antes, y pensó que aquél era el mejor momento. Mientras todo el mundo siguiera reunido en la sala principal, él podría subir en busca de Dámaris, quien ahora no estaba vigilada por Simeón. Luego, buscaría la forma de confundirse con la multitud para alcanzar la puerta de salida.

Ya estaba a punto de ponerse en marcha, cuando vio que el hombre que guardaba la puerta que daba al recibidor se abría paso entre la gente hasta el estrado. Allí Roberto se le acercó y el hombre le comunicó algo al oído, que Roberto a su vez dijo al oído de Ismael. Movido por la curiosidad, Emanuel decidió quedarse un poco más.

—Avatar —dijo Roberto, usando por primera vez el título que su señor se había otorgado—, hay cuatro policías en la puerta. Dicen que quieren entrar.

—¿Son de los nuestros?

—No. Al parecer vienen por la denuncia de un hombre que nos acusa de haberle usurpado el local de la iglesia.

—Aarón...

—Seguramente. ¿Qué hacemos?

—Dejadlos pasar. Que vengan hasta mí.

—Sí, Avatar.

Roberto se dirigió al guardia que le había traído el mensaje, quien todavía esperaba al pie de las escaleras del estrado, y le respondió con un movimiento afirmativo de la cabeza. El guardia volvió a cruzar a codazos entre la turba frenética y desapareció por la puerta que daba al recibidor.

Ismael hizo un ademán con la mano para que la iglesia quedara en silencio. Al poco rato, cuatro policías entraron en la sala. Miraron con desconfianza a los presentes y a las condiciones en que se encontraba la iglesia: llena de mantas, desperdicios tirados por todas partes y un olor nauseabundo. Avanzaron con cautela a través del pasillo central hasta quedar al pie de las escaleras del estrado.

—¿Es usted Ismael? —dijo uno de ellos.

—Así es, agente. ¿Qué se les ofrece?

—Hemos recibido una denuncia del dueño de este local...

—Esto es una iglesia. Dios es su dueño.

—Ya... bueno. El caso es que han denunciado que usted se ha apropiado ilegalmente de él. ¿Tiene algún documento legal que justifique un traspaso?

—Yo no necesito documentos, agente.

El policía enarcó una ceja, visiblemente sorprendido por la respuesta.

—Escuche, me temo que voy a tener que llevármelo para que preste declaración y...

—¡Escuche usted! —grito Ismael, tan fuerte y tan por sorpresa que los cuatro policías echaron mano instintivamente a sus pistoleras—. No pienso moverme de aquí. Vosotros, ¡humanos infieles e ignorantes!, os habéis atrevido a profanar mi templo. ¡Me habéis ofendido en mi propia casa! No me someteré a vuestras órdenes. ¡Sois vosotros los que os debéis someter a las mías!

Se elevó una ovación que contribuyó a asustar más a los policías, que miraron a uno y otro lado contemplando los rostros sedientos de ira que los observaban.

–S... saben donde estamos –amenazó el agente–. Atacar a un agente de policía es un delito que...

–¡Oh! No pienso atacaros, indefensas criaturas. Quiero demostraros mi poder de otra forma. Deseo quitar el velo que cubre vuestros rostros para que veáis la verdad de mi naturaleza. Me mostraré ante vosotros como quien soy: el Avatar.

Dicho esto, se levantó del sillón, descendió los peldaños que lo separaban del primero de los policías y, sin pensárselo dos veces, lo asió del cuello con su mano derecha. El resto se apresuró a apuntarle con sus pistolas.

–¡Suéltalo! –le gritó otro de los agentes.

El policía que Ismael tenía agarrado intentaba soltarse con ambas manos, pero su agresor parecía poseer una fuerza inhumana. Ismael comenzó a respirar profundamente, como si quisiera inhalar todo el aire de su alrededor.

–Sí... ya lo siento. Siento cómo fluye el poder hacia mí, cómo me llena. Siento vuestro odio, vuestra ira. Soltadlo, dejadlo salir, yo lo recogeré. Soy el cosechador de todo el mal que habéis almacenado en vuestras almas. Sí, ya lo noto... ¡Sí! ¡Gritad! ¡Gritad con fuerza, hijos míos! ¡Gritadme lo que queréis que les haga a estos inconversos!

A su orden, todos los presentes comenzaron a gritar lo más cruel que mascó su alma.

–¡Golpéalos hasta que se arrodillen ante ti!

–¡Tortúralos a todos, de uno en uno!

–¡Mátalos!

Ismael volvió a respirar profundamente, y luego, ante la mirada sorprendida de todos, levantó con un único brazo al policía que sujetaba. Ochenta y cuatro kilos levantados a pulso con un solo brazo.

–¡¡Yo soy el Avatar!! –rugió Ismael a la cara del policía, quien le miraba con ojos desorbitados.

–¡¡Arrodillaos ante el Avatar!! –ordenó, y todos, policías incluidos, se arrodillaron hasta tocar el suelo con la punta de la nariz.

Emanuel, sin creer lo que veían sus ojos, se estremeció de puro terror. Había sentido la orden hasta el mismo tuétano de sus huesos. Alimentada con los gritos furiosos de sus súbditos, se había extendido como una cálida oleada de mal puro desde la boca de Ismael hasta el último rincón de la sala, y los había sugestionado a todos.

A todos, excepto a él.

—Dios nos asista —susurró—. Ismael, ya sé quién eres.

4

Emanuel siguió espiando desde la puerta entreabierta hasta ver el desenlace de la reunión. Los presentes continuaron adorando a Ismael durante un buen tiempo, especialmente cuando hubieron comprobado personalmente la fuerza prodigiosa de su líder. Los cuatro policías que habían llegado con motivo de la denuncia impuesta por Aarón decidieron que su ronda había terminado en La Hermandad y se quedaron durante al menos veinte minutos. Les hubiese gustado quedarse más tiempo, pero Ismael les pidió que volvieran a sus casas para no levantar sospechas. Al menos, por el momento, deberían actuar como si no fueran nuevos convertidos.

Cuando dieron las once de la noche, la reunión se dio por terminada e Ismael despidió a los presentes. La mayoría no se movió del sitio, porque dormía en la sala principal de la iglesia, de manera que muchos solo tuvieron que volver a acomodarse en su manta o echarse a dormir en alguno de los bancos.

Al poco rato, los designados como cocineros se apresuraron a dar de comer a la gente. Si algo había que agradecer en La Hermandad era su comida: realmente exquisita y abundante; Ismael no quería que sus fieles estuvieran más a disgusto de lo que ya estaban por dormir en el suelo, y no reparaba en gastos cuando se trataba de alimentos, teniendo en cuenta que amasaba una considerable riqueza gracias a las donaciones.

Emanuel subió hasta su habitación y se encerró en ella, pero pegó el oído a la puerta para escuchar cómo, poco a poco, cada miembro privilegiado recibía la cena en su aposento particular.

Tras cenar, Emanuel aguardó a que reinara el silencio, hasta pasada la media noche. Quería asegurarse de que nadie caminara por los pasillos, para así tener el camino lo más despejado posible durante su evasión. Sin embargo, la más difícil cuestión aún quedaba por resolver: ¿Cómo se llevaría a Dámaris de allí? Con toda seguridad, Simeón ya habría regresado a su habitación. Emanuel supuso que debía estar profundamente dormido, porque aquella noche no escuchó el lamento de su esposa a través de las paredes, lo que significaba que Simeón se había echado a dormir directamente, tal vez cansado por toda la agitación vivida durante la reunión.

De todas formas, daba igual lo profundamente dormido que estuviera, la puerta estaba cerrada con llave día y noche. No podría rescatar a Dámaris sin ingeniar un modo de abrirla. No, no debía hacerse ilusiones, no había modo. Él no era un ladrón, no tenía ganzúas ni nada que pudiera usar como tal, y si forzaba la puerta despertaría a Simeón o, con un poco de mala suerte, a todo el pasillo de habitaciones.

Pensó en abandonar la empresa hasta que se le presentara una mejor oportunidad, pero el recuerdo de Ismael y de la reunión de aquella tarde le devolvió a la cruda realidad. Si decidía quedarse en La Hermandad, aunque fuera solo un día, su vida correría serio peligro. Debía escapar, y debía hacerlo ya.

Se apartó de la puerta y miró con detenimiento cada detalle de la habitación: todos los muebles y objetos, buscando algo que le sirviera. Encontró un cuchillo; parte del cubierto que le entregaron junto con la cena, de color plata, punta redondeada y con un escaso filo dentado. Apenas había logrado cortar el filete con él, pero ahora quizás pudiera servirle.

Tras agarrarlo, se agachó junto a una esquina de la cama, levantó la colcha que a modo de falda caía a cada lado hasta el suelo, y con la punta del cuchillo comenzó a destornillar una de las patas metálicas. Eran patas cuadradas y cortas, de unos cuarenta centímetros de alto. Una vez conseguido, empuñó la pata y, procurando no hacer ruido, abrió lentamente la puerta de su habitación, se aseguró de que no hubiera nadie y salió al pasillo.

Cuando llegó frente a la puerta del cuarto que ocupaban Simeón y Dámaris, llamó suavemente y esperó. Al poco rato escuchó susurros del otro lado que provenían de una voz femenina. Dámaris, quien de seguro no podía dormir, sacaba del sueño a su marido para avisarle que habían llamado. Poco después, Emanuel escuchó un carraspeo seguido de la fuerte voz de Simeón. Incluso medio adormilado, su hermano hablaba más alto de lo normal. Emanuel miró nervioso hacia todos lados. Todo el silencio que había procurado mantener se estaba echando a perder.

Entonces, los cerrojos del otro lado de la puerta se descorrieron; primero el de arriba, luego el de abajo, y al fin se movió la manija. Emanuel escondió la pata de la cama colocando su mano a la espalda.

–Buenas noches –dijo, en cuanto vio que la puerta se abría.

–¿Qué quieres? –respondió Simeón. Tenía entornada la puerta solo hasta la mitad y Emanuel no logró ver dónde se encontraba Dámaris.

–¿Puedo pasar?

–¿Para qué?

–Tengo algo importante que decirte.

Simeón resopló.

–¿No puede esperar hasta mañana?

Emanuel comenzó a ponerse nervioso. Su hermano hablaba demasiado alto. Temía que, a estas alturas, todo el pasillo de habitaciones los hubiera oído.

–Necesito pasar, hermano.

–¡Dime aquí lo que me tengas que decir y déjame dormir! –vociferó Simeón.

Emanuel, agobiado y lleno de impaciencia, miró de reojo a ambos lados del pasillo, y tras asegurarse de que no había nadie asomado, empujó a su hermano al interior, se metió con él, y cerró la puerta. Simeón, todavía medio dormido, trastabilló y cayó al suelo golpeándose la cadera con la esquina de una mesa a su espalda. Emanuel apenas logró diferenciar a su hermano en mitad de la oscuridad, pero en cuanto reconoció un bulto oscuro empezó a golpear con la pata de la cama. Al segundo golpe, reconoció haber impactado en la cabeza y paró. Su hermano no se movía. Buscó el pulso a tientas, y tras cerciorarse de que Simeón continuaba vivo, susurro:

–¿Dámaris, dónde estás?

–Aquí –respondió ella.

Emanuel la ubicó por la voz. Debía estar sobre la cama, en una esquina de la habitación.

–Nos vamos.

–¿Has matado a Simeón?

–No. Solo está inconsciente, pero debemos darnos prisa. Tardará un rato en recobrar el conocimiento.

Emanuel conocía bien a su hermano mayor. Un hombre que pesaba más de cien kilos no era fácil de tumbar. Volvería a estar consciente en un par de minutos.

Extendió la mano en la oscuridad, y al poco rato notó cómo los fríos y suaves dedos de Dámaris le tanteaban la palma. Ella, sin duda, debía ver mucho mejor, pues sus ojos estaban acostumbrados a la oscuridad.

–Guíame hacia la puerta. Ya no sé dónde queda –le pidió.

–A tu espalda, a un metro de distancia más o menos.

Emanuel se volvió tras retroceder apenas un paso y tocó la puerta. Buscó la manija y la accionó.

–Quédate a mi espalda –ordenó a Dámaris mientras oteaba el exterior. Temía que alguien, alarmado por el ruido que su hermano había provocado cuando chocó contra la mesa al ser empujado, hubiera salido para ver qué ocurría. Para su tranquilidad, nadie se asomó, seguramente a causa del libertinaje propugnado por Ismael. ¿A quién le importaba que Simeón le estuviera dando una paliza a su esposa? Todos habrían escuchado los ruidos, eso era seguro, pero de ahí a que se interesaran por ellos mediaba una gran diferencia.

Emanuel y Dámaris salieron al pasillo y caminaron con relativa tranquilidad hacia la salida. Todavía les quedaba atravesar la sala principal, sorteando a toda la gente que allí dormía. No debían parecer nerviosos, ni dar ocasión alguna a las sospechas, pero lo cierto era que Emanuel no tenía ninguna excusa preparada si alguien los detenía.

Llegaron hasta las escaleras, pero un imprevisto los detuvo en el sitio. Al otro lado de las escaleras, justo en la entrada a la sala de la iglesia, esperaba uno de los guardias. Era el mismo que había visto escapar a Leonor y a quien Emanuel mintió indicándole una dirección falsa. Con toda seguridad habría recibido una dura reprimenda de Roberto, de Samuel o de Ismael mismo, por lo que posiblemente ahora se estaría tomando más en serio su trabajo, lo cual contribuía a dificultar la evasión.

Dámaris le apretó la mano con fuerza. El guardia, de espaldas a ellos, no los había visto todavía. Eso les dio tiempo para improvisar una coartada que explicara su presencia.

—Tranquila —dijo al oído de Dámaris—. No debemos levantar sospechas.

Pero Dámaris temblaba como un pajarillo herido. En la oscuridad de la habitación no se había percatado, pero ahora que la veía a la luz, Emanuel pudo comprobar los estragos de su encarcelamiento y las secuelas que las torturas de su marido habían dejado. Tenía moretones en brazos y piernas, unas profundas ojeras, y un color de piel marfileño que la daba un aspecto moribundo.

—Necesito que te calmes —insistió Emanuel, acariciándole la mano para inspirarle confianza. Cuando notó que dejaba de temblar, comenzó a descender las escaleras. El guardia les escuchó venir y se giró.

—¡Ah, Emanuel, eres tú!

—Sí... hola. ¿Cómo va la noche?

—Tranquila. ¿Adónde vais? ¿No es ésta la mujer de Simeón?

—Sí... es ella.

—¿Adónde la llevas?

A Emanuel le hubiese gustado volver a tener su pata de cama a mano, pero andar por ahí empuñando un arma improvisada habría parecido más que sospechoso, así que la dejó en la estancia de Simeón cuando ya no le hizo falta. Ahora solo le quedaban sus palabras como única defensa. Su mente trabajó rápido en una excusa.

—Me la llevo al baño.

—¿Al baño?

—Sí, bueno... —Emanuel sonrió lo más maliciosamente que pudo—. Simeón me la ha... prestado. Ya sabes a lo que me refiero.

Y, en un gesto de complicidad, guiñó un ojo al guardia.

De haber sido alguien de la iglesia, la historia habría resultado más creíble, porque Emanuel sabía que muchos conocían la gran amistad que le unía con Dámaris. Por desgracia, el guardia era alguien de fuera.

—¡Ah! Ya comprendo —respondió el guardia, y miró a Dámaris de arriba abajo, estudiando los contornos de su figura—. ¡Qué suerte tienes!

—Entre hermanos, ya se sabe.

—Está bien, pasa... ¡Y disfruta!

Emanuel sonrió y pasó el umbral de la puerta.

Se encontraban a mitad de camino de la salida. Ahora solo les separaban decenas de personas tiradas por todos lados, acurrucadas junto a la pared o tumbadas sobre los bancos. Pero de pronto, cuando habían avanzado unos metros, la voz del guardia volvió a sonar a su espalda.

—¡Oye, Emanuel!

Emanuel se volvió lentamente. Algunos de los que dormían levantaron la cabeza para ver qué ocurría.

—¿Por qué no te la has llevado a tu habitación?

Emanuel sonrió. Su mente volvió a funcionar con agilidad.

—Mi cama se ha roto. Una de las patas se le ha caído. Sube a comprobarlo si quieres.

—No, déjalo. No puedo moverme de aquí, pero enviaré a alguien para que te la arregle.

—Perfecto.

—Estará bien para cuando vuelvas.

Emanuel asintió, pero en el fondo se encontraba más nervioso que nunca. Su cama no tenía una pata caída, lo que ocurría era que, directamente, no había pata alguna. En cuanto alguien entrara a su habitación, vería los tornillos desperdigados por el suelo, y la ausencia de una pata. Entonces querría saber qué habría sucedido.

El tiempo se les agotaba.

Caminaron pasando por encima de personas tumbadas en el suelo. Casi nadie se interesó por su presencia y quien lo hizo se limitó a verlos pasar. La estancia estaba en silencio, roto por algún que otro ronquido o una tos nocturna. Llegaron hasta el recibidor y lo encontraron vacío.

Con la puerta de la calle tan cerca, no pudieron evitar por más tiempo aquella calma fingida y echaron a correr. Abrieron la puerta de golpe y, una vez alcanzada la calle, ascendieron en dirección a la carretera hasta quedarse sin aliento. Dámaris tuvo que parar antes, porque una risa provocada por la tremenda tensión nerviosa que estaba experimentando no la dejaba seguir. Se detuvo y miró a Emanuel con los ojos empapados en lágrimas.

—¡Estamos fuera! ¡Hemos salido!

—Sí, lo hemos logrado. El Señor nos ha ayudado.

—¡Gracias, Dios mío, gracias!

Dámaris elevó los brazos al cielo. No le importó vestir solo un pijama, a pesar del frío, ni que los pocos viandantes que rondaban a aquellas horas se preguntaran qué hacía una mujer en pijama, parada en medio de la acera, con los brazos en alto y sonriendo sin parar. Emanuel se aproximó a ella y la abrazó.

–Deberíamos seguir corriendo. No tardarán en darse cuenta y...

Pero Dámaris acalló sus palabras con un beso, aquel que Emanuel llevaba tantos años esperando recibir. ¿Estaba haciendo mal? ¿Era un pecado lo que hacían? ¿Engañaban a sus parejas? Era difícil concretar qué era correcto o incorrecto, y Emanuel se negó a pensarlo más. Quiso sentir el beso y verlo como el símbolo máximo de agradecimiento.

–Todavía no hemos escapado del todo –dijo cuando se separaron–. He averiguado muchas cosas sobre tu hijo, y debemos compartirlas con Josué y Daniel.

–¿Mi hijo? El ser despreciable que rige La Hermandad no es mi hijo.

Emanuel asintió.

–Tienes razón. No es tu hijo. Es el Avatar.

5

—AVATAR...

Samuel había entrado en la habitación y cerrado la puerta después, tal y como había ordenado Ismael. Ahora esperaba inclinado a que su señor le diera permiso para hablar.

Ismael estaba recostado sobre la cama, rodeado por una cantidad excesiva de comida y vestido solo de cintura para abajo con los pantalones negros del uniforme.

—Habla, ¿qué ocurre?

Samuel se incorporó, pero su actitud siguió sumisa.

—Dámaris... ha escapado.

—¿Cómo? ¿Lo sabe Simeón?

—Simeón ha sido atacado.

—¿Atacado? ¿Por quién?

—Han visto a Dámaris y Emanuel salir juntos. Le mintieron a un guardia diciéndole que iban a los baños, pero cuando Simeón se recuperó nos contó la verdad.

El rostro de Ismael enrojeció de ira. Se levantó de un salto, y lleno de rabia comenzó a lanzar por los aires todo cuanto había sobre la cama.

—¡Sucio! ¡Perro rastrero! ¡Traidor! ¡Mi propio tío! ¿Cómo has podido? ¿Cómo te has atrevido a traicionarme cuando en ti deposité toda mi confianza? ¡Maldito!

Su cuerpo se agitó sin control, guiado por una frenética sed de destrucción. Alcanzó una cómoda a su izquierda y arrojó los cajones al suelo, luego comenzó a lanzar puñetazos sobre las puertas del armario. De una patada, la silla junto a su cama voló por los aires y se estrelló contra la pared.

—¡Y tú también, madre! ¡¿Cómo osas abandonarme?! Has fornicado con el mundo. ¡Infiel!

Samuel se echó hacia atrás todo lo que pudo para procurar que no le diera ninguno de los objetos que Ismael lanzaba por los aires. Éste sujetó la cama de un lado, y con un movimiento enérgico la volcó.

—¡Arderéis! ¡Arderéis los dos en el negro fuego de mi ferocidad! ¡¡Os consumiré como hojas secas y devoraré vuestras cenizas!!

Ya cansado y jadeante, volvió a reparar en Samuel, quien desvió la vista al suelo de inmediato.

—¿Dónde han ido?

—Estamos en ello. Hemos puesto gente a trabajar.

—Bien —respondió Ismael, ya más calmado—. Les mostraremos cuán grande es el poder del Avatar.

—Así se hará.

—¿Y el vigilante? ¿Quién ha sido el inútil que los dejó pasar?

—Gago, el jefe de...

—Sí, ya sé quién es. ¿No se le amonestó ya?

—En efecto, Avatar. El domingo pasado dejó que Leonor escapara.

—Roberto se entristeció mucho por ello.

—Cierto.

Ismael bajó la mirada y habló para sí mismo.

—¡Ah! Gago. Te tenía mucho cariño. Tú presenciaste mi verdadero nacimiento. Tú me ayudaste en el génesis de mi naturaleza. Confié en ti cuando quisiste seguirme. Perdoné todos tus pecados, a pesar de que me afectaban directamente, porque al fin y al cabo no eras más que una herramienta del destino inevitable. Y, finalmente, permití que te unieras a nosotros para rehacer tu vida... pero me has defraudado, y no puedo volver a pasar por alto una falta semejante...

—Avatar, ¿qué quiere que hagamos con él?

—Matadlo.

Un ápice de duda asomó en la mirada de Samuel. Ismael había ordenado muchas cosas, algunas realmente crueles, pero era la primera vez que dictaminaba la muerte.

—¿Qué ocurre, Samuel? ¿Dudas de mis designios?

—No, Avatar.

—Pues, hazlo. Lo harás tú. Siempre me dijiste que no te gustaba Gago. Nunca llegó a caerte bien, ¿no es cierto?

—Sigo recordando lo que le hizo a Rebeca. Fuiste muy magnánimo cuando lo perdonaste y permitiste que se nos uniera.

—Bien, pues se terminó la magnanimidad. Mátalo. Y no dudes. No quiero volver a verte dudar, ¿está claro?

—Sí, Avatar.

XIV

1

Josué se revolvía en la cama, preso de un sueño del que no podía despertar. La pesadilla era tan profunda que impedía a toda costa que abriera los ojos; ejercía una fuerza superior sobre su voluntad. Pero entonces un ruido procedente del exterior lo ayudó. Logró despegar los párpados y se incorporó en la cama de un salto. Miró hacia todos lados; seguía en la habitación del hospital.

Era de madrugada, todo estaba sumido en la oscuridad.

De repente, sonó el mismo ruido que lo había despertado, pero ahora reconoció de qué se trataba: alguien movía lentamente la manija de la puerta desde el otro lado. Al abrirse, la habitación, que permanecía casi sumida por completo en la oscuridad, se llenó débilmente con la luz del exterior. En la entrada quedó dibujada la silueta de una persona alta.

A medida que la mirada de Josué fue adaptándose a la nueva claridad, comenzó a reconocer los rasgos físicos de su inesperado visitante.

—Ismael —musitó, sorprendido a la vez que aterrado.

—Hola, primo.

Ismael pasó al interior, la luz procedente del pasillo solo iluminaba en parte sus facciones. Sus cuencas, oscuras como grutas, arrojaban un tenue brillo rojizo desde las pupilas, pequeño como la cabeza de un alfiler, pero tan brillante como si gozara de luz propia.

—¿Cómo me has encontrado?

—Te he olfateado, he notado el olor de tu sangre traidora, y lo he rastreado hasta aquí. He venido por ti, Josué.

—¿Por qué?

El brillo en los ojos de Ismael parecía crecer por momentos. Se acercó a Josué, éste se hundió todo lo que pudo en el colchón.

—No te resistas. No puedes nada contra mí.

—Te detendremos, Ismael. Si me haces algo el personal del hospital lo sabrá.

—No podéis detenerme —respondió Ismael.

Su voz sonó gutural y profunda, y se reprodujo por todos los rincones de la habitación.

—Tú... tú no eres mi primo. ¿Quién eres? —gritó Josué.

Notaba todo su cuerpo paralizado, como si estuviera todo escayolado.

Ismael articuló una risa macabra por toda respuesta. Extendió el brazo y tapó con su mano la boca y la nariz de Josué quien, al momento, intentó liberarse; pero su cuerpo seguía sin obedecerle.

—Ha llegado la hora de enviarte frente al trono de Dios.

Josué movió el cuello, la única parte de su cuerpo que logró sentir, pero la mano de Ismael era más fuerte, mucho más fuerte. Comenzó a notar cómo le faltaba el aliento, intentó abrir la boca para respirar pero la mano que lo presionaba se lo impidió.

—Tu tiempo se ha terminado.

La vista de Josué comenzó a nublarse. Miró a todas partes, buscando cualquier cosa que le sirviera para escapar, pero solo halló oscuridad, una completa oscuridad y, en medio de ésta, la mirada ardiente de Ismael, semejante a la de una bestia enfurecida.

Quiso gritar. Reunió todas sus fuerzas, y logrando abrir la boca, emitió un aterrado alarido con el último aliento que le quedaba.

—¡Se acabó! —le dijo Ismael.

En ese momento, Josué despertó.

Había gritado en sueños. Lo supo porque todavía gritaba. Poco a poco, la voz fue dando paso a un agitado jadeo. Miró a todos lados. Vio que no se encontraba en la habitación del hospital sino en su habitación. Recordó que había recibido el alta aquella misma mañana.

Como en el sueño, era de noche, pero entraba algo de luz a causa de las farolas de la calle. Entraba por la ventana, cuya hoja se había abierto tras un golpe de viento que ahora agitaba las blancas cortinas de seda, e iluminaba el interior con cierta timidez.

Exceptuando lo ajetreado de sus latidos, Josué solo pudo percibir el tenue sonido que le llegaba del exterior. Se trataba de un zumbido lejano: era el ruido característico de la ciudad, el ajetreo de las autopistas y todas las carreteras. Ahora, sin embargo, estaba seguro de haber escapado de aquel bucle onírico. A diferencia del sueño, era capaz de mover su cuerpo (a excepción de su brazo escayolado) y estaba en disposición de todos sus sentidos; sin embargo, un nuevo ruido puso todos sus músculos en tensión. Era un crujido, suave pero cercano. Volvió su cabeza a un lado y pudo comprobar que la manija de su puerta se accionaba lentamente, al igual que había sucedido en su pesadilla.

Se acurrucó en el cabecero de la cama, concentrando toda su atención en ver cómo la manija bajaba suavemente y, cuando la puerta se abrió, la luz del exterior iluminó la silueta que se encontraba al otro lado...

2

—Josué, ¿te encuentras bien?

Emanuel contemplaba extrañado a su hijo, hecho un ovillo junto a la almohada y mirándole con el rostro desencajado por el miedo. Cuando Josué reconoció la voz de su padre, se relajó.

—Sí, papá. He tenido una pesadilla, pero ya estoy bien.

—¡Caramba! Ha debido ser una pesadilla terrorífica.

El tono animado de su padre le llenó el espíritu de una paz relajadora. Hacía mucho tiempo que deseaba hablar con él a solas, aclarar todo lo ocurrido entre ambos. Pero a medida que avanzaban los días, y desde que Daniel le contó cómo Emanuel le había guiñado un ojo en la iglesia, justo antes de quedarse, la posibilidad de que su padre hubiera urdido una estratagema contra Ismael cobraba mayor fuerza. Se sentía más tranquilo desde entonces, y menos atosigado por las negativas ideas sobre su padre.

—Sí, ha sido un sueño muy... real.

Solo cuando Emanuel entró en la habitación, Josué supo que no estaba solo. Tras él pasó Daniel, quien iba acompañado por Leonor.

—¿Cómo estás, campeón? —quiso saber Daniel.

—Mejor, al menos estoy en casa.

Después entró Rebeca.

—Hola —dijo con cierta timidez. Josué respondió con un movimiento afirmativo de cabeza, aunque ambos se dijeron mucho más con sus sonrisas.

Por último, pasó Dámaris. Josué la encontró más demacrada que de costumbre, pero se la veía de buen ánimo. Justo cuando iba a cerrar la puerta, el pie de Penélope se interpuso para impedírselo. Dámaris volvió a abrirla y, por unos instantes, ambas se sostuvieron la mirada.

—Emanuel, cariño —dijo Penélope—, voy a salir a la calle unos minutos. No molestéis demasiado a Josué. Tiene que descansar.

—Solo será un momento —respondió Emanuel.

Su esposa cerró la puerta.

—¿Qué hora es? —preguntó Josué. Le parecía extraño encontrárselos a todos allí reunidos cuando parecía ser de madrugada.

—Son solo las once de la noche. Apenas has dormido una hora, hijo.

Josué se sorprendió. El realismo de sus sueños le había hecho creer que en realidad llevaba mucho más tiempo dormido.

—¿A qué día estamos? —volvió a inquirir, aún confuso.

Su padre sonrió condescendiente.

—Es jueves, 7 de febrero. Desde que saliste del hospital has tenido fiebre y por eso tal vez tengas algo confundidas las fechas, pero veo que ya te encuentras mucho mejor.

—También me cuesta reconocer los lugares. Por un momento creí... o soñé, más bien, que seguía en el hospital. Ha sido tan real...

Intervino Daniel para decir:

—Bueno, Emanuel, infórmanos por qué nos has pedido que viniéramos. Mañana debo trabajar.

Por las palabras de su amigo, Josué supuso que ninguno sabía por qué estaban allí, y que todos fueron citados por Emanuel para reunirse en su casa sin dar más detalles. Como Josué seguía algo magullado, la reunión se celebraba en su habitación.

—Sí, enseguida —respondió Emanuel—. Sentaos todos cerca de la cama de Josué. Rebeca, por favor, trae la Biblia que está allí, encima del escritorio. La necesitaremos.

Cada uno hizo tal y como Emanuel había pedido. Rebeca se sentó en un lado de la cama, tan cerca de Josué que éste pudo percibir el aroma a fresas de su perfume. Dámaris lo hizo en la silla que había frente al escritorio, Daniel y Leonor se sentaron en el suelo, y Emanuel se puso en medio de ellos, sentado sobre una de las esquinas inferiores de la cama. Cuando todos se quedaron en silencio, tomó aire y comenzó.

—Como algunos ya sabéis, hace dos días que Dámaris y yo logramos salir de La Hermandad. No fue nada sencillo, porque ella estaba...

—Secuestrada —respondió Dámaris.

—Exacto —prosiguió Emanuel—. Simeón, mi hermano, la mantenía secuestrada y la trataba como una especie de esclava.

Ambos se miraron durante unos instantes.

—Seguramente os estaréis preguntando qué hacía yo dentro de La Hermandad. Bien, quiero aclarar este punto antes de seguir. Hace unos días, Dámaris vino a pedirme que, por decirlo de alguna manera, «estudiara» a su hijo.

Josué sonrió al escuchar la noticia. En efecto, no esperaba menos de su padre, y ahora confirmaba que nunca decidió quedarse con Ismael por devoción.

—¿A Ismael? —quiso aclarar Leonor.

—Sí, a Ismael.

—Ismael no tiene nada de especial —sentenció Daniel—. Es un loco que ha construido una secta pervertida a su alrededor. Se aprovecha de las pobres personas que ha convencido y les saca el dinero.

—No vas demasiado desencaminado, Daniel —afirmó Emanuel—, pero eso no es todo. Dámaris estaba, y está segura de que su hijo es mucho más que el loco líder de una secta. Con temor, ella me aseguró que presentía en su hijo algo más que la personalidad de un demente, incluso más que un psicópata. Por eso me pidió que, de la manera que me fuera posible, me acercara a él y sacara mis conclusiones.

—¿Qué puede ser peor que un psicópata? —dijo, sorprendida, Rebeca.

Desde que comprobó el cambio operado en su prometido, especialmente el día que se enfrentó a él sobre el estrado de la iglesia, había pensado mucho y llegado a concluir que el carácter de un homicida se fraguaba en su interior. Ahora recordaba el ansia con que acudía en busca de aquel botón que siempre guardaba en el bolsillo.

—No. Desgraciadamente, es algo más retorcido, tal y como auguró su... como auguró Dámaris.

—¿Qué es? —preguntó Josué— ¿Qué has averiguado?

Emanuel miró a los presentes, extendió la mano para que Rebeca le diera la Biblia, y acariciando el lomo sin abrirla, comenzó a hablar extrayendo de su memoria todos los apuntes que había tomado durante su estancia en La Hermandad.

—Quiero que lo que os voy a decir lo veáis y examinéis en conjunto: Ismael está lleno de ira, ira que predica e intenta difundir, cuya manifestación física es la violencia. Por otra parte, asegura ostentar una relación peculiar con Dios; no con el amor como base, sino centrada en las más horribles acciones, porque se coloca por encima de su autoridad y reinterpreta la Biblia a placer. Se le atribuyen milagros, pero éstos solo sirven para atemorizar a sus fieles y moverles más hacia una adoración blasfema de su persona. Para terminar, he comprobado que en La Hermandad se proclaman lícitas las más nefandas fantasías que puedan concebirse, y que semejante falta de dominio en uno mismo tiene también a Ismael como fuente.

Leonor asentía a cada palabra con enérgicos movimientos de cabeza.

—¡Vaya! —terció Rebeca—. Hace todo al revés de como debería ser un cristiano. Es todo lo contrario a Cristo.

—Eso mismo pensaba yo —afirmó Josué—. Es como un anti...

Ante la magnitud de lo que a punto estuvo de decir, Josué se detuvo, pero la mirada de Emanuel le confirmó que había hallado la respuesta acertada.

—Un anticristo —dijo Emanuel.

—¿Un anticristo? —intervino Daniel.

—*El* Anticristo —recalcó, dando especial énfasis a cada sílaba.

El silencio reinó en la habitación mientras todos intentaban digerir lo que Emanuel estaba sugiriendo.

—Claro... —murmuró Leonor convencida.

—Espera un momento —dijo Daniel al cabo de un rato—. ¿Estás diciendo en serio que Ismael, el Ismael de nuestra iglesia, es el mismísimo Anticristo?

—Así es.

—¡No me lo puedo creer!

Daniel se levantó y comenzó a pasearse por la habitación.

—Yo tampoco lo creo —dijo Rebeca—. Conozco a Ismael de toda la vida. Él no puede ser el Anticristo.

—Papá —dijo Josué—. Por si no lo recuerdas, Ismael es tu sobrino. ¿Crees que tu sobrino es...?

—¿Por qué no? —cortó Emanuel—. ¿Por qué no podría ser? Lo que os ocurre es que tenéis en mente a un ser cruel y sádico que aparece en el mundo así, sin más, sin que se sepa su origen, y lo somete a la destrucción; que persigue a la iglesia de los cristianos y todo lo demás, pero ¿pensáis que va a aparecer de la nada? Colocadlo paralelamente a Cristo, ¿vino Él así, sin más? No; se hizo hombre, nació y creció como cualquier persona, hasta que comenzó su ministerio en la tierra. ¿Por qué iba a ser distinto con el Anticristo? Al igual que nuestro Señor, éste ha nacido de una madre, ha tenido un crecimiento y una maduración. Así hasta que llegue el tiempo de su misión. Y sí, puede perfectamente salir de entre nosotros, de nuestra iglesia. Me parece coherente que el más grande enemigo del cristianismo conozca su doctrina desde la misma raíz. ¿Puede pensarse en un enemigo más formidable?

–Un momento –intervino Damaris.

Escuchar las palabras de Emanuel le provocó una dicotomía entre los sentimientos de su corazón y lo que dictaban sus pensamientos a modo de consecuencia lógica.

–Si Ismael es el Anticristo, ¿por qué seguimos aquí? Siempre me han enseñado que la iglesia sería librada en los últimos tiempos cuando viniera el Anticristo. «Arrebatada», como creo que se lee en la Biblia.

–En los últimos tiempos... –repitió Josué para sí.

–Es cierto –respondió Emanuel–. También he estado pensando en eso. En efecto, la Biblia parece asegurar que los cristianos serán «arrebatados» antes de que comience el tiempo de la Tribulación; es decir, el tiempo en que sucederán los acontecimientos que narra el Apocalipsis. Sin embargo, el Apocalipsis siempre habla del Anticristo cuando se ha *manifestado* al mundo; en otras palabras, cuando hace su aparición mundial para acaparar el gobierno de la Tierra. Pero el caso es que Ismael todavía no ha llegado a ese punto. Está desarrollándose, como una crisálida. Su personalidad malvada está evolucionando, pero todavía, por decirlo de alguna manera, no ha llegado el momento en que deba manifestarse al mundo, en que deba comenzar su verdadero ministerio. Todavía no tiene todo el poder... aunque calculo poco tiempo para que lo consiga.

Leonor escuchaba boquiabierta y con gesto aterrado.

–O sea –dijo Josué–. Que como no ha llegado su tiempo, está creciendo.

–Sí. Eso es. No ha llegado su tiempo. Cuando llegue, emergerá para tomar el poder mundial. Entonces comenzará la Tribulación, todo lo que ocurre en el Apocalipsis, y nosotros, si Dios quiere, no estaremos aquí para verlo.

–¡Emanuel, por favor! –dijo Daniel, sin poder soportar por más tiempo la conversación–. Estás hablando de tu sobrino. Es el primo de Josué y el hijo de Dámaris. ¿Es que no os dais cuenta? ¡Es absurdo!

Dámaris miró a Daniel con gesto doloroso. ¿Era Ismael realmente su hijo? Ya no estaba segura de nada. Cuando intentaba pensar que cada palabra de Emanuel estaba equivocada, recordaba que su hijo la había encerrado dentro de la iglesia y entregado como concubina forzosa.

–Daniel –respondió Emanuel–, quiero que reflexiones en esto: ¿creyeron todos los miembros de la familia de Jesús en él cuando afirmaba ser el Hijo de Dios? Ciertamente que no. Algunos creyeron después, así que no me sorprende que no me creas, o que no me creáis ninguno de vosotros cuando afirmo que Ismael es el Anticristo. Todos lo hemos visto crecer, o incluso nacer. Hemos vivido y jugado con él cuando era niño, le hemos enseñado y regañado, le hemos alimentado y querido... pero tengo pruebas que avalan mi descubrimiento. Tal vez todos nosotros esperábamos a un Anticristo más sobrenatural, más intrínsecamente maligno; menos... real.

–No, no puedo –dijo Daniel–. Emanuel, yo también estuve allí cuando Ismael nos convenció para que vengáramos a Rebeca. Fui el único que me negué a actuar. Reconozco la maldad en Ismael, la sentí aquel día en sus palabras, pero no pienso admitir algo tan descabellado como lo que propones.

Emanuel no respondió al momento. En su lugar, pensó en seguir la conversación por una senda paralela.

–Daniel, imagina lo que voy a mostrarte. Día a día, cualquier habitante de este planeta genera odio, desprecio o apatía por acontecimientos que nos rodean, sean de mayor o menor importancia, incluso por mucho que nos esforcemos en preocuparnos o en ser bondadosos, no podemos evitar sentir también estas cosas de las que hablo. La sociedad entera ha ido degenerando poco a poco hasta que a los hombres ha dejado de importarles el prójimo. Si dos personas se pelean en la calle nadie acude a separarlas, si alguien te pisa cuando sube a un tren abarrotado un lunes por la mañana, solo deseas gritarle, y apenas prestamos atención cuando vemos por la televisión una de tantas guerras o hambrunas que hay en el mundo. Tan insensibles nos hemos vuelto, tan indiferentes y llenos de odio, que si la Tierra fuera como un campo de cultivo estaría a rebosar de frutos de odio. Y eso, Daniel, es justo lo que ocurre: durante milenios nuestro mundo se ha ido llenando de mal.

»Ahora, imagina que existe alguien capaz de absorber todo ese mal que ha germinado y de usarlo para que su poder crezca, como un cosechador que ha venido a recoger la mies. Ese cosechador es Ismael. Ahí reside su asombrosa capacidad para realizar actos que sobrepasan lo corriente. Utiliza toda nuestra ira y nuestro odio para crecer.

»Tal y como está nuestro mundo hoy día, es normal que Ismael y La Hermandad crezcan a un ritmo semejante. Su poder de persuasión traspasa la fe, si ésta no es fuerte, y se aprovecha de cualquier sentimiento de mal en el individuo para manejarlo a su antojo. Esto explica que convenciera a tantos hermanos, aun para que ejercieran la violencia a modo de justicia particular.

»Es un ser realmente poderoso, porque, además, él mismo genera el mal del que se alimenta. Lo comprobé cuando estuve en La Hermandad. Cuando necesitó hacerse fuerte, pidió a sus seguidores que descargaran toda su rabia, y cuando éstos lo hicieron, desarrolló facultades físicas increíbles.

—Pero hasta ahora Ismael no había manejado ese poder —dedujo Josué, quien escuchaba cada vez más confundido.

—¡No, claro que no! Como os he dicho antes, su personalidad ha necesitado de un desarrollo, de un detonante, de algo que hiciera florecer su propia ira interior. En este caso, el detonante fue la agresión de que fue víctima Rebeca. Creo que al principio, Ismael no actuaba movido por el mal puro que ahora lo domina; solo se dejó llevar por él. Es, como en otras ocasiones, un paralelo con lo que los cristianos llamamos el «viejo hombre», la personalidad que teníamos antes de conocer a Cristo, y que, en ocasiones, quiere salir a flote para hacerse dueña de nuestras acciones. En la reunión que tuvisteis y cuando Ismael os propuso vengaros de Rebeca, todos, excepto Daniel, obedecisteis al viejo hombre que hay en vosotros, a la personalidad no cristiana; sin embargo, en Ismael ocurría el efecto contrario: él obedecía a su verdadera personalidad, a su Yo real, que necesitaba de un desencadenante para manifestarse.

—El ataque que yo recibí —dijo Rebeca, apesadumbrada.

—Sí, lo siento, Rebeca. Pero tal vez te consuele pensar que Ismael siempre ha sido quien es. Lo que a ti te ocurrió no te hace culpable. No eres la causa, solo el resorte.

—Yo te creo, Emanuel —dijo Dámaris, para sorpresa de los más reacios—. Sé que tienes razón, aunque me duela admitirlo. Ya te dije que Ismael se siente realizado con todo lo que está haciendo. Pero dime,

¿qué haremos nosotros? ¿Podemos hacer algo para detenerle? ¿Debemos hacerlo?

—¿Debemos oponernos a la profecía? Esa es la pregunta clave —respondió Emanuel—. ¿Se cumplirán los acontecimientos que narra el Apocalipsis actuemos nosotros o no para impedirlo? Es un asunto ciertamente peliagudo. Deberíamos recapacitar y tomar una decisión.

—Yo ya he recapacitado —dijo Daniel—. No creo que Ismael sea quien dices. Sigo defendiendo que se trata de un loco sádico y que debemos usar todos los medios que tenemos a nuestro alcance para detenerlo. No sé si os habéis percatado, pero Leonor está ahora con nosotros.

Leonor, cuando notó que todos la observaban, agachó avergonzada la cabeza.

—Ella sabe más que nadie sobre La Hermandad —continuó Daniel—. Podría sernos de mucha utilidad si utilizáramos sus conocimientos para denunciar a Ismael. Se me ha ocurrido que podríamos ir a la policía nacional y denunciar el hecho.

—No sé, Dani —intervino Leonor—. ¿Y si Emanuel tiene razón? Nos expondríamos a un peligro contra el que nada podríamos hacer.

—Confía en mí —respondió él—. Estoy seguro de que Emanuel se equivoca. Se ha dejado engañar por el circo que Ismael ha montado a su alrededor.

Emanuel resopló, mientras meditaba sobre la decisión de Daniel. Aunque todos lo esperaban, no quiso responder nada. En su fuero interno, deseaba creer que se equivocaba, pensar que todo se trataba de un artificio bien construido del que había sido víctima, como los demás miembros de La Hermandad, y que a Ismael se le podía detener. ¿Tendría todo preparado? Tal vez los policías eran conocidos, de aquellos que seguían sus órdenes, y a quienes pidió previamente que actuaran en el espectáculo haciéndose pasar por extraños. ¿La fuerza de Ismael? Podría no ser real. Un par de cables a la espalda de su víctima que lo elevaran cuando el líder hiciera el ademán adecuado. Pero había una cosa más: la sensación tenebrosa que agitó su espíritu, aquella corriente de mal que lo azotó cuando Ismael ordenó a todos que se arrodillaran. ¿Cómo explicarlo? Le era imposible, y precisamente por ello seguía manteniendo que Ismael era el Anticristo.

Si lo era, volvía a surgir la duda: dejar que la profecía siguiera su curso o actuar. Pero sus actos, ¿cambiarían en algo el rumbo de la historia? ¿O era precisamente cualquier tipo de acción, ya fuera favorable o contraria, lo que iría dictando los hechos del Apocalipsis? La posible solución superaba sus capacidades intelectuales. Ante la duda, calló.

–Daniel –dijo Josué–. Yo tampoco sé si creer a mi padre. No termino de asimilar que mi primo sea en realidad un ser tan esencialmente malvado. Pero aunque no se trate del Anticristo, sigue tratándose de alguien muy peligroso. Cualquier cosa que pretendáis hacer en su contra, hacedla con cuidado.

Daniel asintió.

–Descuida –respondió–. Sabemos contra quién tratamos. Nos andaremos con ojo.

Luego, ayudó a Leonor a ponerse en pie y ambos se marcharon de la habitación.

–Yo tampoco tengo más que decir al respecto –dijo Emanuel–. Para ser sinceros, no me siento capaz de detener a Daniel. No sé, quiero creer que me estoy equivocando.

–No creo que te equivoques –dijo Dámaris–, pero lo que has dicho sobre si nuestras acciones servirán para algo, viendo que en Apocalipsis ya está todo dispuesto sobre un curso... no sé, también me ha dejado algo confundida.

–Puede que debamos actuar, y que nuestras acciones sirvan para el cumplimiento de la profecía. Eso es lo que me confunde a mí, por eso solo espero que el Señor guíe nuestras futuras decisiones.

–Creo que observar lo que ocurre en los próximos días es lo mejor –intervino Rebeca–. Observar y estar preparados ante lo que ocurra.

–Yo no tengo más opción –dijo Josué y sus palabras sirvieron para relajar el ambiente–. He decidido que me quedaré en la cama.

Todos sonrieron. Luego, Emanuel se levantó de su asiento.

–Vamos, Dámaris. Te llevaré hasta el hotel.

Dámaris lo obedeció. Ambos se encaminaron hacia la puerta.

–Josué –dijo Emanuel antes de salir–. Quiero que hablemos en cuanto estés más descansado. Hay mucho que debemos aclarar y...

–Padre –cortó Josué–. No te preocupes. Sabía que no me defraudarías. No hace falta que aclaremos nada más.

Emanuel sonrió con ternura y desapareció tras la puerta, que cerró despacio, dejando solos a Rebeca y Josué en la habitación.

—¿Crees que lo que ha dicho mi padre es cierto? —preguntó Josué una vez quedaron ellos dos.

—No lo sé. Pienso que hay mucha gente en el mundo como Ismael, y es alguien tan cercano a nosotros que me parece difícil de creer que él sea el Anticristo.

—Ojalá no lo sea.

—Ojalá.

—Rebeca...

Josué se detuvo. Desde la última vez que se vieron, la relación con ella había cambiado drásticamente. Todavía creía notar el sabor del beso que la hija del pastor depositó en sus labios, y tanto la sensación como el recuerdo le estaban quemando por dentro. Necesitaba saber si lo había hecho solo como un hermoso gesto de gratitud, a sabiendas de cuánto lo valoraría Josué, o por algo más. Respiró hondo y dejó que las palabras salieran solas.

—Rebeca, tengo que preguntarte algo sobre el beso que me diste la última vez.

—¡Ah...!

Rebeca se sonrojó y Josué, al notarlo, creció en valor.

—¿Fue solo un gesto de agradecimiento o... o algo más?

—Un gesto de agradecimiento.

Las esperanzas de Josué se derrumbaron como un castillo de naipes. Una fuerte presión se apoderó de todo su pecho.

—Pero... —añadió Rebeca.

—¿Pero?

—Pero tú siempre has estado a mi lado. Siempre me has cuidado y te has preocupado por mí. Has compartido mis momentos de felicidad y también... también has vivido conmigo los momentos de angustia. Eso, Josué, no pienso olvidarlo.

—Gracias.

—Quiero que sepas que siento algo muy especial por ti, algo mucho más fuerte que la amistad, pero todavía estoy muy herida por todo lo que me ha sucedido. No quiero equivocarme, Josué. No quiero cometer un error y decirte que te amo cuando lo que en realidad ocurre es que me siento sola, porque eso es lo que me pasa ahora mismo. Mis padres están separados, mi hermana mayor solo escucharía mis penas para utilizarlas en mi contra, y mi prometido... mi prometido... ya no recuerda que un día planeamos una boda juntos. Todo eso me ha conducido a una situación complicada, y no quiero volver a dar un traspié. ¿Lo comprendes?

—Perfectamente.

—Pero no pienso separarme de ti. Eres mi mejor amigo, y cuando vuelva a abrir mi corazón al amor quiero que seas el primero en entrar.

Josué sonrió satisfecho. La madurez que Rebeca comenzaba a adquirir acentuaba aún más su atractivo femenino. Extendió el brazo izquierdo y acarició su pelo.

—Descansa, Josué —dijo Rebeca.

Cuando se marchó, Josué volvió a encontrarse solo en su habitación. El temor a volver a soñar con su primo y todas las ideas que revoloteaban en su cabeza lo convencieron de que no pegaría ojo en lo que restaba de noche.

3

El coche de Daniel, un Renault 19 de color turquesa, tendría un aspecto más acogedor si no estuviera tan sucio. En los asientos de atrás se acumulaban restos de boletines de iglesia, un balón pinchado, migas de galleta y un hueso de goma para perros, entre otros muchos desperdicios. De no conocerlo, Leonor lo habría relacionado con un afectado por el síndrome de Diógenes.

Aun así, cuando se acomodó en los asientos traseros ni se preocupó por echar a un lado tanta basura. Se encontraba tan cansada que no le importó tumbarse sobre todo aquel desorden. Daniel le había prestado su chaqueta, y una vez se hubo arropado dejó que el sueño se apoderara de ella.

Cuando Daniel vio por el espejo retrovisor cómo cerraba los ojos, procuró conducir lo más suavemente posible. Por la autopista sería tarea fácil, porque el asfalto estaba en buen estado, pero al llegar a los aledaños de su casa éste presentaba algunas irregularidades, así que tendría que reducir la marcha. El debate con Emanuel lo había confundido, incluso molestado. No quiso darle más vueltas al asunto y, para distraerse, se limitó a mirar cómo Leonor se dormía por el espejo retrovisor.

Jamás se habría imaginado en tal situación. Hace unos meses nadie le habría dicho que su relación con Leonor crecería tanto. Él siempre había asumido que, debido a su peculiar disposición en cuanto a las relaciones de pareja, su amistad con Leonor quedaría perjudicada y que, por ende, nunca llegarían a congeniar. Sin embargo, si algo había que agradecer a los últimos hechos era que ambos habían llegado a conocerse. Desde que ella se alojaba en su casa, la amistad entre ambos se había afianzado día a día.

De reojo, Daniel volvió a echar un vistazo a través del espejo para comprobar si Leonor se había quedado dormida. Cuando estuvo seguro, comenzó a hablar en voz baja; a comunicarse con Dios.

«Señor, ¿Por qué me pones ahora en esta encrucijada? ¿No tenía yo un don de celibato?, ¿no me lo habías concedido? ¿Por qué ahora siento...?»

Ni siquiera se atrevió a terminar la frase, tal vez Leonor no estuviera dormida del todo. Pero era verdad que, desde hacía un par de días venía sintiendo *algo* especial por ella. Él, que se creía libre del amor, totalmente independiente, era el primer sorprendido. Pero no podía negarlo: comenzaba a notar que Leonor le atraía.

Sin embargo, también se culpaba por ello, porque aquellos sentimientos afloraran tan tarde. ¡Ojalá los hubiera sentido antes! De haber sido así, de seguro Leonor nunca se habría fijado en Roberto. Si sus sentimientos hubieran llegado cuando debían, Leonor se habría ahorrado un embarazo no deseado y la posterior lucha que la esperaba a partir del momento en que diera a luz.

Sí, el embarazo lo hacía sentir responsable. Así que ahora, si de verdad estaba enamorándose de Leonor, debía mostrarlo, y la mejor forma era haciéndose cargo de ella y tomando al niño que se gestaba en su interior como suyo.

—No te abandonaré, Leonor. No te dejaré sola —murmuró—. No volveré a hacerte daño. Cuando todo esto termine, tal vez... tal vez tú y yo...

Leonor se revolvió en su asiento, y Daniel, asustado, decidió callar durante el resto del viaje. Cuando el coche llegó a su destino, aparcó a doscientos metros de su casa, pues nuevamente se había quedado sin sitio para aparcar por salir tarde de la casa de Emanuel, y extendió el brazo desde el asiento del conductor para despertarla.

—Vamos —dijo Daniel—, estarás mucho mejor en tu cama.

Leonor intentó desperezarse lo menos posible y, sin dejar de arroparse con la chaqueta de Daniel (a pesar del frío que hacía, él prefirió no ponérsela por miedo a recibir una oleada de quejas), caminó con los ojos medio abiertos en dirección a la valla metálica que daba paso al recinto cerrado de la zona residencial. Daniel sacó sus llaves, empujó la puerta metálica, y ambos pasaron adentro.

Pero cuando les faltaban unos doce metros para llegar al portal de su bloque, Leonor, en su duermevela, notó que Daniel se detenía en seco.

—¿Qué ocurre? —quiso saber, hablando con un hilo de voz.

Daniel no contestó.

Extrañada, comenzó a despertar.

—Daniel, ¿qué pasa?

—Nos están siguiendo.

—¿Qué? ¿Por qué lo dices?

—La puerta que acabamos de atravesar todavía no se ha cerrado. Siempre hace un ruido cuando se cierra, y nunca tarda tanto en hacerlo, excepto si alguien entra detrás.

Los dos se detuvieron en mitad del patio, sin atreverse a mover un músculo. Leonor no pudo aguantar más la presión, se volvió para mirar la causa de que la puerta no se cerrara.

Ahogó un grito de terror, tapándose la boca con ambas manos, cuando vio que Roberto todavía la sujetaba.

—Dios, no —se lamentó Daniel al mismo tiempo.

Ante él, de la zona oscura donde se hallaba la puerta de su bloque, emergió como una aparición la figura de Ismael.

Al momento, el patio se llenó de gente. Hombres y mujeres vestidos del más absoluto negro, que acechaban en las sombras esperando el momento adecuado. En un instante, Daniel y Leonor se vieron rodeados por una veintena de miembros de La Hermandad.

—¿Sabéis? —dijo Ismael, mientras se acercaba a paso lento—. Ya no suelo hacer esto. Ya no salgo de cacería con los miembros; tengo muchos asuntos que requieren de mi atención en La Hermandad. Y, para ser sincero, lo echaba mucho de menos.

—¿Qué quieres, Ismael? —protestó Daniel.

—¡Llámale Avatar! —ladró Roberto desde la puerta.

—Tranquilo —dijo Ismael—. Tranquilízate, Roberto. Dani y yo siempre nos hemos llamado como hemos querido, ¿verdad?

Daniel lo miró desafiante.

—Sí. Él siempre ha sido el indomable del grupo. Me costaba mucho que me obedeciera. Algunas veces lo conseguía, pero otras... otras veces se imponía él. Caray, Dani, siempre has sido un cabezota.

—Me alegro de no haberme dejado vencer por ti.

—No. Te equivocas. Ya he vencido. ¿Qué has logrado para detenerme? ¿Crees que no sé todo lo que has intentado contra mí y lo que intentas ahora? Yo lo sé todo.

Antes de que Daniel tuviera tiempo de contestar, Ismael habló a Leonor.

–¿Y tú, querida Leonor? ¿Por qué te vas con él? No te quiere. Nunca te ha querido. Es un espíritu solitario. Pero mira, mira allí, en la puerta. Roberto te echa de menos. Ya me ha contado que esperáis un hijo. ¿Es que piensas criarlo fuera de su familia?

Ismael señaló hacia sí cuando pronunció la última pregunta. Leonor recordó que Roberto pretendía entregar su hijo a La Hermandad y temió que le arrebataran al bebé.

–¡Dejadnos en paz! –gritó, sollozando.

–Vuelve con nosotros, Leonor. Roberto te ama.

–Es cierto. Te amo –dijo Roberto desde la puerta con el característico tono meloso que adquiría su voz cuando intentaba parecer amable.

Pero a Leonor todavía le escocía el mordisco del cuello.

–No... ¡No! Nunca volveré con vosotros.

–Volverás, lo quieras o no –dijo Ismael, y al realizar un leve movimiento de cabeza, todos sus seguidores se les echaron encima.

Ella solo acertó a gritar de terror y a cubrirse la cabeza con las manos, pero Daniel se resistió. El primero que se le acercó fue el mismo Jonatán, decidido a retenerle. Daniel, sin ningún tipo de miramientos, le asesto una patada directa al estómago que lo dobló de dolor. Por detrás, Ramón intentó sujetarle, pero Daniel se zafó con un certero codazo directo al rostro. Sin embargo, pronto tuvo a media docena de personas atacándolo a la vez. Notó puñetazos y patadas desde todos los ángulos y terminó cayendo al suelo totalmente fuera de combate. Al momento notó cómo lo tomaban de ambos brazos para levantarlo. También tenían a Leonor; ambos enfrente de Ismael, quien se acercó a Daniel hasta quedar apenas a un metro.

–Has sido desobediente, Daniel. Conozco tus obras. Sé que durante mucho tiempo te dejaste llevar por las drogas, y no debe haber otro dios aparte del Avatar a quien ofrecer la vida. Me has sido infiel.

–Escupe tus mentiras a otro. Cristo es Dios, y no hay otro nombre bajo el cielo dado a los hombres con el que podamos ser salvos –respondió Daniel, a medida que volvía a recuperar las fuerzas, citando la Biblia.

Notaba un fuerte dolor en el pecho, seguramente a causa de una costilla hundida que oprimía sus pulmones. Apenas lo dejaba respirar sin que le asaltara un dolor punzante, pero no pensaba mostrarse vencido.

—El Avatar no miente. Tú has torcido los renglones de la santa doctrina. Tú y cuantos cristianos no ven en mí al genuino salvador. Ahora, el Avatar ha venido a ti para expurgar cuantas blasfemias y males contiene tu alma.

Con total tranquilidad, Ismael introdujo la mano en uno de los bolsillos interiores de su levita de cuero negro y sacó una pistola. Era un revólver del 38. Leonor lanzó un grito de terror que rápidamente fue silenciado por quienes la sujetaban, tapándole la boca.

Daniel, sin embargo, pareció no inmutarse.

—Caramba. Me has sorprendido, Isma. Creí que ibas a sacar aquel botón que siempre andabas manoseando.

Ismael no fue capaz de ocultar que se había sentido ofendido. Apretó los labios y tembló de rabia.

—Eso pertenece al pasado. Ahora me he dado cuenta de quién soy. Soy el juez y el ejecutor. Yo permito la vida y la muerte, y no pienso permitir tu vida por más tiempo.

Leonor, a pesar de tener tapada la boca, seguía intentando gritar.

—Pues acaba ya, maldito chalado —dijo Daniel, lleno de resolución—. Que tengo ganas de ver al verdadero Rey de reyes y Señor de señores.

Ismael disparó.

El eco del disparo a bocajarro resonó por todo el patio de la zona residencial. La cabeza de Daniel cayó hacia atrás, inerte como el resto de su cuerpo. Quienes lo sujetaban lo dejaron caer después de unos instantes. El aire de alrededor se llenó con el olor de la pólvora.

Leonor, quien había presenciado toda la escena, quiso derrumbarse llena de desesperación, pero no se lo consintieron. Ismael se acercó a ella, todavía con el cañón del revólver humeante.

—Y ahora, querida, volvemos a La Hermandad; tu casa.

Leonor negó con la cabeza, pero no tardaron en arrastrarla fuera del recinto a pesar de sus intentos de resistencia. Ismael, antes de abandonar el lugar, ordenó a cuatro de sus seguidores que se deshicieran del cuerpo, y que limpiaran la sangre. Cuando estaba a punto de salir por la puerta de la valla metálica, levantó la vista y vio cómo había al menos una docena de vecinos asomados a sus ventanas.

—Volved a dormir —ordenó.

Al momento, todos los curiosos desaparecieron.

XV

1

EL BMW DE COLOR GRIS METALIZADO circulaba despacio, permitía
que los mercaderes que poblaban la calle lo contemplaran y se acercaran
para saludar. Era muy poco frecuente que un coche tan caro y elegante
apareciera en el barrio; la mayoría de los vecinos no podían permitirse
tanto lujo; pero en esta ocasión todos sabían que Ismael viajaba en el
interior. El líder de La Hermandad había permitido que el chofer redu-
jera la marcha y, acto seguido, bajó la ventanilla de su asiento para saludar
a la gente con la que se cruzaba. Roberto hizo otro tanto a su lado. Al
momento, compradores y comerciantes se aproximaron para saludar-
los, para tocar su mano e incluso para mirarlos siquiera y poder decir,
cuando llegaran a sus casas: «Hoy he visto al Avatar». Cuando el coche
pasó frente a la casa de Josué, los jóvenes que jugaban en las canchas de
baloncesto dejaron abandonada la pelota y comenzaron a perseguir al
flamante BMW, gritando vivas y saludando con la mano.

Al llegar al final de la calle, el coche viró a su izquierda y siguió paralelo a las vías del tren hasta pasar la estación. A estas alturas, el alboroto
de la estela que le seguía era semejante a todo un cortejo festivo.

–¿Queda mucho? –preguntó Ismael al chofer, un antiguo pastor de
iglesia que había quedado convencido con la doctrina de La Hermandad
y había dejado abandonada a su congregación.

–No, Avatar. Apenas doscientos metros.

–Perfecto. Detén el coche aquí. Haremos a pie el resto del trayecto.

–Como desee.

El coche se detuvo y toda la gente que lo seguía se quedó a su alrededor, pero sabiendo guardar una respetuosa distancia. Cuando Ismael
salió, todos a una elevaron sus voces para aclamarle. Él los saludó con un

leve gesto de su mano, como un rey frente a su pueblo. Aguardó hasta que Roberto se puso a su lado y, una vez listos, reanudaron la marcha a pie.

A Ismael no le hacía falta guardaespaldas que mantuvieran al público a raya. La gente le temía y lo admiraba a partes iguales. Cada muestra de su poder se difundía con rapidez y era bien conocida por todos, lo que le aseguraba respeto. Por ello, durante su paseo él mismo quiso aproximarse a algunas personas para que sintieran su cercanía. Saludó a unos niños que lo miraban absortos, devolvió los cálidos besos de hombres y mujeres, y tomó de las manos a los ancianos que depositaban en él toda su fe.

Roberto hacía lo propio, pero llegado un momento, miró de reojo su reloj. Se retrasaban.

—Avatar —dijo, modulando su voz para dirigirse a su señor con el tacto adecuado—, el alcalde nos espera. No deberíamos demorar más nuestra llegada.

Ismael le respondió sin mirarle, concentrado en seguir saludando.

—Roberto, amigo. El pueblo son estas personas. Ellos serán quienes nos encumbren, y quienes muestren al alcalde quién es el que manda en la ciudad.

Ismael se retrasó más de quince minutos con sus admiradores hasta que decidió seguir.

—Avatar, hay algo de lo que quiero hablarte —dijo Roberto mientras paseaban.

La gente los seguía como si de una procesión se tratara.

—¿De qué se trata?

—Es sobre Leonor. Desde que la devolvimos a La Hermandad ya no es la misma. Se encuentra decaída todo el tiempo. Ha dejado de satisfacerme.

—No la culpes, fiel Roberto. Ella siempre estuvo enamorada de Daniel. Vio cómo lo maté ante sus ojos. Es normal que se encuentre afectada. No comprende hasta dónde alcanza la misericordia de mis acciones. En realidad, fui muy benevolente, teniendo en cuenta que Daniel siempre se me había opuesto.

—Lo comprendo, pero su actitud me aburre. Se pasa todo el día tirada en un rincón, llorando, sin comer. Cuando deseo tomarla me recibe sin oponer resistencia y, sinceramente, eso no me divierte.

Ismael sonrió a su mano derecha.

—Muy bien, Roberto. Eres mi más fiel consejero. Toma a la mujer que desee tu corazón y haz lo que quieras con Leonor. Échala, enciérrala de por vida, mátala. Lo que te apetezca.

—La encerraría, pero me preocupa que termine muriéndose y que mi hijo se pierda. Si no supiera todo lo que sabe de La Hermandad la echaría sin más para buscarla una vez que mi hijo naciera. Ya sabes, dejar que lo criara para llevármelo cuando estuviera listo para ser entregado a ti. Pero el caso es... yo... lo... lo siento, Avatar. Le conté demasiadas cosas, muchos secretos. Fue una imprudencia por mi parte.

Ismael detuvo su paseo, se colocó frente a Roberto, y mirándolo fijamente puso una mano sobre su hombro.

—Roberto, amigo mío. No te culpes. No voy a enfadarme contigo. Es normal que le contaras cosas, pero no quiero que eso te preocupe. Déjala ir.

—¿Estás seguro?

—Sí. No temas. Leonor no puede hacernos daño. Mira a tu alrededor, a toda esa gente que se arrojaría a la muerte por nosotros, recuerda con quién estamos a punto de hablar. Leonor es solo una débil criatura mortal, nada puede contra mí.

—Pero...

Ismael alzó un dedo, indicando a Roberto que callara.

—No. No dudes de mí. Recuerda quién soy. Tú lo sabes mejor que nadie. Escucha, Roberto. Cualquier acción que se emprenda contra mí, incluso lo que parezca que me llevará a la derrota definitiva, solo contribuirá a que mi poder aumente. Recuérdalo a partir de ahora, y ten fe. ¿La tendrás, amigo?

—Siempre la he tenido.

—Entonces hazlo. Suelta a Leonor, deja que se marche, y no temas.

—Sí, Avatar.

Tras esta breve charla, ambos siguieron caminando hasta el final de la calle, que terminaba en una amplia plaza presidida por el edificio de la alcaldía. El alcalde los esperaba en la puerta. Se retorcía las manos, sorprendido por cómo le había invadido una mezcla de temor y respeto a medida que se acercaba el clamor del gentío. Cuando dispuso reunirse con Ismael esperaba encontrarse con el líder de algún tipo de mafia con el que poder negociar una respetabilidad mutua, pero al verlo aparecer seguido por una multitud que lo reverenciaba como a un rey, vestido totalmente de negro, no tardó en comprender que se enfrentaba a alguien con una autoridad muy superior a la suya.

Ismael avanzó por la plaza con paso seguro, seguido por toda aquella gente que no quería apartarse de su lado, y cuando estuvo frente al alcalde, éste se encontró tan falto de palabras y tan cohibido por la presencia de quien tenía delante que solo acertó a realizar una enérgica reverencia. Ismael recibió tan honorable saludo con un leve gesto de cabeza y sonrió a un alcalde cada vez más impresionado. Aquella mañana —lo supo— ostentaría oficialmente el gobierno de la ciudad.

2

Llovía a cántaros. El agua caía como una cortina sobre la ciudad, transformando la calle en improvisados canales y haciendo saltar las alarmas de los coches por la fuerza con la que golpeaba contra su chapa. Era como si Dios hubiera decidido olvidarse de la promesa hecha a Noé y, harto de tanto pecado, decidiera sepultar la tierra de nuevo bajo un mar regenerador. El cielo nocturno rugía con los truenos, igual que una bestia enfurecida, y los hombres, impotentes contra su fuerza, corrían como diminutos animalillos a esconderse en sus hogares.

Josué había acudido a mediodía a su casa para llevar algunas cosas. La escayola de su brazo le impedía transportar objetos voluminosos, pero podía trasladar algunas cosas poco pesadas cargándolas en su mano sana.

Esperaba con paciencia a que escampara, cuando llamaron a la puerta.

Cuando abrió y vio que al otro lado esperaba Leonor completamente empapada, su primera reacción fue la de invitarla a pasar al interior para que se secara, pero detuvo sus intenciones cuando se fijó en la mirada de la muchacha. Leonor ni siquiera hizo el amago de entrar; se quedó parada en la calle, con el chaparrón corriendo por todo su cuerpo. No parecía notarlo, como tampoco notaba el frío invernal de aquella noche de febrero. Sus ojos evidenciaban que se encontraba perdida en otro lugar y en otro momento, rememoraban una y otra vez la dramática escena que presenció, y Josué, al ver su mirada, comprendió cuán horrible noticia estaba a punto de conocer.

—¿Qué ha pasado?

—Han matado a Daniel —dijo Leonor con la absoluta normalidad de quien todavía no acepta el horror que acaba de sucederle.

La primera reacción de Josué fue la de retroceder un par de pasos, como si aquello pudiera alejarlo de la realidad.

–¿Quién? –preguntó, mientras se echaba las manos a la cabeza.

–Él. Le disparó a la cabeza.

–¿Él?, ¿quieres decir que Ismael ha matado a Dani?

–¿Ismael? No. No lo llames Ismael, ha sido el Anticristo.

3

—Dios mío... eso es... es horrible —dijo Rebeca, y Josué escuchó que, al otro lado del teléfono, la muchacha comenzaba a sollozar.

—Tienes que ser fuerte, Rebeca. Ahora no podemos debilitarnos.

—No puedo, Josué, esto me supera.

—Lucha, Rebeca. Al enterarme yo también he estado a punto de derrumbarme, pero luego he comprendido que no puedo rendirme ahora. Es posible que Ismael nos esté buscando a todos.

—¿A todos? ¿Estás seguro?

—¿Por qué no? Tal vez pretenda eliminar a quienes lo estorban en su «sagrada» misión.

—¡Pero nosotros no le hemos hecho nada! Además, liberó a Leonor. ¿Por qué iba a hacerlo si quiere matarnos a todos?

—No lo sé, tal vez ella no sea una amenaza para él, pero no quiero quedarme quieto y esperar para averiguar si nosotros lo somos o no. Tenemos que movernos.

—¿Pero qué haremos? ¿Qué podemos hacer nosotros? ¿Y si, como dice tu padre, es el Anticristo? ¿Podemos hacer algo contra él?

—No digas eso, Rebeca. No creo que Ismael sea el Anticristo. Hay muchas teorías sobre qué puede significar eso en la Biblia. Puede que el anticristo no sea una persona, sino todo lo que se opone a Cristo.

—¿Y no es Ismael precisamente eso? Él es totalmente opuesto a Cristo. Todos nos dimos cuenta de que lo era cuando tu padre nos contó lo que había presenciado en La Hermandad.

—Sí, pero no creo que él sea... No creo que sea un ser tan maligno. ¡No es más que mi primo! No, me cuesta demasiado admitirlo. Creo que nosotros, mediante una buena dosis de miedo supersticioso, estamos añadiéndole un poder que no tiene.

—¿Qué quieres decir?

—Pues sencillamente que Ismael no es el Anticristo. No es más que Ismael, todo lo perturbado que quieras, eso sí, pero Ismael al fin y al cabo; un hombre de carne y hueso que ha logrado reunir un montón de seguidores gracias a su carisma y a un montón de cuentos. Nosotros nos los hemos creído, al igual que sus seguidores, y no solo eso, sino que además hemos contribuido con teorías inflamadas sobre su persona que no han hecho sino encumbrarle más, hacer que su... leyenda, crezca. ¿Me comprendes?

—Más o menos. ¿Quieres decir que durante todo este tiempo solo se ha montado un enorme engaño a su alrededor, que cada uno ha puesto su granito de arena para formar la montaña del mito que es ahora Ismael, y que incluso nosotros mismos lo estamos haciendo cuando decimos de él que es el Anticristo?

—¡Exacto! Para sus seguidores es un enviado de Dios, y para nosotros es el Anticristo, pero ambos bandos se están formando de Ismael la idea de alguien sobrenaturalmente poderoso.

—Nosotros estamos construyendo a nuestro Anticristo.

—Eso es. Pero Ismael...

—Ismael no es más que un loco, aunque peligroso.

—Justamente, Rebeca. Si admitimos las teorías de mi padre no estamos sino cayendo en la trampa del desequilibrado de mi primo. Él quiere que nos formemos esa idea para engañarnos, porque a él lo beneficia de todas formas.

—¡Pues tenemos que detenerlo!

Josué sonrió y, aunque Rebeca no pudiera verlo, asintió.

—Sí. Seguiremos el plan que Daniel tenía previsto: lo denunciaremos a la Policía Nacional, donde él no tiene adeptos todavía.

—Pero Josué, podríamos correr la misma suerte que Dani. Además, no creo que Leonor colabore.

Josué miró al piso de abajo cuando Rebeca pronunció el nombre. Leonor estaba sentada en el comedor, arropada con una manta y tomándose una taza de leche caliente, Seguía con la mirada fija en el infinito.

—No —dijo él—, no lo hará. Ella realmente cree que Ismael es la Bestia. Pero creo que podremos apañárnosla sin ella. Tengo un plan.

—¿Y tu padre?

Josué recapacitó la respuesta.

—Tampoco debemos decírselo, se opondría a nosotros. Él también está convencido de que Ismael es el Anticristo, además, creo que piensa que no podemos oponernos a las profecías. Ya sé que no lo dijo abiertamente el día de la reunión, que dudaba sobre si podíamos luchar contra algo que supuestamente está escrito, pero si se entera de lo que le ha ocurrido a Daniel terminará de convencerse. Tendremos que actuar solos, Rebeca. Tú y yo. ¿Estás dispuesta?

Rebeca guardó silencio, Josué llegó a pensar que la comunicación telefónica se había cortado.

—¿Rebeca?

—Sigo aquí.

—¿Me ayudarás?

—Sí, Josué. No pienso dejarte solo en esto.

—Gracias. Entonces no perdamos más tiempo. Debemos ponernos en marcha ahora mismo.

—Está bien... Pero Josué...

—¿Sí?

—Estoy deseando que termine todo este infierno. Cuando termine, cuando haya acabado, tú y yo podríamos...

Rebeca no terminó la frase, pero Josué presentía lo que deseaba decir.

—Comenzaremos de nuevo, Rebeca. Sin prisas. Haremos crecer nuestra amistad.

—Tengo miedo, temo que todo salga mal y perder nuestra oportunidad.

—Esta vez no saldrá mal, confía en mí. Yo tampoco quiero perder la ocasión de estar contigo.

Y colgó el teléfono. Josué no quiso demorar más el momento de ponerse en marcha para contraatacar a Ismael; sabía, por lo que le había contado Leonor, que justo antes de que Roberto la echara se estaba preparando para marchar a un ajusticiamiento con buena parte de los miembros de La Hermandad. Ismael se quedaría prácticamente solo en la iglesia, tal vez acompañado por algunos residentes de la planta de abajo, pero ningún guardia, lo que daba a Josué la oportunidad perfecta para poner en marcha su plan. Así que, después de mentir a Leonor diciendo que debía ir un momento a casa de sus padres, agarró el abrigo y el paraguas, y se marchó.

4

LA TORMENTA HABÍA MENGUADO EN FUERZA, pero todavía era necesario caminar bajo el paraguas si uno quería evitar calarse hasta los huesos. Era la noche del sábado 9 de febrero. Mientras caminaba, Josué comprobó una vez más el estado de la batería de su teléfono móvil. Era la tercera vez que se aseguraba de ello, pero necesitaba ver que ésta seguía al máximo de capacidad. En efecto, el indicador no había cambiado un ápice. Más tranquilo, volvió a guardarse el teléfono y apretó el paso. Las órdenes que le había dado a Rebeca eran claras, y esperaba que, a estas alturas, ya hubiera llegado a la comisaría de la Policía Nacional.

Su plan era de lo más arriesgado; para empezar, ni siquiera sabía hasta qué punto el cuerpo de la Policía Nacional estaba libre de la influencia de Ismael; por otro lado, su plan dependía de que los agentes creyeran toda la historia que Rebeca iba a contarles, así que esperaba que fuera todo lo convincente posible con ellos.

Sus pasos lo llevaron hasta la entrada de su antigua iglesia, ahora llamada La Hermandad. Por fuera, su imagen era la misma, pero Josué sabía que en el interior no encontraría la calidez de los hermanos de la que tanto había disfrutado en el pasado.

—Allá vamos —dijo para sí, dando un suspiro. Marcó el teléfono de Rebeca y esperó a que ella lo descolgara al otro lado. Cuando lo hizo, Rebeca respondió de una manera poco habitual.

—¿Ya has llegado?

—Sí, estoy frente a la puerta que da al recibidor. ¿Dónde estás tú?

—A punto de entrar en la comisaría... Josué, no sé si esto va a funcionar.

—No pienses en que va a salir mal, Rebeca. Ten fe.

–La tengo, pero no puedo evitar estar asustada. Lo que Ismael le ha hecho a Dani es... no sé... es monstruoso.

–La policía te creerá, Rebeca, y pronto lograremos que Ismael pague por todo lo que ha hecho. Recuerda lo que hablamos antes: hemos construido a su alrededor una serie de historias engrandecidas o inventadas que solo sirven para hacerlo parecer un superhombre. Pero no es más que tú o que yo. Es una persona, solo eso. Lo venceremos.

–A veces cuesta creerlo.

–Tienes que ser realista, Rebeca. Ismael fue tu novio, tu prometido. ¿Sería tu prometido el Anticristo?

Rebeca no contestó. Josué continuó animándola.

–¡Vamos, Rebeca! Entra en la comisaría; yo voy a entrar en la iglesia. ¿Estás lista?

–Sí, eso creo.

–¡Pues, adelante!

Josué se separó el teléfono de la oreja, pero en lugar de presionar el botón para terminar con la llamada, se lo guardó encendido en el bolsillo de la camisa y se quitó la chaqueta.

Pasó al recibidor de la iglesia. Hubiera esperado encontrar algún vigilante en la puerta, pero la pequeña sala estaba vacía. «Ismael debe haber movilizado a casi todo el mundo para el ajusticiamiento. Es lo que suele ocurrir cuando te sientes seguro: dejas tu casa desprotegida».

Dejó la chaqueta colgada de los percheros y pasó a la sala principal. Un olor repugnante lo saludó nada más abrir la puerta. Dentro, más de doscientas personas se hacinaban como podían, viviendo entre los bancos o debajo de ellos. Los más privilegiados tenían una manta sobre el asiento de madera, lo que les libraba del frío suelo. La mayoría simplemente permanecía echada en su reducido espacio, viendo como pasaba el tiempo y esperando una nueva aparición de su líder o las noticias sobre el resultado de la última partida de ajusticiamiento. Había allí gente de todas las edades: niños que no contaban más de cinco años, abuelas, hombres de mediana edad... Todos viviendo bajo aquella precaria comunidad por voluntad propia, expuestos a las condiciones higiénicas más limitadas y al permanente contacto con el vecino, sin más posesión que la ropa que llevaban puesta y sin más deseo que volver a sentir la presencia del Avatar.

Cuando Josué vio por primera vez en lo que se había transformado su iglesia, sintió ganas de vomitar. Por un momento se creyó en un error, y que, como aseguraba su padre, Ismael era la Bestia que auguraba el Apocalipsis. No obstante, se afirmó en el convencimiento de que era a su primo a quien estaba a punto de enfrentarse, y no a la criatura demoníaca de las Sagradas Escrituras.

Avanzó como pudo, buscando dónde pisar sin perturbar la duermevela de los presentes. Aparentemente nadie le prestó atención, ni siquiera levantaron la mirada para ver quién pasaba a su lado, y siguieron concentrados en aquella silenciosa monotonía que parecía haber sumergido su humanidad en un perpetuo estado latente. Caminó hasta el estrado, donde se fijó en un cómodo sillón de piel, que a modo de trono presidía la sala. *Aquí debe sentarse Ismael*, dedujo, y viró hacia la pared que quedaba a su derecha, donde estaba la puerta que ascendía al piso superior.

La abrió con cuidado y ascendió por las escaleras. Tampoco aquí lo retuvo nadie; ni rastro de vigilancia. Cuando llegó al pasillo se encontró con las puertas que conducían a cada una las habitaciones destinadas a la escuela dominical. Entonces le sobrevino la duda. ¿Dónde se encontraría su primo? Cualquiera de ellas podría ser su habitación o su despacho. Optó por ir abriéndolas de una en una, no sin antes acercarse para comprobar si se escuchaba algún ruido en su interior.

Había comprobado ya dos habitaciones, que resultaron ser los pobres cubículos de algún afortunado, merecedor de dormir sobre una cama y que halló vacíos, cuando la última puerta del lado izquierdo se abrió. Al escuchar el chirrido de las bisagras, Josué se quedó paralizado por el susto, inmediatamente después, su primera reacción fue la de regresar a una de las habitaciones vacías que había comprobado y esconderse en su interior, pero se detuvo antes de ponerse en marcha, porque reconoció a la persona que le había salido al encuentro.

Su primo salía de su habitación con toda tranquilidad. Dejó que la puerta se cerrara sola y avanzó un par de pasos cabizbajo, centrado en sus meditaciones, hasta que se percató de la otra presencia del pasillo. Cuando levantó la mirada y reconoció a Josué, quedó sorprendido por encontrárselo allí, pero luego mostró una cálida sonrisa, como aquella que siempre usó en el pasado para reconciliar algún problema entre los muchachos de la iglesia.

–¡El hijo pródigo ha regresado! –dijo, y ladeó la cabeza–. Ven, pasa, y disfruta de las bendiciones que te ofrece tu señor.

–No he venido para quedarme, Ismael.

Ismael ensanchó aún más su sonrisa.

–Ismael... ¡Cuánto tiempo hace que no me llaman así! Primo, he descubierto mi verdadero yo, mi esencia primigenia. Tú también deberías mostrar un respeto ante ella, pero como eres parte de mi familia carnal, te permito que me llames como quieras.

–Basta, Ismael. Esta locura debe terminar. He venido a detenerte y a llevarte ante la policía.

Josué se percató demasiado tarde de que sus palabras eran desacertadas. De seguir así, nunca llegaría a donde quería.

–¿A la policía dices? Es como un segundo hogar para mí. Todos están de mi parte, primo.

A Josué se le formó un nudo en la boca del estómago que reptó hasta su garganta, impidiéndole respirar con normalidad. Dudaba de si Ismael se refería a la policía en general; de ser así, había enviado a Rebeca a una trampa que podía resultar mortal, y él también se había metido en otra. Apretó los puños, insuflándose valor.

–Así que lo tienes todo controlado, ¿verdad, Ismael? Esto es lo que siempre has buscado. Te encanta ser el jefe, controlar la situación y lograr que la gente haga lo que tú quieras. Y al fin lo has conseguido. Eres el jefe absoluto de toda esta gente y la manejas a placer.

–Ellos solo reconocen en mí al Avatar, y aceptan los designios divinos que a través de mí se les ordena que hagan.

–¿Designios divinos, dices?

Josué notaba que su impulsiva naturaleza comenzaba a hacerse cargo de la situación. De mantenerla controlada, podría sobreponerse al temor y conducir el enfrentamiento hacia donde quisiera, pero el hecho era que los ojos de su primo parecían estudiarlo; se movían arriba y abajo buscando una causa que justificara su visita y hasta daba la impresión de que seguían cada sonido de su voz para descubrir cualquier plan. En ellos, Josué era incapaz de reconocer a Ismael, el muchacho con el que había crecido, sino alguien o *algo* completamente distinto, y aquella creciente certeza combatía contra la firme resolución que lo había llevado ante aquel enfrentamiento final.

—Ismael. Tus deseos están llenos de crueldad. Has impuesto un orden dictatorial en la ciudad a base de la fuerza y la violencia desmedida. La gente te sigue porque te teme.

—Como tú, ¿no es así?

La afirmación de Ismael cayó como un cubo de agua fría sobre Josué, quien no pudo evitar sobresaltarse. Su primo leía en sus ojos.

—Eres mi primo. No te temo.

—No. No solo soy tu primo, Josué —dijo Ismael, moldeando su voz para que se introdujera como una suave e hipnótica melodía en el corazón de su primo y, sin que éste se diera cuenta, comenzó a caminar hacia él—. Ahora lo ves. Ahora lo sabes. Estás empezando a *creer* en mí, Josué. Sientes la presencia del Avatar, aquí, frente a ti.

—No... tú no eres... no eres más que un...

—Sí que lo soy. No lo niegues más. Reconoce la evidencia. Mi poder te abruma, te impide respirar.

Y cuando Ismael dijo aquello, Josué notó que el nudo de su garganta parecía asfixiarle más. Quiso pelear aún, y percatándose de que Ismael estaba ya a un par de metros de distancia, lo detuvo alzando hacia él una mano.

—¡Quieto donde estás, Ismael!

—Déjate arropar —dijo su primo, sin abandonar aquel tono melodioso.

—¡Eres un loco! ¡Y los has enloquecido a todos! ¡Tú los has incitado a cometer las peores atrocidades!

—Nada es una atrocidad si se hace por designio de Dios Todo-poderoso.

—¡Mentira! ¡No dices más que mentiras! Hace mucho que has dejado de seguir a Dios, y solo Él sabe a quién has entregado en realidad tu alma.

Josué notaba que sus impulsos lo dominaban poco a poco. Intentó volver a calmarse y buscar el modo de dominar la situación. Ismael rió a carcajada limpia.

—Mírate, Josué. ¡Estás temblando de rabia! Siempre has sido tan impulsivo... Lo siento, ¿sabes? Puedo sentir tu odio hacia mí, y me gusta... no sabes cuánto placer me da.

—Eso es, Ismael. Todo esto te gusta; golpear a la gente, torturarla, incluso matarla. Todo te provoca placer. ¿No es cierto?

—Me gusta hacer justicia. La ejerzo de la única manera en que es efectiva. Y cuando noto que funciona, sí, me provoca un gran placer. La violencia es el único camino que surte efecto, Josué. Tú mismo lo comprobaste cuando vengamos a Rebeca. Cuando una autoridad tan eficaz aparece en este mundo, la gente se arrima a ella, porque sabe que estará protegida a toda costa.

—No intentes convencerme —respondió Josué con asco—. ¿También disfrutaste cuando acabaste con Daniel?

Ismael miró al techo como si rememorara un hermoso acontecimiento del pasado.

—¡Ah! Nuestro querido Dani. Siempre andando un camino distinto al resto de los muchachos. Él siempre quiso oponérseme. Era un líder, como yo, pero poco más que un pobre mortal. Le hice comprender mi autoridad con sangre y, sí, con muerte. Ahora lo comprende, lo maté para iluminar su entendimiento, porque se negaba a creer en mí. Debía hacerle ver mi poder sobre su vida y sobre la de todos los humanos de este planeta.

Mientras Ismael hablaba, Josué había ido llenándose de cólera, al comprobar el desprecio que su primo mostraba hacia Daniel. En su fuero interno, sin embargo, pedía a Dios con todas sus ganas que, al otro lado de su teléfono encendido, la policía estuviera escuchando aquella confesión de asesinato y que, si no estaba también dentro de La Hermandad, acudiera guiada por Rebeca hasta la iglesia. Sabía que, en aquellos momentos, que la policía detuviera a Ismael era su única posibilidad de escapatoria, porque estaba seguro de que Ismael no pensaba dejarlo marchar con la misma facilidad con la que había entrado. Resolvió seguir la conversación con la esperanza de escuchar las sirenas de un momento a otro.

—Te has perdido, Ismael. ¿Qué queda del muchacho con el que crecí? —preguntó Josué con pena.

Ismael no dejaba de sonreír, pero ahora, como si hubiera estado esperando a que Josué bajara la guardia, extendió los brazos hacia él y se aproximó un par de pasos más.

—Josué, mírame. Soy yo, Ismael, el hijo de Simeón y Dámaris. Soy el de siempre.

—Has cambiado.

—He mejorado. No es lo mismo. Hemos crecido juntos Josué, tú y yo. Hemos compartido las mismas aficiones, e incluso hemos amado a la misma chica. Porque tú también amabas a Rebeca, ¿no es así?

Nuevamente, otra afirmación contundente de Ismael tomaba a Josué desprevenido.

—¿Lo sabías?

—Desde siempre.

—Entonces, ¿por qué lo hiciste? ¿Por qué permitiste que Rebeca se enamorara de ti? Conocías la amistad que nos unía. ¿Por qué me la arrebataste?

Ya estaban uno frente al otro, a suficiente distancia como para que Ismael dejara sus brazos reposar sobre los hombros de su primo.

—Así debía ser. Ella era el camino del liderazgo. Yo quería la iglesia, aunque, a decir verdad, nunca imaginé que acabaría logrando mis objetivos de una forma tan distinta a como tenía planeado.

—No puedo creer que fueras tan cruel con ella.

—Ya te lo he dicho, primo. Siempre he sido como soy. Sigo siendo la misma persona que era en el pasado, pero mejorada.

—¿Significa que nunca has tenido aprecio por nadie?, ¿que siempre has tenido una naturaleza tan inhumana?

Josué preguntaba con la mirada de quien busca una pizca de esperanza.

—Siempre he sido el Avatar.

Y, como un rayo iluminador, Josué se convenció de que Ismael decía la verdad. Nunca había mentido, jamás estuvo loco. Allí, en medio del pasillo, en la primera planta de la iglesia, comprendió que estaba conversando con el Hijo de Perdición, con el mismísimo Anticristo en persona; que ambos habían nacido y crecido en el seno de la misma familia, y que, llegado el tiempo señalado por la Escritura, Ismael estaba haciendo lo que había venido a hacer a este mundo.

—Eres tú... —murmuró aterrado, sin dejar de mirarlo a los ojos.

Ismael asintió, sin borrar la sonrisa de su rostro.

La firmeza que había acompañado a Josué todo el tiempo desapareció de un plumazo. Se vio a sí mismo, tembloroso como una hoja, a merced de un poder inconmensurable contra el que había osado enfrentarse.

—¿Voy a salir de aquí?

—No, querido primo. Vas a morir. Te voy a entregar a la turba de adoradores que vive abajo para que te despedace, y me complaceré viéndolo. Eso es lo que te va a ocurrir.

Le pasó un brazo por encima del hombro, como si mantuvieran una amigable charla, y lo guió por el pasillo hacia las escaleras. Josué se dejó llevar, totalmente abatido. La seguridad de su muerte a manos del Anticristo le impedía pensar con lucidez.

Ya descendía por las escaleras, rendido y entregado, cuando encontró algo familiar en aquel sentimiento. Sí, ya lo había experimentado antes, no hacía mucho tiempo. Fue la mañana en que intentó arrojarse por la ventana de su habitación, lleno de desesperación al creer que hasta su padre estaba de parte de Ismael. La situación lo tomó desarmado, y al no encontrar ningún remedio, decidió terminar con todo.

Pero algo le impidió culminar su plan. Recordó que, cuando ya estaba a punto de saltar, quiso buscar la Biblia, y al abrirla encontró, como puestas allí para él, las alentadoras líneas que le trajeron consuelo en el momento más oscuro de su vida. Allí encontró las fuerzas y el valor para continuar. Y ahora, mientras caminaba hacia su muerte junto al peor de los seres, la mano del Salvador volvía a tenderse hacia él. *Cristo, no me dejes*, dijo en su corazón, y al momento éste se inflamó de valor.

En el piso de la iglesia los presentes se levantaban en un clamor adorando al Avatar que se dignaba a mostrarse ante ellos. Suplicaban por una señal, un milagro, o cualquier palabra que les diera una razón para seguir viviendo, y el Avatar se las otorgó.

—¡Hijos de La Hermandad! —gritó, y el brazo que rodeaba a Josué se deslizó suavemente hasta que éste notó que su primo lo sujetaba con fuerza de la nuca—. Os he traído un presente para probar vuestra lealtad.

Todos los miembros clavaron su mirada en Josué, quien reconocía a vecinos, antiguos miembros de la iglesia e incluso amigos, totalmente desfigurados por la vida de pobreza y esclavitud que habían elegido. *Cristo, acompáñame en este momento*, volvió a decir en sus pensamientos. Aún tenía miedo, porque sabía que se iba a enfrentar a una muerte dolorosa, pero ahora sabía que sería un instante muy breve antes de encontrar la paz.

—He aquí a Josué, un hereje de nuestra sana doctrina —continuó Ismael—. Me siguió al principio, pero ahora me ha traicionado y ha optado por la debilidad. Quiero, hijos míos, que le mostréis el puño del

Avatar, y que le guiéis a la presencia de Dios, para que allí pague por sus errores.

Al momento, la muchedumbre comenzó a vociferar como loca. Se apretujaron unos a otros, intentando quedar en primera línea para ser los primeros en probar la sangre de Josué y así mostrar su lealtad a La Hermandad. Solo la presencia de Ismael les impedía avanzar y poner en marcha aquel sacrificio.

–¿Nervioso? –preguntó Ismael a su primo, divertido con la situación.

Éste le devolvió una mirada tranquila.

–Ya no.

Era evidente que Ismael no esperaba aquella respuesta, porque montó en cólera. Apretó los dientes con fuerza, y acentuó la tenaza que su mano ejercía sobre el cuello de Josué. Miró al público ansioso, y gritó:

–¡Es vuestro! ¡Golpeadlo! ¡Arrancad su carne! ¡Sorbed la sangre de sus entrañas! ¡Quiero que decoréis este templo con sus restos!

Y tomó impulso para arrojarlo sobre aquella salvaje jauría, pero cuando estaba a punto de lanzarlo, las puertas del recibidor se abrieron de golpe y una veintena de policías entró en tropel a la sala, apuntando a todo el mundo y ordenando que nadie se moviera.

Ismael reaccionó al momento, abrazó el torso de Josué con la misma mano que lo había estado sujetando y se colocó a su espalda, usándolo a modo de escudo. Los policías avanzaron como una piña vigilando cada movimiento de los presentes hasta quedar frente a Ismael. Siete de ellos lo apuntaron directamente.

–¡Suéltalo! –le instó el que parecía de mayor graduación. Un policía entrado en los cincuenta, de mirada fría, poblado mostacho y entrado en canas.

Ismael lo ignoró. Acercó los labios al oído de su primo.

–Esto no me lo esperaba de ti, Josué. Vaya, vaya. Así que por eso habías venido. Tonto de mí, la conversación me distrajo y no reparé en lo extraño de tu visita.

Pero Josué no escuchaba. Se sentía feliz, porque su plan, pese a la accidentada manera de organizarlo, había dado resultado. Solo le asomaba una duda: ahora se había convencido de que Ismael era el Anticristo. Entonces, ¿se estaban enfrentando a la profecía? ¿Era posible contravenirla? Las mismas dudas que su padre planteaba en la última reunión le asaltaron, pero el momento tenía demasiada tensión como para sacar una conclusión clara. El sinuoso tacto del acero rozando la piel de su cuello le distrajo de sus pensamientos. Ismael había sacado un cuchillo oculto en el muslo y amenazaba con su filo la yugular de Josué.

—¡Deja el arma! —el policía veterano ordenaba con autoridad, pero manteniendo en todo momento un estoicismo propio de alguien entrenado en situaciones semejantes.

A su alrededor, en el momento que los seguidores vieron el filo metálico, volvió a resurgir en ellos la sed de sangre. Reaccionaron todos a una, avanzando dispuestos a actuar, pero los policías lograron mantenerlos a raya con órdenes rigurosas y sin dejar de encañonarles.

—Mira lo que has hecho, Josué. Has provocado el caos en mi casa. Has traído a todos estos extraños para que invadan mis pertenencias y perturben la paz de mis hijos. No puedo permitirlo.

—Deja el cuchillo —insistía el policía, pero Ismael solo se dirigía a su primo, hablándole al oído.

—¿Crees que puedes combatirme? ¿Crees que puedes enfrentarte al Avatar? Sí, lo creías, lo creías cuando viniste aquí, pero ahora sabes que no puedes, ¿verdad, Josué?

—Sí, ahora lo sé —respondió Josué al fin.

—Eso es. Ahora lo entiendes todo.

—Pero sé otra cosa, Ismael. Hay alguien más poderoso que tú, alguien que te ha concedido este poder durante un tiempo. Así que no te acomodes demasiado, primo, que pronto la muerte vendrá a buscarte a ti también.

—No quiero volver a repetirlo —dijo el policía—. Deja el arma en el suelo y al rehén. Tenemos el edificio vigilado, no puedes escapar. Es mejor que te entregues. No te lo pongas más difícil.

—¿Ah sí? Y qué es esto, ¿una demostración de Su poder?

Ismael seguía hablando con su primo. Ahora lo hacía con fuerza, como escupiendo cada palabra.

—Entérate. Mi poder no puede detenerse.

Por primera vez, Ismael miró a la policía, y luego a sus acólitos.

—¡Mi poder no puede detenerse! ¡No tiene fin! —dijo, y le siguió un grito de aprobación.

Los policías se pusieron nerviosos, porque parecía que los presentes comenzaban a perderles el miedo.

—Irás a la cárcel —amenazó el policía—. Pero si usas ese cuchillo, te meteré una bala en la cabeza.

Ismael solo le respondió con una mirada retadora. Volvió a acercarse al oído de su primo, y musitó:

—Mira el ínfimo poder de tu Cristo. Esto es todo lo que puede hacer contra mí; enviarme unos pobres mortales incrédulos. Les haré ver que sus balas no pueden herirme, y al resto de la tierra les mostraré que aunque parezca vencido, no hago sino triunfar.

—Ya has sido vencido, estúpido —respondió Josué—. Tu derrota lleva dos mil años escrita.

Airado por aquella rotunda afirmación, Ismael comenzó a respirar con fuerza y cada vez más rápido. El rostro se le desencajó. El policía que le vigilaba se percató de cómo perdía los nervios.

—¡Chico, no lo hagas! —le ordenó.

—¡Yo no puedo caer! ¡No puedo! ¡Os demostraré que no puedo ser vencido!

—Suéltalo, no voy a repetirlo más.

—¡Ilusos! ¡Creéis que podéis derrotarme? ¡Pero de vuestra aparente victoria me levantaré con más fuerza!

Josué escuchaba los gritos de ambas partes, pero no atendía a lo que estaban diciendo. Se encontraba sumergido en un estado de tranquilidad total. Habiendo asumido que pronto se encontraría con el Creador, el miedo se había transformado en paz.

Por ello, apenas notó como el filo metálico cortaba su carne.

Recibió el contacto de su propia sangre como un abrazo cálido que, poco a poco, invadió su ser de un sueño acogedor. Se sintió caer, sin recibir el dolor del golpe y, antes de entregarse a la muerte, vio que Ismael caía abatido a balazos.

Los policías, al ver que Ismael degollaba a su rehén, abrieron fuego, haciendo gala de toda su precisión. El primer disparo le rozó la sien izquierda; el segundo, le impactó en el codo de la mano que sujetaba el cuchillo, y aunque se lo destrozó, no fue lo suficientemente rápido como para frenar a la mano en su cometido. Un tercer impacto le atravesó el muslo que asomaba entre las piernas de Josué.

El policía veterano, sin embargo, aguardó hasta que el cuerpo del rehén dejó de servir como escudo, y cuando Ismael quedó sin protección aprovechó para hacer fuego. Su disparo impactó en mitad del pecho, e

Ismael, ante la mirada de quienes lo creían un dios, cayó como un peso al suelo.

El revuelo que se formó a continuación no duró más que unos pocos segundos. Los policías que no apuntaban a Ismael detuvieron a la muchedumbre enloquecida realizando algunos disparos al aire. Nadie se atrevió a atacarlos. Cuando vieron la situación controlada, dos o tres se acercaron a los dos cuerpos para ver en qué estado se encontraban. El policía que se agachó para tomar el pulso de Josué hizo un gesto negativo con la cabeza a su oficial.

–Está muerto –dijo, apenado.

–Maldita sea –respondió el policía veterano–. ¿Y el otro?

El compañero arrodillado junto a Ismael acercó dos dedos a su cuello.

–Vive, aunque está muy débil.

El oficial esbozó una mueca, y con tono resignado, ordenó:

–Llevadlo a la ambulancia.

5

ERA LUNES, 11 DE FEBRERO, Y NEVABA. No se trataba de una nevada copiosa, sino de aguanieve lo suficientemente espesa como para distinguirse cuando caía. Sobrevivía unos segundos sobre el pavimento, o posada en la ropa, y se diluía formando una pequeña gota de agua.

Emanuel siguió uno de aquellos copos, que distinguió con nitidez cuando pasó frente al ataúd oscuro de su hijo. El pequeño copo bajó con rumbo dubitativo hasta caer cerca de un pequeño charco que se había formado cerca del muro de nichos del cementerio. Tardó unos segundos en hacerse agua y luego se quedó allí, a escasos centímetros del charquito, hasta que una ráfaga de viento lo empujó hacia él y se fusionó.

El cálido contacto de la mano de Penélope lo sacó de su embelesamiento. Le agarró el brazo, compungida por el dolor, justo cuando los empleados del cementerio introducían el ataúd en el nicho vacío. En aquel momento la canción que cantaban los escasos asistentes creció en fuerza.

Y si vivimos, para Él vivimos.
Y si morimos, para Él morimos.

Emanuel sintió cómo la letra penetraba hasta lo más profundo de su alma. Ciertamente, le había tocado vivir en un momento de la historia en que aquella canción cobraba un sentido muy especial, y más comprometedor que nunca. Un tiempo de lucha y sufrimiento, de persecución y de muerte. Pero también era un tiempo de esperanza y de fe, de sentir como nunca el contacto con el Salvador, porque el tiempo del fin era, a la vez, el anuncio de un nuevo y hermoso principio de todas las cosas. La historia tocaba a su fin, pero no era uno de aquellos finales en los que al personaje principal se le olvida para siempre, sino uno que termina prometiendo una segunda parte mucho mejor que la primera, donde todos los personajes volverán a reencontrarse para vivir nuevas aventuras.

Así era también en aquella mañana. Su hijo Josué partía, como el pálido copo de nieve, desde una oscura tormenta hacia un lugar apacible, donde ya no tendría que luchar contra los vientos caprichosos, buscando anhelante la unión con aquel sentimiento de eternidad que todo hombre lleva grabado a fuego en su espíritu.

Dámaris lloraba a su lado, pero Rebeca era la más triste de todos los presentes. Se había acercado para tocar la madera del ataúd, como si esperara encontrar el calor de Josué en ella, y ahora que sellaban el nicho lloraba de rodillas en el suelo, sin importarle que sus pantalones se mancharan de barro.

La canción terminó, y todos los asistentes pasaron a saludar a Emanuel, pero él no estaba concentrado en aquel momento, sino en lo que debía hacer a partir de ahora.

La policía le había informado del cierre de la iglesia. Todos los que se encontraban en su interior fueron interrogados sobre las acciones que se llevaban a cabo en La Hermandad, pero finalmente apenas se encontraron unos pocos culpables sobre los que no caería una pena demasiado grave. Con Ismael, sin embargo, sería bien distinto. Había asesinado delante de las mismas narices de la policía, desafiando su autoridad. Iría a la cárcel durante una buena temporada.

El policía que relató los hechos a Emanuel, un veterano oficial, le confesó que después de que Ismael degollara a Josué, esperó matarle con su disparo. Le aseguró que había calculado el tiro para que acabara con él, pero desgraciadamente, Ismael quedó vivo y la policía se vio en la obligación de atenderle.

—Debí haber disparado una segunda vez, y haberlo rematado. Este tipo de escoria no merece vivir —le dijo el oficial, con cierto aire de rabia.

—No diga eso —respondió Emanuel, ante la sorpresa del policía—. Ni se le ocurra pensar algo así.

Pero el policía no comprendió.

Nadie entendía nada, todos seguían despreciándose unos a otros, odiándose, día a día, en la calle o dentro de sus propias familias, llenando de mal sus corazones, listos para saciar el vientre hambriento del Anticristo.

—Me alegro de que te hayas marchado, hijo —musitó Emanuel mientras caminaba del brazo de Penélope, rumbo a la salida del cementerio—. Descansa tranquilo. A mí me queda todavía mucho por hacer. Tengo tanto que hacer en tan poco tiempo...

6

La puerta de barrotes se cerró a su espalda con un fuerte sonido metálico. El eco se extendió por toda la galería de la prisión. Ismael, escoltado por dos policías que lo sujetaban, uno de cada brazo, comenzó a caminar a lo largo del pasillo central. Iba esposado y mientras se fijaba en cada celda, toqueteaba uno de los eslabones de la cadena que unía las argollas.

Había pasado mes y medio desde que la policía lo abatió en La Hermandad. Durante todo ese tiempo estuvo en el hospital recuperándose de los disparos. El del pecho resultó especialmente grave de tratar, y necesitó de una delicada cirugía para que sanara bien, pero finalmente, los médicos lo habían dejado casi como nuevo. Solo cojeaba ligeramente al andar –aunque no le era necesario usar bastón– y conservaba una fea cicatriz en cada impacto.

Durante su estancia en el hospital se dejó crecer el pelo, así que ahora le caía por ambos pómulos hasta la mandíbula. También conservaba aquella permanente sombra de barba que, según su criterio, lo hacía tan atractivo.

Poco a poco, mientras avanzaba por el pasillo de la galería, comenzó a escucharse un murmullo que fue creciendo en intensidad. Los internos comenzaban a canturrear algo, pero Ismael no distinguió que lo estaban llamando «Avatar» hasta momentos después, cuando se fueron uniendo más voces y crecieron en fuerza. Unos pocos metros antes de llegar a su celda, prácticamente toda la galería estaba aclamándole, dándole la bienvenida a su nueva casa. Ismael sonrió satisfecho. En unos diez minutos se había convertido en el nuevo líder de la cárcel.

–Hola, mis fieles hijos –murmuró, recibiendo, encantado, al ejército de convictos que acababa de ponerse a su servicio.

7

PENÉLOPE SE HABÍA MARCHADO. Su relación matrimonial se fue transformando, desde la muerte de Josué, en un vago espejismo. Su marido, en lugar de consolarla durante los momentos en que le era imposible soportar la pérdida, se entretenía buscando a La Hermandad por cualquier rincón, siguiendo hasta las más absurdas pistas, convencido de que la organización no se había desarticulado.

—Estás obsesionado, Emanuel —le dijo la mañana que decidió dejarlo para pasar una temporada en casa de sus padres.

Emanuel se limitó a afirmar sus palabras, porque eran ciertas. No pensaba en otra cosa que en Ismael, día y noche; y en el futuro que se le avecinaba a la humanidad si, como él suponía, se trataba del Anticristo.

Desde la muerte de Josué ya apenas lo dudaba.

—Estás obsesionado —repitió Penélope—. Pero encuentra a nuestro hijo menor y sácalo de ese infierno. Tal vez entonces volvamos a ser una familia.

—Lo haré —prometió Emanuel aquella mañana en que amaneció nublado.

Y cuando Penélope desapareció tras la puerta, supo que tardara lo que tardase en rescatar a Jonatán, ella estaría esperándolo. Aquella seguridad lo reconfortó.

Su hijo menor seguía desaparecido, oculto en algún lugar del mundo junto a los secretos adeptos de La Hermandad. Desde que Ismael fue reducido por la policía, curado y posteriormente encarcelado, su organización se había difuminado de la vida pública pero, de vez en cuando, Emanuel creía ver alguna pista que parecía confirmar la operatividad de La Hermandad: dos comerciantes que se saludaban tomándose del antebrazo, un muchacho vestido totalmente de negro o simplemente alguien que se cruzaba con él por la calle y le devolvía una mirada torva.

Todo lo hacía dudar, como visos que parecían advertir que las enseñanzas de Ismael seguían grabadas en la conciencia de los ciudadanos, pero sin pruebas suficientes que lo justificaran. Un secreto.

Por esa razón, Emanuel andaba pendiente de todo lo que lo rodeaba, porque necesitaba asegurarse de si Ismael era recordado. Este dato, en el fondo, era el más importante; ya que si la gente lo dejaba pasar, si ahora que le habían condenado a 20 años de cárcel, los hechos y enseñanzas de Ismael iban diluyéndose poco a poco, tal vez, solo tal vez, significaría que Emanuel se equivocaba: Ismael no sería el Anticristo, y la Tierra no se estaría preparando para la destrucción. Pero si La Hermandad seguía viva, el furor de su doctrina seguiría latiendo a escondidas, igual que una bestia herida que, astuta, se hace la muerta para que su cazador se confíe.

Emanuel no pensaba relajarse, no quería que aquella bestia le diera una dentellada cuando todos la creían abatida. Y por ello ya no vivía para otra cosa, ni trabajaba para otra causa que no fuera la investigación de Ismael y La Hermandad.

La tarde en que decidió poner el televisor era especialmente calurosa. La primavera comenzaba ya a anunciar la inminente llegada del verano, y la gente comenzaba a servirse del aire acondicionado para aclimatar sus hogares. Él, sin embargo, ya no podía permitirse aquellos lujos; a decir verdad, ni siquiera logró costear la factura de luz durante un mes y medio, porque no logró reunir el dinero necesario para pagar y la compañía eléctrica decidió cortarle el suministro.

Aun antes de que su hijo muriera, los días que Emanuel faltaba al trabajo, movido por el interés que el asunto alrededor de la iglesia le estaba provocando, fueron creciendo en número, hasta que su bufete de abogados decidió despedirle. A partir de entonces se mantuvo de sus ahorros, pero cuando este dinero también se terminó, se encontró sin nada que llevarse a la boca. Entonces se le ocurrió aprovechar todo lo que sabía sobre La Hermandad y sus teorías acerca de Ismael a favor de otras iglesias cristianas. Así, decidió convertirse en una especie de misionero, preocupado en advertir y adoctrinar a las iglesias de la ciudad sobre La Hermandad.

Desgraciadamente, la mayoría de las iglesias en las que había probado le tomaron por un charlatán, como mínimo. Solo una, hasta la fecha, había decidido remunerar su causa. El dinero le llegó para pagar las deudas de sus facturas y procurarse algo de comida que, de momento, le mantuvo en sus necesidades básicas. Pero la economía ya volvía a escasear y pronto tendría que volver a buscar alguna nueva fuente de ingresos.

Debido al tiempo que la compañía eléctrica lo mantuvo sin luz, Emanuel llevaba casi un mes sin escuchar las noticias en la televisión o la radio. Cierto era que, de vez en cuando, lograba hacerse con algún periódico y así ponerse al día, pero la mayor parte de las veces eran atrasados, lo cual iba en perjuicio de su investigación. No obstante, se esforzaba por buscar en ellos un indicio, algo que le hablara de La Hermandad, aun someramente, pero los titulares siempre hablaban de lo mismo: sucesos, noticias nacionales e internacionales y especialmente política... nada que diera una respuesta a sus anhelos, por pequeña que fuera.

Cuando puso el televisor en aquella calurosa tarde de primavera, se encontró con las mismas aburridas noticias de siempre: los informativos de todas las cadenas también hablaban de política.

Emanuel no pensaba desaprovechar la valiosa energía eléctrica en ver algo que para él no tenía importancia. Pero cuando se aproximaba para presionar el botón de apagado, casi de reojo, creyó ver un rostro conocido en la pantalla. Fue una aparición fugaz y, como no se estaba fijando de forma directa, no logró reconocer de quién se trataba.

Una siniestra sombra de sospecha lo movió a retirar la mano del botón y sentarse frente a la pantalla. En el televisor daban los resultados de la campaña política. La presentadora del informativo anunciaba al partido ganador de las elecciones, el que ocuparía la presidencia durante los próximos años.

Emanuel acercó su sillón al televisor. Por las ventanas abiertas del salón corrió una brisa fresca y agradable que agitó las cortinas. No obstante, él sudaba; y no era éste un sudor causado por el clima, sino un sudor frío, interior, un estremecimiento de los huesos. Ya sabía de quién era el rostro que había intuido reconocer de soslayo. El informativo pasaba una fotografía del nuevo presidente, donde se le mostraba saludando a las masas desde un balcón con el triunfo dibujado en su sonrisa. En la imagen distinguió la figura de Roberto. Permanecía a medio metro por detrás del ganador, vestido con un elegante traje de riguroso negro que le hacía pasar por un guardaespaldas. Se había cortado el pelo y arreglado la barba.

—Así que esto es lo que he pasado por alto —se reprochó Emanuel—. Todo este tiempo investigando por los bajos fondos, y resulta que habéis dado el salto a la política. Lo teníais todo muy bien planeado.

En sus palabras había un fuerte reproche hacia sí mismo. Mientras, la presentadora seguía dando una y otra vez los resultados finales de las elecciones generales. Emanuel apagó el televisor y avanzó hacia la ventana. De fuera le llegó el sonido de algunos cláxones que festejaban la victoria y, a lo lejos, el fulgor de varios cohetes rompía contra el cielo vespertino.

En aquel momento, solo pudo pensar en su hijo menor, en qué estaría haciendo y en si podría alguna vez rescatarlo del celoso abrazo de La Hermandad.

EPÍLOGO

Última entrada registrada en el cuaderno de anotaciones de Emanuel Torres. Encontrado en algún lugar del mundo, con fecha de 14 de noviembre:

Han pasado ocho años, pero cada día me reafirmo en la certeza de que llevo mucho más tiempo vagando por todo el mundo. Hoy, repasando mis notas, me he percatado de que no las he comenzado por ninguna parte. No son más que un conjunto desordenado de apuntes sobre Ismael, La Hermandad y sucesos que viví. Por ello quiero ir hacia atrás, hasta el día que decidí salir de mi casa y mi nación tras la pista del posible Anticristo.

Cuando el partido que controla La Hermandad ganó las elecciones, el país se transformó en una fiesta que duró un mes y medio, lleno con las atracciones más lujuriosas que ofrecer a la gente.

Ismael no cumplió su sentencia al completo, ni mucho menos. Tras seis años —los suficientes como para que la opinión pública no reaccionara en contra—, salió de la cárcel. Durante su confinamiento, siguió moviendo los hilos de La Hermandad, ordenando cada acción que debía llevarse a cabo, y reclutando presidiarios para engrosar sus filas. Al salir, su primer objetivo fue el de extenderse por todo el continente, y no tardó en ponerse en marcha. Ojalá hubiera seguido preso unos años más, porque mientras tuve presente donde se encontraba supe en todo momento que sus acciones se limitaban al país.

Desde su salida, Ismael ha optado por trabajar desde las sombras, como un titiritero que hace bailar a mandatarios y personajes públicos. Es el director de un teatro de polichinelas, su escenario el mundo entero, y su obra un texto aprendido para el tropo de Navidad.

Lleva extendiendo por el extranjero su mensaje tres años. Llega a un país, se hace con el control, y viaja a otro sin perder tiempo. Tres años llevo siguiéndolo, sin pisar mi tierra y sin apenas saber nada de mis familiares y seres queridos.

Sé que Penélope sigue esperándome paciente y fiel, y que todavía sueña con que un día aparezca con Jonatán y volvamos a ser una familia normal. Su fidelidad me constriñe el corazón como si fuera una tenaza candente, porque no logro soportar ese amor que no puedo devolver con la misma fuerza. Quiera Dios que algún día pueda.

En cuanto a Rebeca, supe que volvió con su familia. El pastor regresó a casa y pidió perdón a su esposa hasta en ocho ocasiones. Elisabet lo perdonó y dejó que volviera, aunque la herida de su mentira tardará mucho en cicatrizar.

Dámaris quiso acompañarme cuando me dispuse a marchar, pero no pude consentirlo. «Tienes que rehacer tu vida. Esto es cosa mía», le dije en la noche que subía al tren para salir del país.

«¿No puedo rehacerla a tu lado?», me pidió ella, con lágrimas bailando en sus pupilas, pero no obtuvo respuesta.

Creo que mi silencio fue para ella la respuesta más contundente, pero no pude responder, no logré encontrar las palabras adecuadas para explicarle que, aunque ambos deseábamos estar juntos, como desde niños habíamos soñado, en algún otro lugar Penélope siempre estaría aguardando mi llegada, y que eso significaba para mí la demostración de amor más hermosa que pudiera imaginarse. Por eso me marché, simplemente, y subí al tren que me alejaría de todos y de todo, en un viaje de incierto final.

De Leonor me enteré que vivió durante algún tiempo de alquiler en diversas casas. Evitaba permanecer demasiado tiempo en el mismo lugar, porque siempre temía que en cualquier momento alguien de La Hermandad la secuestraría para quitarle su hijo. La táctica le surtió tanto efecto que con el tiempo hasta sus amigos le perdieron el rastro.

Apenas tengo dinero para vivir. Marché de mi país sin iglesias que me prestaran su apoyo. Allá donde viajo obtengo escasas donaciones que poco más me procuran aparte de comida y alojamiento, pero sé que Dios seguirá proveyendo la manera en que pueda continuar mi misión.

Cuando visito una nueva iglesia, les explico qué es lo que me ha llevado hasta allí. Les hablo de Ismael y de toda la escalofriante historia que nos ocurrió hace ocho años. Les hablo del poder que tiene La Hermandad ahora, de cómo domina a presidentes y reyes, y de la forma en que se extiende, por todas partes, como si su doctrina flotara en el aire y convenciera con solo respirarla.

Algunas iglesias me ceden su dinero, sobre todo cuando digo que intento reconducir a quienes se han desviado de la verdad de Cristo, entre ellos mi hijo menor; otras no me dan nada, tal vez porque no me creen, o tal vez porque antes han creído a Ismael. No lo sé.

Lo cierto es que, cuando hablo a todas estas personas, no me atrevo a presentar a Ismael como el Anticristo, y solo les digo que se trata de una secta poderosa. ¿Por qué no lo hago? En realidad lo sé. Ya he meditado sobre ello otras veces, pero me gustaría volver sobre esta reflexión.

Es complicado admitirlo, pero creo que la capacidad para olvidar del hombre es tanto una maldición como una virtud. Olvidamos hechos pasados que nos causaron daño, pero también los momentos importantes de nuestra vida menguan en importancia hasta desaparecer. Eso es lo que sé que me ocurre con Ismael. Hace ocho años que vi un hecho sobrenatural. Mis ojos presenciaron algo que rebasaba la frontera de toda lógica cuando Ismael levantó en vilo a un policía con una sola mano, y cuando su orden obligó a todos a arrodillarse menos a mí, pero durante esos ocho años he pensado mucho, y a veces creo que Ismael lo planeó todo para fabricar su milagro, que los policías y él ya se conocían de antes, y que decidieron montar el espectáculo para afirmar la devoción de sus seguidores. Podrían haberlo hecho sin ningún problema. La posibilidad de que se tratara de una farsa me atormenta, porque en el otro lado veo cómo, día a día, Ismael se adueña del mundo desde las sombras. Tal vez, aparte de buscar a mi hijo menor, esto sea lo que me impulsa a seguir advirtiendo a los cristianos, pero ya no me siento capaz de asegurarles nada.

Desde que lo persigo, nunca me he vuelto a encontrar cara a cara con Ismael. Siempre he seguido su pista a partir de informadores y haciéndome pasar por uno de los miembros de La Hermandad, pero hasta ahora no había conseguido encontrármelo. Digo «hasta ahora», pero debo concretar más: hasta esta mañana no me lo he encontrado.

La mañana era fría y lluviosa, la gente caminaba apresurada arriba y abajo por las calles de esta ciudad desconocida, donde todos hablan un idioma que me es incomprensible. Me detuve en un restaurante de comida rápida a desayunar, y esperar hasta que el clima concediera alguna tregua para reanudar mi marcha, cuando, mirando por casualidad a través del escaparate, lo descubrí ascendiendo por la calle.

Estaba muy cambiado. Se había dejado crecer el pelo, y ahora sus hermosos cabellos dorados le caían en una melena unos centímetros por debajo de los hombros. Iba, como siempre, vestido con el sobrio uniforme negro de La Hermandad, y cubría sus ojos con unos quevedos de cristales ahumados. Se volvió levemente, como si se sintiera observado, y creo que me reconoció, aunque al momento volvió a centrar su mirada en el suelo y continuó su camino.

Salí presuroso del restaurante, sin haberme terminado el desayuno, y lo seguí bajo la lluvia a una distancia segura. En mí amaneció la esperanza de que tal vez me condujera a Jonatán o al lugar donde éste se alojara, y ya comencé a imaginar la manera de rescatar a mi hijo. Sin embargo, Ismael tomó la dirección de un parque que había cerca de allí, y caminó directo a una pequeña iglesia presbiteriana en ruinas, que seguía en pie como monumento a los desastres de alguna guerra. Apenas conservaba la fachada y casi nada del techo. Descarté que entrara allí para refugiarse, y comencé a sospechar que realmente me estaba conduciendo hacia algún lugar concreto con alguna intención que se me escapaba.

Entré en la iglesia poco después de que él lo hiciera. No había puerta. En el interior tampoco quedaba ni rastro del suelo, y el césped crecía a placer por todos los rincones. Las ventanas permanecían selladas con renegridos tablones de madera. Arriba sobrevivían aún las vigas originales, pero nada del tejado, de modo que el cielo mojaba de lluvia todo el interior. Frente a mí, de cara a una de las paredes mohosas de la iglesia, Ismael esperaba de espaldas. La anchura de su torso me hizo parecer inferior, y reconozco que sentí miedo en aquella soledad, pues recordé que estaba frente al asesino de Josué.

–Hola, tío –dijo Ismael, y se volvió.

–Hola, Ismael. Cuánto tiempo –respondí con toda la tranquilidad que me fue posible aparentar.

–Cierto. Tenía ganas de ver alguno de mis familiares. Hace mucho que no tengo contacto con vosotros, tan atareado como me encuentro.

La lluvia me caía sobre el rostro. Me empapaba el pelo, las ropas, y constantemente recorrían mis mejillas gotas juguetonas. Ismael, no obstante, parecía no sentir el tacto gélido del agua. Se quitó los quevedos y me estudió de aquella forma tan penetrante con la que parecía leer las intenciones de su interlocutor.

–Tienes a Jonatán –le recordé, con la esperanza de que soltara algún indicio sobre su paradero–. Todavía te mantienes cerca de un familiar.

Ismael sonrió.

—No creas, tío. No tengo a Jonatán cerca. Lo he enviado muy lejos de nosotros.

Sus palabras me hirieron como una daga clavada a traición, supongo que tal y como él pretendía. No obstante, me resistí a confiar plenamente en sus afirmaciones y reuní el valor suficiente para atacarlo.

—Eres un monstruo, Ismael.

—Para muchos soy Dios.

—¿Crees que eres un dios? Todavía puedo ver la cicatriz del disparo en tu cara. Un dios no es mortal.

Ismael ladeó la cabeza hacia donde la bala le había rozado la sien. No era más que una minúscula marca en su piel, apenas una línea desde el párpado hasta la oreja.

—Yo soy el Avatar —afirmó con contundencia. Y caminó sin prisa hacia mí.

—¿Eso qué significa? —respondí, en voz baja, apenas en un susurro, esperando impaciente su respuesta.

Ismael se detuvo, me estudió como si pudiera alimentarse con el terror que sentía frente a él, y respondió:

—¿Tú qué crees que significa?

Volvió a caminar de nuevo, y antes de que me atreviera a responder, continuó:

—Crees que soy un ser malvado, que te encuentras ante la criatura que tanto ha temido el cristianismo desde su fundación: el Anticristo, el Hijo de Perdición. ¿Eso crees, tío? Mírame y dime si ves a ese ser ante ti.

Temblando, respondí:

—Sí. Creo que lo estoy viendo.

—En ese caso, tengo todo el poder de la tierra a mi merced, incluso tu vida. Podría matarte aquí, ahora mismo, y nadie me volvería a detener, porque también controlo este país. Es lo que quería decirte, tío, por eso he dejado que te encontraras conmigo. Quería que lo celebráramos juntos.

No supe qué responder. Ismael me demostraba el alcance de su carisma. Cada país que visitaba terminaba sucumbiendo ante sus habilidades de persuasión. Si no me mentía, ¿qué no conseguiría después de esto?

—Tus ojos me dicen que has comprendido el alcance de mi poder. Tal vez ahora no dudes que soy el Avatar. He venido a recuperar lo que creé, hacerlo de nuevo mío. He venido para regir este mundo con vara de hierro.

Extendió sus brazos abarcando un gran espacio. La lluvia se deslizó por sus manos y a lo largo de las mangas de su levita de cuero negro.

–¡Míralo, tío! ¡Contempla todo esto! La realidad me pertenece. Vive cuando yo la abarco con mi mirada, y deja de existir cuando ya no la recuerdo más. Por eso todos me obedecen. ¡Todos salen de mí!... y a mí quieren volver. Por eso sé que soy el Avatar, y no un mero humano. He comprendido mi verdadera naturaleza. He nacido para esto. Siempre lo supe, pero ahora que lo disfruto soy más dichoso que nunca.

Mientras me hacía partícipe de su demente hilaridad, empecé a creer que Ismael me mataría allí mismo, como había hecho con mi hijo y con Daniel, haciendo gala de su desprecio por la humanidad, pero en aquel momento no quise pensar qué sería de mí, y solo me preocupé por una cosa.

–¿Dónde está Jonatán, Ismael? Dímelo y no te molestaré más. Dejaré que sigas adueñándote del mundo. Solo quiero que me devuelvas a mi hijo.

–Emanuel, ¿no lo comprendes? Él es ahora *mi* hijo. Siempre lo ha sido. Una creación mía, como todos los seres vivos. Todos hijos del Avatar.

No pude evitar que se me quebrara la voz por la desesperación. Ismael jugaba conmigo como si, en efecto, yo no fuera más que una criatura de su propiedad.

–¡Maldita sea! ¡Ismael, deja en paz a mi hijo! ¡Devuélvemelo, te lo suplico! ¡Solo quiero que me lo devuelvas!

Ismael bajó los brazos y volvió a clavar su mirada en mí. Calló durante un instante, y luego respondió con toda la autoridad que supo dar a su voz.

–No.

Y comenzó a caminar, pasando a mi lado y dándome la espalda, en dirección a la salida de aquella iglesia ruinosa.

–¡Dime al menos dónde irás ahora! –le grité, volviéndome. Pero él me ignoró.

Preso de mi enajenación transitoria, seguí gritando mientras veía cómo se alejaba.

–¡Dime algo, Ismael! ¡A qué país irás ahora! ¡A cuál continente! ¡Ismael! ¡Ismael!

Pero Ismael desapareció tras el hueco de la puerta y, aunque quise, mi conciencia pareció dictarme que no lo siguiera si quería conservar la vida. Así que me quedé en aquella iglesia abandonada, con la lluvia calando mi alma, pidiéndole a Dios que me diera fuerzas para continuar con mi lucha.

Tras nuestra conversación, me reafirmé en creer que fuera el Anticristo, pero a los pocos días, divagando, encontré nuevos argumentos que justificaron una opinión contraria. Como le pasó a Jesús, su familia y discípulos tampoco le creyeron al principio, incluso a pesar de haber presenciado milagros a lo largo de su vida. Con Ismael me sucede lo mismo, aunque creo que lo más prudente es que, cuando visite la próxima iglesia, deba advertirles que el Anticristo ya anda caminando entre nosotros.

Si en efecto, él es quien creo, pienso que siempre ha estado convencido de su identidad, pero que no lo comprendió sino hasta la noche de fin de año, cuando la banda de Gago atacó a Rebeca. Entonces, lo que hubiera en su naturaleza despertó, aquella Bestia que, a su vez, debía llamar a la sombra que acompaña a todo hombre. Y así nuestra humanidad más oscura y secreta despertó también; de modo que, saliendo de nosotros no lo vimos como algo malo, sino como una seductora justicia que hacía falta impartir. Pero Ismael supo moldearla a su placer, pervertirla aún más, hasta que se hizo incontrolable, salvaje. Se volvió en violencia desmedida, llena de odio a todo lo respetable y bello.

Desgraciadamente, si es el Anticristo, no se le puede parar. Pronto Ismael se hará con el control de todo el mundo, manejando los poderes gubernantes desde un segundo plano hasta que vea el momento oportuno de salir a la luz. Entonces, si él es la Bestia, será su presentación al mundo, y el principio del Apocalipsis.

Así, desde el día que Ismael y yo nos encontramos en la iglesia ruinosa, mis ruegos a Dios están llenos de contradicción. Por un lado, suplico que acorte estos días para que pasen pronto, porque si Ismael es el Anticristo, y se está formando, pronto llegará el día en que comiencen a cumplirse todas las profecías de las Escrituras, y cuando eso ocurra, espero y deseo que también se cumpla lo que creo que Dios nos ha prometido a nosotros: que nos liberaría de este mal. Si así sucede, no viviré el control mundial de Ismael, y descansaré tranquilo, lejos, en otro lugar al cual no tenga acceso, y sabiendo que pronto se acabarán sus días.

Pero, por otro lado, me muerdo la lengua al pedir tal cosa, y sé que soy cruel al no desear que Dios cumpla con el arrebatamiento, porque todavía tengo a mi hijo menor perdido entre los brazos del mal. ¿Qué suerte puedo esperar de Jonatán mientras siga al Anticristo? La perdición eterna es lo primero que me viene a la cabeza, y no puedo aceptar que algo así le ocurra. Por eso, en ocasiones deseo que el Señor se demore un poco más en venir, y así cada mañana despierto inquieto, procurando aprovechar el día, ocupado en mi búsqueda incansable, porque puede ser el último. Y si yo marcho, Jonatán estará condenado.

De este modo, cada conquista de Ismael es una nueva herida en mi alma, porque sé que el tiempo para recuperar a mi hijo se me puede estar agotando, y en breve llegará a su fin. Es una carrera contrarreloj en la que, de un momento a otro, sonarán las trompetas del Juicio y todo habrá terminado.